KB138862

포에닉시아

포에닉시아 2

초판 1쇄 찍은 날 | 2018년 5월 31일
초판 1쇄 펴낸 날 | 2018년 6월 15일

지은이 | 소하
펴낸이 | 예경원

편집 | 주승아

펴낸곳 | 예원북스
등록번호 | 제396-2012-000132호
등록일자 | 2012. 7. 25
YRN | 제1-0218호

주소 | 경기도 고양시 일산동구 호수로 646-24 위너스 21-Ⅱ 206A호 (우) 10401
전화 | 031-819-9431 팩스 | 031-817-9432
http://cafe.naver.com/yewonromance
E-mail | yewonbooks@naver.com

ⓒ 소하, 2018

ISBN 979-11-6098-967-0 04810
ISBN 979-11-6098-965-6 (세트)

※ 파본은 구입하신 서점에서 교환하여 드립니다.
※ 저자와 협의하여 인지를 붙이지 않습니다.
※ 이 책은 예원북스와 저작자의 계약에 의해 출판된 것이므로 무단 전재 및 유포, 공유를 금합니다.
※ 이 도서의 국립중앙도서관 출판시도서목록(CIP)은 서지정보유통지원시스템 홈페이지(http://seoji.nl.go.kr)와 국가자료공동목록시스템(http://www.nl.go.kr/kolisnet)에서 이용하실 수 있습니다.

Goldline
Romance
Story

포에닉시아

II

소하 장편 소설

LINE

C·O·N·T·E·N·T·S

❖ 제 7 장 ❖

재생

듀카르니아의 적국인 제국 살데니아는 풍요로운 나라였다.

넓기도 넓지만, 좋은 곳이 그만큼 많았다. 풍요로운 곡창지대, 아름다운 산악지역, 맛있는 민물고기가 잔뜩 잡히는 크고 아름다운 호수도 있다. 온화한 바람이 부는 동부에 위치해, 듀카르니아보다 먼저 봄이 찾아온다.

바로 그런 제국 살데니아의 황제는 봄을 맞이해 거대한 연회를 베풀었다.

사람들은 기가 막힌 예술품 같은 음식이 홀의 테이블에 나올 때마다 환호했다. 진귀한 과일과 고기, 거기에 요리사들이 기예를 부려 만든 황홀한 디저트까지. 그들은 황제의 사치를 찬미하며 왕국에 대한 이야기를 나누었다.

후계자인 에스델라 공주를 갑자기 잃은 듀카르니아는, 이어 암닉시아 궁까지 습격받았다. 그러나 왕국은 겁을 먹거나 위축되지 않고 필파니온

2세의 퇴위와 아르노의 승계를 발표했다. 공주의 국상 기간도 조기 마감되었다. 현재 군대를 집결시키는 제국에 대한 왕국의 답이었다.

당당하게 이 도전에 맞서야 할 제국은, 사실 여유 있는 상황은 아니었다. 남부에서 얼마 전 또 반란이 일어났고, 아직도 교전 중이다. 산적들이나 다를 바 없는 이 반란군은 곳곳에서 제국군을 습격했다. 그들이 물러날 때마다 고문당하고 죽은 제국군의 시체가 쌓였다.

황제는 그런 상황에서 연회를 열고 장군과 귀족들을 불러 모은 것이다. 해결해야 할 일이 많음에도, 그 일이 수습되지 않으면 제국을 휘청거리게 할 것임에도, 황제는 아무 일도 아닌 듯 태연했다. 장군들은 그런 황제에게 맞추어 아양을 떨고 아첨했다. 허락만 받으면 당장 해협을 헤엄쳐가 아르노의 목이라도 따 올 듯 허세를 부렸다. 다들 비장하고 충성심 넘쳤고, 황제와 천 년의 사랑을 하고 있었다.

이런 장군의 속을 뻔히 알아도, 황제는 흡족함을 연기했다.

"황후, 나의 장군들이 이리 사자처럼 용맹하니 기분이 정말 좋소."

그러며 답을 구하듯 바라보자, 미모의 황후는 웃기는 웃었지만 의무적이었다.

열두 명의 늙고 재치 없는 남자가 돌아가면서 자기 자랑을 하는 게 재밌을 사람은 어디에도 없다. 그리고 황후는 인내도 없고, 인내가 있는 척해 주는 예의도 없었다.

그런 황후 옆에는 외아들인 황태자가 앉아 있었다. 어린 황태자는 어머니보다 더 지루해했다. 의자를 걷어차고, 테이블보를 쥐어뜯고, 시종과 시녀들에게 과자를 집어 던지다가 그들이 더 이상 가까이 오지 않자 황후의 치마를 잡아당겼다. 자기가 귀찮아지자 황후는 아들의 등을 잡아 옆으로 밀었다.

"형하고 놀아. 레프. 네 동생 좀 달래 주려무나."

황태자는 냉큼 옆의 청년에게 매달렸다. 청년은 막 와인을 마시려다가 잔을 엎을 뻔했다.

"전하."

"형, 형! 나가자. 나가게 해 줘! 나가자!"

"의젓하셔야지요."

"싫어. 지겨워, 지겨워! 나가자!"

"그래도 앉아 계셔야 합니다, 전하는 황태자이시고……."

"싫어! 형, 지난번에 탄 썰매! 썰매 타고 싶어!"

"이제 봄이라 썰매는 없습니다."

"왜 없어!"

"눈도 얼음도 없으니까요."

"그럼 그냥 나가자!"

난처해하는 레프에게 황후가 말했다.

"데리고 나가렴. 해 달라는 대로 해 줘. 썰매가 없으면 네가 조랑말이라도 태워 주면 될 거 아니니. 그리고 나도 데리고 가 줄래, 아들?"

"어머니—"

이 청년, 레프 오네긴사 트레빌란 공작은 황후가 황제에게 재가할 때데리고 온 아들이었다. 당시 황제는 사령관이었고, 이 청년은 엊그제 태어난 아기였다. 황제에게는 요람에 누워 있을 때부터 키워 온 양자라, 친자식처럼 몹시 아꼈다. 열두 살 때 백작위를 주고, 그다음에는 후작, 그다음에는 공작, 그다음에는 본인이 멸망시킨 나라의 공주를 데려다 결혼시켜 왕위까지 예약해 주었다. 그렇게 황제의 총애를 듬뿍 받는 이 공작은 훌륭하고 충성스러운 군인이기도 했다. 듀카르니아의 필파니온 왕이 여섯 명을 낳아도 하나도 못 얻은 제대로 된 아들을, 황제는 그 어떤 기여도 하지 않고 얻은 것이다.

"어머니는 계셔야지요. 폐하도 그러기를 원하실 겁니다."

"네가 폐하께 이야기해 보렴. 응?"

어머니가 이리 졸라 대면, 이제부터 레프가 할 일은 어머니를 달래다 실패해 황제에게 간청하는 것이었다. 황제는 그때마다 레프가 불쌍해서 황후를 봐주었다. 황후에게 있어, 이런 정치적 목적으로 열리는 연회는 보석 자랑이 끝나면 금세 지겨워지는 자리였으니 당연한 일이었다.

"……알겠습니다."

결국 레프는 못 이기고 황제를 보았다.

이미 황제는 그들을 웃으며 바라보고 있었다.

"아들아, 네가 난처해하는 걸 보니 네 어머니가 또 무리한 소원을 조르는 거구나."

황제는 항상 레프를 '아들'이라 불렀다. 다들 양자란 걸 알고 본인도 알지만, 그래도 그렇게 불렀다. 그리고 그때마다 장군들은 레프에 대한 질투로 미쳤다.

그런 장군 중 하나가 말했다.

"카니발라는 오늘 연회에 오지 않는 겁니까? 안 보이는군요."

"아, 올 거야. 좀 늦을 거라 하더군."

"그래서 모두 심심하신 것 아니겠습니까. 그 마법사가 있어야 이런 자리가 즐겁지요."

카니발라란 이름이 나오자, 레프는 불쾌해졌다.

이 장군은 레프가 기분 나빠할 줄 알고 일부러 카니발라 이야기를 꺼낸 것이다.

물론 황제는 레프가 카니발라를 싫어한다는 사실을 그가 세 살일 때부터 알았다.

그때 황후의 눈이 빛나더니 반쯤 누워 있던 긴 의자에서 허리를 당기고 앉았다.

뒷골 오싹한 긴장감이 연회장 입구에서부터 시작되었다. 불길한 전령이 도착한 듯 모두가 조용해지며 입구를 바라보았다.

황제는 손에 든 와인 잔을 흔들며 말했다.

"어서 오게, 카니발라. 마침 자네 이야기를 하고 있었지."

카니발의 왕, 황제의 마술사.

활짝 열린 입구 한가운데에 학처럼 늘씬한 소년이 서 있었다.

소년은 모두의 시선을 받으며 안으로 들어왔다. 칼로 탁 친 듯 똑바로 잘라 낸 붉은 단발에, 갈색으로 그을린 피부를 가진 소년이었다. 무표정한 얼굴은 소녀처럼 예뻤고, 목에는 동심원의 문신이 새겨져 있었다. 소년은 황제 앞에 서자 가슴에 손을 얹고 허리를 숙이며 인사했다.

"인사드립니다, 폐하."

카니발의 왕.

다들, 숨죽이면서도 눈을 반짝였다.

이번에도 다른 모습이에요.

소년이군요.

카니발의 왕, 즉 카니발라는 항상 이런 식으로 온다. 자기가 직접 오는 일은 없다.

이번에 카니발라의 전령으로 온 소년은 목과 팔에 구슬을 꿰어 만든 장신구가 주렁주렁 달려 있어, 움직이자 차륵차륵 경쾌한 소리가 났다. 이국의 춤을 추는 무용수 같은 소년이었다.

"이 모습은 처음 보는군. 어디의 아이인가."

"제법 먼 곳에서 제가 직접 찾아왔답니다. 정령을 부리는 기술이 있지요. 바람의 정령이 이 아이의 형제이고, 땅의 정령은 이 아이의 스승이지요."

"정령이라? 마법 같은 건가."

"네. 마치 자연의 조련사처럼, 자연에 깃든 영을 길들여 부린답니다. 아주 재미있는 기술이지요."

"신기하지만, 또 쉬운 일인 듯 보이는군."

"령의 언어를 습득해 령을 부리는 건 어렵습니다, 폐하. 아주 어린 시절부터 다른 세상의 언어를 배우듯 배워야 하지요. 이 기술을 아는 자들은 세상에 별로 없답니다."

"교육을 통해 배울 수 있나."

"단, 적절한 장소에서 나고 자라며 배워야 하는 게 정령술이지요. 물고기가 되려면 물속에 살고, 새가 되려면 하늘에 살아야 하듯. 그곳에 태어나야 저절로 귀가 열립니다. 정령의 말을 듣는 귀가요."

"정령의 말이란 것은 대체 뭔가."

"정령의 말은 바로 정령의 이름이기도 합니다. 그 이름을 알아내면 정령의 말을 알아내는 것이고, 정령의 말을 알아내면 그 정령을 부릴 수 있게 됩니다. 생쥐처럼 미천한 정령에서, 천둥과 벼락과 불길을 품은 거대한 정령까지, 다 같습니다. 다만—"

"다만—?"

"정령 중에 탁한 욕심과 애정을 품을 수 있는 정령들이 있습니다. 그런 것들은 정령이 아닌 마령이라 부릅니다. 그리고 원래 이곳의 자연에서 태어난 정령과는 달리, 그들은 다른 세상에서 옵니다."

"어떤 세상에서 오나."

"글쎄요. 천국일까요, 지옥일까요."

소년의 목소리는 나른하고 부드러웠다. 금지된 쾌락을 약속하듯 참 달착지근하다.

목소리는 분명 아이지만, 어투와 눈빛은 천년을 살아온 마법사답다.

그 부조화가 기괴한 매혹을 자아냈다.

"귀여워라."

황후가 눈을 반짝이며 말했다.

"어머니."

"보렴, 레프. 너무 귀엽지 않니? 이런 아이가 옆에서 시중을 들면, 이교도의 여신이 된 것 같은 기분이 들 거야."

레프의 눈에는 혐오와 분노만이 있을 뿐이었다.

"더러운 짓입니다."

"어차피 야만족이잖니."

"야만족도 사람입니다."

"즐기면서 살아, 레프. 너는 너무 고지식하다니까. 이것도 안 됩니다, 저것도 안 됩니다."

카니발라는 주변을 둘러보았다. 황제의 열두 장군이, 드물게 모두 모여 있었다.

"제국의 전신이 택한 용맹한 장군들이 다 이 자리에 모였군요. 반갑습니다. 이렇게 모두 한자리에 모인 건 오랜만이죠. 저기 저 두 분은 얼마 전에 전사한 두 분의 자리를 메우신 거지만."

다들 불쾌해했다. 지목된 두 사람은 다른 열 명을 질투했고, 남은 열 명은 자격도 없는 놈들이 운이 좋아 자기들과 같은 지위가 되었다고 미워했다.

"이 용감한 장군들이 내게 승리를 가지고 올 거네. 듀카르니아에게든, 하일드에게든."

"승리는 항상 폐하의 것입니다."

"하지만 이번에는 완벽하고 강력한 승리가 있어야 하네. 그동안 너무 실망스러웠단 말이야."

장군들 모두 술을 마셨다. 지금 전세가 엉망이다. 남부에서 패하고 바다에서 패하고 최근에는 북부에서도 패했다. 전장이란 전장에서 죄 밀리고 있다.

보다 못한 황제는 이번 전쟁에서는 전력을 집중해 자신이 직접 지휘할 예정이었다. 그러니 이번에 집결 중인 군대의 규모는 꽤 컸다.

황제의 장군들은 누가 그 군대의 사령관이 될지 두근거리며 기다렸다. 황제가 이리 '실망'이라 말하니, 다들 긴장해야 했다. 지난 발카니아 원정전처럼 카니발라가 총사령관이 될 수도 있다. 그건 지금도 회자되는 엄청난 속도의 정복이었으니.

"승리는 항상 폐하의 것입니다. 제가 그리 만들어 드릴 것입니다."

소년은 가느다란 팔을 내밀고 허리를 숙였다. 소년의 붉은 머리카락이 찰랑이며 아래로 쏟아지고, 살짝 내민 발은 춤 동작처럼 가볍고 우아했다.

황제는 만족스럽게 웃었다.

"역시 자네는 신이 내게 준 최고의 선물이야."

"트레빌란 공작을 옆에 두시고 그런 말씀을 하시다니. 제가 죄송스럽군요. 보십시오. 아버지를 유혹하는 못된 애첩을 보는 눈으로 저를 노려보시는군요."

"카니발라!"

레프는 역정을 냈지만, 모두가 웃었다.

"그럼, 폐하. 잠시 전쟁은 잊지요. 제가 폐하를 위해 준비한 즐거운 것을 보여 드리지요."

소년이 몸을 돌렸다.

창밖의 벚꽃 잎이 눈보라처럼 휘날리기 시작했다. 사람들이 찬탄하며 바라보기 시작했다. 연분홍색 꽃잎들은 향긋하고 달콤한 눈보라가 되어 연회장 안으로 몰아쳤다.

카니발라가 손을 뻗어 구석을 가리키자, 연회장 앞에 놓여 있던 것이 움직이기 시작했다. 조금 전까지 모두 괴상한 조각상이라고만 생각하던 것이었다. 새우처럼 구부렸던 허리를 피고 양손을 들었다.

그건, 도자기와 금속으로 만들어진 인형이었다. 얼굴과 몸통은 도자기였고, 판이 맞물린 틈으로 구리와 철로 만든 힘줄과 선이 보였다. 도자기의 피부에, 철의 살과 구리의 피로 이루어진 정교한 기계다.

끼긱대는 소리가 들리더니, 그것이 고개를 들고 눈을 떴다. 유리알로 된 눈이 드러났다. 신기하게도 그 유리 눈은 공포로 가득한 듯 보였다. 특별한 표정을 그려 넣은 것이 아님에도, 보는 이로 하여금 그렇게 느끼게 한다.

인형은 팔에 든 바이올린을 높이 쳐들고 연주를 시작했다. 우아하고 처량한, 황금빛 거미줄처럼 가느다랗고 아름다운 선율이 연회장 안으로 울려 퍼졌다.

단 한 대의 바이올린으로 이루어진 음악이건만, 선율은 그물처럼 연회장 안을 뒤덮었다. 모두가 음악에 취했다.

"아름답군요."

나이 든 귀족이 눈을 가늘게 뜨며 말했다.

"들어 본 적이 있는 곡입니다. 놀라워라. 영원히 듣지 못할 줄 알았는데. 정말 똑같아요. 연주마저도. 마치…… 그 연주가가 돌아온 듯."

"뭔가요."

"악마의 바이올리니스트가 잃어버린 곡에 대해 아십니까?"

"아, 알아요. 음악의 악마가 선택한 음악가, 전성기를 누리던 젊은 시절에 갑자기 실종되었다죠. 악마와의 내기에 져서 영원히 악마를 위해 연주하게 되었다나."

"워낙 갑자기 사라져서 그런 소문까지 돈 거지요. 하지만 그가 작곡한 곡들도 같이 없어져 버려 사람들이 아쉬워했습니다. 그중 가장 유명한 곡은 악마의 열두 곡이라 불리죠. 한번 들으면 결코 잊을 수 없는, 악마의 카프리스……. 아, 바로 이겁니다. 맞아요."

기계인데도 손가락 움직임은 섬세하기 그지없었고 기교는 화려했다.

소년의 모습을 한 마술사는 두 팔을 들었다. 마술사를 중심으로 빛의 회오리가 일어났다. 길고 가느다란 빛의 실이 소년을 휘감았다. 눈보라처럼 날리던 꽃잎이 그 빛의 길을 따라 늘어졌다. 카프리스가 연회장을 취하게 하는 동안, 소년의 주변으로는 날개가 펼쳐지듯 꽃잎이 윤무(輪舞)했다.

그는 마술사, 카니발의 왕이다.

모든 사람을 미치게 만드는. 발 딛는 모든 곳이 카니발이다.

황후도 황홀한 표정으로 그 공연을 보았다. 황제가 황후의 허리를 감싸 안았다.

"즐겁소?"

"그럼요. 최고예요."

황제는 웃으며 황후의 볼에 입을 맞추었다. 지겨워하던 황태자도 좋아하며 깔깔 웃었다. 레프만이 못마땅하게 그 공연을 노려볼 뿐이었다.

그리고 남자는 방 안에서 깨어났다.

조용하다. 뚝 끊어진 듯. 내려앉는 고요가 아닌, 덮치는 듯 갑작스러운 소리의 침묵이다.

남자는 만족스럽게 웃었다.

카니발의 왕.

모두가 그를 그렇게 불렀다.

카니발의 왕이자 만령의 군주, 카니발라라고.

카니발라에게 있어 이 세상은 축제였다.

파괴의 제신을 찬양하는, 풍요의 뿔 안에 살과 피와 뼈를 담아 환호하는 살육의 축제다. 산 자의 몸에서 생고기를 잘라 내 불길에 던지고, 기름이 줄줄 흐르는 고깃덩이를 입에 쑤셔 넣으며 광기의 춤을 추는 사육제(謝肉祭)— 카니발.

그렇게 그는 살아왔다.

거대한 태피스트리에 그림을 짜듯 오랜 시간을 살아오며, 여기저기 트릭스터의 이야기를 퍼뜨렸다.

이번 이야기는 가짜 왕족 노릇을 하다 죽음을 택한 소년이 그 왕국을 멸망시키는 이야기가 될 것이다. 왕국은 불타고 짓밟힐 거다. 그들이 쌓아 온 실수와 악덕의 대가로.

아, 참 재미있을 거야. 이 방의 요란함만큼.

지금 카니발라가 있는 곳은 속이 울렁거릴 정도로 화려한 방이었다. 현란한 도자기 벽난로에, 천장에는 거금을 들여 고용한 화가가 그린 벌거벗은 남신들과 여신들이 우글거렸다.

카니발라의 취향은 아니다. 그는 화려한 건 좋아하지만 요란한 건 역겨워하는 편이었다. 이 모든 것이 뇌물죄로 처형당한 전주인의 취향이다.

제국에서 뇌물죄로 처형당하는 건 드문 일이다. 뇌물죄를 저지르는 사람이 없어서가 아니라, 어지간하면 뇌물죄로는 체포되지 않기 때문이다. 모두가 적당히 썩어 두는 게 마음 편한 곳이라, 부패를 사회성과 유능함으로까지 여기는 나라다.

이 집 주인이 처형당한 건, 그에게 뇌물을 준 군수품 업자가 납품한 화약이 절반 정도 불량이었기 때문이다. 평소대로라면 감찰부 검사에게 뇌물을 주고 끝났을 텐데, 하필이면 레오닉스의 망명자 기사단과의 전쟁에서 패하면서 화약 불량이 들통이 났다.

당시 패전 장군들은 황제의 분노를 달래고 자기들은 어떻게든 책임에 벗어나기 위해 이 집 주인을 제물로 바쳤다.

황제는 뻔히 알면서도 그를 처형하고 재산을 몰수한 다음, 카니발라에게 이 저택을 주었다. 카니발라가 보기에 저택 내부는 정말 끔찍했지만, 전망이 괜찮아서 받았다. 가구를 갈아 치우고 새로 꾸미는 것도 귀찮아, 원래 있던 것들 위에 그의 물건을 놓았다.

그 덕택에 이 저택은 조롱을 콘셉트로 한 괴상한 곳이 되어 버렸다. 저택 벽에는 온갖 종류의 거울들이 걸려 있다. 둥근 거울, 네모난 거울, 긴 거울, 작은 거울, 화려한 거울, 소박한 거울 등등. 그 아래에는 인형들이 한가득 쌓여 있었다. 봉제 인형부터 시작해 도자기 인형, 철제 인형까지 세상의 모든 인형들이 그곳에 있다.

남자는 그중, 복숭앗빛 볼에 푸른 눈을 가진 예쁜 소년 인형을 집어 든 다음 거울을 보았다. 옆의 거울이 비추어 낸, 인형을 든 남자는 아름답다. 연푸른빛이 감도는 듯 흰 얼굴에, 파란 두 눈은 맑고 환했다. 물결치는 금빛 머리카락은 이마와 볼에 늘어져 남자를 사악하고 아름다운 신처럼 보이게 했다.

이 몸이 열여섯일 때, 카니발라는 소원을 대가로 몸을 차지했다. 발카니아 왕자의 몸을 너무 일찍 잃어버린 뒤, 소원 세 개 말하고 죽는 사람은 셀 수 없이 많았음에도 원하는 소원은 없었다.

소원은 그냥 소원이 아니다. 소원을 들어주면서 그 육신의 삶을 살아야 하기에 신중히 골라야 했다. 부자가 되고 싶어요, 큰 집을 가지고 싶어요, 정도의 소원으로는 안 된다. 하찮은 소원은 그만큼 하찮게 살게 한다.

그런 중에 이 소년이 말한 소원을 듣는 순간, 카니발라는 소년의 육체를 택하기로 했다.

좋아, 이번 생은 바로 너야.

그야말로 내가 바라던 소원이로구나.

그렇게 몸을 차지하고 눈을 떴다. 전생할 때의 현기증이 가라앉고 정신을 차려 보니, 카니발라는 관 속에 누워 있었다. 옆에는 소년의 어머니 같아 보이는 여자가 있었다.

"엘리안? 사, 살아난 거니?"

겁에 질린 여자를 보자, 카니발라는 그 여자가 소년이 말한 '지스티아' 라는 것을 깨달았다.

소년은 관의 모서리에 손을 댄 다음 몸을 일으켰다.

옷은 소년이 죽을 때 입었던 그대로였다. 셔츠에 검은 바지에 맨발이다. 맙소사, 이건 장례가 아니잖아. 얼른 묻어 버리고 도망치려고 준비 중인 거지. 조금만 늦었더라면 땅속에서 눈을 떴을 뻔했네.

여자가 도망치다가 비명을 지르며 쓰러졌다. 카니발라는 넘어져 구르는 여자에게 다가갔다.

"자, 이제 첫 소원을 들어줘야지."

첫 소원의 대상인 여자는 시시했다. 무수히도 봐 온 하찮은 인생 중 하나. 욕심 많고 어리석고 이기적이고 주제 파악 못 하는, 그러나 질투심과 분노는 많은 하찮기 그지없는 인생.

"쉿."

여자의 심장이 얼어붙었다. 눈이 멎었다.

"첫 번째 소원. 자, 이제 지스티아는 영원히 침묵했습니다."

이 여자는 이제 아무것도 못 할 거야.

축하해. 네 소원이 하나 이루어졌어, 엘리안.

카니발라는 사원 밖으로 나갔다. 이끼 낀 낡은 비석이 수북하게 박혀 있는 음산한 묘지였다. 돌보지 않아 덤불과 잡초로 가득했다. 이끼에 덮인 묘지 석상 옆에, 둥글고 거대한 어깨를 가진 거인이 기다리고 있었다. 거인은 손에 든 망토를 소년의 어깨에 얹었다. 소년은 망토를 잡아 앞을 여몄다.

[부활을 축하드립니다, 주인님.]

"좀 늦었지, 이지프. 자, 가자."

이제 제국으로 돌아가야지.

황제는 그의 모습이 변한다는 것을 알고 있으니, 새로운 카니발라의 모습에 놀라지 않을 거다. 너무나 착하고 올바른 레프 오네긴사 공작은 혐오스럽다는 듯 볼 테지만.

그렇게, 카니발의 왕은 발카니아 왕자의 몸이 죽은 지 반년 만에 돌아올 수 있었다. 서커스단의 노예였다가 가짜 왕자 노릇을 하던 소년의 몸으로.

소년의 몸은 만족스러웠다. 동물을 부리는 것 외에는 별 능력이 없긴 했지만, 여태 차지한 몸 중 가장 아름다웠다. 아름다움은 굉장한 권력이었다. 사람들은 카니발라를 보자마자 황홀해했다. 약해지고 비굴해져서 아양을 떠는 사람들을 보며, 카니발라는 아름다움이 누릴 수 있는 권력을 실컷 즐겼다. 아주 재밌었다. 여자든 남자든, 그 누구도 카니발라 앞에서는 강자가 될 수가 없었다.

"……."

그래서 좋았는데, 대체 어떻게 엘리안이 튀어나온 거지.

특별한 능력도 없는, 영리하거나 강인하다고 할 수도 없는 어린아이가 어떻게 그 누구도 하지 못한 일을 한 걸까.

카니발라는 거울에 손을 얹어 보았다.

그날 일이 살에 박힌 바늘처럼 그를 불안하게 했다.

원래는 인간의 육체로 한번 들어가면, 완벽하게 그의 것이다.

그런데 이번엔 그가 밀려났다. 몸을 내주었다.

계기가 무엇이냐면, 그 여자. 엘리안의 가짜 누이이자, 듀카르니아의 왕족인 그 여자다.

역시, 처음 만나자마자 목을 부러뜨렸어야 했다. 레오닉스가 방해를 하든 말든 어떻게든 잡아 죽여 버렸어야 했어.

지금도 죽이고 싶지만, 잠들기 힘들 정도로 죽이고 싶지만, 마주하면 그때 같은 일이 또 벌어지지 않으리란 보장도 없으니 나설 수 없었다.

설마, 무서운 건가?

그래.

빌어먹게도, 내가 무서워하고 있다.

남자는 도자기 인형을 내동댕이쳤다.

"빌어먹을, 빌어먹을 엘리안!"

초조해지고 불안해졌다. 알 수 없는 병에 걸린 기분이다.

"빌어먹을!"

방 안의 모든 인형이 꿈틀댔다. 눈을 깜빡이고 손가락을 움직이고 고개를 까딱인다.

"조용!"

카니발라가 고함을 질렀다.

"조용히 해!"

웅성거리던 주변이 싸늘하게 조용해졌다.

창밖 나무로 부엉이들이 날아오기 시작했다. 정원을 가로지르던 고양이들이 한 마리 두 마리 창가로 모여들었다.

부엉이가 운다. 부엉 부엉—

고양이들도 울기 시작했다. 야옹, 야옹—

창문 앞에는 이제 수십 마리의 고양이들이 모여들어 안을 들여다보고 있다. 창가로 드리워진 목련나뭇가지에 부엉이들이 떼 지어 앉아 카니발의 왕을 바라본다.

카니발의 왕은 입술을 물었다.

뭐야, 이건!

초조해져서, 너무나 초조해져서 가만히 있을 수가 없다.

역시, 죽여야겠어! 그 계집애, 죽여야 해!

"이봐!"

카니발라가 고함을 질렀다.

"무슨 일이십니까."

"이—"

죽이자.

두려워할 거 뭐 있나.

그 여자를 죽여 버리라고!

암살자의 칼이면 된다. 듀카르니아의 항구에서 사람 하나 사서 그 여자를 찔러 버리라 하지.

가만, 가만.

아깝잖아.

생각하는 순간 분노가 치민다. 뜨겁다. 가슴이 울컥댄다. 손에 힘이 들어가고, 가슴 언저리가 무거워졌다.

순간, 갑자기 툭 끊어졌다. 암흑이 눈앞을 확 덮었다.

다시 눈을 떴을 때 쥐들이 카니발라의 앞에 있었다. 쥐들은 카니발라 주변을 오고 가며 그의 무릎과 손을 건드렸다. 고양이들은 사납게 울부짖으며 창문을 긁었다. 부엉이들이 창에 부딪혔다.

챙, 캉, 챙, 캉, 야오옹.

기억이 사라졌다. 시간이 잠깐 지난 게 아니다. 한참이나 정신을 잃었던 것이다.

카니발라는 급히 시계를 보았다.

삼십 분 정도 사라져 있었다. 카니발라는 종이를 찾아, 펜을 꺼내 휘갈긴 다음 다급하게 외쳤다.

"누가! 어서! 젠장! 누가 좀 와! 이지프, 너라도 와! 어서!"

다시 눈앞이 새카맣게 덮이며 기절했고, 간신히 눈을 뜨자 이번에는 창문이 활짝 열려 있었다.

고양이들이 들어와 남자를 빙 둘러싸고 들여다보고 있었다. 부엉이들이 방 안을 날아다니다 벽장식 위에 앉았다. 고양이들이 콧잔등을 찡그리며 날카로운 소리를 냈다. 샤아— 칵!

시계를 보자, 이번엔 한 시간이 사라지고 없다.

두려움에 몸이 떨린다.

맙소사, 맙소사. 아냐, 아냐. 이건 아니야.

이럴 리 없어.

다음 순간, 새카만 암흑이 먹물이 쏟아지듯 그의 정신을 뒤덮었다.
이번에는 깨어나지 못했다.

"엘."
"너는 엘이야."

❖

"자, 너는 이제 엘이야."
소녀가 말한다.
그리고 마법이 시작된다.
폭행도, 폭언도, 굶주림도, 악취도, 슬픔과 비참함도 사라진다. 소녀의
손이 볼에 얹히고 소녀의 향긋한 냄새가 풍겨 온다. 볼에 입술이 닿았다.
달콤하다.
"우리들의 집으로 가자."
그래, 우리들의 집.
붉은 벽돌로 지은 커다란 저택, 뜰에는 벚나무들이 가득하고 앞으로
놓인 도로로는 마차가 지나갔지. 둘이서 창에 앉아 놀다 보면 하루가 다
가곤 했어.
책을 보다 지겨워지거나 선생이 내 준 숙제가 하기 싫으면, 너는 항상
창가로 가 길을 내려다보지.
반짝이던 네 눈, 장밋빛으로 상기된 볼, 거기에 재잘대던 입술까지. 네
가 얼마나 사랑스러운지 알아?
하지만 마법이 끝났지.
그것은 다 가짜였으니까.

새벽빛이 푸르게 번지는 어느 날, 나는 침대에 앉아 있지.

세상이 끝장났으면, 내일 아침을 보지 않았으면 싶었어.

손바닥 안에는 내가 어린 시절부터 가지고 있던 작은 병이 있었어.

세상이 말하고 있어.

너는 왕족이 아니잖아. 다 알아. 너는 서커스단의 노예야. 너만 알던 사실인데, 이제 모두가 알게 되었어.

"엘."

브릴.

서커스단에서의 나는 이름도 없는 유령이었는데, 네가 엘이라 부르자 나는 엘이 되었어.

하지만 왕자, 그 큰 키의 왕자가 꿈을 박살 내려 해.

너 없이 내가 어떻게 살아.

그래서 나는 그 병의 독을 삼켰어.

그리고…….

긴 잠이었어.

그러던 어느 날, 나를 부르는 소리가 들렸지.

엘, 엘이야?

목소리를 듣자 아침의 햇살이 이마에 닿는 것 같았어.

일어날 시간이 된 거야.

노래가 들린다.

어린 시절부터 항상 듣던, 듣지 않아도 듣는 것 같던 노래.

작은 새가 왔다 갔어요…….

"……!"

엘리안은 눈을 떴다.

하얀 고양이가 엘리안을 물끄러미 내려다보고 있었다.

눈이 마주치자 고양이는 둥근 이마를 턱에 문질렀다.

엘리안은 눈을 깜빡였다. 헐떡이는 자신의 숨소리가 들려왔다. 고양이가 엘리안의 허벅지에 몸을 붙이고 드러누웠다. 만져 주자 골골거리며 몸을 더 바짝 붙였다.

"어지러워."

어디까지가 꿈이고, 어디까지가 현실인지도 헷갈린다.

다른 고양이가 등에 들러붙어 이마를 비볐다. 다른 고양이는 앞발로 엘리안의 팔을 건드렸다.

"아, 알았어. 알았어. 안녕, 고양이들아. 나는 엘리안이야. 미안, 지금 정신이 하나도 없어. 어지럽고 아프고……."

엘리안은 간신히 일어나 앉았다. 처음 본 하얀 고양이가 엘리안의 허벅지 위에 자리를 잡고 드러누웠다. 엘리안은 고양이의 등을 쓸며 주변을 둘러보았다.

"여기가 대체 어디야?"

흉측한 인형들에, 엄청난 거울에, 장식들은 숨이 턱턱 막히게 심란했다. 무릎에 기대고 있던 고양이가 보채듯 야옹, 하고 울자 엘리안은 다시 등을 쓸어 주었다. 다른 고양이들이 꼬리를 꼿꼿하게 세우고 다가와 야옹 야옹대며 몸을 비볐다. 엘리안은 그 고양이들을 죄다 만져 줘야 했다.

"얘들아. 미안하지만 여기가 어디인지 아니?"

고양이들이 일제히 야옹— 하고 서럽게 울었다.

"아, 모른다고. 물어봐서 미안."

어지러움이 가라앉자, 엘리안은 다리에 힘을 주고 몸을 일으켰다. 몸에 붙어 있던 고양이들이 성을 내며 뛰어내렸다. 엄청나게 많은 거울이 그런 엘리안의 모습을 비추었다.

"어?"

거울을 본 엘리안은 고개를 젖혔다. 거울 안의 청년도 고개를 젖힌다. 턱을 만져 보았다. 거울 안의 놀란 얼굴도 턱을 만졌다.

"어어어?"

엘리안은 거울에 다가가 손을 뻗어 보았다. 거울 너머의 얼굴이 같이 의아해하며 손을 든다.

이, 이거 나야?

키는 커지고 어깨도 넓어졌다. 턱 선도 진해지고 볼 옆으로 구레나룻이 연하게 번졌다. 엘리안은 민망해서 볼을 문질렀다. 자랑스럽다기보다는 당혹스럽고 부끄러웠다.

수, 수염 났어. 어떻게 해.

아, 나에게 대체 무슨 일이 있었더라.

왕세자 아르노가 다녀간 뒤 서커스단에서 받았던 독약을 꺼냈다. 그것을 보니, 서커스단을 나온 지 한참이 되었는데 왜 버리지 않았던 건지 새삼 궁금해진다. 언제고 쓸 일이 있을 거라 생각했던 걸까…….

결국 쓸 일이 생기긴 했다.

"레오닉스."

엘리안은 내뱉듯 말하고는 얼굴을 두 손으로 감쌌다.

오만한 왕자.

처음 그 남자를 본 건 여름 연회에서였다. 엘리안은 회장 안의 사람들이 술렁이고 흥분하자, 누가 들어왔나 궁금해져서 돌아보았다. 입구에 키 큰 남자가 들어와 있었다. 검푸른 제복 차림의 남자를, 사람들은 호기심과 경외를 담아 지켜보고 수군거렸다. 남자의 신분을 몰라도, 그가 얼마나 높은 사람이고 사람들의 관심을 받는지 알 수 있었다. 그리고 그 남자의 눈이 향하는 곳을 본 순간, 엘리안은 뒷목이 오싹해졌다.

남자는 브릴을 보고 있었다.

남자의 눈에 보이는 매혹된 자 특유의 관심과 집중은 엘리안이 모를 수가 없었다. 하필이면 어머니에게 브릴의 결혼에 대해 듣고 온 게 신경 쓰였다. 남자, 그것도 어느 정도 지위가 있는 남자가 브릴에게 관심을 보이는 것도 불안했다. 무서워서 심장이 터질 것 같았다. 남자 앞에서 브릴을 숨겨 버리고 싶었다. 엘리안은 숙부를 찾아, 그 남자가 누구인지 물었다. 금방 알게 되었다.

'하일드의 왕자, 레오닉스.'

또한, 멸망했다는 발카니아의 왕자이기도 하다.

발카니아는 이미 멸망해 지도에서 지워진 나라이지만, 엘리안은 그곳에서 브릴을 만났다. 그때부터 가짜 왕족으로 살았다.

엘리안은 불안하고 초조해졌다. 당장 그곳을 떠나야 했다. 그러지 않으면, 뭔가에 붙들릴 것 같았다.

그리고 그 불안은 결국 현실이 되었다.

레오닉스의 수하들에게 잡혀 와 그의 앞으로 끌려갔으니.

늘 들킬까 봐 두려웠다. 그런데 지스티아는, 엘리안이 그만두자고 하자 '그간 먹여 주고 재워 준 값은 해야 하는 거 아니니. 이 배은망덕한 녀석아.' 하고 말했다.

사실을 알아낸 아르노는 엘리안을 찾아와 멸시에 찬 말을 끝도 없이 퍼부었다. 비천한 것, 더러운 것, 도둑놈, 수치를 모르는 사기꾼, 어찌 네가 감히.

그런데 그 모든 걸 합쳐도, 레오닉스에 대한 분노에 비할 바가 아니었다.

분노나 상처만이 아니었다. 질투가 나 죽을 지경이었다. 그는 진짜 왕자였고, 강력한 군대의 지지를 받는 기사단의 단주다.

그런데 난…….

가짜 왕족이지.

그의 말대로, 제국 출신 노예일 뿐이야.

가짜 왕족이란 옷을 벗기면 감옥에 가든지 처형당해야 하는.

그래서 엘리안은 결국 독을 삼켰다.

감당을 할 수가 없었다. 이대로 다 끝난다면, 보지 않을 수만 있다면, 내가 더 보지도 느끼지도 않을 수 있다면, 그러면 될 것 같았다.

그러다 깨어나니, 전혀 모르는 곳에 있는 것이다.

몇 년이 지났는지 모르게 훌쩍 자란 채로.

엘리안은 정직한 성품이었다. 울고 싶으면 울었다. 그래서 눈물을 뚝뚝 흘리며 울기 시작했다.

"어떻게 해."

막막하다. 무섭다. 여기가 어딘 걸까.

흑흑 울던 엘리안은 앞에 서 있는 제복 차림의 청년과 마주했다. 청년의 손에는 잠든 소년이 들려 있었다.

엘리안은 얼른 눈물을 닦아 내고는 물었다.

"누구세요?"

"네?"

청년은 험악한 말을 하려고 준비하고 있다가, 엘리안이 그렇게 묻자 도리어 놀랐다.

"뭐라고 하신?"

"누구……시냐고……."

"이번엔 무슨 장난인 겁니까."

청년은 들고 있던 소년을 소파에 눕힌 다음 엘리안을 노려보았다.

"장난치시는 거라면, 제발 좀 그만하십시오."

"아, 그, 그게. 아니, 아닌데."

"그럼 아프기라도 한 겁니까."

"네. 그게 지금의 저와 가장 가까운 말인 것 같네요."

청년은 어처구니없다는 듯 엘리안을 보았다.

엘리안은 몹시 부끄러웠지만, 달리 할 수 있는 일이 있는 건 아니다. 어쩔 줄 몰라 몸을 더 움츠리자, 청년이 헛기침을 했다.

"언제부터 고양이를 키우셨습니까?"

엘리안은 온갖 고양이들에 둘러싸여 있었다. 회색 줄무늬, 점박이, 삼색이, 흰 고양이, 검은 고양이, 발만 하얀 고양이 등등.

고양이들은 황홀경에 빠진 표정으로 엘리안에게 몸을 문질러 대거나 벌렁 드러누워 애교를 피우는 중이었다.

"아, 주변에서 살던 애들이에요. 저는 고양이 안 키워요. 그런데 무슨 일이세요?"

"네?"

"무, 무슨…… 일이시냐고."

청년은 기가 막혀 입을 벌렸다가, 곧 이를 북 갈아붙이고는 고함을 질렀다.

"제발 부탁이니! 전령으로 보내 놨으면 책임을 지십시오, 책임을! 그렇게 보내 놓고선 그 자리에서 잠들게 하면 어떻게 합니까!"

"네, 네?"

"제가 일전에 말했습니다. 남의 몸을 쓰면, 다 썼다고 쓰레기 버리듯 버리지 말고 제발 좀 데리고 가라고! 제가 배달까지 해야 하는 이유가 뭡니까!"

"그, 그럼 그냥 놓고 가시지."

"어떻게 그래요! 이 어린아이를! 길바닥에 버려 두면 무슨 일을 당하라고!"

"어, 그, 그럼 감사합니다."

"네?"

"저 아이를 챙겨 주셔서 감사하다고……. 아, 아는 사이는 아니지만요. 아니, 아는 사이일 수도 있겠네요. 그러니까 제 말은, 저는 모르지만 아는 사이일 수도 있다고……. 그, 그러니까 저 아이를 챙겨 주셔서 정, 정말 감사……해요."

엘리안은 얼른 담요를 가져다 소년을 덮어 주었다.

"장난 좀 그만 치십시오, 카니발라."

카니발라? 엘리안은 놀라 저도 모르게 움츠러들었다.

왜 나더러 카니발라라고 하지?

카니발라는 카니발의 왕이다.

가만, 그럼 나는 죽은 게 아니라 내 소원을 카니발의 왕이 들어주기로 한 건가. 전설대로 카니발의 왕이 내 몸을 차지하고 있었던 거?

그런데 어떻게 되살아난 거지.

그대로 죽는다고 들었는데.

엘리안은 손가락을 꼼지락거려 보고, 다리도 흔들어 보고, 머리도 휘저어 보았다. 다 잘 움직였다.

나 살아 있는 거 맞는데?

청년이 심란한 눈으로 그런 엘리안을 보며 말했다.

"보아하니, 잠이 덜 깨신 거군요."

"저기, 그런데 누구세요. 죄송해요. 그건 알아야 해서요."

"설마 기억이 안 나십니까?"

"죄송합니다. 저기, 오랜……만에 만나는 것 같아서요."

"어제 뵈었습니다만."

"와, 그, 그게 요즘 정신이 없어서. 하루만 지나면 잊어, 잊어버려요!"

청년의 얼굴에 혐오가 보였다.

정말 극도의 혐오였다.

줄여서 극혐.

엘리안은 다시 기가 죽어서, 어쩔 줄 몰라 하며 고개만 주억거렸다. 화가 난 청년이 고함을 질렀다.

"황후 전하의 아들이자, 트레빌란 공작 레프 오네긴사! 항상 그렇게 부르셨잖아요! 이건 또 새로운 장난이십니까."

"감사합니다! 다음부터는 절대 안 잊어버릴게요!"

엘리안은 모르는 사람을 만날 때 늘 그러하듯 활짝 웃었다. 보통 이렇게 웃으면 여태까지 뭘 하던 사람이든 죄다 웃으며 친절해졌다. 그러나 레프는 경악했다.

"미치셨습니까, 카니발라? 아니, 항상 미치신 건 압니다만! 오늘은 왜 이따위로 미쳤어요?"

"맞아요! 제가 오늘 좀 미친 것 같아요. 양해해 주세요."

가만, 그런데 황후의 아들? 왕비가 아니고?

듀카르니아 왕비는 오래전에 서거했는데. 숙부 중에 이렇게 젊은 사람은 없고. 그동안 왕세자가 즉위해서 왕세자비가 왕비가 되었나? 그런데 왕세자에게는 아들이 없는걸? 그리고 숙부님들 중 레프란 이름의 아들도 없고! 아니, 있을지도 모른다. 엘리안이 기억 못 할 뿐이겠지. 엘리안이 기억하지 않아도 상관없었던 건, 복잡한 일은 항상 브릴의 몫이었기 때문이다. 숙부들의 이름은 물론이요, 사촌들도 남김없이 다 알았다. 여러 나라의 왕들에 대해서도 알고, 유명한 장군들의 이름과 그들이 주로 쓰는 전함, 대포 등도 다 알았다.

아, 브릴.

네가 있어야 하는데.

브릴이라면 이 사람이 누구인지, 이름만 들어도 알 텐데.

"카니발라?"

"아. 아무것도, 아무것도 아니에요. 레, 레프."

"레프 트레빌란 공작입니다."

"네?"

"앞으로는 제 호칭을 정확히 불러 주시길 바랍니다, 카니발라. 저는 소년이 아닙니다. 스물두 살이고, 성인이고, 결혼도 했습니다. 제국의 장군이며 군인입…… 카니발라 공?"

"아, 드, 듣고 있어요."

엘리안은 멍하니 보고 있다가 고양이가 야옹 하며 달려들자 얼른 쓰다듬어 주면서 고개를 끄덕였다.

"딴생각을 하시는 것 같습니다."

"저기, 정말 궁금한데……. 그러니까 여기는…… 그, 어디죠?"

"새로 개발한 조롱입니까?"

엘리안은 애처로운 표정으로 바라보았다. 경멸당하든 황당해하든, 일단 여기가 어딘지는 알아야겠다. 그리고 이리 바라보는 게, 엘리안이 아는 유일한 설득의 기술이었다. 성공률은 항상 완벽했고.

레프의 냉엄한 눈은 엘리안의 몸을 감고 잠드는 고양이와, 팔 사이로 머리를 들이밀고 몸을 비벼 대는 고양이로 옮겨 갔다. 잠깐 눈동자가 떨렸다.

"부탁드립니다. 레프 트빌란 공작님. 여기가 어디죠?"

"트레빌란."

"죄송합니다. 그러니, 여기가 어디인지만 가르쳐 주세요."

"……하나도 안 귀엽습니다."

"저도 이 꼴을 더 보이고 싶지는 않아요. 그러니 가르쳐만 주세요!"

엘리안은 부끄러워 죽고 싶은 심정이었다.

레프가 한숨과 함께 말했다.

"어디긴 어딥니까. 공의 집이지."

"어디에 있는?"

"제국의 찬란하고 위대한 수도, 아데안이지요."

"아데……안?"

지도가 펼쳐졌다.

……그냥 백지로.

어디지?

엘리안은 지리에 대해서는 순백이었다. 왕국에 있을 때도 동부와 서부에 뭐가 있는지도 몰랐고, 사실 동과 서도 구분 못 했다. 북으로 가면 추워지고 남으로 가면 더워지고 어딘가로 가면 사시사철 여름이고 어디로 가면 재수 없게도 일 년 내내 겨울이라는 것 정도나 알까. 서커스단에 있을 때도 주워듣기만 했지, 넓게 생각한 적이 없었다. 이렇게 무지한 엘리안 대신 가정교사들의 시험지를 풀어 주는 것도, 질문 답변 시간에 답을 몰래 가르쳐 주는 것도 브릴이었다.

그래, 브릴! 브릴을 찾아가야 한다.

엘리안이 이만큼 컸다면, 브릴도 컸을 거다.

그런 엘리안을 보는 레프는 점점 더 겁이 났다. 어서 자리에서 도망치고 싶었다.

"카니발라 공. 오늘은 이만 가겠습니다. 올 때는 할 말이 많았는데, 일부러 이러시는 건지, 우연히 이렇게 되신 건지 모르겠지만 들을 상태가 아닌 것 같으니 그만두지요."

"정말 감사합니다."

"정말 미치셨군요."

"저도 제가 그런 것 같아요. 그러니 부탁하는데, 오늘은 봐주시면 안 될까요?"

더 화를 내려던 레프는 울 것 같은 엘리안의 얼굴을 보자 누그러졌다. 레프는 동정심 많은 청년이었다. 결국, 이러면 안 된다는 걸 알면서도 힘 빠진 목소리로 말했다.

"다시 찾아뵙겠습니다. 그때는 제정신으로, 진지하게 응대해 주시길 바랍니다. 황제 폐하께서도 그리하시길 원하실 겁니다."

황제? 황제가 뭐지. 왕보다 높은 것 같은데. 가만, 황제가 어디에 있지? 제국에 있지. 그런데 제국은 또 어디지? 당황해서 기억이 안 나는 게 아니라, 엘리안은 애초에 몰랐다. 엘리안의 지성으로 말할 것 같으면, 바뀌는 가정교사마다 한동안 입을 다물지 못하게 만들던 수준이었다. 어쩌면 이렇게 아무것도 모를 수 있지? 하면서.

"그럼, 그만 주무십시오."

"네."

레프는 크게 한숨을 토해 내며 돌아서 나갔다. 삼색 고양이가 그런 레프에게 들러붙었다. 레프는 잠시 멈추었다가, 얼른 삼색 고양이를 집어 들고 달려 나갔다.

"……"

혼자 남게 된 엘리안은 당장 눈을 감고 자고 싶어졌다. 한숨 자고 일어나면 이 끔찍한 상황이 끝날 것 같다. 브릴이 귀를 잡아당기며 '바보야,

일어나. 늦잠이야.' 할 것 같았다…….

그때, 갑자기 목이 낚아채이며 뒤로 몸이 날아갔다.

"으악!"

가슴 위로 엄청나게 빠른 것이 내려앉았다. 목 옆에 차가운 단도가 붙었다. 작고 사나운 얼굴이 확 가까워졌다.

엘리안은 놀라 눈만 크게 떴다.

소년이 노려보며 말했다.

"너는 누구지!"

"엘리안."

엘리안은 급히 말했다. 그리고 목에 붙어 있는 차가운 단검을 흘끔 보고는 어색하게 웃었다.

"아, 안녕. 내 이름은 엘리안. 넌?"

"라바이 룬!"

소년이 더욱 날카롭게 노려보았다.

"카니발라는 어디로 꺼졌지?"

"으, 응?"

"어서! 나를 노예로 만든 그놈! 그 찢어 죽일 자식! 어디 갔어! 당장 나와! 목을 따 버릴 테다."

"저기, 저기, 이거 좀 놔줘. 그리고 카니발의 왕이 나타나면, 내가 곤란해서 그건…… 원하지 않아 주면 좋겠어. 또, 나중에 카니발라를 만나더라도 목을 따지는 말아 줄래? 아무래도 카니발라하고 내가 목을 공유하는 것 같아."

"멍청한 소리 작작해!"

"말을 너무 심하게 한다. 가만, 가만. 일단 진정하자. 응?"

카니발라에 대체 무슨 일을 당한 건지, 소년의 검은 눈이 보이는 적개심은 굉장했다. 그러나 엘리안의 얼굴은 아주 무해하고 천진했다. 한참 노려보던 소년이 단도를 치웠다. 엘리안은 안도의 한숨을 내쉬었다.

"저, 라바이. 카니발라하고 무슨 사이야?"

"네가, 아니 카니발라가 듀카르니아에서 끌고 왔어!"

그리고 갑자기 멱살을 잡아 흔들었다.

"그리고 나를 노예로 만들었어! 내 몸을 마음대로 쓰고! 빌어먹을!"

"아, 진정, 진정해! 내가 안 그랬…… 미, 미안! 정말 미안해! 가만, 듀카르니아라고?"

끌고 왔다, 노예로 삼았다, 뭐다, 라는 말은 하나도 들리지 않는다.

오로지 하나만 들렸다.

듀카르니아!

"너, 그러면 듀카르니아로 돌아갈 생각이지?"

"당연하지!"

"같이 갈래?"

"……응?"

"서, 서로 도와서 듀카르니아로 가자. 어때? 응?"

라바이의 새카만 눈에는 여전히 적대감이 가득했다. 이놈이 미쳤나? 하는 눈빛이다. 미쳐 보여도 상관없었다. 엘리안은 간절했다.

"나를 속이는 거면 목을 따 버릴 거야!"

"목 딴다는 말 좀 그만해. 끔찍하게."

라바이가 멱살을 잡은 손을 놓았다. 엘리안은 얼른 라바이에게서 멀어졌다. 라바이는 씩씩대며 엘리안을 노려보다, 정말 엘리안이 아무 짓도 하지 않을 거라 판단한 듯 단도도 집어넣었다. 엘리안은 가슴을 쓸어내렸다. 저 단검, 정말 무서웠다.

라바이가 쏘아붙였다.

"어떻게 돌아갈 건데!"

"그건 지, 지금부터 생각해야 할 것 같아!"

"뭐야?"

"내가 여기에 있긴 있는데 여기가 어디에 있는지 몰라서."

"……?"

아데안이 어디 있는지도 모른다.

여기서 체자로 가는 방법은 당연히 모르고.

어서 어서 생각하자. 기차를 타야 하나? 마차? 배?

아, 가까우면 좋겠다.

걸어갈 수 있으면 더 좋고.

아데안에서 배로 '열흘 거리'인 듀카르니아의 수도 체자는 아직 어수 선했다. 처음에는 의회의 음모이자 반정부주의자들이 공주를 살해했다는 소문이 돌더니, 곧 제국에서 벌인 일 같다는 소문이 퍼졌다. 이어 하일드 와 체자의 군항에서 전함이 집결 중이라는 소문이 돌자, 역시 공주를 살 해한 것은 제국이란 소문이 힘을 얻었다. 아르노가 분노를 삼키며 제국에 복수를 준비하는 중이란 말도 함께.

브릴은 그런 수도로 오 년여 만에 돌아오게 되었다.

숙부들은 의회와 하일드를 살피느라 조카인 브릴이 온 줄도 몰랐고, 브릴도 알리지 않았다. 왕궁의 손님용 궁에 머물며, 왕실 재무관에게 요 청해 예전에 살던 저택을 되찾고 싶다고 했다. 혼자 모든 일을 하기에는 막막했는데, 다행히 총리가 보좌관을 보내 주었다. 보좌관은 마흔 살 정도의 여자로, 브릴이 뭘 원하는지 금방 알아내 척척 해결해 주었다.

덕택에 일은 예상보다 순조롭게 진행되어, 브릴은 원래 살던 저택으로 한 달도 안 되어 돌아갈 수 있게 되었다. 브릴의 어머니가 왕실 이름으로 구입한 곳이다. 몇 년이나 버려져 있어서 돈을 들여 치우고 정리해야 할 거라 각오하고 들어갔다). 그런데 문을 열어 본 집은 깨끗하게 관리되어 있었다. 바로 어제 집을 비웠다가 오늘 돌아온 것 같았다.

왕궁에서 빌려온 하녀들이 가구를 덮은 천만 치우고 청소 좀 하자 입주 준비가 완료되었다. 보좌관도 감탄했다.

"관리 내역을 보면 청소만 한 것 같은데, 하나도 도둑맞지 않고 이렇게 멀쩡하다니 신기하군요."

"나도 그렇게 생각해. 놀랍게도, 왕실 관리가 제대로 일을 하고 있던 거니까."

"그야말로 있을 수 없는 일이죠."

오후에는, 대체 어떻게 알았는지 은행의 직원이 은행 금고에 있는 보석 목록을 전달하러 왔다. 상당한 목록이었지만, 보관비는 청구되지 않았다. 이미 지불되고 있었다는 것이다. 왕실 명의의 보석은 어머니가 실종되면서 자동 반환되었을 테니, 금고 안에 있는 보석은 모두 어머니 소유의 보석이다.

"언제 이렇게 지르셨어."

보석 가격에 대해 모르는 브릴이 봐도 상당한 가격이었을 것 같다. 엘리안의 연금으로 이 모든 게 충당이 되었다는 게 놀랍다.

창고와 만찬실 진열장에 쌓여 있는 엄청난 도자기들도 발견했다. 보관실에 있던 도자기 상자들을 꺼내 거실에 쌓아 보니, 이 역시 상당히 많았다. 다 팔아야 할 것 같다.

"귀찮은 게 너무 많네."

한편, 메즈는 집의 규모에 놀라고 있었다. 자그마치 5층까지 있고, 방도 엄청나게 많았다. 1층 거실과 홀, 찬실은 연회가 가능할 정도로 넓다. 2층에는 예전에 브릴과 어머니, 엘리안이 쓰던 방들이 있다. 남는 방도 많아, 브릴은 그중 하나를 메즈의 방으로 자랑스럽게 내주었다. 넓고 따뜻한 방이라 좋아할 줄 알았더니, 메즈는 오히려 기겁해 고개를 저었다.

"너무 넓은 방은 제가 힘들 것 같습니다. 작은 방을 주십시오."

"기왕 넓은 집에 사는 건데, 그냥 넓은 방을 쓰지?"

"불편합니다."

"익숙해져."

"아니, 아닙니다. 익숙해지고 싶지 않습니다."

"아, 그래도. 내가 메즈에게 쓸 수 있는 몇 안 되는 선심이야."

"저는 정말 괜찮습니다. 익숙해지면 나중에 돌아갔을 때 불편할 겁니다. 그리고…… 저 사람도 이런 생활에 익숙해지지 않았으면 좋겠군요."

메즈는 거실에 누워 있는 길리온과 도자기 상자를 열어 보는 마르셀을 가리켰다.

저 두 기사가 온 것은 오후였다. 이사 도와주러 왔다더니, 할 일이 없다는 것을 알게 되자 주저앉아 노는 중이다.

마르셀은 상자에 담겨 있는 찻잔 세트와 목록을 보고는 감탄했다.

"이렇게 귀하고 예쁜 걸 상자 안에 그냥 둘 건가요."

"아, 다 팔 거야."

"네? 왜요?"

"도시의 영애를 죄다 초대해 홍차 한 잔씩 돌려도 될 만큼 많잖아. 이게 다 무슨 소용이야."

마르셀은 한숨을 내쉬었다.

"이 어여쁜 아이들이 팔려갈 거라 생각하니, 마음이 아프군요. 아까워라."

길리온이 짜증을 내며 말했다.

"마르셀. 우리는 놀러 온 게 아니다."

"어차피 대기 발령 상태잖아요. 할 일이 없어 놀러 온 게 맞습니다. 그리고 뭐, 저보다는 길 대장이 더 잘 놀고 있는데요?"

길리온은 소파에 푹 묻혔다.

그렇다.

아르노는 그냥 넘어가지 않았다.

암닉시아 궁에서 싸운 덕에 공주의 암살에 대한 처벌은 면했지만, 그렇다고 아르노가 용서해 준 것은 아니었다. 암닉시아 궁의 실패에 대한 분풀이가 필요했던 아르노는 이 둘을 대기 발령 상태로 만들었다.

마르셀이야 능속 기사니 어디든 필요로 한다. 그러나 누가 봐도 무능 기사인 길리온은 여기서 물러나면 갈 곳이 없다. 마르셀은 놀고 싶어서 노는 거지만, 길리온은 놀아야 해서 놀았다.

메즈가 마르셀에게 물었다.

"그런데 왜 같이 오셨습니까. 항상 같이 다니나요?"

"길리온 경이 지금 우리 집에서 지내고 있거든요. 그래서 같이 왔어요."

"저런, 길리온 씨는 집이 없나 보군요."

길리온이 허리를 퉁기듯 벌떡 일어나 외쳤다.

"집에서 귀찮게 해서 나온 거다! 알아서 나온 거라고!"

"역시 쫓겨난 거군요."

"아니야! 형들이 귀찮게 해서 나와 준 거라고! 아니야, 아니라고!"

"쫓겨난 게 맞아 보입니다만."

"아니라니까!"

"그럼, 갖다 버린 거라고 솔직하게 말씀드릴 걸 그랬나요. 네, 집에서 길리온 씨를 내다 버렸군요."

"······!"

메즈는 학급 반장처럼 바르고 고운 말만 썼지만, 왠지 쌍욕을 들은 기분을 느끼게 해 주었다. 그러나 길리온에게는 바르고 고운 말로 상대를 화나게 할 만한 어휘력 자체가 없었다. 아니, 애초에 머리에 어휘가 몇 개 입력되어 있지도 않았다.

"빌어먹을, 너는 예의가 없나!"

"저는 야만인이 아닙니다. 예의는 지킬 줄 압니다."

"그럼, 나한테는 일부러 이러는 거야?"

"그렇습니다."

길리온은 바로 욕이 나왔으나, 브릴이 장부 넘기던 손을 멈추고 지켜보고 있었다. 마르셀도 돌아보고 있다. 길리온도 알았다. 이건 메즈가 건방지게 구는 건 괜찮지만, 길리온이 말 한 마디라도 잘못하면 가만 놔두지 않겠다는 경고였다.

길리온은 헛기침을 한 다음 말했다.

"예의란, 상대가 누구든 당연히 지키는 거다."

"하지만 저는 길리온 씨가 어떤 기분을 느끼시든 아무 상관없습니다."

"빌어먹을, 젠장, 대체 왜!"

"길리온 씨의 기분이 제게 아무런 가치도 없기 때문입니다."

길리온은 다시 브릴을 보았다. 그런데 길리온이 말할 때는 노려보던 브릴이, 메즈가 말을 하니 장부만 넘기고 있었다.

젠장! 왜 내 편을 안 들어 줘! 당신, 듀카르니아 왕족이잖아! (물론 아무 상관없다)

"그런데 너, 아까부터 왜 계속 길리온 '씨'냐?"

"근위 기사단에서 나왔다고 하지 않으셨습니까. 그러면 공식적으로 길리온 씨죠."

"마르셀은 왜 마르셀 경이고?"

"마르셀 경의 능력에 대한 존중의 의미입니다. 기사단을 나와도 기사는 기사입니다."

"나는?"

"존중할 만한 능력도 인품도 없습니다."

"너 말이야, 너! 사회생활 그렇게 하면 안 되는 거다!"

"길리온 씨."

"그래!"

"길리온 씨를 제하고는 저의 태도에 그 누구도 불평을 제기하지 않았습니다. 이러면, 제 사회생활에서 길리온 씨만 배제하면 아무 문제가 없지 않을까요."

"……넣을 생각 없냐."

"제가 왜 그렇게 합니까."

"가, 가치가 없냐."

"조금도."

상처 받은 길리온은 당장 메즈를 한 대 치고 싶었다. 그러나 메즈는 길리온보다 목 하나는 크고 어깨는 두 배로 넓고 팔뚝은 열 배쯤 강해 보였다. 말로는 상대할 수 있을 줄 알았더니, 이놈의 어휘력과 논리력은 길리온의 수준을 뛰어넘었다. 물론 애초에 안스터빌 백작가가 말 잘하는 것과는 거리가 멀었다. 그 집안에서 가장 말을 잘하는 사람인 안스터빌 백작부인이 아들 셋과 남편을 두고 하는 말은 딱 세 마디였다. 앉아, 안 돼, 먹어. 이러니 어지간한 사람은 길리온보다 못하기도 힘들었다.

길리온은 마르셀에게 도움을 요청하고 싶었지만, 마르셀은 도자기 구경하느라 바빴다. 마르셀은 이것이 어느 도자기 공장의 어느 라인이며 어느 년도의 한정판이며 무엇을 모티프로 한 것인지 줄줄 외우며 분류했다. 도자기 회사 카탈로그를 죄다 외우지 않는 한 불가능한 지식이었다. 마르셀은 그중 하나를 집어 들고는 애처롭게 말했다.

"브릴 님, 이 아이는 제가 사면 안 될까요. 구입가가 아마도 천 다셀 정도일 텐데, 지금 경매로 들어가면 만 다셀 정도로 팔릴 거예요. 한정판인데다, 아름답거든요."

"그럼 선물로 줄게."

"네?"

"그리고 하나 더 골라서 할머니께 가져다 드려. 그만큼 괜찮은 걸로."

"오?"

"단, 선물은 아니야. 호의지. 마르셀 경에게 도움을 받았는데, 할머니께 그 정도 성의는 보여야 도리지."

마르셀은 코트 안에서 명함 상자를 꺼냈다.

"뭐지?"

"누파사 제독가의 명함이요. 필요한 일 있으면, 언제든 여기로 연락하시고요, 시간 되시면 한번 놀러 오세요."

"초대야?"

"사실, 한번 놀러 오셔야 해요. 요즘 집에서 놀고 있었더니 할머니 뵐 일이 많았고, 할머니가 브릴 님 이야기를 하셔서요."

"아. 하긴. 그럴 만하지."

누파사 부인은 필파니온 왕의 누나, 즉 브릴의 고모할머니였다. 이건 마르셀의 성을 듣는 순간부터 브릴이 알던 것이다. 마르셀이 얼른 말했다.

"그리고 할머니가 뭐라 하시든 절대 맞춰 주지 마세요."

마르셀은 입은 웃고 있었지만, 눈은 초조하게 흔들렸다.

"누파사 영부인이 나에게 마르셀 경을 보낼 생각인 건 아니겠지?"

"서, 설마요."

브릴은 마르셀의 어깨를 두드려 주었다.

"잘 버텨. 나도 마르셀 경을 받아들일 생각은 없으니까."

"그리 말씀하시니 좀 서운합니다만, 그래도 다행이네요. 브릴 님이 싫은 게 아니라, 듀카르니아 왕실 일원이 되는 건 아주 피곤한 일이라."

"이해해."

마르셀은 할머니에게 드릴 찻잔을 골랐다. 솜씨 좋은 하녀가 마르셀을 위해 정성을 다해 찻잔 세트를 포장해 주었다. 두 기사는 저녁 전에 브릴과 메즈에게 인사를 하고 저택을 떠났다.

"그래도 마르셀 경은 좋은 분 같습니다."

둘이 나간 뒤, 메즈가 마르셀에 대해 이리 놀라운 평을 했다. 메즈가 두 발로 걷는 생명체에게 호감을 표하는 것 자체가 처음이었다.

"하긴, 마르셀을 싫어할 사람은 그 어디에도 없겠다."

아퀼라 나이젤호로 귀환할 때도, 시골 남자인 메즈는 뱃멀미로 어마어마한 고통에 시달렸다. 길리온은 메즈가 허덕이는 것을 보고 비웃고 싶었으나, 본인이 더 심해서 그럴 처지가 못 되었다. 해군 출신인 마르셀은 메즈에게 멀미에 대처하는 요령을 가르쳐 주었다. 메즈는 여전히 고통스러웠지만, 적어도 덜 수치스럽게 고통스러워할 수는 있게 되었다. 남자들을 보살펴 준 마르셀은 브릴에게도 괜찮은지 물었다.

"괜찮아. 어렸을 때 여행 자주 다녔거든."

어린 시절 영향이라기보다는, 브릴이 어디에 풀어 놓든 잘 버텨서다. 서부의 성에서도, 반누카 부인과 그 조카가 날씨에 괴로워할 때 브릴은 현지인처럼 잘도 버텼다. 로들이 괴로워하고 메즈가 혐오했던 시하라의 음식도 잘만 먹었다.

"마르셀 경과 친해질 것 같아?"

"그것까지는 바라지 않지만, 존중할 수는 있습니다. 저도 제 입장이 어떤지 압니다. 그러니, 그분처럼 편견 없이 상대방을 존중하는 사람은 존중받아야 하지 않을까요."

길리온의 반응은 사실 일반적이다. 그러나 길리온이 일반적으로 반응하는 건 반응하는 거고, 메즈가 비일반적으로 대응하는 건 대응하는 거다.

"다행이네. 마음에 드는 사람이 있어서."

"브릴 님도 그랬으면 좋겠습니다."

"노력해 볼게."

"……엘리안 님도 되찾고요."

브릴은 쓸쓸하게 웃었다.

돌아오니, 어디에든 엘리안이 있을 것 같았다. 문을 열면 앉아 있을 것 같고, 어딘가에서 나올 것만 같았다.

집이 옛날과 너무도 똑같다 보니, 그리움은 더 커진다.

그런 브릴을 보는 메즈의 눈에 연민이 비쳤다.

"그리워하시는군요. 브릴 님의 형제가 있던 시절을."

"데일을 생각해 봐. 데일도 메즈를 다시 찾았을 때 어떤 기분이었겠어. 나도 비슷한 기분이야. 어떤 존재가 되어 있든, 어떻게 되든 돌려받고 싶어."

"하지만 브릴 님. 그렇게 돌아온다 하더라도, 예전과 같지는 않을 겁니다. 아버지도 결국 저를 내보내야 했어요. 브릴 님의 형제가 돌아온다 하더라도…… 예전과 다를 겁니다."

"재회가 행복한 결말이 되는 경우는 없다는 건가?"

"잘은 모릅니다. 하지만 그건 되찾고 난 다음 생각해도 될 테지요. 제 처지는 아버지를 고통스럽게 했습니다. 어머니도 동생들도. 아버지는 저를 보호하지 못했다는 것 때문에 배로 고통스러워하셨지요. 그래서 아버지는 일단 제가 돌아온 것에만 만족하기로 하셨습니다. 그것만도 충분하다고."

"……그래, 그랬지. 항상 생각해 둘게."

메즈는 잠시 머뭇대다 말했다.

"브릴 님, 그 마법사는 라바이를 잡아갔습니다. 그러니 그 마법사의 일은 제 일이기도 합니다. 절대로, 절대로 혼자 결정하거나 가지 마십시오."

브릴은 고개를 저었다.

"하여간. 무슨 일이든 다 끼어들어."

"우연히 그렇게 되는 걸 제가 어쩝니까."

"그렇다고 하지, 뭐. 자, 들어가 잠이나 자."

"브릴 님도 주무십시오."

브릴은 2층으로 올라가 방으로 들어갔다.

드디어 예전에 쓰던 방으로 돌아왔다.

책장, 책상, 침대, 거기에 아름다운 필기구로 이루어진 문방 세트. 똑같다.

몇 년 전에 이곳에 살 때, 브릴은 이 책상에 앉아 온갖 허튼 소리를 적은 글을 쓰거나 낙서를 하곤 했다. 가정교사는 그럴 때마다 차라리 엘리안처럼 시라도 쓰라 했다.

벽난로의 불이 따사롭게 타올랐다.

온화한 열기가 느껴진다. 행여나 싶어 브릴은 돌아보았다.

잠시 기다리자 카펫 위로 곰이 나타났다. 둥근 얼굴은 거대했지만 귀여운 느낌이었다.

우르가나.

브릴은 빙그레 웃었다.

"여기 어때?"

우르가나는 기분 좋아 보였다.

말이 통하면 좋을 텐데.

따스한 곰의 몸이 브릴의 몸에 닿았고, 브릴은 두 팔을 벌려 안았다. 푹신하고 따뜻하다.

'여자'라는 느낌이 든다.

다정하고 상냥하고 편안하다.

[시끄러워.]

"……!"

브릴은 놀랐다.

급히 팔을 떼고 뒤로 물러났다.

곰은 둥근 얼굴을 흔들며 투덜댔다.

[온갖 소리가 다 들리고 피곤해. 저기 저 멀리 동물원이 있더군. 거기 동물들이 울부짖는데, 얼마나 시끄러운지.]

"말……할 수 있어?"

[자주는 못 해. 애써야 하지. 근처에 메즈가 있어야 편하게 할 수 있단다.]

"어떻게?"

[이건 인간의 언어고, 이 능력을 발현하게 해 줄 사람이 필요해. 나는 이곳에 속한 자가 아니고, 그러다 보니 이곳에 적을 둔 육신을 가진 자의 도움을

받아야 한단다. 즉, 메즈의 도움을 받아야 하고……. 내가 이렇게 길게 말하기 위해선, 메즈가 잠들어야 해. 메즈의 능력을 쓰는 거니까.]

브릴은 곰의 머리를 쓸어 보았다.

부드럽고 따뜻한 데다, 이제 질감마저도 느껴진다.

[애야, 나는 강아지가 아니란다. 한 번은 봐주지만, 계속 이러면 곤란해.]

브릴은 손을 뗐다.

"당신, 혹시 운명을 알 수 있어?"

[흐름만을 알지. 하지만 할 일이 정해진 사람도, 선택이 정해진 사람도 없어.]

"미리 알 수 없는 건가."

[꼬마, 앞으로 어찌할지 알 수 없으면 지나온 길을 돌아봐. 지나온 길이야말로 네가 무엇이었는지를 가르쳐 주는 거란다. 그리고 앞으로 네가 무엇을 할지도 가르쳐 주지.]

곰이 머리를 들었다. 둥근 머리와 귀가 브릴에게 다가왔다. 따스하다. 부드럽고.

[그러니, 아무것도 알 수 없다면 조용히 쉬어. 아무 소리도 들리지 않는가 싶다가도, 심장과 몸이 편해지면 네가 진정 원하는 소리를 듣게 될 테니.]

따스한 기운이 피로 스며들고 시야가 넓어진다.

심장이 커지는 느낌이고, 눈이 넓어진 느낌이며, 귀로 세상의 모든 소리가 다 들려오는 느낌이었다.

그 충만한 가운데, 브릴은 눈을 감았다.

외롭고 적막하고 뚝 떨어진 느낌이 이제는 없다.

온 세상이 그녀와 함께하는 기분이다.

검에서는 붉은빛이 번지고 벽난로의 불길은 높이 치솟았다.

방의 불길이 모두 그녀와 함께한다. 벽난로의 불이, 촛불의 불이, 거리의 철제 등잔 위에서 타오르는 불꽃이, 모두 다.

공원이 보인다.

예전에 엘리안과 같이 지나가던 공원이다.

곧 궁이 보인다. 오늘 아침 나온 왕궁.

바다가 보인다. 체자를 중심으로 흐르는 덴 강을 타고 나가면 바로 나타나는 바다, 그것을 지켜보는 요새. 그 요새가 지키는 군항의 전함들을 보는데 시야가 흐려졌다.

곧이어 새로운 광경이 보인다. 벽이 하얗고 아주 크고 아름다운 저택이 보인다. 곧 그 안으로 들어가게 된다. 붉은 카펫이 깔린 방에 들어갔다. 엄청난 거울과 인형들로 가득한 괴상한 방이다.

그곳에, 청년이 눈을 감고 누워 있다.

엘.

그 순간 청년이 눈을 떴다. 천진무구한 푸른 눈이다.

엘!

"……."

브릴은 천천히 깨어났다.

지난번과는 달리 기분 나쁘지는 않은 꿈이다.

날씨도 좋다. 창문을 통해 보는 것임에도, 날씨가 온화하다는 것을 느낄 수 있었다. 벌써 벚나무 꽃봉오리가 부풀었다. 일주일 정도 기다리면 눈처럼 하얗게 피어날 것이다.

돌아온 저택에서 맞이하는 첫날 아침이다.

브릴은 구운 빵과 부드러운 편육, 그리고 삶은 계란과 과일 샐러드로 아침을 먹었다. 신문도 도착해 있었다. 쓰레기 같은 기사만 가득했다. 브릴은 반쯤 보곤 수거함으로 집어 던졌다.

차를 마시는 동안 하녀가 보좌관의 도착을 알렸다.

"보좌관님과 같이 오신 분이 있습니다. 셰어브릴 님."

하녀가 긴장해 있었다. 집사나 가정부가 없는 이 집에서, 하녀가 모든 공식적인 일을 하고 있으니 떠는 것도 당연했다.

거실로 가자, 보좌관이 활짝 웃으며 같이 온 사람을 소개했다. 브릴과 같이 들어왔던 메즈가 놀라 뒤로 물러났다.

"좋은 아침이네, 셰어브릴. 메즈 군도 반갑군."

메즈는 더 뒤로 물러났다.

총리였다.

메즈가 총리를 무서워하는 이유는, 이 나라의 총리라서가 아니라 순전히 '아버지가 아는 분'이기 때문이었다.

"출근길에 알리시아와 함께 들렀네. 그동안 잘 지냈나?"

"알리시아 씨가 잘해 줬습니다. 덕택에 제가 할 일은 얼마 없었죠."

"도움이 되었다니 다행이군. 참, 메즈 군. 어제 저녁에 자네 아버지로부터 편지와 소포가 도착했네. 소포가 폭발물이나 위험물일 수 있어 내 비서가 미리 확인했으니, 포장이 뜯겨 있다 하더라도 불쾌해하지 말게."

메즈는 이상한 걸 본 고양이처럼 긴장했다.

"아버지가 뭐, 뭘 보내신 겁니까."

"그건 여기서 말할 수 없지만, 그 내용물에 대한 소문이 퍼지거든 무조건 내 비서가 소문낸 거니 비서에게 따지게. 나는 안 봤어. 물론 비서는 말하고 싶어 죽겠다는 눈치지만."

"아, 알겠, 알겠습니다."

메즈는 안절부절못했다. 당장 의사당으로 달려가 소포의 정체를 확인하고 집으로 들고 와 인멸하고 싶어 하는 눈치다.

"셰어브릴, 아침에 할 일이 없다면 나하고 같이 가겠나? 게다가 메즈 군도 당장 소포를 확인하러 가야 할 것 같은데."

브릴은 메즈를 보았다. 메즈의 초조한 눈동자가 브릴을 향했다.

가요, 가요, 갑시다!

"……."

안 가면 큰일 날 것 같다.

"제가 할 일이—"

"할 일 있나."

메즈의 눈이 더더욱 간절해졌다.

제발, 제발 부탁드립니다!

"있을 리가요. 왕족들은 공식적으로 직업을 가질 수 없지요. 매일매일 놀고먹어요. 앞으로도 계속 그럴 겁니다."

"그래도 돈은 나오니, 모두의 장래희망이 될 만한 위치야."

왕족들, 그것도 브릴 정도의 직계는 직업을 가질 수 없다. 자기 이름 걸고 사업을 벌여서도 안 된다. 왕족이 자기 이름으로 가질 수 있는 직업은 군인이나 학자, 국왕 보좌뿐이다.

주는 돈만 받으며 살아야 하는데, 국가는 왕족이 일을 하지 않는 대가로 돈을 주는 셈이다.

"할 일이 없으면, 종종 이 노인네의 말벗을 해 주겠나."

"저 자신이 저를 말벗으로 추천하고 싶지 않습니다만."

"내가 말을 잘하니 걱정 말게. 자네는 들어만 주면 되네."

브릴도 총리가 정말 잡담이나 하려고 부르는 게 아니란 건 알았다. 총리 정도라면, 이야기 상대가 넘치고 넘친다. 총리는 시골집에서 뜨개질하면서 쉬는 노마님이 아니니까. 그리고 브릴 역시, 평범한 스물한 살 아가씨가 아니다.

곧 아르노가 즉위한다. 그러면 후계자 문제는 반드시 해결되어야 한다. 브릴은 그 후보 중 하나이고, 총리는 결정권자 중 하나이다.

혹시 나와 그 이야기를 하려고 하나.

아르노가 처음 생각한 바와는 달리, 브릴은 살아남아 여기에 왔다. 어차피 죽여 버릴 거였으니 질러댔던 일들이, 오히려 브릴의 위상을 중요하게 만들어 버렸다.

우선, 아르노가 직접 브릴을 데리고 왔다. 그런 브릴이 암닉시아 궁에서 자신의 서열이 가장 높다고 선언해 버렸다. 아르노는 본의 아니게 브릴에게 정당성과 가능성을 듬뿍 준 셈이다.

그래서 거절할까 고민하는데, 옆의 메즈가 이제 손톱을 물고 있었다. 보고 있는 사람이 정서불안에 걸릴 지경이라, 브릴은 오늘은 가기로 했다.

"알겠습니다."

"멀지 않지만, 사람들 눈에 뜨이면 곤란하니 마차를 가지고 왔네."

"감사합니다."

브릴은 메즈를 데리고 뒷문에 대기 중인 마차에 탔다.

한 시간도 되지 않아 의사당에 도착했고, 마차 창문으로 의회 건물을 본 메즈는 어마어마하게 놀랐다.

"내가 봐도 크긴 하네."

브릴도 밖에서만 봤지 안으로 들어오는 건 처음이었다. 밖에서 보며 가늠했던 것보다, 안이 더 컸다. 의회에서 지은 건물은 물론 아니다. 이 의사당 건물은 듀카르니아 대궁전이 지어지기 전에 왕궁으로 쓰던 곳으로, 공화정부 시절부터 의회가 차지하게 되었다.

이른 아침이라 사람들은 거의 없었다. 총리의 참모관 중 하나인 로즈 맥빌 경이 입구까지 마중 나와 있었다. 키가 크고 단정한 용모의 젊은 여자였다. 머리를 짧게 깎아 드러낸 긴 목덜미가 시원하고 아름다워 보였다. 맥빌 경은 브릴과 총리를 집무실까지 안내해 주었다. 또 나중에 시간이 되면 의회 안을 구경해 보라는 말도 해 주었다.

"계속 수도에 머물 생각인가?"

"당분간은 그럴 예정입니다."

브릴은 총리가 '왜?' 라고 물어볼 거라 생각했다. 그러나 총리는 그러지 않았다.

"그럼 시간 내서 여기에 와 줄 수 있나. 메즈 군도 그렇고, 자네도 그렇고. 이곳은 학교이기도 해. 젊은이들은 뭐든 배우고 익히는 게 좋지."

어라. 왜 이런 제안이.

브릴은 눈을 깜빡였다.

"셰어브릴?"

"오해를 살 수 있지 않을까요."

"어떤 오해? 왕족이 공화파가 된다는 오해?"

"차라리 그런 소문이면 좋겠는데, 그건 아닐 것 같군요. 총리 각하의 호의는 금방 제 야망을 측정하는 데 쓰일 겁니다."

브릴이 야심을 품어서 총리에게 접근하거나 총리가 아르노에 대한 대항마로 브릴을 지원한다는 소문이 날지도 모른다. 브릴은 누구의 시선도 끌고 싶지 않았고, 총리가 그런 종류의 소문으로부터 브릴을 보호할 수 없다는 것도 알았다.

"소문이 나면 나는 대로 놔두게나. 자네만 상관없다면, 나도 상관없어."

"저는 상관없습니다만, 총리님은 곤란해질 거예요."

"그럼 뭐, 내버려 두기로 하지. 에스델라 공주도 여기서 잠시 배웠네. 후계자라 법리와 행정, 군사학까지 배웠지. 좋은 학생은 아니었지만 예쁜 소녀였지. 공주가 올 때면 여기 남학생들은 부끄러운 줄도 모르고 공주가 오고 가는 것을 숨어서 보았어. 그런데 공주는 남자들은 다 싫어했지. 귀족이든 왕족이든 간에."

브릴도 에스델라가 어떤 아이인지 알았다. 멋 부리는 데만 관심 있는 소녀라고들 알지만, 그 안에 든 야심과 권력욕은 엄청났다. 아름답게 치장한 것도, 가장 아름답다는 권력을 차지하고 싶어서였다. 그 권력을 조금이라도 손상시키거나 자존심을 흔들면 어떻게 되는지, 브릴이 가장 잘 안다.

총리의 집무실 벽에는 세계 전도가 펼쳐져 있었다.

듀카르니아, 살데니아, 하일드, 바다에 퍼져 있는 오르카 군도. 북부에 있는 울두스. 이제는 멸망한 남부 왕국.

아르데나 군도의 섬들에는, 몇 개는 제국 깃발이 꽂혀 있고 몇 개는 왕국 깃발이 꽂혀 있었다. 하일드의 깃발도 두 개 꽂혀 있다. 하일드가 남쪽까지 진출한 셈이다. 듀카르니아 해군의 소극적인 움직임을 고려한다면, 하일드가 바다 대부분을 차지했다고 봐야 한다.

"눈에 뜨이는 게 있나."

"듀카르니아 해군의 거점이 모두 근해에 붙어 있군요."

"왕당파 제독— 즉, 해군성 해군의 거점은 모두 근해지. 자, 거기가 왕실 해군성의 누파사 제독이 사령관으로 이끄는 전대(戰隊)가 있는 곳이네."

"왕실 해군은 듀카르니아 본토를 지키기보다는 아르노 백부님 본인을 지키는 걸로 보이는데요."

"왜 그리 생각하나?"

"제국이 하일드에 집중한다면, 바로 여기로 집중해서 듀카르니아 본토만 지킬 수 있겠어요. 제국군이 현재 거점 확보를 못 해 제국 근해로 밀려나 있긴 한데 그들이 화력을 집중해 하일드만 공격하면, 그동안……."

"동안?"

"왕실 해군은 듀카르니아 본토를 지킬 수 있겠지요. 제국은 하일드와 교전하느라 듀카르니아까지 점령할 여력은 없을 테고, 그때 해군성의 해군이 아르데나로 진출하면 왕실 소유의 점령지를 늘릴 수 있어요. 아르노의 영향력은 늘어날 거예요. 하일드는 손실이 많겠지만."

"자네라면 어떻게 하겠나."

"제가 제국이라면 이 군도를 모두 점령한 뒤에 하일드의 거점을 모두 빼앗고—"

브릴은 북쪽을 가리켰다.

"이쪽으로 공격해 들어가겠어요. 듀카르니아에게는 협상을 넣겠죠. 하일드를 포기하는 대신 듀카르니아 본토는 침공하지 않겠다고. 하일드 땅을 반으로 나누자고 할 수도 있지요."

"아르노가 천하의 쓰레기여야 가능한 일인데?"

"백부님은 원래 천하의 쓰레기시라."

담담하게 하는 말에 총리는 유쾌한 이야기를 들은 듯 웃었다.

"제국을 이기려면?"

"일단, 제 백부님이 멀쩡하다는 전제하에 누파사 제독과 하일드가 연합해 여기, 이 군도의 거점을 다 확보해야겠지요. 그다음, 남쪽의 도레항을 점령해 거점을 마련하고, 남쪽의 반란군과도 연합해야죠. 상륙할 항구를 확보하면 지원군도 보낼 수 있으니. 그런데 남쪽을 다스리는 총독은 황제의 동생이지요. 황제는 일단 그곳부터 지원할 거예요. 두 곳에서 전쟁을 계속할 수는 없으니, 황제는 우리와 강화조약을 맺겠죠."

"제국을 완전히 이기는 건 계산에 없나."

"황제가 오판을 해 줘야지요. 울두스를 침공한다거나, 기적적으로 연합군이 만들어지거나. 하지만 몇 년 전에 만들어졌던 연합군이 황제에게 대패했지요. 그 정도 대패를 당한다면 누구라도 황제를 악마로 볼걸요. 그러니 황제의 승세를 꺾어, 그가 사람이란 것을 증명한 다음 제국 안에서의 분열을 유도하는 편이 낫죠."

지금 황제의 황궁은 군사를 가진 군부들의 연합체라고 봐도 된다. 그들 중에서 이탈자를 유도하는 것이다. 그러나 언제라도 무너질 법한 그 엉성한 연합체가 잘도 굴러가는 걸 보면, 브릴이 모르는 단결의 이유가 있을 것 같다.

"시골에 있었는데 잘 아는군."

"제가 예전에 알던 것에 근거해 추론한 것이니, 그사이에 많이 변했겠지요."

"그래, 다 맞지는 않았네."

"뭐가 틀린 건가요."

"우선, 황제의 동생은 얼마 전에 반란군에게 잡혀 처형당했네. 쫓겨났던 남부 왕이 반란군을 이끌고 델카항을 점령했고. 현재 듀카르니아에 지원을 요청하는 중이야. 남부, 여기와 여기에 황제의 군대가 집결했네. 전함도 집결 중이고. 금방이라도 전쟁이 벌어질 테지."

총리는 고개를 저었다.

"이야기는 여기서 마치지. 더 이야기하다간 아침 회의도 못 들어갈 거야."

브릴은 빙그레 웃었다.

"회의실에 가기 전에 부탁할 게 있네, 셰어브릴. 자네 검을 좀 볼 수 있겠나."

브릴은 허리의 검을 고리에서 빼 건넸다.

"쉽게 건네주는군."

"저를 찌르실 건 아니잖아요."

총리는 검을 뽑았다. 의수를 같이 쓰고 있지만 검을 뽑는 솜씨는 아주 훌륭했다. 브릴은 이 총리의 현역 시절, 즉 내전 때 어떠했을지 궁금해졌다. 저격수 출신에서 지휘관이 된 거라, 검을 휘두를 일은 없었을 테지만.

"이건 보디아라족의 검이네."

그리고 멀쩡한 손으로 칼자루를 잡아 휘둘렀다. 검은 가볍게 궤적을 그렸다.

"서부에 그들 거주 지역이 있지. 한 줌도 안 남았지만, 그래도 있기는 해. 이건 그들이 말하는, 정령을 깃들게 한다는 검이지."

"비슷한 걸 보신 적이 있나요?"

"왕궁이 약탈품 목록에 있는 걸 본 적이 있네. 시고야 섬을 점령해 그곳의 보디아라족을 추방할 때 약탈한 거지. 예전에 보디아라족 사람이 와서 자기들에게서 약탈해 간 보물을 돌려 달라 한 적이 있었네. 모두 비웃었지. 나는 당시에 호기심이 들어 왕실의 보물 관리부로 갔네. 그곳에서 내가 발견한 건 단도였네. 수백 년간 처박혀 있었을 텐데, 녹 하나 슬지 않았더군. 검에 그려진 문양이 특이했지. 그 문양이 이 검에도 있군."

총리는 검날의 문양을 보며 눈을 가늘게 떴다. 두 눈에, 그때 느꼈을 기이한 느낌이 배어났다.

"지금도 있나요."

"아니, 어느 날 갑자기 사라졌네. 어떻게 어디로 사라졌는지, 언제 사라졌는지도 모르게 사라졌어. 애초에 중요하게 생각하지도 않던 검이었던 셈이지. 그럼에도, 원 주인이 달라고 해도 안 주었던 거야."

브릴은 생각했다. 그 보디아라족이 가지고 간 걸까. 이름도 낯선 이민족 사람의 흔적이 브릴에게 인상적이었다.

"기록을 좀 살펴보았지. 날개 달린 뱀이 새겨진 검에 대한 이야기는 여기저기 등장하네. 그때마다 보여 주는 능력이 달랐지. 찌르기만 해도 하얗게 얼어붙는 검이라고도 하고, 닿기만 하면 뭐든 다 불태운다고도 하고. 악령을 부른다고도 하고, 영혼을 빼앗는다고도 했지. 주인이 바뀔 때마다 아예 다른 능력을 보여 준 셈이네."

우르가나 같은 정령이 머물 수 있는 검이라면, 검의 주인이 바뀔 때마다 머물던 정령도 달랐으며 주인이 바뀜과 동시에 사라졌다는 뜻도 된다.

엘리안은 대체 어떻게 이런 검을 가지고 있게 된 걸까.

그 아이는 몇 안 남았다던 보디아라족의 일원이었던 걸까.

그럼, 그 보디아라족은 대체 정체가 뭐기에 다른 나라는 가지지도 못한 비보(秘寶)를 두 가지나 가지고 있는 걸까.

총리는 검을 브릴에게 돌려주었다.

"이게 어떻게 자네 손에 들어간 건지는 모르겠다만, 잘 간수하게."

"혹시 검에 대해 이미 알고 계셨나요."

"지난번에 본 뒤 로즈 맥빌 경에게 명령을 했네. 로즈 맥빌 경도 그 자리에 있었으니, 돌아오는 즉시 다 알아내 왔네. 더 궁금한 게 있다면 로즈 맥빌 경에게 물어봐."

"다시 오겠습니다."

"진작 이럴 걸 그랬군."

조금 전 총리가 제안할 때는 거절하더니, 이렇게 자기가 필요한 일이 생기니 받아들인다는 의미다. 브릴은 머쓱해졌다.

"로즈 맥빌 경은 내일은 회의가 잡혀 있으니, 오늘 만나 보게나."

그때 정장 차림의 여자가 들어왔다. 비서인 달리아 경이었다.

"정말로 회의 시작이라 나도 가 봐야 하군. 그리고 메즈 군."

그제야 브릴은 메즈가 같이 있었다는 것을 깨달았다.

"달리아 경, 어제 경이 살핀 그 소포 가지고 오게. 저 청년 물건이거든."

비서는 황급히 메즈를 본 뒤, 웃음을 참으며 나갔다.

잠시 뒤 비서는 입술을 힘껏 문 채로 돌아와, 들고 있던 소포를 메즈에게 건넸다. 메즈는 얼른 받았다.

총리는 책상 위에 놓여 있던 은빛 판을 집어 내밀었다. 총리의 이름이 새겨져 있었다.

"출입증이니, 원하는 게 있으면 언제든 오게. 그리고 도서관 쪽으로 가면 정보부가 있고, 로즈 맥빌 경은 그곳에서 찾게나."

"감사드립니다."

"아니, 받아들여지는 쪽이 감사할 일이지."

메즈는 총리가 나가자마자 소포를 열었다. 그리고 안에 있는 게 무엇인지 확인하자마자 신음을 흘렸다.

"대체 뭐야?"

브릴이 어깨 너머로 보자, 메즈는 상자를 큰 몸으로 덮어 가렸다.

"옷을— 옷을 보내셨습니다."

"옷?"

고작 옷 가지고 이렇게 허둥댈 리가 없다.

브릴의 눈이 가늘어졌다.

"옷이라면 보낼 수도 있는데……."

메즈의 얼굴이 새빨개졌다.

브릴은 흉악하게 크크 웃으며 물었다.

"정말 무지개색 팬티라도 보낸 거야?"

"브릴 님!"

"맞구나."

그러나 정직한 메즈답게, 아니라고 거짓말도 못 했다.

"잘 가지고 있다가, 나중에 집에 가서 하녀가 보지 못하는 데 숨겨 둬. 그리고 데일에게 소포는 모두 우리 집으로 보내라 해. 아무래도 데일이 집 주소를 몰라서 총리에게 보낸 것 같은데."

"감사, 감사합니다!"

"기왕 왔는데, 같이 로즈 맥빌 경에게 갈래?"

"여, 여기서 기다리고 있겠습니다. 다녀오십시오."

들고 다닐 수도 없고, 그렇다고 놓고 가면 다른 사람이 볼 수도 있다. 결국 메즈는 집에 갈 때까지 상자를 지키기로 했다.

"금방 올 테니 기다려."

"네!"

집무실을 나온 브릴은, 일단 의회 정보부에 가려면 거쳐야 하는 도서관으로 갔다.

도서관으로 이어진 복도의 입구에는 청동 사자상이 서 있었다. 천장에는 엄청난 전쟁화가 그려져 있고, 복도 중간부터 장서실이 시작되었다. 복도를 지나 입구로 들어서자, 책이 가득한 장서실로 들어가게 되었다.

책상은 아무런 장식 없이 단순했고, 의자도 그랬다. 평범한 풍광인데, 비범하게 만드는 사람이 있다는 것을 제하곤.

브릴은 그 책상 끝에 앉아 있는 남자를 보았다. 의자에 앉아, 두 다리는 책상에 얹고 책을 보는 중이었다. 그리고 안경을 쓰고 있다.

"레오닉스?"

안경 너머의 붉은 눈과 마주쳤다.

"웬일이지."

"불려 왔어요. 할 일도 없어서 그냥 와야 했지요. 어차피 왕족이란, 왕이 안 되면 무한 연금을 받는 행복한 백수니까. 그러는 당신은—"

총리와의 회의인가, 물어보려는데 레오닉스가 먼저 답했다.

"책 빌리러."

"음?"

"책 빌리러 왔다."

브릴은 남자가 든 책을 보았다.

책 제목은 '제국 영웅론'이었다.

제국에 나라가 망한 레오닉스 입장에서 읽기에는 기분 더러운 제목이었다. 레오닉스는 책을 내던지듯 놓았다. 두꺼운 책이라, 쿵— 소리가 크게 났다.

"쳐다보지도 마라. 진짜 쓰레기니."

레오닉스는 안경을 빼 코트 주머니에 꽂아 넣은 다음, 다리를 당겨 일어났다.

"어찌 지냈나."

"뭘 했냐고 묻는 거라면, 어머니가 남겨 놓은 값비싼 찻잔 세트와 보석들을 정리하면서 지냈어요. 건강에 대해 묻는 거라면 나는 원래 건강이 좋아요."

"좋아 보이는군."

"나름."

그게 좀 신기하다.

엘리안이 어떻게 된 건지도 모르는데 일상생활을 하고 있다.

엘리안과 어머니를 잃은 뒤에도 일상생활은 했지.

사람이란 게 참 놀랍다. 이렇게 어떻게든 버틴다.

그리 생각하는데, 레오닉스는 브릴의 얼굴을 보고 있었다. 시선은 집요한 데가 있었지만, 그래도 위험하거나 부담스럽지는 않았다. 온화한 관심과 친애를 담아 바라보는 느낌이었다.

"당신은 일이 많아 보이는데요. 내 백부님이 드디어 왕이 되니까."

"즉위할 때 충성 맹세를 할 생각을 하면 벌써 속이 울렁거리기는 하지. 다른 왕족들도 그렇겠지만."

"그렇겠죠. 특히나 로버트 숙부님은."

"세 번째 왕자인 주제에 태어나면서부터 왕이 될 거라 생각하는 녀석이지."

'녀석'이라. 브릴은 기분 좋아졌다. 그 짜증나는 숙부님을 '녀석'이라 부를 수 있다니.

"대관식은 언제인가요."

"한 달 뒤. 왕의 퇴위는 곧."

"할아버지의?"

"그래. 왕이 퇴위하면, 아르노는 바로 법적 왕이 된다. 즉위식을 거치면 그때부터는 공식적으로 왕이지. 대관식은 늦어질 거야. 언제 전쟁이 터질지 모르는데, 한가하게 사람들 불러다 놓고 왕관 쓰는 걸 구경하라 할 수는 없으니."

"후계자는 정해진 건가요."

"최대한 나중에 정하고 싶어 하더군. 일단, 로버트 왕자는 아니다. 후계자가 되면, 그 왕자는 세무조사 한 방이면 날아갈 테니."

드디어 기회가 왔는데, 행실이 문제라니. 브릴은 예전에 로버트가 왜 설쳤는지 알고 있다. 로버트는 엘리안이 왕이 될 가능성이 중요한 게 아니라, 에스텔라가 여왕이 되지 못할 가능성이 더 중요해서 그리 나온 것이다.

"총리 각하의 집무실에서 지도를 봤어요. 바다가 꽉 찬 상태 같던데요."

"무슨 의미인가."

"당신이 바다로 나갈 때가 된 것 같다는 의미지요. 그리되면 후계자는 더더욱 다급한 문제지요. 백부님의 바람과는 달리."

그리고 브릴은 고개를 살짝 옆으로 기울여 레오닉스의 생각에 잠긴 얼굴을 바라보았다.

레오닉스가 자신을 바라보면 당하는 입장 같은데, 이리 마주 보니 자신도 남자를 관찰할 수 있게 되어 대등해진 기분이다.

거친 분위기였지만, 그 눈빛은 차고 맑은 데가 있었다. 인적 없는 바닷가의 흰 모래사장을 걷듯, 깎아 낸 것처럼 평평한 수평선을 보는 듯, 퍼지는 흰 구름을 보는 듯, 완전히 다른 세상을 느끼게 해 주는 사람이다.

"무슨 관계지?"

레오닉스가 묻자 브릴은 시선을 거두었다. 상대방이 허락한 시선이긴 하나, 너무 바라보면 무례한 일이기도 하다.

"전쟁이 시작될 테고, 모두가 모든 준비가 되어 있어야 할 때지요. 그러면 숙부님들이 엄청나게 설칠 거예요. 그분들에게 당신은 같은 편이 되어야만 하는 상대고, 총리는 무찔러야만 하는 적일 테죠."

"그렇게 나누는 근거가 있나."

"총리는 평민이지만 당신은 왕족이니까 같은 편이라 생각할걸요."

"누구 마음대로."

"항상 그렇듯, 자기들 마음대로."

레오닉스의 몸이 기울어졌다. 어깨가 가까워지고, 가슴과 숨소리가 더 가까워졌다. 책상에 얹힌 레오닉스의 손이, 계속 그 자리에 있는 데도 어쩐지 더 가까워진 느낌이 들었다.

뭐지, 이 기분은.

흥미가 돈다. 두근거리며, 승리해야만 하는 전쟁을 앞둔 듯 호승심이 일어난다.

"제국에서는 어떤 방식으로 나라를 다스릴까요. 원하는 것을 이룰 수 있는 방법이 황제의 총애뿐인 제국은, 그리고 지금 황제의 총애를 받는 최고의 총신(寵臣)인 카니발라가 있는 제국은."

'카니발라.'

이 남자가 쫓는 제국의 마법사. 또, 엘리안의 몸을 가지고 도망간 마법사가 있는.

브릴도 쫓는다. 이 남자도 쫓는다. 공동의 목표다.

"카니발라는 대체 뭘까요. 친구? 충신? 그 무엇으로도 설명하기 어렵군요."

레오닉스는 잠자코 그런 브릴을 보았다.

남자의 눈빛은 조용하지만, 또 뜨겁다. 그럼에도, 좀 달콤하다는 느낌도 들었다.

이, 숨조차 멎을 듯 적요(寂寥).

세상에 딱 둘만 남은 것 같다.

엄청난 집중력이다. 이 정도 되는 남자가 그런 분위기를 풍기는 것도 신기하다. 그리고 그건, 정말 서로 가까워진 느낌이 들게 했다. 경계심도 예의도 사라지는 느낌. 저도 모르게 남자의 턱을 쓸어 보고 싶었다. 머리카락을 건드려 보고 싶다.

그때 레오닉스가 문 쪽을 보았다.

부관인 제레미가 고개를 내밀고 있었다.

"이만 가 봐야겠군. 회의가 있어서."

총리도 회의가 있다고 했다. 이 남자가 정말 책 빌리러 왔을 리는 없겠지. 왔다가 시간이 남아서 쉬는 거겠다. 그럼, 역시 의회와 하일드가 가깝다는 소문은 맞는 거다.

백부인 아르노는 이 상황을 어찌 받아들이고 이용할까.

보통 왕이라면 나라 지킬 일을 궁리할 테지만, 아르노는 왕권을 돌려받을 궁리를 하고 있을 것이다.

레오닉스가 브릴의 어깨를 가만히 건드리더니 옆으로 살짝 밀었다. 브릴이 올려다보자, 레오닉스의 얼굴이 약간 반응했다. 웃는 듯 보였다.

"지난번에 말했지. 하고 싶은 일이 있다고."

"오페라를 말하는 거라면, 국상 기간이라 공연을 안 하더라고요. 나도 알아요."

"아르노의 즉위가 발표되면서 국상 기간도 끝났다. 취소되었던 공연이 모두 다시 시작되었지."

브릴은 공원의 동물원 생각이 났다. 국상이 끝난 거라면, 필파니온이 만든 그 왕립 동물원도 다시 관람객을 받을 것이다. 그리움이 번지듯 올라왔다. 가 보고 싶다. 예전과 같을까.

"셰어브릴. 딴생각하지 말고."

질책하는 어조라, 브릴은 저도 모르게 볼이 화끈해졌다.

레오닉스의 손이 다가와 브릴의 이마를 살짝 건드려 자신을 보게 했다. 브릴이 얼른 올려다보자, 그의 손이 내려가며 손가락이 턱과 어깨를 스쳤다.

의도하지 않은 접촉이라, 당사자인 레오닉스조차 알아채지 못했다. 브릴만이 그 접촉의 잔흔을 느낄 뿐이었다.

"그래서 표를 구할 수 있었다."

"쉽게 구해지던가요?"

"아니, 집에 있던 거다."

레오닉스 입장에서 거짓말은 아니다. 사저(私邸)로 돌아오니, 오페라 표가 집무실 테이블 위에 곱게 놓여 있었다. 집사는 제레미가 놓고 갔다고 했다.

며칠 전까지 꿈쩍도 하지 않던 제레미였다. 한동안은 공연이 없다고 주장했지만, 요새 앞 광장에 오페라 공연 재게 포스터가 붙는 바람에 더 이상 거짓말을 할 수 없게 되었다.

그다음 제레미는 표 자체를 구할 수 없다고 했다.

"알았다. 더 말하지 않도록 하지."

레오닉스는 납득한 듯 더 요구하지 않았다.

그런데 이상한 일이 벌어졌다. 인사과에서 제레미에게 연락이 왔다. 여기사들의 항의가 처리되었으니, 와서 처분을 받으란 거다. 냅다 달려가니, 그가 받은 처벌은 여기사들을 멸시하고 조롱한 것에 대한 사과문을 써서 기사단 공관 1층에 붙이는 것이었다. 평소처럼 개인 사과로 끝날 줄 알았던 제레미에겐 날벼락이었다. 귀족, 그것도 꽤 고위 귀족인 제레미에게는 정말로.

하필이면 그날, 하필이면 그 정도 징벌이 들어온 것에, 제레미는 미묘한 기분을 느껴야 했다. 물론 당연한 결정이었지만, 당연한 걸 억울하게 받아들일 만한 정황이 있다.

이미 결정된 것을 엎을 수는 없어, 제레미는 밤새도록 반성문을 써서 공관 게시판에 붙여 놓았다. 그러나 너무 억울하고 분해서 브룬델카 경에게 달려가 하소연했다.

"왜 여자들은 농담을 받아들이지 못하는 건지 모르겠습니다! 이곳 여자들은 너무 예민해요!"

브룬델카 경은 더 화를 내며 말했다.

"희롱과 조롱은 농담이 될 수 없네!"

그럼 왜 이제 와서 이러는 거냐고 징징댔으나, 제레미는 몰랐다. 그가 전장 지휘관으로 가지 못하고 레오닉스의 부관으로 남아 있는 것 자체가 그가 여태 받아 왔던 벌이라는 것을.

다음 날 제레미는 표를 구해 레오닉스의 집에 가져다 놓았다. 옆에는 표를 구매한 가격이 적힌 영수증이 놓여 있었다. 표값이라기에는 너무 엄청난 금액이었다.

레오닉스는 다음 날 제레미를 불러 그 영수증을 흔들었다.

"왜 이렇게 많이 썼지?"

"아까우신 겁니까?"

"돈이 문제가 아니라, 이 정도 가격으로 표를 샀으면 조용히 보긴 글렀다는 거다."

"질책하시는 건가요?"

"아니, 평가하는 거다. 상중하 중, 하란 뜻이지."

구해다 바쳐도 이러냐고 제레미는 징징거렸지만. 레오닉스는 무시했다. 원망을 해도 소용없었다. 제레미가 이런 레오닉스의 행태에서 벗어나는 유일한 방법은 사표를 내는 것뿐이었으니.

레오닉스는 브릴에게 물었다.

"보러 갈 수 있나?"

"언제, 어떤 작품인가요?"

"……."

몰랐다.

표를 받기만 했지, 들여다보질 않았다.

언제 하는 거더라.

……확인 안 했다.

제목이 뭐더라.

……역시나 확인 안 했다.

레오닉스는 제레미가 있는 방향을 보았지만 없다. 필요할 때만 없다, 이 자식이.

"나중에 따로 연락하지. 어떻게 하겠나."

"남은 시간이 넉넉해야 할걸요. 드레스부터 맞춰야 할 텐데. 당신 옆에 있으려면 제대로 갖춰 입어야 하잖아요."

레오닉스의 입술이 올라갔다. 심장 안쪽에서 작은 짐승이 뛰고 있는 느낌이다.

브릴이 고개를 살짝 젖혀 그의 그런 표정을 눈여겨보았다.

"좋은 표정이네요."

"좋은 표정?"

"눈가가 살짝 접히는 표정을 지으면, 커다란 사자가 눈을 내리까는 것 같아요. 자, 나는 당신을 해치지 않아요, 라고 말하는 것 같기도 하고요."

그러나 브릴의 시선은 내려가고, 닿을 것 같던 몸도 멀어졌다. 옅은 열기가 배인 공간이 식어 간다. 레오닉스는 기대하던 것이 너무 순식간에 끝난 기분이었다. 그게 무엇이었는지는 모르지만.

"기다리고 있을게요. 준비 시작하고 있을 테니, 날짜와 시간은 제대로 알려 줘야 할 거예요. 집에 있는 옷만 입고 나와도 되는 당신과는 달리, 나는 해야 할 일이 많거든요."

"브릴."

"네, 말해요."

"나도 준비할 게 많아. 집에 있는 옷을 집어 들고 몸에 꿰고만 나올 거라 예상하면 안 되지."

"무슨 뜻인가요?"

"나도 신경 써서 나올 거란 뜻이야."

다시, 레오닉스의 눈이 웃었다.

"지저분하고 못난 놈으로 보여서 무슨 이득이 있다고. 이건, 그대 역시 기대해도 괜찮다는 말이기도 해. 최대한 차려입고 나올 테니, 마음껏 평가해."

레오닉스의 시종 무관이 듣는다면 경악할 만한 말이다. 아침마다 왕자를 따라다니며 일일이 입히고 단추도 채워 줘야 했는데, 그런 레오닉스의 의욕을 이 정도까지 끌어 올리다니.

브릴은 검을 집은 다음 말했다.

"그럼 나도 의회 정보부에 일이 있어서 가던 길이라, 이만 갈게요. 회의 잘 해요. 좋은 일이 있기를."

"무슨 일인가."

"이 검에 대해 알아보려고요."

브릴은 검을 눈높이로 올렸다. 레오닉스의 시선이 칼자루로 향했다. 그러나 그는 칼자루가 바뀌었다는 말도, 칼자루가 잘 맞느냐는 말도 하지 않았다.

"총리 각하 말로는 보디아라족의 검이고, 이 검에 정령의 힘을 깃들게 하는 기능이 있다고 하더군요. 그에 대해 더 자세히 알아보려고요. 지금은 기능을 다 알 수 없는 신무기를 가지고 있는 기분이라."

"나도 따로 알아봐 주지."

“네?”

“보디아라족의 검, 그리고 날개 달린 뱀이 새겨진 문양, 또 그 주변의 문자. 그대가 허락한다면, 지금 그대가 찾아가는 의회 정보부와 협조할 수도 있다.”

“알아낼 수 있나요.”

“하일드에도 정보부는 있고, 그중 문명 분석가도 있으니까.”

그리고 그건 제레미의 직업이기도 했다. 제레미가 고함을 질러 대며 하기 싫다고 할 게 뻔했지만, 레오닉스는 무시할 것이다.

“고마워요. 신세가 많네요.”

“도와줄 일이면 뭐든 도와주겠다. 어차피 그대와 나는 남남은 아니니까.”

브릴은 싱긋 웃었다.

상냥한 미소를 본 레오닉스의 긴장이 누그러졌다. 같이 보낸 시간이 만족스러웠다.

그때 제레미가 다시 고개를 들이밀었다.

“왕자님, 시간 다 되었습니다.”

“알았다.”

“헤어져야겠네요.”

브릴은 도서관 안쪽을 가리켰다.

“먼저 가 보겠어요.”

브릴은 레오닉스에게 인사를 하고 도서관을 나갔다.

레오닉스는 브릴이 나갈 때까지 기다렸다. 제레미가 옆으로 왔다.

“끝나셨습니까.”

“그래. 그리고 제레미.”

“네, 네.”

"오페라 제목이 뭐였지?"

"표에 적혀 있는데요."

"날짜와 시간은?"

"표에 적…… 젠장, '이그레타의 황금 강' 다음 주 금요일 오후 여섯 시!"

제목을 듣자마자 레오닉스는 눈살을 찌푸렸다.

"제레미."

"네!"

"왜 하필 그건가."

"……왜요?"

"재미없는 거잖아."

"……."

제레미는 이가 갈렸다.

'이그레타의 황금 강'으로 말할 것 같으면, 원래는 고대 연극이었다. 엄청나게 길고, 엄청나게 장황하고, 엄청나게 지겹다. 신과 신들의 분쟁과 치정과 협잡들을 현학적이고 복잡한 대사로 길고도 길게 떠들어 대는 연극이다.

어린 시절, 레오닉스는 형에게 잡아끌려 그 연극을 보러 갔었다. 정말 지옥 같았다. 이 연극을 쓴 사람을 찾아갈 수 없으니 이런 걸 보러 가자고 한 형을 원망해야 하는 건지, 보낸 선생을 원망해야 하는 건지, 저 빌어먹을 배우들을 원망해야 하는 건지 몰라 이만 갈다 나왔다.

"그…… 그, 연극과는 내용이 다릅니다. 오페라로 개작하며 상당히 축소되었어요."

그랬더니, 반응이 뒤집혔다.

그 고대극은 일부 팬들이 열광적으로 숭배하긴 해도 일반인은 쳐다보지 않는 것으로 유명했다. 그런데 오페라로 개작하자 어마어마하게 재미있어졌다. 죽어 가는 고대극에 새로운 생명을 불어 넣었다는 극찬과, 심오한 명작을 천박하게 개작했다는 악평이 대립하는 가운데 오페라는 승승장구했다.

"보시면 재미있을 겁니다. 초연할 때 봤는데, 괜찮았습니다."

"가벼운 건 없었나."

제레미는 이를 악물었다.

"그저께까지 애도 기간이었고요, 이제 막 국상 기간이 끝났는데 갑자기 그런 걸 시작할 수는 없지 않습니까!"

"알겠다."

레오닉스는 무심하게 답했지만, 제레미는 벌점이 추가되었다는 것을 알았다.

"그나저나, 장서실에는 왜 오신 겁니까."

"볼 책이 있어서."

"여기 있는 책은, 우리 기사단 도서관에도 다 있습니다."

"제국 영웅론, 제국 경영론, 제국 신화 총서는 없지."

"그, 그게 왜 필요하신 겁니까?"

"……가끔은 보고 싶어진다. 그리고 보고 싶을 땐 봐야지."

❈ 제 8 장 ❈

이번 봄의 색채

"오페라가 뭡니까?"

오페라를 보러 가는 약속이 잡혔다고 말하자,.메즈가 물었다.

"무대에서 내내 노래를 부르다 어느 순간 울부짖으며 쓰러지는 거야."

"그런 걸 대체 왜 봅니까?"

"왕국 풍습이거든. 그걸 보면서 그간 있었던 일을 이야기하거나, 그 공연을 보며 관심 있던 사람들끼리 만나지."

메즈는 이해하지 못했다. 그럴 거면 즐겁고 웃긴 걸 봐야 하는 거 아닌가. 이야기하고 싶으면 아무 조용한 곳에 가서 하면 되지, 왜 굳이 그런 걸 보면서 이야기를 하는 걸까.

브릴은 메즈에게 이곳 사람들의 비합리적 습성을 설득시킬 기술이 없었고, 메즈는 설득당할 자세가 되어 있지 않았다. 결국 둘 다 포기했다.

"하여간, 그날 외출한다고. 좀 늦게 올 거야. 야회나 다를 바 없거든. 또 며칠 수선을 피우기도 할 거야. 준비를 해야 하니까."

"수선이요?"

"보석 늘어놓고 뭘 하고 갈지 고민하고, 드레스 몇 벌을 입었다 벗었다 할 거란 말이지. 그리고 이건 나 혼자 할 수 없어서, 여러 사람이 오고 갈 거야."

브릴은 하녀를 불렀다.

"의상실로 심부름 갈 수 있어?"

"저는 그런 일을 하지 못합니다, 아가씨."

하녀는 몹시 송구스러워했다. 원래는 시녀의 일이지만, 브릴에게는 시녀가 없었다. 머리 다듬고 드레스 손질하고 꾸밀 일이 생길 줄 몰랐으니, 구할 생각조차 하지 않았다.

"편지를 써 줄 테니, 의상실에 주면 알아서 해 줄 거야. 어렵게 생각하지 말고 하라는 것만 하고 돌아와."

"알겠습니다."

"그럼, 옷 갈아입고 와. 그동안 편지를 쓸 테니."

하녀를 보낸 뒤, 브릴은 마르셀 경이 주고 간 명함을 찾았다. 명함은 거실 편지함에 꽂혀 있었다.

"마르셀 경은 왜요?"

"마르셀 경에게, 마르셀 경의 할머니에게 부탁해 내 샤프롱을 요청하고 시녀도 빌려 달라 하려고."

"샤프롱이 뭡니까."

"나는 미혼이고 사교계에 정식으로 나간 적이 없어서 후견인이 되어 줄 친척 어른이 필요해. 곧 아르노가 즉위할 텐데, 싫어도 연회든 무도회든 나가야 할 테니까. 시녀는 정식 고용할 필요는 없어서 빌리는 편이 나은데, 내 주변에 그런 부탁을 할 사람은 마르셀 경의 할머니뿐이잖아."

"마르셀 경의 할머니인 이유가 따로 있으십니까?"

"마르셀 경의 할머니인 누파사 영부인은 내 고모할머니야. 내 할아버지의 누나지."

메즈는 놀라 눈을 크게 떴다.

"두 분, 친척이었습니까?"

"그래. 가깝다고 보긴 어렵지만."

메즈가 갑자기 긴장하며 물었다.

"혹시 길리온 씨도 그런 겁니까?"

"아니. 안스터빌 백작가는 오래된 귀족 가문이지만, 왕가와 섞인 적은 없어."

"다행입니다."

앞으로 계속 무시해도 될 테니 다행이란 거다.

다른 사람이 보면 주제도 모르고 남의 집안 등급을 나눈다 할 테지만, 안스터빌 백작가가 굉장한 집안이든 말든 메즈에게는 별 의미가 없었다. 왕가의 피가 섞여 있다면, 지위가 높아서가 아니라 '브릴의 친척'이라 약간은 친절해져야 하기 때문이다. 물론, 아르노는 사람도 아니므로 제한다.

"레오닉스 왕자는 왕가와 관련이 있습니까?"

"아니, 그 사람은 본인이 왕자니 상관없어. 나는 듀카르니아 왕가고 레오닉스는 발카이드 왕가야. 대신, 듀카르니아는 왕족이 넘쳐 나는데 그 왕가는 레오닉스 하나뿐인 데다 방계는 모두 하일드에 있어서, 여기서는 그 집안 사람을 볼 수 없지."

"귀족 가문과 왕가는 뭐가 다른 겁니까."

"나는 왕이 아니면 아무것도 아니지만 왕이 될 수 있고, 귀족은 무엇이든 될 수 있지만 왕은 될 수 없어."

"그럼, 왕과 왕자는 뭐가 다르지요?"

"음. 그의 집안이 왕위를 가진 곳은 발카니아지만, 발카니아가 멸망해서 왕은 아니야. 하일드는 왕은 아니고 왕자의 지위만 인정된 곳이라, 그곳의 군주인 레오닉스는 왕이 아닌 왕자인 거야. 여자가 이으면 하일드의 공주라 불렸어."

"어렵네요."

"왕의 지위냐 왕자의 지위냐는 주변 나라와의 상황으로 결정되는 게 많아. 만약 듀카르니아가 제국이고 왕이 아닌 황제였다면 하일드도 왕이라 불릴 수 있었겠지."

메즈는 완벽하게 이해하지는 못했다. 총리나 의회에 대해서는, 아버지인 데일이 충분히 가르쳐 주었고, 원칙도 원리도 합리적이라 이해할 수 있었다. 그러나 왕, 왕자, 황제 등은 정해진 대로 외워야 하는 문제라 이해하기 힘든 것이다.

"어쨌건 남의 이목이 있으니 차림새에 신경 쓰셔야 한다는 거군요. 그래서 시녀가 필요한 거고요."

"그래. 그것만 알면 되는 거야. 귀족과 왕족의 사치란, 자기 만족감이 아니라 사회생활을 위한 거라."

브릴은 책상에 앉아 의상실로 보낼 편지를 썼다. 외출 준비를 하고 나온 하녀가 브릴이 준 편지를 받아 들고 나갔다.

오래 기다릴 필요는 없었다. 브릴의 자택 자체가 번화가 옆이었던지라, 하녀가 가야 할 의상실은 걸어서 삼십 분 거리였다. 의상실은 브릴의 저택 문이 열린 것을 알고 연락이 오기를 기다리고 있었다. 그래서 하녀가 심부름꾼으로 오자, 주인은 냉큼 점원에게 카탈로그를 안겨 주고 저택으로 출발시켰다.

단정하게 옷을 차려입은 점원이 들어와 무릎을 굽혔다.

"셰어브릴 엘리아 폰 듀카르니아 님을 뵙습니다. 왕족을 뵙게 되어 영광입니다."

그리고 길고도 긴, 공식적인 인사를 했다.

진짜 길어서, 왕궁 시종들도 입사할 때 빼고는 외우지 않는 것이었다.

와, 저걸 다 외워서 인사하는 사람이 진짜로 있다니.

브릴은 아주 감탄했다. 물론 그 인사를 받는 당사자인 브릴도 다 외우지는 못한다.

점원은 브릴의 옷차림과 얼굴을 재빨리 눈에 담은 다음 카탈로그를 내밀었다.

"취향이 어떠신지 몰라 종류별로 가지고 왔습니다."

"부끄럽지 않은 정도면 괜찮아."

점원은 브릴의 차림을 봐도 취향을 감 잡기 어려웠다. 당연했다. 가죽 바지에 셔츠 하나 걸친 여자를 보고 취향을 맞히는 건 누구에게나 어려운 일일 것이다.

그래서 일단, 가장 적합해 보일 만한 것을 내밀었다.

"여기, 사치를 멀리하시는 분에게 맞춘 카탈로그가 있습니다."

"아니, 나는 사치를 멀리한 적 없어. 사치가 나를 멀리하지. 그래도 일단 보도록……."

아마도 단순한 모양의 드레스일 거라 생각하며 카탈로그를 본 브릴은 눈살을 찌푸렸다.

"검소한 드레스라는 게, 수녀원이나 장례식용 드레스라는 의미였나."

게다가 이 허리와 팔이 딱 달라붙는 스타일의 면직 옷은 갑옷을 입는 듯 불편할 것이다. 사슴처럼 말라야 간신히 입을 만한 옷이, 못생기기까지 했다. 입고 견딜 가치가 조금도 없다.

"이건 로버트 왕자님의 따님이신 마리 록시 양이 선호하시는 디자인을 모아 만든 카탈로그입니다."

"아."

개 취향이 그런 건가, 아니면 주로 가는 곳이 장례식장과 수녀원인 건가. 전자라면 존중은 하지만 내 취향과는 다르고, 후자라면…… 음, 역시나 취향이니 존중하자. 그런 데를 찾아다니는 걸 좋아할 수도 있겠지.

"에스델라 공주의 사치에 대해 비판하시던 분이거든요. 그분과 함께하는 '애국 숙녀회' 회원들도요."

"뭐?"

애국 숙녀회? 웃으라고 붙인 이름인가?

무슨 활동을 하는지는 모르겠다만, 진심으로 붙인 이름이라면 '나를 빼고 다 나쁜 것들'이라는 의도가 뻔히 보인다. 이름만큼 거창한 활동을 하지는 않을 테고, 에스델라 공주를 싫어하는 소녀들의 모임쯤 되겠다. 에스델라가 무얼 하는지 잘 지켜보고, 무조건 그 반대로 하는 모임.

"애국이든 매국이든, 나는 관심 없으니 그건 치워."

그리고 다음 카탈로그를 본 브릴은, 차라리 조금 전의 부녀회(숙녀회였던가?) 옷을 다시 보자 하고 싶어졌다.

브릴의 표정을 본 직원이 자신감 없게 물었다.

"사치스러운가요."

"그 문제가 아니잖아."

바다에서 긁어 온 해초 같은 프릴과 슬픈 유령의 옷자락 같은 레이스로 장식된 것들뿐이었다. 리본은 또 왜 이렇게 많이 달아 놓은 건지. 입고 나가면 양털 쓴 것처럼 두툼하겠다.

세상 모든 여자들이 프릴과 리본을 좋아하는 건 아니다. 어울리는 것도 아니고. 브릴은 이런 옷을 싫어했고, 어울리지도 않았다.

"어디로 입고 가실 건가요?"

"왜 묻지?"

"장소를 알아야 적당한 옷을 추천할 수 있습니다."

"가장 빨리 잡힌 일정은 왕립 오페라 극장. 입고 갈 건 야회용 드레스."

"누구와 동행하여 가시는 건가요?"

브릴은 직원을 물끄러미 보았다.

직원이 움찔했다.

우선, 이리 질문한 의도를 알아야 한다.

에스델라에게 도전했다가 죽은 엘리안의 쌍둥이 누이가 귀환했으니, 다들 브릴에 관한 정보를 기다리고 있을 것이다.

에스델라는 예전부터 화제의 중심이었고, 누구나 그 아이에 대해 떠들고 싶어 했다.

최근 몇 달간은 그 아름다운 공주의 남편이 누가 될지가 가장 큰 관심사였다. 일부는 소문이 아무리 무성해도 결국 레오닉스가 될 거라 했고, 누군가는 로버트 왕자의 장남이 될 거라고 했다. 신분 낮은 남자가 기적을 일으켜 사랑을 이룰 거라는 사람도 있었다. 그때마다 레오닉스는 '아직 존재하진 않지만 언제고 나타날 남자'를 위한 악역을 맡아야 했다. 레오닉스는 그런 낭만적인 상황에 들어가기에는 너무 지위가 높고 분위기도 엄격한 남자였으니, 주인공보다는 악역 감이었다.

그런데 그 즐거운 놀이가 에스델라의 죽음으로 끝난 것이다. 연극 무대 같던 에스델라의 삶은 순식간에 현실 정치의 문제가 되었다. 이제 사람들은 새로운 무대를 원하고 있다. 여기서 브릴은 아마도 어리석고 욕심 많은 난입자 역할을 맡을 것이다. 권력도 없고 편들어 줄 사람도 없으니 마음껏 욕할 테고.

"그게 꼭 필요한 정보인가?"

"연인인거나 약혼을 염두에 두신 분과의 외출이라면 화려한 걸로. 나이 든 남자가 파트너라면 점잖은 걸로. 여성 친척이나 친구라면 영애님의 매력을 보여 줄 수 있을 화사한 걸로. 자, 말해 주세요."

유혹의 혓바닥을 길게 늘이고는 있으나, 가장 기대하는 것은 다른 영애들이 궁금해할 만한 소문이었다. 연극배우, 오페라 가수, 시인, 작곡가, 희곡작가 등에 대한 소문과 정보는 항상 이런 가게들이 수집해 퍼뜨린다. 의상실은 옷만 중요한 게 아니다. 고객인 아가씨와 부인들에게 이야깃거리를 제공해야 한다.

그런데 브릴은 이런 의도에 따라 놀아나 줄 수 없었다. 급한 대로 마르셀 경을 팔아먹을 수도 없고(도리가 아니다), 길리온을 팔 수도 없다(자존심 상한다). 어차피 당일이면 다 알게 될 텐데, 괜히 말을 해서 구설을 만들 수 없다.

"남자."

"네?"

"나이는 이십 대 후반. 군인. 그리고 이런 정보가 왜 중요한 건지 모르겠군. 상대에 맞추는 게 아니라, 나에게 맞추면 안 될까. 나는 그 남자의 취향이 뭔지 모르고, 그 남자는 내가 벗지 않는 한 내 옷차림에 대해 크게 신경 쓰지 않을 거야. 그러니 자리에 맞는 의상이니 뭐니 집어 치우고, 내 의견만 들어."

"그, 그래도……."

"내가 알려 줄 수 있는 건 이뿐이야. 나만 보고, 나에게만 맞춰."

"그러면 사람들이 좋지 않다고 여길 거예요."

"알게 뭐야. 아는 사람도 없는데. 자, 어서."

점원이 다른 카탈로그를 들고 왔고, 이제 좀 쓸 만한 드레스 그림이 나왔다.

점원이 이것저것 추천했지만, 브릴은 다 고개를 저었다.

"이건 나하고 색이 안 맞아. 이 색은 입으면 무덤에서 자다 나온 환자로 보일 테고, 이걸 입으면 시비 거는 표정으로 보일 거야. 그건 싫어. 병자로 보일 거야. 아마도 정신병자."

"소, 솔직하신 분이군요."

"솔직하지 않게 말해서 벌어진 일의 결과를 감수하느니, 솔직하게 말하는 게 낫지. 자, 다음."

브릴이 간신히 드레스 몇 벌을 골라 놓자, 점원은 북 마크를 꺼내 그 페이지마다 끼워 넣은 다음 몸 치수를 쟀다.

막 사이즈를 다 쟀을 때, 하녀가 방문자를 허락해 달라고 왔다.

방문자는 예쁜 꽃다발을 손에 들고 있는 마르셀이었다.

"안녕하세요. 손님이 계셨네요?"

마르셀을 보자마자 점원의 볼이 붉어졌다. 역시, 마르셀은 그를 보는 모든 여자들을 기분 좋게 해 주는 미남자였다. 브릴은 점원에게 정리하고 가라 명령한 뒤에 물었다.

"웬일이야?"

"할머니가 보내셨어요."

"마침 전령을 보낼 생각이었는데 잘 되었네."

"무슨 일인데요?"

"누파사 영부인에게 시녀 좀 부탁하려고."

"아, 그럴 줄 알았어요. 그런데 어디로 외출하시는 겁니까? 드레스 카탈로그가 이렇게……."

"오페라 극장."

"표는 구하셨어요?"

"초대받았어. 나중에 무슨 소문이 퍼지든 다 무시해."

"소문?"

"꼬리치는 중이라든가, 열심히 작업 중이라든가 하는 거. 어차피 내 꼬리는 짧아서 별 효과도 없지만. 보아하니 다들 극본 몇 개 써 놓고 주인공들이 굴러들어 오기만 기다리는 것 같아."

마르셀이 웃었다.

"원래 그래요, 체자는."

"체자에서 에스델라의 위치는 어땠지?"

"연극 주인공 같았죠. 따르는 사람도 많지만, 싫어하는 사람도 많았어요. 그중에 공주님을 가장 싫어한 건, 역시 로버트 왕자님이죠. 그리고 왕자님의 따님인 마리 록시 양과 에스델라 공주님은 상극이었어요. 둘이 만나면, 비아냥거림과 독설이 화살과 검과 총탄이 되어 날아다니죠. 에스델라 공주님은 마리 록시 양을 수녀원 하녀라고 했고, 록시 양은 에스델라 공주님을 사치로 국고를 낭비시키는 머리 빈 여자라고 했고."

"국고 낭비?"

"그건 좀 무리한 말이죠. 어차피 에스델라 공주님 앞으로 정해진 예산인데."

마르셀은 라넌큘러스 꽃다발을 건넸다.

"그리고 이건 제 선물이에요. 브릴 님. 할머니께서 이걸 전하며 초대하라 하셨지만, 제가 브릴 님은 레오닉스 왕자와 약속을 잡으셨다고 말하죠."

"상대가 레오닉스란 건 어떻게 알았지?"

"최근에 브릴 님이 만난 남자가 저, 길리온 경, 그리고 레오닉스 왕자인데. 저는 아니고, 길리온 경은 설마 그럴 리 없으니 레오닉스 왕자죠. 아무리 할머니라도 제가 왕자의 경쟁자가 되기를 원하지 않으실 테니, 걱정 덜었네요."

"내가 본의 아니게 부담을 줬었군."

"부담을 주는 건 할머니죠. 그래도 그런 분과 약속을 잡다니, 굉장하군요. 레오닉스 왕자는 행사장도 거의 나가지 않아요. 보기 힘들지만 이 나라에서 가장 유명한 남자인 셈이죠."

"그래?"

"네. 그래서…… 음. 이유 없이 브릴 님을 초대한 건 아닐 거예요."

브릴도 레오닉스 같은 위치의 남자는 굉장히 계산을 해서 움직인다는 건 알았다.

그렇다면 분명 정치적인 이유가 있어서 초대한 것일 텐데, 그건 뭘까.

아무리 생각해도 잘 모르겠다.

"물론, 좀 더 지나 봐야 의도를 알 수 있겠지요. 자, 그럼 그 공연 날 메즈 씨는 할 일이 없네요?"

"그렇지. 메즈는 내 호위가 아니니까."

"제가 메즈 씨와 외출하면 안 될까요? 한잔하고 싶은데."

"혹시, 길리온도 같이?"

마르셀이 고개를 끄덕였다.

"사실, 길리온 대장이 제안했어요."

"길리온은 메즈에게 당한 게 아주 분한가 보네."

"어찌나 분해하는지, 매일 이야기해요. 사이가 좋아지면 좋을 것 같아, 근처 펍에서 같이 저녁 먹고 한잔하는 거예요. 적당히 마실 테니, 허락해 주시죠."

"메즈에게 물어봐. 그리고 나는 메즈 주량에 대해 잘 모르니까, 조금만 마시게 해."

"취하면 곤란한가요?"

"메즈 아버지에게 내가 혼나."

마르셀이 흐, 웃었다.

언제 왔는지 모를 메즈가 그리 말하는 브릴을 서러운 표정으로 보았다.

"메즈 씨, 와 있었군요."

마르셀은 보는 사람이 기분 좋아지는 미소를 지으며 말했다.

"우선, 나와 브릴 님에 대해서는 진지하게 생각하지 마세요. 우리 할머니는 원래 그런 분이시고, 이 나라 귀족들은 진짜 결혼을 하기 전에 열 번은 약혼했다 파혼하거든요? 저는 아직 없지만, 길리온 경도 파혼한 적 있어요. 끝내주는 여성 혐오가 생긴 건 순전히 그때 차여서고."

"아아."

메즈가 입을 크게 벌리고 몹시 기쁘게 비웃었다.

브릴이 허리를 치며 작게 말했다.

"흉하잖아."

"그래도. 하. 차였. 하, 차였다는 거군요. 알겠습니다. 하긴, 브릴 님에게 대했듯 다른 여성분들을 대했을 테니, 차이는 게 당연하지요."

"메—즈."

그러나 메즈는 웃음을 전혀 감추지 않았고, 마르셀의 제안도 기쁘게 받아들였다.

브릴은 길리온의 의도가 그다지 성공하지 못할 것을 예감했다. 메즈는 술 한 잔으로 친해질 수 있는 남자가 아니고, 길리온은 술 한 잔으로 용납될 남자가 아니었으니까.

엘리안은 지도를 노려보았다.

계속 노려만 보았다.

그 외에는 할 수 있는 일이 없다.

어떻게 하지?

도움이 될 만한 경험도 기억도 없다.

엘리안이 어린 시절, 엘리안을 키워 주던 사육사는 '언제고 겪어야 할 일이니 미리 가르쳐 주는 것'이라 말한 다음 주먹으로 때렸다. 교훈을 준다며 때리고, 심심하면 때리고, 짜증 나도 때리고, 갑자기 엘리안을 보는 게 기분 나빠졌다며 때리고, 아무 일 없어도 때렸다. 이걸 참고 넘어가면 어떤 힘든 일도 참을 수 있게 될 거라며 또 때렸다.

그러나 여태 살면서 아무 도움도 되지 않았다.

폭력과 학대가 인내심으로 이어진다는 건 환상이다. 그것들은 사람을 위축시키고 마음을 불구로 만든다. 너 잘되라고 하는 폭력은 없다. 나 편하자고 하는 폭력만 있다.

게다가 지금 엘리안에게 닥친 문제는 이런 경험이 도움 될 만한 일도 아니다.

눈을 떴더니 오 년 넘게 흘러가 있고. 사람들은 그를 엘리안이 아닌 '카니발라'라고 부르는 데다, 고용인들은 눈만 마주쳐도 벌벌 떨며 도망쳐 버린다. 이럴 때 어떻게 할지, 경험으로 어찌 아나. 이 세상에서 이런 일을 겪은 사람은 엘리안 하나뿐일 것이다.

그래도 식사는 아주 좋았다. 가만히만 있어도 하인과 하녀들이 식사를 가지고 와 대령했고, 간단한 요리였지만 엄청나게 맛있었다.

지도는 서재 안에서 찾아냈다. 그러나 엘리안이 지도를 보고 알아낼 수 있는 건, 아데안과 체자가 그 지도 위 어디에 있는지 뿐이었다.

듀카르니아와 살데니아는 아르데나 군도를 남쪽에 두고 마주하고 있는 나라였다. 남쪽이 연결되어 있긴 하나, 그 사이에 엄청난 산맥과 황무지가 있어 길이 끊긴 거나 다를 바 없었다. 그러나 엘리안은 바다를 아무리 들여다봐도 이것이 실제로 어느 정도 거리인지 조금도 알 수 없었다. 바다가 있으니 배를 타야겠다는 게, 알아낸 전부다.

라바이 역시 이민족 출신에 거주지 밖으로 나온 적이 없어서 도움이 안 된다. 그런 주제에 매번 물었고, 지금도 물었다.

"어떻게 갈 수 있는 거야?"

"걸어서는 못 가고, 배를 타야 해."

"며칠 걸려?"

"몰라. 거리가 이만큼 되는데, 이게 먼 건지 가까운 건지 모르겠어."

"그럼 일단 배를 타자. 어서!"

"라바이, 배를 타려면 돈을 내야 하고, 돈이 있다 하더라도 듀카르니아의 체자로 가는 배를 잘 찾아야 해. 그런데 나는 어디서 배를 타야 하는지도 몰라."

"바보야! 왜 그런 것도 몰라!"

"그럼 네가 하든가……."

엘리안은 처량한 얼굴로 창밖의 아데안을 바라보았다.

제국의 수도이자, 세계에서 가장 크고 화려한 도시인 아데안은 대륙의 젊은이라면 누구나 보고 싶어 하는 곳이었다. 체자도 거대한 도시지만, 아데안이야말로 천 년의 사치가 누적되어 온 유서 깊은 향락의 도시였다.

브릴하고 놀러 오면 여기저기 구경 다니느라 바빴을 것이다. 엄청난 극장도 여러 개 있고, 보석이나 장신구, 값비싼 모자 같은 사치품들을 파는 백화점과 유명 장인의 매장도 많다. 둘이 있으면 즐거움이 가득했을 도시가, 혼자 있는 엘리안에게는 막막하고 낯선 도시일 뿐이다.

어떻게 하냐.

"하아."

그리고 다른 사람이 들어온 것 같아서 문을 보자, 레프 오네긴사 트레빌란 공작이 문 앞에서 노려보고 있었다. 손등에 붉은 자국이 여러 개 나 있었다. 흰 고양이가 야옹거리며 공작에게 다가가 종아리에 몸을 비볐다.

공작은 엘리안을 노려보며 고양이의 머리를 쓰다듬었다.

엘리안은 맥없이 물었다.

"무슨 일이세요?"

"온다고 하지 않았습니까. 오늘은 제정신이길 빕니다."

"아직 미쳐 있어요. 죄송합니다."

엘리안은 처량하게 고개를 저었다.

레프는 여전히 정색한 표정이었지만, 눈썹과 턱이 움찔거렸다.

엘리안이 물었다.

"고양이는 잘 지내나요?"

"무슨 말씀이십니까."

"데리고 가신 그 아이요. 공작님 손등의 상처를 보니, 공작님 댁에 있는 것 같은데요."

공작은 얼른 손을 뒤로 감추었다.

"아, 아내가 고양이를 좋아해서 데리고…… 흠, 간 겁니다. 고향을 떠나 쓸쓸해하는 것 같아, 마…… 마음 둘 곳이 필요해서 말이지요."

그 짧은 시간에 손등에 어마어마한 상처를 얻어 낸 것을 보니, 아내가 데리고 있었던 것 같지는 않다.

"부인이 계시다니, 몰랐어요. 하긴, 공작님이라면 금방 결혼하실 수 있을 것 같아요."

"네?"

"잘생기고 신분도 높잖아요."

공작은 불쾌하다는 듯 인상을 썼다.

"트레브 공작님?"

"트레빌란! 카니발라 공. 공이 주선한 혼담입니다만?"

"……어, 그랬어요?"

"아니, 그걸 어떻게 잊은 척할 수가 있습니까!"

레프는 어이가 없었다. 레프 입장에서는 아직도 양심이 아픈 결혼이었다.

황제는 카니발라의 충고에 따라 어느 왕국의 수도를 포위한 다음, 공주의 아버지인 왕에게 휴전 협정의 대가로 약혼자가 있는 공주를 요구했다. 그러자 왕은 혐오스럽게도 그 요구를 마지막 기회라고 생각해 딸을 치장해 황제의 막사로 넘겼다. 황제가 공주를 탐내는 줄 안 것이다. 겁에 질린 소녀를 보고 경악한 건 오히려 황제였다.

"역겨운 일이군. 나에게 저 어린 소녀를 보낸 건가."

황제가 여자를 밝힌다는 건 누구나 안다. 그러나 황제의 취향은 30대 중반에 집중되어 있고, 그중에서도 오로지 남편이 있거나 있었던 여자만 노렸다. 공주가 아름답든 말든, 황제에게는 여자 형체도 안 잡힌 어린아이였다.

"공주, 진정해. 공주에게 소개할 남자는 내가 아닌 이 청년이네."

그리고 옆에서 동정 어린 표정을 짓고 있던 레프를 가리켰다. 울먹이던 소녀는 레프를 보자마자 아예 통곡을 하기 시작했다.

레프는 소녀가 너무나 가엾었다. 나라는 멸망하기 직전이고, 이제 사랑하는 약혼자와 강제로 파혼하고 처음 보는 남자와 억지로 결혼할 처지가 되었다.

레프는 소녀를 달래 일으켜 세우며, 혼담을 주선한 카니발라를 욕했다. 게다가 당시 레프는 황제 근방의 남자 귀족들에게 악명이 자자한 몸이었다. 재미없고, 창녀도 찾지 않고, 음탕한 농담도 즐기지 않으며, 과음이나 도박도 멀리하고, 취미는 무릎에 고양이 얹어 놓고 책을 보거나 음악회에 가거나 개와 함께 산책 나가는 것 정도였다. 다들 탄식했다. 어떻게 저렇게 따분하고 재미없이 살 수 있는 건가!

즉, 제국에서 가장 이상적인 남편감인 동시에 제국 귀족 소녀들의 꿈이란 말이다. 현세에서 꿈꿔 볼 남편감 중 가장 완벽한 남편감이다.

레프는 어떻게든 소녀를 원래 약혼자에게 보내 주고 싶었으나, 카니발라나 황제의 의중(義衆)이 너무 강해서 별수 없었다. 그리고 레프가 결혼한 날은, 제국 소녀들에게는 나라가 멸망한 날이었다.

지금 그 공주는 고국으로 돌아가지 않고 아데안에서 레프와 살고 있다. 카니발라가 결혼 선물이랍시고 준 저택에서.

그런데, 그걸 잊어? 공주와 결혼시킨 게 자기면서? 우는 소녀를 달래고 위로하느라 얼마나 힘들었는데!

물론 레프 본인은 그날 공주가 너무 좋아서 울었다는 것을 아직도 모른다. 공주는 황제의 노리개가 되는 것이 아니라 옆에 있는 엄청나게 잘생긴 청년과 결혼한다는 말에 좋아서 울었다. 어차피 원래 약혼자는 나이도 갑절이나 많고 다리도 짧고 못생긴 놈이었다. 고국 따위, 망하든 말든 무슨 상관인가. 황제에게 바치는 줄 알면서도 보낸 아버지 따위, 다시는 안 본다.

"그리고 결혼식 날도 오셨습니다."

"죄송해요. 아름다운 신부가 기억나지 않아서."

"……비꼬시는 겁니까?"

"네? 제가 왜요?"

레프는 엘리안의 얼굴을 살폈다.

이리 보니 평소 카니발라의 표정과 다르긴 하다.

저 얼굴로 소름 끼치는 짓도 잘하고 얄밉고 잔인한 말을 잘도 하던 놈인데, 오늘은 저 얼굴과 딱 어울리는 표정에……

"……"

바보다.

"……"

천연으로, 완벽하게, 앞도 뒤도, 겉도 속도, 다 같은 바보다.

완벽한, 정말로 완벽하게 순금 같은 바보다.

그런데 인정된 몇 안 되는 마법사 중 하나이자, 황제의 가장 총애하는 신하이자, 제국 군부에서 가장 강력한 존재인 카니발라가 바보가 되면, 그건 국가 비상사태다.

혹시, 바보인 척하는 건가.

맞아. 연기하는 걸 거다.

레프는 예전에 있었던 불쾌한 기억을 떠올렸다. 이 남자가 발카니아 왕자의 몸을 둘러쓰고 있을 때였다. 갑자기 얼굴 표정이 변하더니, 자기는 발카니아의 왕자인데 왜 여기에 왔느냐고 괴로워했다. 레프는 발카니아 왕자의 영혼이 되살아난 줄 알고 도와주려 했다. 그러나 그건 카니발라의 야비하고 잔인한 장난이었고, 레프는 동정을 품은 대가로 카니발라에게 실컷 비웃음을 당했다.

레프는 이번에는 절대 속지 않을 생각이었다. 감쪽같이 아닌 척하고 있어도 말이다……. 그리고 속이는 게 아니라면 그건 그것대로 더 큰 문제다. 카니발라의 고약한 장난은 다 감당할 수 있지만, 바보가 된 카니발라는 레프도 도저히 감당할 수 없었다. 차라리 속이는 게 낫다.

"저기, 트레브 공작님."

"트레빌란."

"부탁을 좀 하고 싶은데요."

"하지 마십시오."

레프는 단숨에 말했고, 엘리안은 울기 직전이 되었다.

아무리 상대가 카니발라라지만, 레프는 마음 약한 청년이라 누그러진 목소리로 급히 말했다.

"울지 마시고, 그냥 말하십시오. 할 만한 일이면 해 드리지요."

"이, 일이 있어서 듀카르니아로 가야 하는데요."

레프의 눈썹이 위로 올라갔다.

"듀카르니아라면, 저 바다 너머에 있는 그 듀카르니아 말이지요?"

"네. 맞아요! 듀카르니아의 체자요. 체자 항구로 가면 돼요. 거기로 가는 배편을…… 부, 부탁드려도 될까요. 아니, 아니. 그냥 아, 배가 출발하는 항구에 데려다주시기만 하면 감사하겠어요. 나머지는 제가 알아서 할게요."

레프의 표정이 굳어 갔다.

"어려운 일인가요?"

"카니발라 공."

"네."

"바보 연기가 필요한 거라면, 이 정도까지 하실 필요는 없다고 봅니다. 이미 충분히 바보로 보이니까요."

야옹, 하고 하얀 고양이가 울었다.

"왕국과 제국은 공식적으로 교류하지 않습니다. 즉, 합법적인 방법으로 넘어갈 수 없습니다."

엘리안은 몹시 당황해 어쩔 줄 몰라 했다.

"……모, 몰랐어요! 정말이에요?"

"카니발라 공, 봉쇄령을 내린 건 황제 폐하고, 그 봉쇄령에 가장 먼저 서명을 한 건 공입니다."

"언제요?"

"삼 년 전 입니다."

"……."

"그 후, 듀카르니아와의 외교는 완전히 단절되었습니다. 민간 교역도 없습니다. 즉, 공식적으로 제국에서 왕국으로 갈 수 있는 방법은 없습니다. 그런데 여기서 왕국으로 가는 배편을 알아봐 달라니. 적당히 하십시오!"

엘리안은 라바이를 돌아보았다. 같이 당황한 라바이가 노려보았다.

"왜 그렇게 쳐다봐! 방법을 찾아내야지!"

"그럼 너는 어떻게 여기로 온 거야?"

"네가 끌고 왔잖아!"

"내가 아니니까 그러지 마. 그렇게 화만 내면 내가 어떻게 너하고 이야기를 하겠어. 카니발라가 튀어나오면 어쩌려고!"

라바이의 얼굴이 더 험악해졌다.

"얼간아, 생각하면 되잖아! 그리고 카니발라로 돌아가면, 당장 네 목을 따 버릴 거야!"

"저기, 라바이. 카니발라 목이 내 목이라니까……."

"상관없어!"

"무서운 아이!"

레프는 엘리안과 라바이를 번갈아 보곤, 카니발라가 정말 미쳤다고 결론을 내렸다. 저래도 살려 두는 걸 보니.

엘리안은 두 손을 모아 빌었다.

"저기, 제가 좀 정신이 없어서 그래요. 제가 기억하기론, 얼마 전에 분명 듀카르니아에 있었는데. 공작님이 잘못 알고 계신 게 아닐까요."

"당연히 공에게는 상관없지요. 무역 금지령이 내리든 말든. 왕국으로 잘만 드나드니까요.”

“그럼, 제가 어떻게 드나들었는지 아세요?”

“아니, 카니발라 공!”

레프는 고함을 친 다음, 엘리안이 겁먹고 움츠러들자 당황해 두 손을 들어 달랬다.

“쉿, 쉿. 울지 마세요. 당신이 저를 황제 폐하의 애완견 취급 한다는 건 알지만, 이건 너무하지 않습니까. 그래요, 그랬죠. ‘나는 개는 별로 좋아하지 않는데, 황제가 개를 좋아하면 그 취향은 이해합니다.’ 라고! 하지만 아무리 저를 그리 취급해도 그렇지, 저를 얼마나 난처하게 만드실 겁니까.”

“죄송해요.”

“네?”

“제가 한 일 다 죄송해요. 하지만…… 정말 모르는걸요!”

엘리안은 상냥하고 다정한 소년이었다. 그 누구에게도 험한 말은 하지 않는다. 그러나 자기 얼굴과 몸으로 그런 말을 했다는 것 자체가 너무 미안했다.

“좋습니다. 왕국으로 가시겠다는 건 알겠습니다. 의도가 뭔지는 모르겠지만, 분명 나중에 이것 가지고 트집 잡으실 테니 도와는 드리겠습니다. 공은 여기서 개인 선박을 타고 아르데나 군도에 있는 도레항으로 가 정박을 한 뒤, 그곳에서 보급을 받거나 바로 체자로 갔습니다.”

라바이가 눈을 반짝였다.

“아. 맞아, 그 섬. 섬의 항구였어! 거기서 잠시 머물렀다가 갔어.”

“정말?”

“그래. 철창 안에 갇혀 있었는데, 그때 냄새를 맡았어. 분명 섬이었어.”

“저기, 트라바 공작님! 일단 그 배로 데려다주실 수 있나요?”

레프도 지치는 기분이었다. 그냥 레프라고 부르게 할걸. 어찌 이리 단한 번도 제대로 부르지 못하는 것인가.

"혹시, 폐하가 이러라고 하신 겁니까? 솔직히 말해 주십시오. 저도 황제 폐하의 신하입니다."

엘리안은 속이고 싶어도 아는 게 없어서 속일 수가 없었다.

배고픈 강아지처럼 바라만 보자, 다행히 레프가 알아서 오해해 주었다.

"달타인 제독이 아르데나로 이동 중이라는 보고는 저도 받았습니다. 알겠습니다, 황제 폐하를 위한 일을 하시는 거군요. 이런 바보짓을 하며 저를 놀리시는 것도, 이해해 드리겠습니다. 생각하시는 바가 있겠지요. 일단, 도레항으로 출발하는 배편까지는 제가 안내해 드리지요."

물론 엘리안은 달타인 제독이 누군지도 모르고, 거점이 뭔지도 모른다.

엘리안은 지도를 보았다. 도레항은 아르데나 해역 중앙에 있었고, 섬이 단도 모양으로 늘어져 듀카르니아의 체자까지 이어졌다. 그러나 그뿐. 엘리안은 이게 무슨 의미가 있는지 전혀 알 수가 없어, 결국 섬의 개수를 세기 시작했다. 그런 엘리안을, 레프는 몹시 심란하게 바라보아야 했다.

"아, 아무래도 제가 전쟁에 대해 물어볼까 싶어서 일부러 이러시는 것 같습니다만. 걱정 마십시오. 공이 전쟁에서 이긴다면, 저는 진심으로 기뻐할 겁니다. 공의 승리는 폐하의 승리니까요!"

엘리안은 섬의 개수가 서른두 개라는 것을 확인한 뒤에 물었다.

"저하고 대체 어느 정도 사이가 나쁘신 건가요."

"네, 네. 장단 맞춰 드리지요. 저하고 공은 사이가 아주 나빠요. 너무너무 나빠서, 폐하의 장군들은 저와 공을 두고, 황제의 두 애첩이라고도 부르지요. 레프 오네긴사 공작 부인과 카니발라 후작 부인이라고 하면서.

저는 그 말이 너무나 기분 나쁜데, 카니발라 공은 즐기셨지요?"

"……."

"다시 한 번 말씀드리지만, 그런 상황임에도 제가 공을 돕는 건, 알면서도 장단을 맞춰 드리는 거지 지난번 같은 악랄한 장난에 속아서 이러는 게 아닙니다."

"배로 데려다주시기만 하면 제가 알아서 할게요!"

엘리안은 긍정적으로 보기로 했다. 그러나 지금 상황에서 엘리안이 긍정적이란 건, 대책이 없다는 의미일 뿐이다.

그건 레프도 알았다.

"카니발라 공."

"네."

"도레항까지는 같이 가 드리겠습니다. 아내에게 며칠 자리를 비운다고 전하지요. 아, 물론 아내에게는 행선지를 말하지 않겠습니다. 어차피 그걸 원하실 테니."

안 원하는데…….

죽기(?) 전에도 제국과 왕국은 부분적인 전쟁 중이었다. 자세히 모른다. 어차피 자세히 이야기해 줘도 이해 못 할 테지만.

어른들이 엘리안에게 전쟁이니 외교니 이야기할 때, 아무것도 모르는 엘리안에게 무슨 일인지 가르쳐 주는 건 브릴의 몫이었다. 브릴은 정말 다 알았고, 종종 브릴이 말한 대로 진행되어 신문에 실리기도 했다. 그때 엘리안은 브릴에게 예지력이 있는 줄 알았다.

그립다.

또, 그리워지니 우울해진다.

우울해지니 축 늘어진다.

"카니발라 공."

슬퍼서 녹아내리기 시작하는 엘리안을, 레프가 불렀다.

"아파 보이시는군요. 제 생각으론 듀카르니아로 가는 것보다 쉬시는 게 나을 것 같습니다만."

"아니에요! 일단 듀카르니아로 가면 다 좋아질 것 같아요."

"그래요. 뭐, 제가 상관할 바 아니겠지요. 알겠습니다."

레프는 벨을 눌렀다.

"이지프."

이지프? 아무 기척도 없자, 레프는 연달아 벨을 누르며 외쳤다.

"이지프! 어서 와!"

곧 밖에서 무거운 것이 오는 소리가 들렸다.

쿵— 쿵—

"제국의 마법사를 데리고 가는 게 아니라 동생 데리고 외출하는 형이 된 기분이군요."

곧 서재 문이 열리며 자주색 재킷에 흰 블라우스를 입은 남자가 들어왔다. 엘리안은 처음에는 키가 꽤 큰 사람이라 생각했지만, 자세히 보니 팔다리가 비정상적으로 길었다.

남자가 머리에 쓴 톱 햇을 벗었다. 손이 금속판으로 되어 있었다. 모자를 벗자, 안에 든 얼굴도 역시나 금속으로 되어 있었다. 눈은 선명한 유리 눈이었다. 엘리안과 마주치자 눈이 번쩍였다.

[부르셨습니까.]

"카니발라 공, 늘 생각하는 건데……."

레프는 그렇게 말하며 돌아보았다가 입을 다물었다. 놀란 엘리안은 겁에 질려 입을 틀어막고 있었다. 라바이는 눈이 시커멓게 보일 정도로 노려보고 있었다. 누가 봐도, 개 한 마리와 고양이 한 마리가 이상한 게 들어왔다고 질겁하는 표정이다.

"그렇게 놀랄 거면서, 왜 항상 저런 모습으로 만드십니까?"

"……네?"

"이지프의 몸은 항상 저렇게 만드신다고요. 뭘 하든, 어찌 저리 사람이 놀라지 않을 수 없는 모습으로 만드는 건지."

"……제, 제, 제가 만들어요?"

"설명이 필요하신 거라면, 이지프는 당신의 '시종장'입니다. 항상 당신 옆에 머물지요. 육체가 없는 정령이라 당신이 기계로 육체를 만들어 준다고 했지요. 그런데 좀 더 사람답게 만들거나 귀엽게 만들 수는 없는 건지요. 지난번에는 뚱뚱한 인형으로 만들었다가 깨먹고, 그전에는 이상한 갑옷을 입은 전사 모양으로 만들었다가 깨먹고, 그다음에는…… 저렇게 누가 봐도 이상하게 만드셨잖습니까. 누구라도 깨 버리고 싶어집니다."

이지프가 다가왔다. 몸 안에서 지잉— 징, 소리가 났다.

엘리안과 라바이는 바들바들 떨며 뒤로 물러났다.

[모시겠습니다, 주인님. 말씀만 하십시오.]

겁에 질린 엘리안 대신 레프가 말했다.

"너의 주인께서 체자로 가신다고 하는구나. 도와 드려라. 아, 네 주인이 지금 정신이 좀 오락가락하시는데, 이건 네게 익숙하지?"

[네, 익숙합니다. 자, 주인님. 급히 가셔야 합니까?]

"최, 최대한 빨리. 빨리 가야 해."

엘리안은 작은 목소리로 답했다.

[그럼, 쾌속으로 달리라 이라에게 말해 두겠습니다. 아하, 그리고요. 주인님이 주무시기 전에 명령하신 건 모두 마쳐 놓았습니다. 체자에서 명령하고 가신 일도 모두 잘 마무리되어 있을 겁니다. 도착하셔서 확인하십시오.]

뭘 명령한 건지 모르겠다. 게다가 이라는 또 뭐지? 사람인가?

"수고, 수고했어."

[뭘요. 제 할 일입니다. 그럼 체자로 가시면 어디서 머무실 겁니까. 항상 머무시던 곳으로 가실 겁니까?]

"그, 그래."

금속판 아래의 눈동자가 반짝거렸다.

[연락해 두겠습니다. 도착 즉시, 편안하고 깨끗한 방에서 주무실 수 있을 겁니다.]

"으, 응."

엘리안은 체자에 도착하자마자 예전에 살던 저택으로 달려갈 생각이었다.

브릴과 어머니는 아직 그곳에 살까. 아니면 돌아갔을까.

엘리안은 그 독을 먹은 다음 일이 어떻게 흘러갔는지 몰라 불안했다.

[그럼 저는 준비를 하도록 하겠습니다.]

"응. 해."

이지프는 드레스 룸에서 옷을 들고 나왔다. 눈부시도록 하얀 연미복이었다.

엘리안은 기겁했다.

"나, 나, 나더러 그 옷을 입으라고?"

[네. 외출복입니다. 갈아입으십시오.]

엘리안은 고개를 저었다. 어떻게 저런 옷을 입고 다녔어? 변태로 보였을 거 아냐!

[주인님?]

"저기, 다른 색 옷은 없어?"

이지프가 천천히 고개를 저었다. 엘리안은 보기만 해도 괴로웠다. 어떻게 저런 옷을 맨 정신으로 입는담!

[이 옷이 마음에 들지 않으시면, 제가 새 옷을 준비해 드릴까요? 금방 준비될 수 있습니다. 원하는 색상으로 말씀해 주십시오.]

"아냐, 아냐. 나중에 내가 살게."

[아닙니다. 다른 걸로 가져다 드릴게요. 주인님이 그런 일을 하게 할 수는 없습니다.]

"아냐! 참, 돈을 준비해 줄 수 있어?"

[돈이요?]

"그래. 돈. 금화나 은화 같은 걸로."

[얼마 정도면 됩니까?]

"많이."

[어느 정도 많이?]

"그, 그러니까 많……이."

엘리안은 손가락을 꼼지락거리며, 누가 대신 말해 주길 바랐다. 미안. 나는 어느 정도 돈이 필요한지 몰라.

이지프는 한참 조용히 있더니, 짧게 답했다.

[알겠습니다.]

이지프는 서재의 문을 열어 환기를 시킨 뒤 나갔다. 엘리안은 긴장이 풀려 그대로 졸도할 뻔했고, 실제로 엎어져 버렸다. 레프가 한숨을 내쉬며, 그런 엘리안을 부축해 의자에 앉혔다.

"고마워요."

"아, 네. 뭘요."

창문으로 향긋하고 신선한 냄새가 풍겨 왔다. 저택을 둘러싼 나무들도 쏴아, 흔들린다. 작은 새들이 날아와 창가에 앉았다. 고양이가 흥분해 코를 벌름댔다.

향기로운 숲이다. 브릴에게 보여 주고 싶다.

봐, 여기 끝내줘. 브릴, 이리 와, 여기, 여기 서서 봐. 멋지지?

그립다, 어서 보고 싶어.

이런 숲을 보면 넌 뭐라고 할까.

예전에 브릴과 숲으로 간 적이 있었다.

가정교사가 둘을 데리고 소풍을 간 날이었다.

가정교사는 쌍둥이 남매를 숲에 풀어 놓고 지친 표정으로 주저앉았다.

"잘 놀다 오세요. 해 저물기 전에 꼭! 꼭 제 곁에 와야 합니다. 지난번처럼 먼저 돌아가셔서 저를 놀라게 하지 마시고요."

"알았어."

브릴은 엘리안을 데리고 숲속으로 들어갔다. 가정교사가 외쳤다.

"과제도 하시고요!"

"알았다니까!"

가정교사가 정한 과제는 '관찰과 채집'이었지만, 브릴은 관심 없었다. 실컷 놀다 들어갈 예정이었다.

"저기로 가자. 벌레 잡는 건 그만두고."

"그래도 숙제잖아."

"벌레 날개 색깔이랑 다리 숫자 같은 건 도감만 펼쳐도 다 알 수 있는 건데, 왜 내가 잡아야 해? 가자, 어서!"

브릴은 개울가로 엘리안을 데리고 갔다.

햇살이 잘 들어 주변에 예쁜 들꽃이 피어 있었다. 물도 맑고 모래색은 고왔다.

브릴은 치마를 걷어 올려 허벅지에 묶고 개울로 들어갔다.

"차가워!"

브릴이 깔깔 웃었다. 엘리안도 신발을 벗고 들어갔다. 물고기들이 놀라 도망치고, 곧 개울가로 사슴과 다람쥐들이 나타났다. 물새들이 날아와 나뭇가지에 앉았다.

"또 애들이 왔어."

엘리안은 손을 뻗었다. 그러자 새들은 파다닥 날아와 엘리안의 어깨와 머리 위에 앉았다. 브릴이 손을 뻗자 새들은 경계하며 물러났다.

"어떻게 하는 거야?"

"마음이 통해."

"동물들이 말을 할 수 있어?"

"동물들은 생각만 해. 나에게는 말을 하지는 않고, 느낌만 전해 주지. 그걸 나름대로 파악하고 해석하는 게 내 몫인 거야."

"잘 이해가 안 되는데."

"그게…… 이해하기는 좀 힘들어. 동물이 사람처럼 말한다고 생각하면 안 되거든."

어린 시절 서커스단에서 그것을 이해시키는 게 참 힘들었다.

서커스단 사육사는 엘리안이 동물들과 생각이 통하니 시키기만 하면 될 거라 생각했지만, 동물들 생각은 그렇지 않았다.

왜 재주를 부리지 않으면 굶거나 맞아야 하는지 이해하지 못했다. 엘리안이 제대로 설득하지 못하면 그들은 갇혀서 굶거나 맞았다. 그들의 고통은 모두 엘리안에게 전해졌다. 그들을 고통받게 하고 싶지 않아 설득했지만, 동물들은 고집을 피우며 하기 싫어했다.

사육사는 결국 가장 좋은 방법을 알아냈다. 엘리안을 굶기고 때리는 것이었다. 곰이 재주를 부리지 않으면 엘리안이 따귀를 맞았고, 사자가 링을 넘지 않으면 엘리안이 살이 찢어지도록 맞았다. 그러자 동물들은 자기들 일을 하기 시작했다. 서커스단 동물들의 곡예는 유명해졌다. 고된 공연이 끝나면 엘리안은 동물 우리가 있는 창고에 앉아 그들에게 감사했다.

수고했어, 고마워, 잘했어.

지금 그 애들은 어디로 갔을까.

"엘?"

엘리안의 얼굴이 어두워지자, 브릴이 다가와 엘리안의 머리카락을 넘겨 주고 양 볼에 손을 얹었다. 브릴의 눈에 걱정이 가득했다. 엘리안은 싱긋 웃으며 이마를 댔다.

"아냐, 아무것도."

엘리안은 동물들의 마음처럼 브릴의 마음도 알았으면 좋겠다 싶었다. 다른 사람들의 마음은 혼탁한 색이라 들여다보기 싫은데, 브릴은 붉은색, 그냥 붉은색도 아니라 금빛이 배어 든 아름다운 붉은빛이었다. 다들 악동이라고, 무슨 일을 벌일지 모르고 심술궂다고 해도, 엘리안은 그런 브릴의 빛이 너무 좋았다.

말해 주고 싶었다.

아침은 네가 눈을 떠서 눈부시고 밤은 네가 잠들어서 아름다워.

벚꽃 향 머금은 머리카락과 반짝이는 청회색 눈동자, 나를 매만지는 너의 다정한 손가락, 재잘재잘 떠드는 맑은 목소리, 다 좋아.

종일 보고 있어도, 종일 같이 이야기를 나누어도 모자라. 너와 나눈 것은 하나도 남김없이 어디다 소중하게 구슬처럼 담아 놓고 싶어. 보고 싶을 때마다 보게.

"아파, 혹시?"

"아냐. 언제 돌아갈 거야?"

"아냐, 아냐. 돌아가기 싫어. 특히나 그 선생, 맨날 어머니한테 일러바치잖아. 내가 못되었다고."

"신경 쓰지 마."

"어머니든 어른들이든 자기 마음에 안 든다면서 나에게 화를 내잖아. 다들 나더러 엘을 본받으래. 엘의 반만 되어도 사랑스러울 거라나. 나는 마귀 같은데, 엘은 천사 같대."

엘리안은 자기 때문에 브릴이 혼나는 것 같아 미안해졌다. 브릴을 그렇게 만드는 건 다 싫었고, 브릴이 화를 내면 슬퍼진다. 엘리안이 슬픈 표정을 짓자, 미안해진 브릴은 엘리안의 볼에 입을 맞췄다.

"나더러 마귀 같다는 건 싫지만, 엘이 천사 같다는 데는 동의해."

"그럼 같이 어디 가 버릴까? 그런 사람들 없는 데로."

"좋은 생각인데."

아직은 멀었지만, 언제고 브릴이 어른이 될 날이 올 것이다.

브릴은 왕자의 딸이니 평범하게 살 수 없다. 왕족의 임무를 다해야 한다. 작은 것이든 큰 것이든.

그럼 이대로 떠난다면 괜찮지 않을까.

이대로 사라져 버린다면, 어디론가 아무도 모르는 곳으로 가 버리면…….

브릴이 깔깔 웃으며 말했다.

"그런데 지금 떠나면 어디서 살려고? 돈도 없고 신분증도 없어. 집도 없고. 우리들 멋대로 살아도 될 정도가 될 때까지 어떻게든 버티자. 스무 살, 딱 스무 살까지 버티면 될 거야. 그때가 되면 우리들이 어디로 가든 아무도 상관하지 못할 거야. 그전까진, 집 나갈 준비나 하자. 비밀 상자에 금화를 모으면서."

그렇게 말하며 웃는 브릴은 너무너무 예뻤다. 물에 젖은 흑갈색 머리카락도, 흰 얼굴도, 물장구치는 팔다리도 다 이슬처럼 예쁘다.

가슴 아프도록 눈부시고, 안타깝도록 좋고, 너무나 사랑스럽다.

그때 알았어야 했나 보다.

나는 절대 너를 가질 수 없다는 걸.

나는 가짜고, 그 남자의 말대로 '제국 출신 노예'일 뿐이란 거.

가짜라는 죄를 가진 엘리안은 브릴을 지킬 수 없었다.

하지만 이대로 아무 일도 하지 않을 수도 없다.

브릴은 물건이 아니다. 이유가 무엇이든, 얼마나 위험한 처지든, 그 모든 것을 해결하는 데 브릴의 자유를 내놓을 수는 없었다.

어디든 갈 수 있어야 하고, 무엇이든 해야 했다.

웃고 싶을 때 웃고, 달리고 싶을 때 달리고, 말할 때 해야 하고 고함칠 때 고함칠 수 있어야 했다. 어디로 가든, 그건 브릴이 정하는 것이지 대가로 내놓거나 희생해서는 안 되는 것이다.

······그런데, 어떻게?

그 질문이 나오는 순간, 세상이 뚝 잘려 나간 것 같았다.

손에 쥔 거라곤, 독이 든 병 하나뿐인데.

'세 가지 소원.'

소원이 이루어질 수 있을지 없을지도 모르지만.

이걸 삼키면 최소한 네 자유는 지켜질 수 있을 테지. 내가 죽어 없어지는 거니까.

눈물 나게 분하지만, 너무나 분해서 가슴이 다 탈 것 같지만, 인정해야 했다.

나는 너를 위해 아무것도 못 해.

네 속살거림, 네 미소, 네 손길, 내게 너무 소중한 그것들을 위해 나는 아무것도 못 해.

그 시커먼 순간, 심장을 시커먼 잿더미로 만드는 절망의 순간에는 그 어떤 행복도 즐거움도 없었다. 뛰는 심장이 증오스럽고, 쉬는 숨이 환멸스러웠다.

그런데, 그럼에도 불구하고 할 수 있는 일이 없다.

해가 뜨면 두려워하던 일들은 진행될 것이다.

지스티아는 아르노가 왔다 갔다는 사실을 알고 겁에 질릴 테고, 그런 어머니에게 하일드의 왕자가 제안하면 어머니는 당장 브릴을 넘길 것이다. 브릴은 물건처럼 그 남자에게 넘겨진다.

그래선 안 돼.

엘리안은 병을 손에 쥐었다. 영원히 열리지 않을 거라 생각했던 그 자그만 뚜껑을 열고 병 안에 든 녹색 액체를 바라보았다.

어느새 아침이 오며 새카맣던 창밖이 투명해져 갔다.

시간이 다가온다.

비참한 낮은 그리도 길더니, 잠시나마 모든 것을 멈추어 주는 자비로운 밤은 왜 이리 짧은 걸까.

입술에 병을 대고 눈을 감았다.

하나는 지스티아의 침묵.

다음은 아르노의 절망.

그리고…….

마지막은…….

그래, 당신만은 죽어 버렸으면 좋겠어.

당신만은, 레오닉스 아르칸젤로.

당신만은…… 기어코 죽어 버렸으면 좋겠어.

그러나 독을 삼키고 세상이 어두워질 때, 가장 간절한 소원을 가지고 있었음을 깨달았다.

브릴.

보고 싶어, 브릴.

"……엘."

세상의 모든 빛이 시작되는 목소리.

엘.

너는 엘이야.

그래, 그 후부터 나는 엘이야.

그 외에는 무엇이겠어.

내가 엘이 아니면, 너의 엘이 아니면, 나는 아무것도 아니야.

그러니 나는 너에게 돌아가야 해.

❖

마르셀 경이 선물한 꽃은 브릴의 집 응접실 테이블에 놓였다. 그 꽃이 시들어 치워질 때까지 방문자도 없었고 오라는 사람도 없었다.

숙부나 고모들 중 하나가 연락을 할 거라 생각했던 브릴은, 며칠이 지나도 잠잠하자 안심했다. 아, 다들 나에게 관심이 없구나. 다행이다.

그러던 어느 날 오후 초인종이 울렸다. 방문자가 아니라, 배달원이었다. 하녀가 인수증을 들고 브릴에게 왔다.

"뭐가 온 거지?"

"장미요."

배달원 소년이 혼자 들기에 힘들 정도로 커다란 붉은 장미 꽃다발을 들고 들어왔다. 하녀가 황홀한 눈으로 그 꽃 더미를 보았다. 진한 붉은색에, 꽃잎 안쪽의 색이 좀 더 진해 꽃 자체가 아주 입체적으로 깊은 붉은색을 띠는 품종이다.

브릴이 좋아하던 장미 품종이었다. 그런데 초봄에 이렇게 잘 핀 장미를 구하는 것, 그것도 이 품종으로 구하려면 돈이 많이 든다.

"누가 보낸 거람."

브릴은 장미를 둘러보았지만, 카드도 없고 보낸 사람의 명함도 없었다. 인수증에도 누가 보낸다는 말이 없다.

꽃은 호감을 기대하고 보내는 선물인데, 누가 브릴에게 그런 걸 기대하는지 모르겠다. 누구인지도 모르는 상대가 무작정 표하는 호감만큼 사람 불편하게 하는 것도 없다.

길리온 경? 설마.(정말 길리온 경이 선물을 한 거라면 반품)

레오닉스? 그렇다면 의외로 섬세한 사람인데.

"그냥 여기 둬. 배달이 잘못 온 걸 수도 있으니까."

"네."

누구에게서 온 건지도 모르는 장미 덕에 저택 입구는 장미 향으로 가득 찼다. 분위기도 화사해졌다.

다음 날 오후에는 의상실에서 주문한 외출복이 몇 벌 도착했다. 외출복은 푸른색 승마 재킷, 장미색 재킷, 실크 블라우스, 종아리까지 내려오는 모직 치마 등, 여러 가지였다.

"빨라도 너무 빨리 도착하는데?"

브릴도 옷이 완성되려면 어느 정도의 시간이 필요한지 알았다. 이건 미리 준비하고 있지 않는 한 불가능한 속도다.

옷을 차례로 입어 본 브릴은 만족했다. 하녀는 브릴이 벗어 둔 옷들을 정리해 드레스 룸에 넣었다. 브릴은 그중, 가장 몸이 편한 옷은 그대로 입고 드레스 룸의 문을 닫도록 했다.

"외출하실 건가요."

"산책이나 해 보려고."

브릴은 거울에 몸을 비추어 보았다.

"괜찮네."

"잘 부탁드린다고 하던데요. 전담 점원이 항시 대기할 거라고도 하고."

"그렇게 많이 주문한 것도 아닌데?"

모든 손님이 직접 의상실에 가서 옷을 고르는 건 아니다. 전담 점원은 시간이 없는 사람들을 위해 고객이 맞춤한 물건을 미리 준비하거나, 좋아할 만한 디자인을 미리미리 골라 놓는 역할을 한다. 그리고 이건 단골이거나 돈을 많이 쓰는 고객을 위한 서비스다.

브릴이 주문한 옷이 많지도 않은데 그 정도로 신경 써 준다면 알아서 '고객'으로 대접하겠다는 거다. 그러나 브릴은 상인들이 알아서 기어 주는 게 싫었다. 특혜를 기대하는 사람들의 비굴한 접대와 뇌물은 싫다. 뇌물은 고마워서 뇌물이 아니라, 뇌물 받는 기분이 좋아서 뇌물인 것이다. 그런 것에 익숙해지면 판단이 흐려진다.

"주인님?"

"혹시나 그 의상실 점원이 너에게 과자나 케이크를 사 주며 나에 대해 물어보거든, 너는 아무것도 모른다고 해."

"알겠습니다."

"헛소문이야 퍼질 수 있지만, 그 소문 중에 이 저택에서 퍼진 게 하나라도 있으면 각오하는 게 좋을 거야."

"네, 네!"

브릴이 노려보자, 하녀는 겁을 먹었다.

브릴은 자신의 얼굴이 어떤지 누구보다 잘 알았다. 정신 사나울 정도로 화려해, 상대방이 주눅 들게 한다. 이런 얼굴로 겁을 주면 다들 알아서 겁을 먹었다. 얼굴 탓에 브릴이 독한 성격의 사람이란 편견을 가지게 된다면, 그런 좋은 편견은 계속 유지시켜 주는 게 좋다. 일상을 편하게 해주는 편견이다.

"제, 제가 자, 잘못하는 게 있다면 말씀해 주십시오. 주의하겠습니다."

"잘못한 게 있어서 그러는 게 아니라, 앞으로 조심하라는 거야. 알겠지?"

"네."

브릴은 하필이면 그때 말을 꺼낸 마르셀 경을 원망했다.

생쥐처럼 눈치 빠른 마르셀 경이 몰라서 그랬을 리는 없고, 일부러 그랬을 것이다. 곤란하게 할 생각은 아니었을 테지. 브릴이 왕가에 '찍혔다'라고 판단하면 서비스가 형편없어 질 테니, 레오닉스를 은근슬쩍 언급하며 높은 질의 서비스를 유도한 것이다. 일반적인 상황이었다면 좋은 일인데, 로버트 왕자의 딸과 같은 의상실을 쓰게 되었으니 소문이 어떤 식으로 진행될지 모른다. 그 애는 그런 옷을 주문할 거면 평범한 의상실을 이용하지, 왜 수녀복 라인을 새로 만들면서까지 고급 의상실을 이용하는 건가.

생각해 보니 그 아이는 에스델라만큼 주목을 받고 싶어 안달이 나 있었다. 미모로 주목받기는 글렀으니 다른 장르를 파기로 한 건가 보다. 그냥 살면 되지, 왜들 그리 에스델라보다 낮다는 말을 들어 보려고 안달을 한 걸까. 누군가에게 평가받는 것으로 만족감을 찾으려 드는 것만큼 실속 없는 일도 없는데.

브릴은 장미 향기를 맡아 보았다. 거실에 향기가 가득하니, 예전으로 돌아간 것 같다.

엘리안이 항상 브릴을 위해 주문하던 꽃과 같은 품종의 장미다. 수도로 온 엘리안은, 꽃 피길 기다릴 필요도 없이 말만 하면 꽃을 가져다준다는 것을 알고 매번 꽃을 주문했다. 집 안에는 항상 신선한 꽃향기가 감돌았다.

브릴은 2층을 올려다보았다.

복도 끝 계단으로 올라가면 엘리안의 방과 이어진다.

그 방에는 아직도 소년이 좋아하던 시집과 소설, 희곡, 악보들이 한가득 쌓여 있다. 책들이 풍기는 오래된 종이 냄새를 맡으며 더 안으로 들어가면, 엘리안의 수집품들이 있다. 코끼리, 사슴, 코뿔소, 앵무새 등. 엘리안은 작고 정교한 동물 조각상이나 이상하게 생긴 인형들을 좋아했다.

그래서 돌아왔을 때 놀랐다. 너무 똑같이 제자리에 있어서.

그날에서 시간이 멈춘 것 같았다.

브릴은 홀의 거울을 보았다.

소녀의 모습은 이제 사라지고 없다. 둥근 볼도, 자신만만하고 잔인하던 눈빛도, 다 없다.

그날 본 엘리안도 자라 있었다. 이제 소년이 아니었다.

우리는 그렇게 변했는데, 어째서 이곳은 이렇게나 그대로인 걸까.

홀에 장미까지 놓이니, 완벽하게 돌아왔다.

"엘."

하지만 불러도 답이 없다.

되찾고 싶어. 너를.

네가 다시 살아나 내 앞에 온다면, 그러면 나는 어떻게 해야 할까.

기쁠까, 슬플까.

너를 안아 줄 수 있을까, 아니면 가까이 가지도 못할까.

하지만 어떤 일이든 간에 네가 보고 싶으니까. 너와 함께한 시간, 너를 사랑한 시간, 네가 나를 사랑한 순간들, 그 모든 것이 아직 내 안에 남아 있으니까, 그러니까 되찾을 거야.

너를 만나면 나는 너 없이 살았던 시간을 보여 주겠지.

소중한 사람들이, 아름다운 사람들이 있다고.

너와 함께 그곳으로 갈 수 있겠지. 황폐한 황야지만, 우리들은 그곳으로 가면 자유로울 거야.

그러면 나는 완전해지는 걸까. 행복하고 안전하게 살 수 있을까.

모르겠어.

브릴은 문을 열고 밖으로 나갔다.

버드나무 가로수 너머로 공원의 철창 벽이 보였다.

어머니가 외출하면 그들도 몰래 밖으로 나가 근처의 공원으로 가곤 했다. 저 안에는 할아버지 필파니온이 만든 왕립 동물원이 있다. 동물이 많지는 않았다. 사자, 코끼리, 곰, 기린, 얼룩말, 표범, 알록달록한 앵무새들 정도였다. 그러나 관람료가 싸고 공원 안에 있어 인기는 좋았다. 엘리안은 동물원에 가는 것을 좋아했다. 구경 갈 때마다 입장권을 잔뜩 사서, 구경하고 싶지만 돈이 없어 손가락만 빨고 있는 가난한 아이들에게 나누어 주곤 했다. 하도 자주 그래서, 엘리안만 나타나면 아이들이 비둘기 떼처럼 모여들었다.

링, 링, 링—

"새가 왔다 갔어요……."
그런데 이젠 가사가 잘 기억나지 않는다.
그립다.
브릴이 좋아하는 장미꽃을 건네줄 때의 미소도, 같이 바라보던 하늘도, 다…….
다시 만날 수 있을까.
외로움이 밀려든다.
세상에 홀로, 뚝 떨어져 있는 것 같다.
몇 년 전 엘리안이 표를 나누어 주던 아이들은 어디로 갔을까. 거의 육년 전이니, 그 아이들은 대부분 일을 하고 있을 것이다.
그 아이들은 엘리안을 기억해 줄까.
아니면, 엘을 기억하는 것은 오로지 나뿐일까.
그래서 시선을 느꼈을 때는 좀 늦었다.
상대를 마주했을 때, 이미 상대가 먼저 본 뒤였다.

"레오닉스?"

레오닉스였다.

"여러 번 만나는 것 같네요."

"딱 두 번째다."

"두 번도 만나기 힘든 사람이 아니었나요."

"관대하게 잡으면 아직은 우연에 포함되지."

레오닉스는 브릴의 손을 잡아 손등에 입을 맞췄다. 왕자다운 인사였으니, 브릴도 무릎을 살짝 굽혀 숙녀답게 답했다.

"보통은 약속을 잡잖아요. 이렇게 문 앞에서 만나는 걸 우연이라 말하기보다는."

레오닉스는 망토를 둘러 대충 가리곤 있었지만 제복을 입고 있었다.

"외출하는 중이었나."

"외출복이 도착해서, 한번 입어 본 김에 외출도 해 보려고요. 공원이나 동물원에 가 보려고."

같이 가자고 해야 하나.

이 남자와 가면 그곳에 있는 사람들에게 새로운 구경거리를 보여 주는 셈이 될 것이다.

그럼, 그냥 보내야 할까? 그건 좀 미안하다.

레오닉스가 먼저 물었다.

"그 서부 농부 청년은 잘 지내나."

"……어."

"왜 그래."

"메즈의 직업을 그렇게 정확하게 아는 사람은 처음이라서."

다들 하인, 호위, 노예 등으로 착각하는데, 메즈의 진짜 직업은 '농부' 다.

그것도 아주 훌륭한.

"들어올래요?"

"외출하는 길 아니었나."

"일단 문밖으로 나서긴 했으니, 한 셈 치죠."

브릴은 레오닉스를 데리고 저택 안으로 들어갔다.

들어온 레오닉스의 시선이 홀에 놓인 장미 더미를 향했다.

색이 아주 진하고 향기로운 장미였다.

레오닉스는 장미를 유심히 보았다.

브릴이 직접 샀을 리는 없으니, 누군가 준 거다.

길리온? 그 쩨쩨한 놈은 여자에게 돈을 쓰는 것 자체를 자존심 상해하는 유형이니 아니다.

마르셀? 가능은 하다. 레오닉스도 마르셀을 본 여자들이 어떻게 변하는지 알았다. 마르셀은 보는 여자마다 행복한 기분이 들게 하는 남자였다. 브릴도 어지간히 독특하지 않은 한 비슷할 거다. 누파사 제독가의 아들이니, 용돈도 많을 테고.

누군가와 경쟁이란 것을 해 본 적이 없는 레오닉스라, 자신이 뒤처진 것을 확인하니 언짢았다.

"레오닉스?"

"'이그레타의 황금 강'."

"네?"

"오페라 제목."

"아, 아는 거군요. 엘리안의 서재에 책이 있을 텐데."

엘리안의 이름이 나오자, 레오닉스의 눈이 잠시 멎었다.

"읽어 봤나."

"너무 길어서 읽지는 않았고, 엘리안이 대사를 읽어 준 적은 있지요."

"어떤 대사?"

"여자 주인공에게 고백하는 남자 주인공의 대사. 엄청난 찬양이던데요. 그대의 미소는 어쩌고저쩌고, 그대의 목소리는 어쩌고저쩌고……. 하지만 기억은 안 나요. 너무 굉장한 찬양이었다는 것만 알지."

"그래."

레오닉스는 장님이 아니었다.

소녀를 바라보던 소년의 눈에 밴 열기를 모를 수가 없었다. 그 누구도 남매의 애정이라 여기지 못할 열기였다. 어렸던 둘의 세상은 수정처럼 예쁘고 맑은 곳이었을 것이고, 소년의 사랑도 그런 것일 터다.

해가 저물어 가는 하늘이 보였다. 검푸르고 차갑고 묵직하다. 고즈넉하다. 쓸쓸함이 감도는 고즈넉함. 그 창밖을 보는 브릴의 옆얼굴을 보며, 레오닉스는 조금 전 혼자 있을 때 브릴이 짓던 표정이 떠올랐다.

무심하던 얼굴에 어두운 감정이 깃들고, 감정은 더 깊어졌다. 무언가를 기억해 내려 애쓰는 얼굴이었고, 쓸쓸함에 찬 눈빛이기도 했다.

그러나 마주했을 때 그 표정은 감쪽같이 사라졌다.

검푸른 색의 감정, 잠시 드러났던 그 비밀스러운 슬픔을 거두어들인 것이다. 그게 뭐냐고 물어볼 수도 없고, 그것이 다시 나타나는 순간을 보고 싶은 것도 아니었다.

그래도 눈이 레오닉스를 향하는 순간, 그 순간에 눈에 비친 반짝임은 좋았다. 관대하게 무심한 청회색 눈이 그렇게 레오닉스를 향하면, 그것만으로도 큰 가치가 있어 보인다.

"날짜는 어떻게 되나요."

"다음 주 금요일."

"그럼 극장 앞에서 만나요."

"아니, 데리러 오지."

"그럴 필요까지는 없어요. 의상실에서 어떤 옷이 도착할지 모르는데, 끔찍한 게 도착하면 곤란하죠. 처치할 시간이 필요할 텐데."

레오닉스의 입가에 미소가 번졌다.

"끔찍하든 처참하든 괜찮아."

"관대하네요."

"내가 어떤 처지인지, 내가 가장 잘 알거든."

"어떤?"

"청하는 위치지. 내가 부탁해야 하는 거야. 그대는 허락하는 거고. 그러니 아무 걱정 하지 마."

레오닉스는 브릴의 얼굴을 보았다.

브릴은 이제 경계심도 거리감도 없이 레오닉스를 똑바로 보고 있다. 레오닉스는 허리를 숙여 더 가까이 얼굴을 댔다. 저도 모르게 한 것이다. 그리고 그런 거리감을 줄이는 행동을, 브릴은 자연스럽게 받아들여 주었다. 아주 기분 좋은 거리였다.

레오닉스도 안다.

이 거리는 언제라도 순식간에 멀어질 수 있고, 닫힐 수도 있다.

그래도 이 신뢰의 순간이, 반짝이는 눈으로 그의 매력을 탐색하는 눈길이, 레오닉스의 마음을 흔들었다. 감정이 온몸으로 번진다. 웃고 싶어지는, 편안해지고 싶어지는, 그런 감정. 그리고 상대를 보는 눈에는 저절로 찬탄과 숭배가 담기는 감정이다.

푸른색이면 잘 어울리겠군. 검은색도 어울리겠고.

국상 기간이 다 끝난 건 아니라, 붉은 옷이나 노란 옷은 안 되겠지.

브릴의 눈이 살짝 가늘어졌다. 별빛과 밤하늘이 섞인 듯, 우아하고 차가운 청회색 눈이다. 그리고 아주 화려하다.

문득 생각나는 건, 집에다 던져뒀던 황제의 보물이었다. 황제가 제국 황후에게 선물하기 위해 세리아에서 특별 주문한 것이었다. 레오닉스는 그 보화를 싣고 가던 배를 나포했다. 다른 건 다 팔아치웠는데, 단 하나는 살 만한 사람이 없어서 그냥 가지고 있었다.

어울리겠지.

이 브릴은 가장 값진 것이 어울린다. 보석이든 드레스든, 품격을 담은 것이라면, 자부심과 아름다움이 담긴 거라면, 그것을 두려워하지 않을 테지.

암사자가 그 무엇도 두려워하지 않듯.

그렇기에, 레오닉스를 보면서 두려움도 탐욕도 없었다. 브릴은 모든 것을, 위대한 것도 강한 것도 다 당연하게 마주 볼 수 있다.

그것이 레오닉스를 브릴의 주변으로 끌어들인다.

그리운 것을 찾듯, 간절한 것을 찾듯, 주변에 없으면 그런 감정 속에서 안타깝고, 다시 보면 놓치고 싶지 않다.

그렇기에, 레오닉스는 자신이 엘리안에게 했던 일이 죄라는 것을 알았다.

낙인이다.

언제고 들킬지 말하게 될지 모르지만, 이에 대해 침묵하는 하루하루가 죄인 낙인.

어떻게 해야 하나.

"하지만 당장 그대에게 요구하는 건 없다. 귀찮거나 번거롭게 하지는 않겠어. 그것들을 차단하고 그대를 지켜 주는 건 내 몫이 되겠고, 최선을 다하겠다."

뭔가가 안에서 꿈틀댄다.

울렁거리고. 한 번도 느껴 보지 못한 기분 좋은 긴장감이다.

"그리고……."

"그리고?"

레오닉스를 보는 브릴의 눈동자는 다정함, 관심, 상냥함 같은 따뜻한 것들로 젖어 들었다. 경계도, 망설임도 옅어진다. 점점 더 가까워지면서 마음의 벽이 얇아지고 옅어지며 사라진다.

"세상이 개판이라도 보기만 해도 괜찮은 게 있지. 눈부신 것들, 반짝이는 것들, 느낌이 좋은 것들. 그리고 그런 건 놓치지 않는 게 옳지……."

"왜요."

"그대에게 그런 걸 느끼고 있으니까."

"무슨 의미인가요."

"끌린다는 거지."

레오닉스의 얼굴로 다시 웃음이 번진다.

행복인지, 두려움인지 모르는데, 웃는다.

"내가 말이 더럽게 많았군."

"레오."

레오닉스의 입술 끝이 올라갔다.

"궁금한 게 있어요. 좀 난데없지만."

"그래. 물어봐."

"그날, 카니발라가 나타난 날 당신 얼굴."

레오닉스는 차가운 독이 심장에 떨어진 기분이었다.

살이 녹는 듯 고통스러웠다.

"당신을 동정하는 건 아니에요. 아픔만은, 상실을 기억하는 마음에 깃드는 아픔만은 내가 아는 몇 안 되는 고통이니까."

"그런가."

"내게는 아주 소중했던 것이 있었어요. 세상이 어둑어둑해도 황금 촛대 위의 촛불처럼 빛나는. 그런데 그 불이 꺼지니, 깊은…… 아주 깊은 슬픔만 남았어요."

레오닉스는 기울이듯 벽에 기대어 조금 더 가까이 오면 닿을 수 있지만 그러지는 않는 거리에 멈추어 있었다.

창틈으로 온기가 배인 봄바람이 들어오며 그의 머리카락이 날렸고 그 끝이 브릴의 살에 닿았다.

숨소리가 섞이는 느낌이다. 왜 이렇게 가까이, 왜 이렇게 숨죽이고 있는 건지.

레오닉스는 조용히 말했다.

"뭐라…… 해야 할지 모르겠군."

"나도 아직 말할 수는 없어요."

엘리안. 그 아이의 일은 레오닉스의 가슴에 박힌 검과도 같다.

알아. 네 마음을, 엘리안.

네 정체가 무엇이었는지, 네가 나 때문에 무엇을 택했는지도 알고 있어.

그 꼬마에게 비밀을 말하고 숨어 버리라고 말했으면 아무 일도 없었을 것이다.

꼬마는 제 어머니와 누이와 함께 원래 살던 곳으로 돌아갔을 테고, 소녀와 소년은 여태 지내 왔던 대로 천진한 자기들 세계로 돌아갔을 테지.

그들의 작은 권력은, 그런 세계를 지킬 수 있을 만큼은 되었으니.

레오닉스만 없었으면, 그들의 끝은 그렇다.

그런 세상을 파괴한 것이 레오닉스였다.

그런데 후회는 들지 않는다.

기대와 설렘, 약간의 두려움 속에 숨죽이고 있으면서도, 후회는 없다.

그랬다면 이 순간도 없었을 테니.

가슴에 있는 건, 후회라기보다는 수치심과 죄책감에 가까웠다.

후회란 하지 말아야 할 일을 했을 때 하는 거다.

언제고 했을 일을 한 것이라 후회는 할 수 없다. 그러나 언제 그런 일을 했든 수치심을 느꼈을 것이다. 무력한 상대에게 폭력을 휘두르면, 적어도 자존심이 있는 사람이라면 그런 수치심을 느낄 수밖에 없다.

그럼, 이제 나는 어째야 하나.

앞으로 걸어가면 걸어갈수록, 어깨는 더 무거워질 테지.

네가 나를 짓누르니, 엘리안.

오만하지만 합리적인 선택이건만, 왜 이리도 비참해지는 것인지.

분명 그대에게 가장 가슴 아픈 일을 만들어 놓았는데, 그 덕에 내가 이 앞에 있는 건 또 얼마나 구차한 모순인지.

내가 그 일을 했기에 그대가 불행해진 걸 알면서, 하지 않았다면 그대가 내 앞에서 영원히 사라졌을 거란 사실을 알기에 아직도 후회하지 못하는 난 무엇인지.

세상이, 레오닉스의 세상이 이렇다.

그래서 감정도, 레오닉스가 처음 느낀 감정도 이런 것이다.

✤ 제 9 장 ✤

하얀 장미

엘리안은 멍하니 천장을 보았다.

조금 전 꿈을 꾼 것 같다.

꿈속에서 엘리안은 죽기 전까지 살던 집에 있었다.

브릴이 그 집에 있었다. 그것도, 어른이 된 브릴이.

그런데 혼자 있지 않았다.

그 남자, 레오닉스가 있었다.

보자마자 눈을 떠 버렸지만, 계속 생각이 나서 가슴이 아플 정도로 화가 났다.

엘리안은 숨이 막혀 가슴을 쳤다.

"아프십니까?"

옆에 레프가 있었다.

"공작님?"

"깨우려고 왔습니다. 다 왔으니, 이제 정신 차리십시오."

"아, 네. 죄송합니다! 정신, 정신 차릴게요!"

엘리안은 급히 눈을 비비고 앉았지만 다시 졸렸다. 몸도 무겁고. 엘리안이 다시 졸기 시작하자, 레프는 엘리안의 뒷덜미를 잡아 밖으로 끌고 나왔다.

"호, 혼자 걸어갈 수 있어요!"

"그리고 놓아두면 다시 제자리에서 잘 테지요. 나와요. 잠 깹시다."

"깰 수 있어요!"

"있기는 뭐가 있습니까. 이틀 내내 혼수상태였잖습니까."

"그, 그게, 하, 할 일이 없어서."

레프는 갑판 위에 엘리안을 놓았다. 바람이 얼굴을 훅 덮쳤다. 배는 엄청나게 빨리 달리고 있었다. 이렇게 돌진하고 있어도, 배 안에 들어가면 마차보다 편했다. 방도 호텔 방처럼 깨끗하고 냄새도 좋았다. 선체는 금속으로 된 듯 매끌매끌하고, 얼마나 빨리 움직이는지 주변에 포말이 서늘하게 일어났다.

곧 수평선 너머로 도레항이 보이기 시작했다.

엘리안은 저도 모르게 감탄했다.

"대단해요. 처음 봐!"

"……."

레프는 수백 번도 더 왔을 거라고 빈정대려다 참았다. 저렇게 좋아하는 엘리안에게 심술을 부리는 건 어른이 할 짓이 아니다.

도레항은 정말 아름다운 항구였다. 바다는 푸른 유리처럼 투명하고, 바닷속에는 사람 몸통만 한 물고기들이 헤엄쳐 다녔다. 항구를 바라보는 비탈에는 짙은 색 꽃이 핀 화분으로 창을 장식한 하얀 집들이 가득해, 보기만 해도 행복한 기분이 들었다.

"카니발라."

자기를 부르는지도 모르고 엘리안은 감탄만 했다.

레프는 잠시 머뭇거리다가 조심스럽게 불러 보았다.

"엘리안?"

"아, 네!"

"……."

레프는 한숨을 내쉬었다.

"카니발라, 이 모든 게 제국을 위한 길이고 황제 폐하를 위한 길이라 당신에게 협조하는 것뿐입니다. 당신의 바보 놀이에 속아서 이러는 건 절대 아닙니다. 저는 결코 속지 않았습니다. 알겠죠, 카, 니, 발, 라?"

"미, 미안해요. 저도 이럴 생각은 아니어서."

"네, 알겠습니다."

엘리안은 레프란 사람이 말은 저리 퉁명스러워도 친절하다는 것을 알았다.

"카니발라, 졸지 말고요."

"죄송해요."

레프가 친절한 건 친절한 거고, 지금 졸린 건 졸린 거다. 너무 졸리다.

언제 나왔는지 모를 라바이가 엘리안의 허벅지를 때렸다.

"정신 차려!"

"아파, 라바이. 그리고 자꾸 때리지는 말아 줘. 카니발라가 튀어나올지도 몰라."

"그럼 미리미리 정신을 차려야지!"

레프가 라바이의 양팔을 붙잡아 고정했다. 라바이는 버둥대며 고함을 질렀다.

"놔!"

"버릇없게 굴지 마! 그리고 이지프!"

이지프가 갑판 아래에서 고개를 쏙 내밀었다.

[네, 공작님. 말씀하세요.]

"이지프, 나는 여기서 내릴 테니 이분을 모셔라. 이상한 소리를 해도 알아서 하고."

[저는 이런 상황에 아주 익숙합니다, 공작님. 걱정 마십시오. 안전하게 체자까지 모셔다 드리겠습니다.]

"그래. 항상 잘해 왔으니, 오늘도 맡긴다."

[조금도, 조금도 걱정하지 마십시오.]

"카니발라, 저는 여기서 기다릴 테니 업무가 끝나는 대로 돌아오십시오."

"그렇게까지 하실 필요 없어요. 부인이 기다리실 텐데!"

"이미 말했습니다. 며칠 걸릴 거라고. 그리고 제가 이러는 건, 당신이 걱정되거나 불쌍해서가 아니라 제국과 폐하를 위해서입니다. 당신은 이 제국에 꼭 필요한 분이니까요! 그리고!"

레프는 주변을 둘러보곤, 작게 말했다.

"몸조심하십시오. 기, 길 잃지 마시고요."

"걱정해 줘서 고맙습니다, 공작님. 꼭 조심할게요."

그리고 방긋 웃는 엘리안을 본 레프는 깜짝 놀랐지만, 곧 고개를 돌리고 정색했다.

"당신이 하는 일이 모두 연기라는 걸 아니까, 저도 진심으로 하는 말은 아닙니다. 그러니 나중에 놀리지 마십시오. 그리고…… 라바이 군! 또 그렇게 굴면, 체자에서 분명 체포당할 거다! 예의 바르게 굴어!"

라바이도 지지 않고 고함을 질렀다.

"족장 할아범도 너보다는 잔소리가 없을 거야!"

"무엇이라고?"

"잔소리, 잔소리, 잔소리! 메즈는 나한테 절대 안 그랬거든!"

"그건 또 누구냐, 라바이."

"너보다 훨씬 더 훌륭하고 좋은 남자야!"

자그마치 제국 황제의 양자이자 황후 아들인데, 라바이에게는 '너'였다.

"무례하게 굴지 마라."

"야만족이라 그렇다! 어쩔 거야!"

엘리안이 라바이의 입을 틀어막았다.

"제가 대신 사과할게요."

"아닙니다. 그럼, 저는 내리겠습니다."

선교가 이라호에서 튀어나와 잔교에 걸렸다.

레프는 배에서 내렸다. 선착장에는 레프를 기다리는 장교들이 대기하고 있었다. 제국의 회색 제복 차림이었다.

그렇게 레프가 하선하자, 이라호가 저절로 움직이기 시작했다.

이지프가 '이라'라고 해서 사람인 줄 알았더니, 배 이름이었다.

선원은 하나도 없고, 배가 저절로 움직였다. 닻을 내리고 올리는 것도, 돛대를 조절하는 것도 모두 저절로 이루어진다. 처음에는 여객선 같은 거라 생각했으나, 갑판 아래로 대포가 이 열로 붙어 있었다.

"우와, 대포도 있네요. 어디다 써요?"

하고 말했을 때, 레프의 절망적인 표정이 아직도 기억난다.

"이 배는 전함이거든요."

"이렇게 예쁜데요?"

"전함을 이렇게 아늑하게 장식한 게 당신입니다만."

"죄, 죄송합니다!"

"제발 죄송합니다, 라는 말 좀 그만하십시오. 헷갈리니까."

엘리안은 너무 미안해서 울었다. 엘리안이 우는 바람에 전투력을 급히 내버린 레프도 같이 울고 싶어졌다.

도레항이 수평선 너머로 사라지자, 라바이는 서운한 강아지처럼 그 방향을 보았다. 악을 쓰고 반항을 하긴 했어도, 라바이를 가장 잘 챙겨 준 건 레프였다. 이지프는 믿을 수 없고, 이 예쁜 유령선은 무섭고, 엘리안은 바보인 상황에서 라바이가 믿을 수 있는 사람은 레프뿐이었다.

"라바이, 도착하면."

"응."

엘리안은 라바이 옆에 앉으며 말했다.

"도착하면 말이야, 네 고향으로 돌아가는 표를 구하자."

"어, 정말?"

"그래. 우선…… 내가 만나야 하는 사람을 만나면. 나와는 달리 그 사람은 아주 똑똑하니까, 너를 고향으로 보낼 수 있는 방법이 많을 거야."

"누구하고 만나는 건데?"

"아주 소중한 사람."

"우리, 언제 도착하는 거야?"

"공작님 말로는, 이틀 걸린대."

"빠르다!"

라바이는 들떴다.

"곧 도착이라니! 고향으로 돌아가다니!"

"으아, 위험하니 그렇게 뛰지 마!"

어서 브릴이 보고 싶다.

그런데 그사이 돌이킬 수 없는 일이 벌어졌으면 어떻게 하지.

어머니가 그동안 브릴을 시집보냈을 수도 있고, 약혼을 했을지도 모르겠다. 그럴 가능성이 충분한 나이니까.

엘리안은 당분간 브릴을 만나는 것만 생각하기로 했다. 멍하니 있다, 돛대에 등을 기대 하늘을 보았다. 다시 잠이 오기 시작한다. 저도 모르게 눈을 감았다.

이번에는 흰 블라우스에 갈색 치마를 입은 브릴이 보이기 시작했다.

브릴은 책을 읽다가 고개를 들었다. 살짝 고개를 갸웃하더니, 다가와 손을 뻗었다.

엘리안은 놀라 눈을 떴다. 옆에 라바이가 와 있었다.

"라바이?"

라바이는 엘리안 주변을 빙글빙글 돌았다.

"왜 그래?"

"엘리안. 너, 어디 출신이야?"

"몰라. 난 고아고, 서커스단에서 자랐거든."

"그래?"

라바이는 팔짱을 끼고 눈을 가늘게 떴다.

생각해 보니, 라바이는 엘리안에게 동물과 마음이 통하는 능력이 있다는 것을 금방 알아냈다. 엘리안이 카니발라가 아니란 것도 보자마자 알아냈고.

"엘리안, 나중에 나하고 같이 내 고향에 갈래?"

"네 고향엔 왜?"

"그곳에 숲이 있는데, 들어가면 우물이 하나 있어. '모든 것의 우물'이라 불리는. 그리고 사실, 내가 납치당한 곳이 그 근방이야. 카니발라는 네 몸을 차지한 채로 거기로 갔어. 정령들이 말하길, 카니발라는 매번 몸이 바뀌면 나타나 그곳의 정령들을 사냥해 간대."

엘리안은 갑판을 청소하는 이지프를 가리켰다.

설마, 저런 거?

라바이가 고개를 끄덕였다.

"그런데 이번에 카니발라가 노린 정령이 내 친구 몸에 붙어 있던 거였어. 그 정령이 나한테 알려 와서, 그날 마을 사람들에게 알린 다음 먼저 숲으로 갔어. 그곳에서 카니발라를 만나 잡혀 온 거야."

엘리안은 자신이 한 일이 아닌데도 미안해졌다.

"그곳에 같이 가서, 네 몸에 있는 카니발라를 버리자."

"그게 가능해?"

"내가 도와줄게. 그 우물은 말이야, 정령들이 오고 가는 곳이야. 정령들에게 부탁해서 카니발라를 붙잡아 가라고 할게. 그럼 카니발라는 그곳에 잡혀가고, 너는 자유로워지는 거지!"

엘리안은 이해가 되지 않았지만, 일단 믿기로 했다. 하여간, 카니발라를 없애 버릴 수 있다는 거지?

"우선, 체자에서 네가 찾는 사람을 찾은 다음, 나하고 같이 가자. 나는 아직 어리지만, 우리 고향에는 나보다 강한 정령사들이 있어. 도와줄 거야!"

그때 엘리안은 주변 분위기가 묘하단 생각이 들었다.

원래 고요했지만, 기이할 정도로 고요해졌다.

엄청난 적대감과 분노가, 심지어 살의까지 느껴진다.

뭐지?

엘리안은 라바이를 보며 입술에 손을 얹었다.

"왜?"

"우리, 당분간 그 이야기는 하지 말자."

"어, 왜. 음, 알았어."

엘리안은 두려워졌다.

어서 내려야 해.

이 배를 움직이는 정령, 이지프의 정령, 그 모든 것이…….

엘리안이 무엇인지 알고 있는 것 같다.

아무 생각 없이 머물렀던 이곳이, 레프가 내리자마자 사악한 악령들이 지배하는 지옥이 되었다.

브릴은 책에서 눈을 떼고 고개를 들었다.

앉아 있는 곳은 엘리안의 방 옆에 붙은 퇴창이었다. 꽤 넓은 공간이라, 개조해서 밝고 전망도 좋은 휴게실로 만들었다. 창턱에는 푹신한 방석을 깔아 의자 삼아 앉거나 누워 잘 수도 있었고, 방 안에 방을 하나 더 만든 구조라, 들어가 문을 닫으면 공간이 분리되어 작고 아늑한 휴게실이 되어 준다.

그런데 지금, 이 안에 다른 누군가가 있는 것 같다.

그때 노크 소리가 들렸다.

"누구지?"

"접니다, 셰어브릴 님."

누파사 가에서 빌려준 시녀였다.

"아, 들어와. 무슨 일이지?"

"야회복이 도착했습니다."

"외출복은 빠르더니, 야회복은 간신히 맞춰서 오네."

이 시녀는 파견되어 오자마자 외출과 외부 행사와 관련된 모든 일을 맡아야 했다. 브릴이 시녀가 도착한 즉시 '네가 다 해.' 하고 일을 쓸어다 넘겼기 때문이다. 정말 손 하나 까딱하지 않았고, 심지어 명령도 하지 않았다.

시녀는 이렇게 아무것도 안 하는 숙녀를 모시는 건 처음이었다. 누파사 가문의 시녀답게 자부심이 넘쳐 제대로 가르칠 생각으로 왔던 시녀는 당황했다. 게다가 하녀가 '우리 주인님은 아주 무섭고 까다로운 분입니다.' 라고 말해서, 시녀는 행여나 자기가 실수할까 봐 벌벌 기었다.

"봤나?"

"네. 아주 훌륭하게 해 주었더군요."

중간에 가게 점원이 와서 사이즈를 더 자세히 맞춘 뒤에 돌아갔다. 브릴은 알아서 했으리라 결론 내리고, 간섭하기 귀찮아서 아무 말도 하지 않고 보냈다. 그런데 이 시녀가 왕족 정도 되는 분이 완전한 기성품을 입을 수는 없다며 고쳐 달라고 했다.

"추가 금액이 오면, 그때 한 번 더 이야기하자."

시녀가 자신이 한 일에 대해 보고하자, 브릴이 한 말이었다.

무슨 말인지 알아들은 시녀는 좌절했다.

돈이 많이 나오면 각오하란 뜻이다.

시녀에겐 다행스럽게도 추가 청구서는 오지 않았다.

"자, 보세요."

브릴은 드레스 룸에 가서 옷을 보고 고개를 갸웃했다.

"이거, 맞아?"

"네."

"나는 이런 드레스를 주문한 적이 없는데."

"의상실에서 고치면서 달라진 게 아닐까요."

"새로 만든 거나 다름없는데 정말 추가 청구서가 없었어?"

"네, 없었습니다!"

"잘못 온 거 아냐?"

"아닙니다. 분명 주인님 옷입니다."

시녀는 쩔쩔맸다.

"시간이 없어서 돌려보낼 수도 없으니 오늘은 그냥 입어야겠네. 안 맞으면 어쩔 수 없고, 맞으면 다행이고. 내 드레스를 받은 아가씨는 울고 있겠지만."

옷을 입어 보고 있을 때, 은행 직원이 은행 경비와 함께 보석을 가지고 왔다. 보석을 본 브릴은 이번에도 고개를 갸웃했다.

"왜 그러세요?"

보석을 고른 시녀는 자기가 여주인의 취향에 안 맞는 걸 골랐나 싶어 벌벌 떨었다.

"어머니가 이렇게 비싼 걸 가지고 계셨나?"

작은 다이아몬드가 무수히 박혀 목덜미까지 덮는 화려한 목걸이였다. 아래에는 여러 개의 사파이어가 물방울처럼 매달려 있었다. 슬쩍 봐도 엄청난 물건이다. 어머니가 이런 보석을 가졌다면 연회마다 차고 나가 자랑했을 텐데, 브릴은 본 적이 없다.

드레스도 보석도, 예상보다 화려해서 브릴은 고민이 되었다.

이렇게 하고 나가면 도시 끝까지 소문이 날 텐데, 지금은 옷도 보석도 이것뿐이라 그냥 입기로 했다.

메즈도 들어왔다가 드레스와 보석을 보고 놀랐다.

"보기 어때? 사치스럽긴 하지만."

"어떤 옷이든, 브릴 님에게 어울리면 되는 겁니다. 입는 사람을 돋보이게 하고 입은 사람의 기분이 좋으면 되는 것 아닙니까."

"칭찬인지 둘러대는 말인지 헷갈리네. 뭐, 메즈는 내가 누더기를 걸쳐도 본인이 좋으면 된다고 생각할 테지. 나 없는 동안, 마르셀 경하고 잘 놀다 와."

"사실, 저는 그냥 집에 있고 싶습니다."

"집주인이 없는 집에 마르셀 경 정도의 신분이 되는 손님을 두는 건 예의가 아니잖아. 단, 가거든 적당히 마셔. 어지럽거나 휘청거린다 싶으면 당장 그만두고."

"알겠습니다."

"이만 준비할 테니, 내려가 있어. 마르셀 경은 조금 뒤에 올 거야."

"네."

준비는 대략 두 시간이 걸렸다. 화장을 마치고 보석을 걸기 직전 마르셀 경이 도착했다.

브릴은 시녀가 건네주는 숄을 걸치고 나왔다. 보자마자 마르셀의 얼굴이 활짝 펴졌다.

"셰어브릴 님."

마르셀 경은 브릴이 내미는 손을 잡고 입을 맞추었다.

"아름답네요."

"누파사 영부인의 시녀 솜씨지. 고마워. 할머니께도 감사 인사 전하고, 메즈하고 즐거운 시간 보내."

브릴은 마르셀 경의 볼에 입을 맞춘 다음 치장을 마무리하기 위해 돌아갔다. 브릴이 보석을 마저 거는 동안, 이번에는 길리온이 도착했다. 소파에 앉아 있던 마르셀이 집주인 대신 인사했다.

"어서 오세요."

"미안, 좀 늦었다. 오늘 브릴 님은 누구하고 약속이 있는 거야?"

"레오닉스 왕자님이요."

길리온은 얼어붙었다.

"뭐, 뭐, 뭐라고?"

"레오닉스 왕자님이라고요."

"서, 설마, 호, 혼담이나, 그런 거 있는 거야?"

"길 대장, 그런 건 우리가 입에 올려선 안 돼요. 벌써 잊었어요?"

"아니, 그래도 그렇지! 그, 그—"

그때 모든 단장을 마친 브릴이 나왔다.

길리온은 입을 쩍 벌리며, 브릴과 처음 만났을 때 건방지게 굴었던 것을 죽도록 후회했다. 물론 길리온은 잘 보이는 수고를 하느니, 불쾌하게 굴며 인상을 남기는 것을 선호하는 유형의 남자였다. 그리 불쾌하게 굴어 계속 신경 쓰이게 만들면 언젠가는 남녀의 호감으로 변할 수 있다는 근거 없는 착각도 했다. 그럼에도, 그런 본성과 반대되는 감정이 든 것이다. 불쾌하게 군 것, 무례하게 군 것, 모두 같잖았다.

"표정이 왜 그래, 길리온 경?"

"아니, 아닙니다. 아름다우시군요. 항상 이렇게 입고 다니시지 그럽니까. 남자들이 좋아할 겁니다."

"……."

마르셀이 한숨을 내쉬었고, 메즈는 노려보았다.

브릴은 어처구니가 없어 하며 이 하찮은 남자를 보아야 했다.

"제가 실례되는 말이라도."

"일단, 오늘 이렇게 입은 건 초대한 사람에 대한 성의야. 내가 그 자리에 신경 써서 임하고 있다는 의미지. 하지만 내가 모르는 모든 사람의 즐거움을 위해 이 번거로운 수고를 할 수는 없는 거잖아."

"아니, 전 이해가. 칭찬입니다."

"마르셀—"

브릴은 마르셀을 불렀고, 마르셀은 자신이 교육 담당이 될 줄 알아서 맥없이 답했다.

"참되게 교육하겠습니다."

"그래."

그때 초인종이 울렸다. 브릴을 데리러 온 마차가 도착한 것이다. 시녀가 얼른 나갔다.

"그럼 다녀올게. 메즈도."

브릴은 메즈의 팔을 두드렸다. 메즈는 정중하게 고개를 숙여 인사하고 배웅했다.

길리온이 애처롭게 보았다.

"왜 나한테 인사도 안 하고 가시는 거지?"

모두가 아는 걸, 길리온 혼자만 몰랐다.

체자의 가장 큰 오페라 극장은 드디어 공연을 재개할 수 있게 되었다.

유명 화가가 직접 그린 화려한 포스터를 붙여도 왕실로부터 아무 잔소리가 없자, 지배인은 한숨 돌렸다. 극장주도, 주주들도 모두 안도했다. 드디어 국상이 끝난 것이다.

올린 작품은 고대극을 개작한 것이었다. 오페라 작가도 여러 히트작을 낸 작가로 유명했지만, 연출자는 정말로 유명했다. 두 사람의 만남은 워낙 화제가 되어서 투자자도 쉽게 모았다.

초연이 끝난 뒤 반응은 가히 폭발적이었다. 신도 나오고 영웅도 나오는 전형적인 이야기지만, 어마어마한 특수 효과와 기발하고 압도적인 연출이 사람들을 흥분시켰다. 일반석 가격을 배로 늘리고 박스석 가격을 세

배로 튀겨도 다 매진이었다. 엄청나게 유명하지만 그 누구도 다섯 페이지 이상 읽은 적이 없다는 원작도 엄청나게 팔렸다. 그해의 작품을 넘어, 길이길이 남을 명작이 될 거라며 들떴지만, 공주의 서거로 연말에 삼 주 공연하고 그만두어야 했다. 엄청난 손해가 날 판이라 극장주도 연출자도 투자자들도 미치기 직전이었는데, 아르노가 왕위에 오른다는 발표가 난 것이다.

극장은 포스터를 걸어도 말이 없자, 당장 표를 팔기 시작했다. 매표소에는 줄이 길게 늘어졌다. 그간의 손해를 만회해 볼 생각으로 극장주는 박스석과 귀빈석 몇 개를 경매에 붙였다. 상류층의 허세와 경쟁심을 이용한 마케팅이었다.

경쟁이 붙자, 예상대로 객석 가격은 쑥쑥 오르기 시작했다. 최고 박스석은, 로버트 왕자가 가장 먼저 사겠다며 나섰다. 형이 왕이 되니, 다음 왕은 자신이 될지도 모른다고 생각해 흥분한 상태였다. 그러자 어느 어느 공작이 산다고 나서고, 다음 공작, 다음 백작, 다음 후작, 온갖 후작 백작 자작이 서로 사겠다며 나섰다. 그러다가 그 모든 것을 단숨에 거꾸러뜨린 가격이 제시되었다. 오기가 생긴 로버트 왕자는 가격을 더 불렀고, 그 구매자는 시원하게 다섯 배를 불렀다.

도저히 그 정도 돈을 쓸 수는 없었던 로버트 왕자는 포기했다. 다행히 지인이자 의용대 대장인 시반 백작이 표를 구해 주었고, 그 덕에 로버트 왕자는 극장에 나타나지 못하는 수치는 면할 수 있었다.

다음, 자연스럽게도 그 구매자의 정체가 화제의 중심이 되었다. 온갖 소문이 돌았다. 아르노 왕자가 이사벨과 온다더라, 왕이 회복되어 온다더라 등등. 그러던 중에 체자의 가장 큰 의상실 중 하나에서 새어 나온 소문이 모두의 입을 떡 벌어지게 했다.

정말?

정말 그래?

생각해 보니 인과는 맞았다.

익명의 구매자는 제레미 경으로 밝혀졌고, 월급 받고 사는 망명 귀족이 그렇게 많은 돈을 냈을 리 없으니 상관이자 단주인 레오닉스 대신 온 것이다.

왕자가 왜 오는 거죠?

누군가와 같이 온다는데.

누구래요?

소문이 다 돌았지만, 로버트 왕자만은 자존심을 상하게 한 게 누구냐고 씩씩대느라 소문을 듣지 못했다. 그래서 의용대를 불러와 자기 호위들이라고 하며 극장에 깔았다.

말이 좋아 호위이고 의용대지, 로버트 왕자의 개인 용병이나 다를 바 없었다. 그들을 이끄는 시반 백작도 정말 백작인지 아닌지도 불분명하다. 그는 제국으로부터 온 망명자 중 하나로 제국과 싸우러 가는 날보다는 의회의 기사들과 시비가 붙는 경우가 더 많았다.

지배인도 그런 자들을 극장 안에 들이고 싶지 않았다. 이 무뢰한들이 관객들에게 시비라도 걸면 극장 명성에 큰 누가 된다. 그러나 돈이 모자라 표를 뺏긴 것에 대해 자존심이 상하고 화가 난 로버트 왕자는 어떻게든 그들을 들이려고 했다. 마지못해 허락하며, 지배인은 지금 도는 소문이 헛소문이길 빌었다. 레오닉스 왕자가 아니라 레오릭스 공작일 수도 있다. 뭐, 레오릭스 공작은 시골에 처박힌 지 꽤 된 데다 아흔 살이긴 하지만.

공연 오후, 드디어 의문의 관객이 보낸 전령이 도착했다.

전령의 제복을 본 지배인은 마지막 희망이 사라졌음을 깨달았다.

"레오닉스 아르칸젤로 왕자님께서 호위 허가를 요청하셨습니다."

"당연히 허락해야지요. 하하."

하고 말했지만, 지배인은 발끝이 저렸다.

맙소사, 정말 레오닉스다.

운이 좋아야 가끔 구경해 볼 수 있다는, 왕국에서 가장 유명한 바다의 왕자.

로버트 왕자나 기타 등등 잡스러운 왕자들이야 떠들든 까불든 상관없다.

그런데 레오닉스…….

젠장, 진짜 레오닉스란다.

식은땀 난다.

게다가 표가 두 장.

생각해 보니, 아르노가 예전에 이사벨과 함께 처음 모습을 드러낸 곳도 이 극장이었다.

오만한 왕세자와 가난한 귀족 과부가 세기의 사랑을 시작했다. 왕실이 발칵 뒤집혔고, 왕은 노발대발했다. 연애는 네 마음이지만 결혼은 아니라고, 네 인생에 여자가 이사벨 하나뿐이라면 절대 결혼하지 말라고 했다. 멋대로 결혼하면, 그 여자는 왕자비도 왕세자비도 왕비도 될 수 없다고 했다. 그러나 왕세자는 결혼했고, 신부는 이사벨이 아닌 동대륙 출신의 공주였다.

왕세자는 왕세자비와도 같이 이 극장에 왔다. 부부는 처음 시작할 때부터 멀찍이 떨어져 앉더니, 클라이맥스에서 가수보다 더 큰 소리로 싸워 댔다. 여가수의 절망의 아리아가 울릴 때 그보다 더 분노에 찬 아르노의 목소리가 들렸고, 남자 가수의 아리아보다 왕세자비의 성난 고함이 더 컸다. 극이 끝날 즈음에, 사람들은 노래보다 더 많이 들은 부부 싸움 소리로 괴로워하고 있었다.

지배인은 정치 문제의 규모가 발레리나와 오페라 가수들 사이의 다툼일 때를 그리워하며, 홀을 정돈시키라 직원들에게 명령했다. 대기실이자 만남의 장소인 극장 홀은 이미 의문의 구매자에 대한 이야기로 달아올라 있었다.

로버트 왕자가 먼저 도착했다. 사람들은 이제 왕의 아들에서 왕의 동생이 되는 그를 맞이했다. 왕자는 옆에 정부(情婦)를 끼고 왔다. 페니 번이라는 이름의 스무 살짜리 아가씨로, 원래는 어느 공작의 정부였다가 쟁탈전이 벌어져 왕자의 정부가 되었다. 페니 번이 왕자를 위해 연기해 주는 장르는 '겸손하고 청순한 미녀'였다. 로버트 왕자는 딸과 아내에게는 한 번 옷을 사면 다섯 번 이상 입고 나가라고 하면서도, 정부에게는 호화로운 보석과 비단옷을 걸치게 했다. '남자의 자존심'이라는 이유였다. 오늘도, 경매에 밀려 자존심 상한 로버트는 정부의 목과 팔에 새로운 보석을 붙여 데리고 왔다. 자신이 후원하는 신인 여가수라 소개했지만, 그 정체를 모를 사람은 어디에도 없었다.

"레오닉스라고?"

도착하고 얼마 뒤에 의문의 구매자에 대해 알게 되자, 로버트는 비웃었다.

"그 녀석에게 드디어 애인이 생긴 건가. 하긴, 그전에는 아르노 눈치를 보느라 여자 근처도 못 갔을 테니 이해하네. 에스델라에게 잘 보이려고 일부러 여자들을 멀리하지 않았나."

레오닉스가 들었다면 주먹부터 날아갈 말이었다.

무엇보다, 로버트는 레오닉스더러 '그 녀석'이라 부를 만한 위치가 아니었다. 의전 서열은 레오닉스가 더 높았고, 로버트는 그저 왕의 아들이지만 레오닉스는 하일드의 군주다. 왕자라도 같은 왕자가 아니다.

"에스델라가 워낙 도도한 아이라, 레오닉스 왕자에게 건방지게 굴었지. 그때는 눈치 보느라 말 한 마디 못 하더니, 에스델라가 없어지자마자 바로 여자들을 만나러 다니는군. 돈 쓰는 법도 몰라 터무니없이 가격을 불러 대고."

조용히 보긴 글렀다는 레오닉스의 짜증이 현실화되는 순간이었다. 왕자가 이러면 옆에 있는 페니의 역할은 나는 당신을 진심으로 숭배한다는 표정을 연기하는 것이었다. 그러면 로버트는 다음 날 빚을 내서라도 보석들을 쌓아 주었다. 어차피 남자들이 창녀들을 사는 이유는, 죽어도 채워야 하는 욕정 탓이 아니라 젊은 여자들이 돈을 받고 굽실대는 연기를 해 줄 때의 기분이 좋아서다. 어차피 다 '연기'다. 남자들은 '그런 여자'를 바라고, 창녀들은 '그런 여자'인 척해 주는 거다.

"오늘 만나면 내가 한 수 가르쳐 줘야겠군. 어느 풋내기 창녀를 데려올지 모르지만 말이야."

모두가 웃었지만, 제발 레오닉스가 나타나지 않기를 바랐다. 이게 레오닉스 귀로 들어가면, 오늘 로버트 왕자는 팔다리 제대로 붙어 돌아가기도 글렀다. 게다가 여자 다루는 법이라니. 다들 가소로워했다. 딸이나 아내에게는 윽박지르고 창녀들에게는 돈을 쓰거나 때리는 법밖에 모르는 자가 무슨 여자를 다루는 법을 안다고. 아니, 인간 다루는 법 자체를 모르는 자다.

그때 연미복 차림의 남자가 입구를 지키는 기사에게 달려갔다.

남자는 극장 홀 담당 책임자였고, 기사는 망명자 기사단의 기사였다.

온다.

긴장감이 도는 가운데 말발굽 소리가 들렸다. 워낙 빨리 들이닥쳐, 사람들이 알아챘을 때는 이미 입구에 레오닉스가 서 있었다.

검푸른 제복 차림이었다. 군인이라 거의 제복 차림이지만, 지금 차림은 예복에 가까웠다. 상당한 격식을 갖춘 차림이다.

여자들 눈에 선망이 비쳤다. 만나 보기도 힘들고 분위기도 너무 엄격해서 가까이하기에는 힘든 사람이지만, 그래도 레오닉스는 이 나라에서 여자들이 꿈꾸어 볼 수 있는 남자 중 최고의 남자였다.

레오닉스는 안으로 들어가지 않고 입구에서 기다렸다. 저 정도 되는 남자가 지금 상대를 기다려 주고 있는 것이다. 로버트 왕자는 풋내기 창녀일 거라 믿어 의심치 않았지만, 레오닉스를 세워 둘 수 있는 신분의 여자는 이 나라에 거의 없다. 페니도 잠시 자기 파트너인 늙은 왕자에 대해 잊었다.

곧 마차가 도착했다. 마차 문이 열리고, 시녀가 자신이 모시는 숙녀의 어깨를 덮은 망토를 벗겨 주고 내리게 했다.

레오닉스가 직접 상대의 허리를 잡아 편하게 내리도록 해 주었다. 가볍게 들어 사뿐하게 내려놓는다. 여자는 레오닉스의 두 팔 사이로 안전하게 마차에서 내린 다음 레오닉스의 팔을 잡았다.

레오닉스가 고개를 숙였다. 여자의 볼에 입술을 가까이 가져가며 뭐라 속삭이더니, 곧 그의 입술에 미소가 보였다. 이어, 고개를 드는 레오닉스는 상대를 똑바로 보고 있었다.

사람들은 빠르게 속닥댔다.

누구지?

혹시 알아요?

소문을 아직 제대로 주워 담지 못한 사람은 그리 말했고, 소문을 이미 들은 사람은 과연 맞는지 확인하고 싶어 했다.

레오닉스가 여자의 손을 잡아, 안으로 이끌었다. 여자의 손목을 감은 팔찌가 드러났다.

그 팔찌가 무엇인지 알아본 몇 사람이 한숨을 내쉬었다.

맙소사, 저거.

작년에 레오닉스는 황제의 보물선을 나포했다. 그 보물선은 황제 자신의 보물은 물론이요, 황후를 위해 특별 주문한 왕관과 보석들로 꽉 차 있었다. 황후의 생일 선물인 목걸이에, 결혼 기념 왕관과 브로치, 거기에 황후를 위해 몇 년에 걸쳐 제작된 팔찌도 있었다. 그 엄청난 보물들은 황후가 아닌 레오닉스 손에 고스란히 들어갔다.

레오닉스는 그 보석들을 가져갔다는 것을 숨기지도 않았다. 모두 공개해 경매에 붙였고, 황제는 아무 말 하지 않았지만 얼마나 분노했을지는 뻔했다. 돈을 몇 배로 들여 그보다 더 비싼 보석을 황후에게 공개적으로 선물했으니 말이다.

경매에 들어간 그 보석들은 모두 상당한 가격으로 낙찰되어, 레오닉스는 당시 참전했던 수하들에게 특별 보너스를 지급할 수 있었다.

그런데 그 보물 중 주인을 찾지 못한 팔찌가 있었다. 다이아몬드를 덩굴 모양으로 세팅하고, 중앙에 사파이어빛에 가까운 푸른 다이아몬드를 박아 넣은 엄청난 것이었다. 보석도 보석이지만, 커팅부터 세팅까지 너무나 완벽했다.

에스델라도 가지고 싶어 했으나, 그만큼이나 비싼 황후의 보관을 손에 넣은 뒤라 둘 다 살 수는 없었다. 로버트 왕자도 침을 삼켰지만, 아내나 딸에게 주려고 그 비싼 것을 사자니 돈이 아까웠고 그렇다고 자기가 찰 수도 없었다.

그런데 그 유명한 보석이 레오닉스가 데리고 온 여자의 팔에 있는 것이다.

"미친."

로버트 왕자가 중얼거렸다.

정부나 애인일 거라 했는데, 레오닉스가 아무리 예의나 경우가 없는 남자라도 저 정도 선물을 바치고 문 앞에서 기다려도 구설에 오르지 않을 상대는 죽은 에스델라뿐이었다.

"누군지 아나?"

로버트는 시반 백작에게 물었다.

"소문은 들었습니다. 하지만 그 소문이 맞으면, 왕자님이 알아보셔야 합니다."

"내가 아는 사람인가?"

"네."

"누구야, 젠장."

로버트는 과연 누구인지 감도 잡히지 않았다.

어느 주제 파악 못 하는 멍청한 계집애가 저리 나대나. 괘씸했다. 어떤 계집애인지는 몰라도, 오늘 제대로 버릇을 들여 놓을 테다.

레오닉스가 파트너를 데리고 들어왔다. 여자가 입은 드레스가 모습을 드러냈다. 은빛 안감에 검은 실크를 로브 형식으로 얹은 드레스였다. 가슴과 어깨는 흰 장미 코르사주로 장식하고, 검은 레이스로 장식한 드레스 치마는 크게 부풀리지 않아 몸을 가볍고 우아하게 보이도록 했다.

목에도 화려한 목걸이를 하고 있었다. 그것 역시, 저택 한 채 값을 연상케 하는 것이었다.

로버트 왕자는 드디어 여자의 얼굴을 볼 수 있었다. 여자의 눈이 로버트를 향했으니, 서로가 알아본다는 것을 감추지도 못했다.

여자는 보자마자 알아보았지만, 로버트는 시간이 걸렸다. 처음에는 혹시? 했지만, 맞았다.

"셰어브릴?"

"오랜만에 뵙네요, 로버트 숙부님."

마이언 왕자의 딸, 셰어브릴이다.

페니의 눈이 빠르게 브릴을 살폈다.

나이는 스무 살 정도지만, 그 나이에도 불구하고 엄청나게 화려한 분위기를 풍겼다. 낯선 눈 가득한 곳에서도 수줍어하거나 긴장하지 않는다. 얼굴과 온몸을 드러내고도 누구의 품평도 허락하지 않겠다는 태도는 사람들을 불편하게 했다.

"마, 많이 자랐구나. 못 알아볼 뻔했어. 나는 레오닉스의 새 정부(情婦)인 줄 알았지 뭐냐."

경멸과 분노에 찬 레오닉스의 눈빛이 로버트 왕자의 얼굴에 박혔다. 로버트는 괘념치 않는 듯 보이고야 싶었지만, 마주하지 않아도 느껴지는 적대감에 등이 서늘해졌다.

"곧 시작하니, 이야기를 길게 할 수는 없겠지. 재미있게 보려무나."

"숙부님도요."

로버트는 그냥 보내 주기는 싫었지만, 멍청하고 건방진 귀족 계집애들에게 할 말은 많아도 죽은 형의 딸에게 할 말은 그다지 많지 않았다. 언제 체자로 왔지? 아니, 왔는데 왜 몰랐지?

브릴은 물러나 레오닉스의 팔을 잡았다. 레오닉스는 아무 인사도 없이 안으로 들어갔다.

모두가 쳐다보자, 로버트는 어색하게 웃으며 말했다.

"하하, 레오닉스의 파트너가 조카아이일 줄은 몰랐군. 그럼, 뭐 사적인 관계가 아니라 서로 협력하는 사이란 것에 무게를 두고 싶어."

어지간하면 로버트 왕자가 떠들게 놓아두는 시반 백작이었지만, 이번만큼은 너무 한심해 물었다.

"무슨 말씀인지 못 알아듣겠습니다, 왕자님."

"에스델라가 죽었으니 레오닉스는 새로운 상대를 찾아야 하는 거 아닌가. 하지만 왕세자비도 없는데, 대체 누구를 통해 추진하겠어? 왕실과의 통혼을 고려하고 있다면, 이야기를 건넬 여자가 형식적으로나마 필요하지 않은가. 스무 살 넘은 늙은 아이니, 그런 데로나 써야지. 나이를 먹을 대로 먹었는데 결혼은커녕 약혼도 못 한 아이라, 관심을 받으니 들뜬 것 같아. 저렇게 터무니없이 차려입고 나오다니."

그러는 당신은 몇 살이고요.

또 당신이 하는 짓은 어떻고.

시반 백작은 황당했다. 페니도 한숨을 참으며 샴페인을 마셨다.

"그럼 레오닉스 왕자가 어떤 분을 원할까요."

"내 딸 아이를 알잖은가. 편안하고 소박한 데다, 얼굴도 예쁘지. 사치를 멀리하고, 또 성품은 얌전해. 남자들을 현명하고 순종적으로 대하는 법도 알고. 아내를 둔다면, 그 아이 같은 아내가 좋지 않은가."

시반 백작은 감탄한 척하느라 힘들었다.

"그러니까 왕자님, 이 나라에서 가장 훌륭한 신붓감인 마리 록시 양의 혼담에 레오닉스가 흥미를 보일 것이고, 그 중재자가 되어 달라고 요청하기 위해 저분을 대접하는 거란 말씀이군요."

로버트는 자랑스럽게 웃었다.

"그렇지. 역시 자네는 눈치가 있단 말이야."

시반 백작은 한숨이 나왔다.

그럴 거면 당신 마누라에게 가지, 뭐 하러. 당신 마누라에게는 저 정도 되는 선물은 필요도 없고 과자 한 상자면 충분할 텐데.

어느 미친 남자가 다리 놓아 달라고 저런 선물을 바치고, 이런 자리에 데리고 오고, 직접 마중 나가나.

저건 거쳐 가는 다리가 아니라 목적지일 때나 하는 일이다.

그때 레오닉스가 브릴이 잡은 팔을 당겼다.

둘의 사이가 벌어지자, 로버트가 저걸 보라는 듯 가리키며 말했다.

"저거 보게나. 스무 살 넘은 여자가 사람들 앞에서 친한 척 굴어 대니 남자가—"

그런데 레오닉스는 팔을 밖으로 돌려 브릴의 허리에 대더니, 힘을 주어 옆으로 당겼다. 브릴의 등이 레오닉스의 어깨로 가려졌다. 두 사람이 박스석으로 들어가자, 복도에 서 있던 기사가 문을 닫고 그 앞에 섰다.

로버트 왕자가 기가 차서 말했다.

"저 녀석, 대체! 여기서 무슨 짓을 하는 거야. 여기가 무슨, 무슨…… 저런 짓을 해도 되는 곳인가!"

저런 짓은 당신이 제일 많이 했잖아, 로버트.

시반 백작은 고개를 젓고는 지나가는 직원의 쟁반 위에서 샴페인 잔을 하나 더 집어 들었다. 페니 번도 같은 생각을 하며 쟁반에서 샴페인 잔을 들곤 고개를 저었다. 그리고 서로의 눈이 마주하자, 둘은 기대감과 만족감을 주고받았다.

그들은 주인인 로버트가 골탕 먹는 게 아주 즐거웠다.

레오닉스는 브릴의 허리를 잡고 있었다.

팔의 힘이 제법 강했다. 브릴은 그의 손바닥이 허리에 얹힌 것을 느끼며 속삭이듯 물었다.

"왜 이러는 건지 궁금한데요."

"분명히 해 둘 게 있어서 그래."

"그게 뭔가요."

"내가 그대와 온 거라고. 내가, 이렇게 왔다고."

"그럼, 누굴 보호하는 건가요. 나인가, 당신인가?"

"구체적으로 말하자면, 정말 미안한데, 오늘은 나야."

"뭘 바라는데요."

"건드리지 말라는 거지."

레오닉스의 입가로도 미소가 보였다. 그는 허리를 숙여 브릴을 가슴 가까이 오게 하고는 속삭였다.

"그리고 그대에 대해 엉뚱한 소리들을 하는 것도 싫어서."

"예를 들면? 자, 말해 봐요."

"내가 그대를 이용한다는 말. 이곳 사람들은 자기들이 상대를 영리하게 이용한다고 생각하니까. 또, 그럴 수 있다고 생각하지. 그러니 별 헛소리가 그대 귀에 들어갈 거야."

"걱정 마요. 그런 소문을 내게 말할 만한 사람 자체가 없으니. 그런데 당신은 사람들이 어떻게 생각하길 바라는 건가요?"

"가장 간절히 바라는 건, 그냥 입 다무는 거."

"나에게 바라는 건?"

"계속 말하는 것. 재잘대든 속삭이든."

"신나게 떠들어도 되는 건가요?"

"내게 하는 말이라면, 뭐든 괜찮아."

"아침에 본 참새 이야기를 해도 되는 건가요."

"그대가 오늘 아침에 참새를 봤다는 건 알게 되겠지."

브릴은 가볍게 웃었다.

박스석은 아주 넓었고, 의자 대신 둥근 소파가 놓여 있었다. 앞에는 샴페인 잔이 놓인 테이블이, 옆에는 밖의 시야를 차단할 수 있는 장막이 쳐져 있었다.

브릴은 목덜미에 손을 얹고 머리카락을 쓸어 올렸다. 레오닉스가 볼에 드리워진 머리카락을 차례로 넘겨 주었다. 레오닉스의 손가락이 살에 닿았다. 브릴은 멈칫했지만 넘어갔다.

"다들 눈이 뜨끈하던데요. 그동안 대체 무슨 일이 있었던 건가요."

"하일드의 왕자가 드디어 듀카르니아의 왕위를 노린다고, 그래서 왕족에게 접근한다는 소문이 도는 것 같아."

"그게 바로 당신이 나를 이용해 먹으려고 접근한다는 소문의 실체군요. 사람 웃기는 방식치고는 기특하네요."

레오닉스의 시선은 그 말을 하는 브릴을 똑바로 향하고 있었다. 브릴은 그런 시선을 느끼고, 또 건드리듯 짧게 마주하자 살짝 장난스럽게 웃으며 말했다.

"왕이 되고 싶은가요?"

"그건 그대가 여왕이 되고 싶다고 말한 뒤에나 생각해 볼 문제지."

"왜죠."

"일단, 그게 먼저일 테니."

"논리상으로는 맞군요, 그게."

브릴은 레오닉스의 팔을 건드렸다. 레오닉스의 눈동자가 긴장했다. 브릴은 그의 팔 아래로 손을 내려, 그의 옷을 잡아당겼다.

"그럼 오늘 이렇게 나온 진짜 이유는 뭔가요."

"기왕 그리 소문 난 거, 그냥 그렇게 믿으라고. 내가 적극적으로 나서고 있으면 다들 그대에게는 아무 말 안 할 거다."

"당신 눈치 보느라?"

"그래."

"부럽네요. 그 정도 권력이 있다는 게."

"부담스럽나?"

"아니요. 나를 위해 권력을 써 주겠다면, 오히려 좋죠. 같이 위세를 좀 부려 볼게요."

"그래. 잘 생각했어. 즐겨. 즐길 수 있는 건, 뭐든."

레오닉스가 고개를 숙였다. 브릴은 뒤로 살짝 물러났다. 다가왔던 거리가 물러나며 멀어졌다. 레오닉스는 그 거리를 존중해 주었다.

"지금 가장 난감하고 중요한 문제는, 생각 없이 즐기려고 온 건데 그러기는 글러 먹었다는 거야."

"왜요."

"오페라 극 자체가 지겹고, 무겁고, 기니까."

너무 웅장하고 스케일 크고 묵직하고 끝도 안 좋은 오페라다.

브릴도 이 극의 끝을 알기에 웃었다.

"그렇긴 하네요."

"웃으니 좋군."

"그러니까, 저 오페라를 보고 있으면 당신이 좋다고 말한 이 웃는 얼굴이 지겨운 표정이 될 거란 말이죠?"

"장담하지."

"그러는 당신은요."

"그대가 언제 지겨워하나 지켜보면 되겠지. 난 재미있을 거야."

서곡이 연주되기 시작했고, 사람들은 여전히 착석 중이었다.

브릴은 무대 아래를 내려다보았다. 앞으로 몸을 빼고 있자, 이제 상당히 가까워진 레오닉스가 품은 체향이 느껴졌다.

그래, 맡을 수 있는 게 아닌 느껴지는 것이다.

"레오."

다음 브릴이 한 행동이 레오닉스를 놀라게 했다.

몸을 숙이곤, 이마를 가까이 댔다. 조심성 많은 야수가 다가와서 부드러운 모피가 살을 스친 것 같다.

물러나거나 피하는 것보다, 이게 더 그를 오싹하게 했다.

그 빈틈을 놓치지 않고 브릴은 그의 가슴에 손을 얹고는 밀었다. 턱 바로 아래로 보이는 눈이 살짝 올라가 레오닉스를 똑바로 보았다.

"뭐지, 이건."

"레오닉스, 당신 혼자 하는 것보다 나도 당신을 느껴 보는 게 더 좋지 않을까요."

처음 이곳에 들어올 때 나눈 대화에 대한 나름의 답이다.

드디어 서곡이 끝나고 막이 올라갔다. 황금색으로 뒤덮인 무대가 모습을 드러내고, 사람들은 탄성을 내질렀다.

레오닉스는 그 속에서 심장이 내뿜는 거친 피를 느꼈다.

선뜩한 깨달음이, 너무나 어리석은 이유라 미뤄 두었던 깨달음이 덮치고 꿰뚫고 지나간다.

진귀한 이가 마음을 건드린다.

특이함은 곧 특별함이 된다.

그러나 지금 브릴은 레오닉스를 앞에 두고 경계심도 긴장감도 없었다. 오로지 상대만 보느라, 상대가 어떠한지 지켜보느라, 자신이 어떻게 보일지 모른다.

상대가 그다지 위협적으로 느껴지지 않으면, 상대가 아무리 강하고 사나워도 괜찮다. 무대를 보듯, 즐거운 음악을 듣는 듯, 그냥 그대로 보기만 하면 된다.

브릴은 무대를 내려다보았다. 목덜미를 덮은 다이아몬드 목걸이는 얼굴에 별 같은 반사광을 비추었다. 턱에 살짝 얹힌 손의 손목에 아롱진 보석의 반짝임은 여자의 사치스럽고 화려한 분위기에 봉사했다. 그렇게, 브릴은 젊고 건방진 여신처럼 무대를 지켜보고 있었다.

장막이 올라가며 드러난 무대는 놀라웠다.

어마어마하게 치장한 무대 위에는 구름 모양의 제단이 있었다. 섬세하게 그려 넣은 배경에는 진한 보랏빛 하늘과 별들이 총총히 빛난다. 구름 사이로 흰 성도 있고, 화려하게 꾸민 발코니도 있다.

저곳은 신의 세계다.

울려 퍼지는 음악은 관악기 위주의 음악이라 어지러울 정도로 화려했다. 무대 위로 은빛 갑옷에 금발 머리를 뒤로 늘어뜨린 여신이 나왔다. 여신은 치렁치렁한 머리카락이 돋보이도록 어깨를 살짝 돌리곤 첫 아리아를 부르기 시작했다.

여신의 갑옷, 창, 그리고 여신이 등진 성과 하늘을 보자 브릴은 가볍게 웃었다.

아, 이 장면. 알아.

엘이 읊조리던 장면이다. 한 장면을 묘사하는 데 온갖 미사여구가 다 들어가 있어, 브릴은 그 장황함에 질렸었다.

"아, 그만해. 듣고 있다 보면, 대체 원래는 뭘 설명하던 건지 잊어 먹어 버린다니까."

그런데 엘리안은 그 단어들을 말하는 게 좋다고 했다.

"입안에 꽃이나 보석이 있는 것 같아, 브릴."

"네가 말하니 그렇게 들리기는 하네. 다른 사람이 말하면, 같은 말이라도 싫을 거야."

그때의 즐거움만 기억난다.

이상하지.

어떻게든 잊어버리려 했던 것들이 천천히 떠오른다.

마음 놓고 회상하고 되풀이하고 즐거워한다.

네가 이걸 보면 좋을 거야. 너를 옆에 앉혀 두고, 자, 저거 봐, 하고 말하고 싶어.

희망을 품자, 죄책감이 들면서도 즐거움과 기쁨을 받아들일 수 있게 된다. 무심히 흘려보내던 것들을 주워 담게 된다. 보여 줘야지, 말해 줘야지. 언제고 다시 너와 나눌 수 있게 될 테니까.

그래, 분명 들떠 있다.

네가 세상에 있다고 생각하니, 그것 하나만으로도 들떠서 이렇게 즐거워할 준비를 하고 있는 거다.

온갖 나쁜 상황이 다 예비되어 있는데, 너를 데리고 어디로 가야 할지도 모르고, 구할 수 있는 방법이 있는지 없는지도 모르는데, 네가 살아 있다는 이유 하나만으로도 이런다.

여가수의 노래는 맑고 선명했다. 당신은 어때요, 하고 물어보고 싶어 브릴이 레오닉스를 보았을 때 예정된 듯 남자의 시선과 마주쳤다. 그리 마주하자마자 레오닉스의 눈가에 미소가 번졌다.

"재미없긴 하군."

"이제 시작이잖아요. 진짜 재미없으면 어쩌려고 그래요."

남자는 웃기만 했고, 그 웃음이 남자의 거친 분위기를 부드럽게 만들어 주었다.

브릴은 같이 즐거워졌다. 큰 키도, 넓은 어깨도, 얼마나 파괴적인지 아는 팔도, 위협감이 조금도 느껴지지 않다.

엘, 네가 다시 내 앞에 오면 나는 이 남자에 대해 뭐라 말할까.

약간 소름이 돋았다. 모든 사람에 대해 다 알아도, 이 남자가 뭔지는 브릴도 모르겠다.

동정하는 것도, 연민을 느끼는 것도, 두려워하는 것도, 그 무엇도 아니다.

그런데도, 보면 좋다.

레오닉스의 손가락이 브릴의 볼을 살짝 건드려 앞을 보게 했다.

"그대라도 잘 봐."

여주인공이 무대 앞으로 걸어 나왔다.

여자의 상의를 덮은 갑옷 위로 조명이 반사되어 반짝인다.

여자가 든 창이 올라가며 그 위로 빛이 번득이고, 여자의 노래가 펼쳐진다. 여가수를 보게 한 레오닉스의 크고 단단한 손이 브릴의 머리카락을 매만지더니 볼을 스치며 내려갔다. 이어, 목덜미에 멈추며 힘이 들어가고, 관자놀이에 레오닉스의 턱이 스쳤다.

가깝다.

지독히.

브릴이 속삭였다.

"좋네요."

"뭐가."

"아름다워서. 그래, 아름답네요."

"이렇게 가까울 때 그리 말하면, 내 칭찬으로 알아듣잖는가."

"당신 칭찬이라면?"

"칭찬만큼 확실한 유혹도 없지."

"역시 아쉬워요. 더 할 줄 아는 유혹이 셔츠 찢는 것뿐이라는 게. 재주가 많다면 좀 더 즐겁게 해 줄 텐데. 칭찬이 최선이군요."

브릴은 레오닉스의 팔에 손을 얹고 그의 턱에 입을 맞췄다.

"그래도 아직 재밌고, 보기 좋아요. 걱정 마요. 나는 즐거우니까."

이제 브릴은 엘리안에게 무어라 말해야 할지 감이 잡혔다.

아주 크고 아름다운, 사자 같은 남자와 즐거웠어.

가까이 다가가 볼 수도 있었지. 사자가 허락한 시간이었거든.

나는 해적 선장의 갑판으로 초대받은 순진한 숙녀처럼 앉아 있었고, 그는 신사다운 선장이 되어 나를 지켜봐 주었지.

어서 어두운 시간이 지나기를 바란다. 그리고 즐거운 이야기만 할 수 있기를.

그런데 몸을 젖히자, 등에 닿는 몸이 움직이지 않았다. 벽처럼 단단하고 강했다. 남자의 팔이 브릴의 어깨 옆에 있었다. 두 팔 사이에 갇힌 상황이 되었다.

조금 전까지와는 질감이 다르다. 남자의 몸에서 불에 달군 칼처럼 날카롭고 뜨거운 완강함이 느껴진다. 어깨와 팔 아래에 깊이 고여 드는 힘도.

브릴은 손을 내렸다. 손가락에 닿는 레오닉스의 옷과 그 옷 아래에 숨은 단단한 힘이 위험하게 느껴진다.

여태 얌전하던 야수가 몸을 들썩이고 나지막이 으르렁대는 느낌이다. 거대한 이가, 강인한 발톱이 느껴지는 기분이다.

레오닉스가 고개를 숙였다. 머리카락이 브릴의 목을 스쳤다. 조명이 조금 어두워진다. 여자의 노래가 끝나고, 신들의 세상에 저녁이 온다. 그곳으로 다른 가수들이 들어온다.

레오닉스는 바로 무대를 보지는 못했다. 아니, 보지 못할 것 같다.

안다.

이 여자는 무관심한 만큼 관대하고, 관대한 만큼 애착도 없고 매정하다. 본인은 모른다. 분명 공정하게 상대를 대하지만, 그리고 이해도 하지만, 그건 감정과는 다른 것이다. 감정에는 이성적인 계산 이상의 것이 실리니까.

여자의 손과 입술이 스친 곳에 뜨거운 자국이 남은 것 같다. 이것만은 그에게 기쁨으로 남는다.

열기가 번지며 예민해진 감각이 퍼진다. 손길을 갈망하고, 관심을 갈망한다. 그런데 어떻게 해야 할지를 모르겠다.

다음은, 그리고 그다음은.

끝없이 다음을 생각하는데, 순간만이 반짝일 뿐 이다음에 무엇을 해야 하는지 모른다.

어리석은 자가 된 기분이다.

무지한 소년이, 외로운 아이가 된 기분이기도 하다.

이건 처음 해 보는 것이다.

아버지의 죽음을 알고 나라의 패망을 알았을 때 분노가 들끓었다. 세상이 무자비하게 무너지고 정적과 암흑으로 덮이는 것 같았지.

형의 육신이 죽은 뒤. 그때는 뭘 어떻게 해야 할지, 대체 무슨 미래를 위해 살아야 할지 모르던 날들이었다.

당시 레오닉스는 지친 만큼 분노했고, 인내심도 없었다.

그런데 지금은…….

싸한 통증이 밀려들고, 세상은 좁아지며 심장 소리만이 쿵쿵 들려온다. 휘황한 광기가 피를 덥히고, 덥히다 끓게 한다. 그러며 말 못 할 고통이 밀려든다. 두려움이 눈가로 밀려든다.

그냥 미친 거지, 이건.

엘리안, 너는 네 가짜 누이를 빼앗기기 싫었겠지.

하지만…… 모를 거다.

그 누구도 이 여자에게서 이 여자 자신을 빼앗을 수 없다는 것을.

이 앞에서는, 누구든 복종할 뿐이다.

그래, 다시 느낀다.

아름답다고. 아찔하게, 벼랑에 걸린 듯, 그렇게 너는 아름답다고.

네 앞에서 나는 뭘 할까.

분명 찰나건만, 레오닉스에게는 별이 태어나는 시간만큼이나 길게 느껴졌다.

이제 무대에는 선택받은 전사를 축복하기 위한 신들이 모이고 있었다. 시간의 문을 지키는 자, 대지의 주인, 번개와 징벌의 수호자, 황금의 방패를 가진 여신. 이 신들로부터 보물을 받은 용사는 세계의 운명을 짊어진다. 황금빛 투구와 보검을 차고 찬란한 방패를 짊어진 다음 신들의 임무를 수행하러 간다.

조금 뒤에 전사는 여주인공인 여신을 만나게 될 것이다.

조명을 비스듬히 잡아 햇살이 길게 늘어지는 듯 보이는 연출을 했다. 길을 떠나는 남자의 모습은 비장했고, 1막이 끝나 갈 무렵 전사는 잠든 여신을 깨웠다. 남주인공과 여주인공의 이중창이 울리고, 그 주변으로 둥글게 불꽃이 타올랐다. 조명이 두 가수를 휘감았고, 두 배우가 입은 갑옷은 빛 그 자체를 두른 듯 번쩍였다.

객석은 흥분하고 전율했다. 그야말로 퍼붓듯 쏟아지는 박수와 함께 1막이 끝났다. 내려오는 장막에 무대의 빛이 가려졌다.

"굉장한데요."

"다행이군."

레오닉스는 초반부터 안 봐서 내용이 뭔지도 몰랐다. 뭔가가 번쩍번쩍 댔다는 것 정도만 기억에 남은 전부다.

브릴의 시선이 밖을 향했다.

"생각보다 길고, 무겁고, 좀 요란하고, 귀가 아프긴 하지만요……."

순간 브릴은 선뜩한 것을 느꼈다.

허리에 뜨겁고 단단한 손바닥이 닿았다. 큰 손바닥은 휘감듯 허리를 잡아 끌어당겼다. 공격적이거나 압박을 주지는 않기에 거부감은 없었지만, 이렇게 맨살 드러나듯 드러나는 의도는 긴장감을 느끼게 한다. 그러나 브릴이 본 레오닉스의 눈길이 담은 것, 검붉은 눈에 스며든 것은 찬탄과 환희였다. 금빛 찬란한 것을 보는 듯, 심오하고 맑은 빛으로 빛나는 것을 보는 숭배와, 그런 것들을 드디어 손에 쥔 자의 환희와 조심스러움이 보였다.

이 앞에서 브릴은 분명 강자이자 지배자였지만, 어린 시절 같은 잔인하거나 포악한 마음은 들지 않았다.

"당신은……."

브릴이 말했다.

레오닉스의 입가로 웃음이 스르르 번지더니, 그의 입술이 브릴의 이마에 닿았다.

브릴은 고개를 젖혀 그것을 받아들였다. 그의 목이 보인다. 제복에 감싸인, 강인하고 단단한 목이. 심장의 피를 빨아들이는 뜨거운 맥박이 느껴지는 것 같고, 열기가 볼에 닿는다.

바로 이거다. 방심한 순간에 치고 들어오는 공격. 허리를 잡았던 손이 올라가 목덜미를 감싸고, 머리카락을 매만지며 파고들었다. 레오닉스의 이마가 볼에 닿았다. 귀와 목이 이어지는 부분, 그 깊고 따스한 부분에 그의 입술이 닿는다. 동시에, 레오닉스의 어깨에 힘이 들어갔다. 뭘 느낀 건지 팔에도 힘이 들어갔다. 틈이 보이자 브릴은 허리를 당겼다. 입술을 살짝 문 레오닉스의 얼굴이 보였다. 젠장, 하는 소리와 함께.

"미쳤군, 내가."

레오닉스는 짧은 한숨을 흘리곤 뒤로 물러났다.

"레오?"

"괜찮아. 혼자 처리할 수 있는 정도니."

레오닉스는 곤혹스러워하며 물었다.

"인터미션인데 그냥 여기 있을 건가."

"밖에 나가 봤자……."

그때 노크 소리가 들렸다. 레오닉스는 다시 한숨을 내쉰 다음, 약간 긴장한 목소리로 말했다.

"들어와라."

문을 열고 들어온 사람은 레오닉스의 기사였다.

"죄송합니다."

기사는 사죄를 하고 레오닉스에게 명함을 건넸다.

명함의 이름을 보자마자 레오닉스는 눈살을 찌푸렸다.

"누구예요?"

레오닉스가 명함을 브릴에게 보여 주었다. 로버트 왕자의 이름이 금박으로 새겨져 있었다. 브릴은 저절로 한숨이 나왔다.

"신경 쓰지 마라."

"무시할 건가요."

"당연하지."

로버트 왕자는 무례하네 뭐네 고래고래 고함이나 지르겠지. 그러나 왕실에서 가장 문제 많은 왕자 중 하나가 떠든다고 신경 쓸 사람은 어디에도 없다.

"설마 보고 싶은 건 아니겠지?"

"싫어요. 당신도 별로 좋아하는 사람일 것 같지 않군요. 아, 싫어하는 거 맞죠?"

"상식적인 이유로 싫어해도 되는 남자지 않나. 로버트 같은 자를 좋아한다면, 그건 그 사람의 기호가 형편없다는 증거일 뿐이지."

브릴은 피식 웃었다.

맞는 말이다. 특이해서 싫어하는 것도 아니요, 관점에서 어긋나서 싫어하는 것도 아니요, 누가 봐도 짜증나고 불쾌한 인간이라 싫어하는 게 로버트 왕자다.

"어차피 만나 봤자, 해석 전문가가 필요할 정도로 애매하고 이상한 말만 하고 갈 거다. 안 만나는 게 나아."

"그분은 그동안 변한 게 하나도 없나 보네요."

"어린아이가 크기에는 충분해도, 사람이 변하기에는 짧은 시간이니."

레오닉스는 명함을 수하에게 주었다.

"나가는 즉시 찢어 버려라. 너는 받은 적 없다."

"네, 왕자님."

기사가 나간 뒤에, 극장 직원이 들어와 좌석 테이블에 아이스버킷과 샴페인을 놓고, 그 옆에는 장미 꽃다발을 놓았다. 붉은 리본에 묶인 진주색 백장미였다. 진한 장미 향이 풍겨 왔다. 꽃향기치곤 정순하고 달콤하다.

브릴은 샴페인 병을 보았다. 술에 대해 잘 모르는 브릴도 아는, 엄청난 가격의 샴페인이다. 병을 본 레오닉스의 눈빛이 서늘해졌다.

"당신이 주문한 건가요."

"아니. 그래서 불쾌하군. 로버트가 인사 선물로 보낼 리 없으니 말이야."

"로버트 숙부님이야 인사 선물을 받아 갈 사람이니까요."

브릴은 얼마 전에 배달 온 장미에 생각이 미쳤다.

오늘 입고 온 야회복도.

처음에는 레오닉스에 대한 소문이 퍼져서 신경 써 주는 거라 생각했는데, 이 옷은 기성복을 고치는 정도가 아니다. 완전히 새로 만들어진, 준비된 드레스다.

이 목걸이는 어떠한가. 어머니 것이라 생각했었는데, 너무 깨끗하다. 얼마 전에 세팅되었다 봐도 될 정도로.

신경 쓰인다.

이 모든 게, 무시해도 될 일이었던가.

그리 생각하던 브릴은 레오닉스의 눈이 달아오른 것을 발견했다. 분노를 삼키는 표정이었다.

"레오?"

"그거, 마시지 마라."

"당신은요."

"지금 술 마시면 사고 친다. 내일 아침 침대를 걷어찰 만한 걸로."

"무슨 사고를 칠 예정인지 모르겠는데, 위험 부담은 없는 편이 낫겠네요."

"그리고 로버트를 오라고 해야 할 것 같군."

"왜?"

"쓸 데가 생겨서. 잠시 참아 줘. 아니, 좀 오래 참아야 할지 모르겠지만."

레오닉스는 브릴의 어깨에 손을 얹어 잠시 눌렀다 떼고는 일어났다. 그가 문을 두드리자, 금방 기사가 들어왔다.

"말씀하십시오."

"인터미션 끝나고, 반시간 뒤에 로버트 왕자를 데리고 와라."

"네."

"그리고 천장 쪽으로 몇 명 옮겨라. 이쪽을 잘 볼 수 있도록. 수상한 것이 나타나면, 내게 보고하지 말고 즉결해라."

"알겠습니다."

수하가 나가자 브릴이 물었다.

"무슨 일인데요."

"쓸데없는 일. 신경 쓰지 마. 내가 알아서 할 테니, 믿어."

인터미션 시간이 끝나 가자, 관객들이 돌아와 앉기 시작했다.

무대 아래에서는 오케스트라가 음을 조율하는 소리가 들렸다. 곧 객석의 불이 꺼졌다.

장막 뒤가 환해지더니, 조율을 마친 오케스트라가 연주를 시작했다.

2막이다. 제작자와 연출자, 오페라 작곡가가 혼을 갈아 넣은 1막에 비하면 2막은 남주인공과 여주인공의 사랑 위주라 조용한 편이었다. 인터미션 동안 흥분을 가라앉힌 사람들은 무대를 보기 시작했다.

남자 주인공은 갑옷 위에 회색 망토를 두르고, 여자 주인공은 갑옷 대신 긴 천으로 된 옷을 입었다. 얇고 부드러운 천으로 된 옷은 가수의 풍만한 몸매를 잘 드러냈다. 가수도 자신의 아름다움이 뭔지 알았다. 가슴을 펴고 두 팔을 벌리고 노래를 부르고 있으니, 마치 신상(神像) 같았다. 장밋빛 조명이 여가수를 비추었다.

그때 레오닉스의 기사가 문을 두드렸다.

"들어와라."

기사는 들어와, 레오닉스 옆에 바짝 붙어 작게 말했다.

"죄송합니다. 로버트 왕자님께서 오셨습니다."

레오닉스는 눈살을 찌푸렸다.

"분명 반시간 뒤에 오라고 했을 텐데."

"저희가 가기도 전에 오고 계셨습니다. 어떻게 할까요?"

"일단 들여보내."

레오닉스는 브릴에게 말했다.

"앞으로 두 시간 동안 괴로울 텐데, 그에 대한 사죄는 미리 하지. 내 사죄를 위해 원하는 건 뭐든 말해. 기쁘게 할 테니."

브릴은 고개를 저었다.

"괜찮지만, 굳이 주겠다면 좀 과하게 요구해도 되는 거죠?"

"그럼."

잠시 뒤 로버트 왕자가 들어왔다.

숙부를 본 브릴은 진짜 엘리안의 얼굴을 떠올렸다.

어느 숲 아무도 모르는 곳에, 어머니도 브릴도 기억하지 못하는 곳에 묻혀 버린 진짜 엘리안.

로버트는 진짜 엘리안과 닮은 데가 있었다.

둥근 눈이라든가, 짙은 금발 머리와 푸른 눈이라든가.

그런데 진짜 엘리안은 착하고 상냥한 아이였지.

"반갑구나. 아까는 제대로 인사를 못 해서 이리 왔지."

로버트 왕자는 샴페인 잔을 들어 건배를 하듯 브릴에게 들어 보였다.

"처음에는 정말 몰라볼 뻔했단다, 셰어브릴. 다들 레오닉스가 정부(情婦)를 데리고 올 거라 생각했지. 내가 못 알아봤으면 이쩔 뻔했니. 오페라가 공연되는 내내 네가 창녀라고 소문이 났을 거야."

브릴은 레오닉스를 보았다. 레오닉스의 손가락에 힘이 들어가 있었다. 로버트 왕자를 한 대 패고 싶어 하는 것 같다. 비켜 줄까요. 한 대 때릴 수 있도록. 숙부님이 뭐라 하면 적당히 처리해 드릴게요. 숙부님, 착각하신 것 같은데 숙부님의 머리를 친 건 벽이지 레오닉스 왕자의 주먹이 아니에요.

"정말 어른이 다 되었구나. 어렸을 때만 해도 얌전하지도 않고 말도 안 들어서 절대 숙녀가 되지 못할 거라 생각했는데."

"드레스 입혀 놓으면 감쪽같이 속을 정도로 자랐지요."

"그래, 제법 치장하고 왔구나. 몇몇 사람은 여자애들이란, 분칠만 하면 된다고 생각하지. 여자애들은 그것만 믿고 레이스니, 리본이니, 보석이니, 이런 쓸모도 없고 사치스러운 것에 대해 궁리하느라 시간을 낭비해. 너도 너무 치장에 공을 들이지 말려무나. 여자애란, 자고로 분수를 알고 검소해야 남자에게 사랑받는 법이란다."

"숙모님처럼 말이지요?"

브릴은 로버트 왕자의 자리에 앉아 있는 그의 정부를 보았다.

정말 화려하게 잘 차려입었다.

"그럼, 저분은 다른 분의 파트너인가 보네요. 조금 전까지는 숙부님의 일행이라 생각했는데. 아주 예쁜 아가씨네요. 옆의 젊은 장교분과 어울려요."

젊은 장교는 늑대 같은 인상이었다. 오페라 극장의 귀빈석보다는, 남부 개척지의 오두막이 더 어울리겠다.

로버트 숙부의 얼굴이 험악해졌다. 정부인 페니 번을 놓고 온 건 젊은 레오닉스와 비교되기 싫어서 그런 것뿐인데, 지금은 젊은 백작을 끌어내고 싶어졌다.

"셰어브릴, 남녀가 같이 있다고 그런 의미로 해석하는 건 예의가 아니란다. 너도 사람들이 너와 왕자를 남녀 사이라고 오해하면 곤란하지 않니? 너야 뭐, 생각이 짧은 여자애답게 우쭐할 수 있겠다만 레오닉스는 조심해야지."

"이봐, 로버트 왕자."

레오닉스가 말했다. 드디어 레오닉스가 반응을 보이자, 로버트는 샴페인을 마시곤 빙그레 웃었다.

"말하게나."

"이렇게 단둘이 오면, 남녀 사이로 생각하라고 같이 오는 것 아닌가. 아니면 남녀로 여겨 주길 바라면서 초대하거나."

"그런 의도라면, 자네는 대체 누구에게 허락받고 셰어브릴과 같이 온 건가. 아르노 형님?"

"내가 섭정공에게 허락받을 이유가 뭐지? 섭정공이 내 아버지도, 형도 아닌데."

로버트는 브릴을 말한 거였지만, 레오닉스는 자기 일인 듯 돌려 버렸다. 그리고 아르노는 이런 레오닉스에게 익숙하지만, 로버트 왕자는 익숙하지 못했다. 아르노는 공무 때문에 계속 마주해도, 로버트 왕자는 레오닉스 입장에서는 풀처럼 무시해도 되기 때문에 만나지도 않았으니까.

"아, 오해를 했군. 자네 말고 셰어브릴 말이네. 그리고 자네도 말이야, 내 조카가 창녀로 오해받게 하지 않았나."

"내가 왜 오해를 받지?"

"남자가 다 그렇지. 나는 이 아이 아버지의 동생이야. 그런 이상, 내게는 이 아이의 명예를 지킬 의무가 있네. 보게나. 여자의 순종과 덕성을 배우기도 전에 사치와 음행이 자행되는 곳에 어른들 허락도 받지 않고 오다니."

그러는 로버트는 딸 또래 여자를 옆구리에 끼고 오셨다.

브릴이 샴페인 잔을 들려 했지만, 레오닉스가 잔을 살짝 잡아당겨 빼앗았다.

"레오닉스, 자네도 하일드 왕실의 명예를 생각한다면 어리석은 계집애들의 사치를 지원하지 말고 집안에서 교육을 잘 받은 여인을 택해 안정된 가정을 이루게. 평범하고 어리석은 젊은이들처럼 여자의 외양에 현혹되지 말고."

"어이."

엄청난 호칭이었다.

'어이.'

"뭐?"

"로버트 왕자, 내 취향은 아주 평범해."

"외양만 중요하다는 건가? 그게……."

"겉보기가 내 눈에 들어야 그다음을 생각할 것 아닌가. 내가 처음 본 사람의 덕성과 교육 상황을 어떻게 판단하지?"

"덕성은 중요한 미덕이네."

"덕성이 있는지 없는지, 내가 어떻게 무슨 재주로 아느냐 말이다. 못 알아들었나."

"가볍게 여자를 사귀면 안 된다고."

"가볍게 시작하고, 나중에 무거워지면 되는 거 아닌가. 안 무거워지면 그건 그것대로 어쩔 수 없고. 처음부터 무거운 게 세상에 어디 있나."

브릴은 다시 로버트 왕자의 원래 자리를 돌아보았다.

로버트의 정부인 페니가 보고 있다가 눈이 마주치자 손을 흔들었다. 옆에 있는 험상궂은 남자도 씨익 웃었다. 유혹의 미소 같은데, 브릴은 남자의 볼에 난 흉터가 더 눈에 뜨였다.

"누구죠, 저 남자는."

브릴이 레오닉스에게 물었다.

"시반 백작."

"뭐 하는 사람인가요."

"남부에서 망명자 부대를 이끌고 제국과 싸우는 중인데, 지금은 후원자를 찾아 이곳으로 왔지."

로버트가 끼어들었다.

"잘 아는군, 레오닉스 왕자. 자네나 자네의 수하들과 같은 망명자 처지지."

레오닉스는 성가셔서 눈살을 찌푸렸다.

"나나 내 수하들은 아무나 때리고 다니지는 않아. 그나저나, 당신 일행이 더 대단하군. 남부의 모리배와 수도의 고급 창녀라니."

"시반 백작은 명예로운 군인이네."

"내 앞으로 온 보고서에는, 제국의 민간인과 더 자주 싸우는 분이라던데. 그것도 민간인에게 무기가 없다고 확인된 뒤에나 싸우는 분이라고."

"보나마나 천한 평민 패거리들의 모함이겠지."

"평민 패거리가 아닌, 야경부대(夜警部隊)다. 지난밤에도 싸웠더군. 너무나 요란하게 싸워, 수도 입구에 있는 내 요새까지 들렸지. 전쟁터가 필요하다면, 어디든 소개해 줄 수 있어. 남부 반란군의 바르바로이 장군과 함께 싸워 보는 게 어떻겠나. 시반 백작의 고향과 아주 가까운데."

이어 테너의 노래가 들린다. 여태 나온 노래 중 가장 부드러웠다. 진한 초콜릿처럼 달콤하다.

브릴은 저도 모르게 무대를 보았다. 잘생긴 남자 가수의 노래는 가슴을 울렁이게 했다. 사랑의 노래인가, 아니면 이별의 노래인가. 목소리는 달콤하지만 가사는 고통스럽다.

로버트 왕자가 샴페인을 한 잔 더 마신 다음 화제를 돌렸다.

"셰어브릴, 록시를 알고 있지?"

"한 번 봤지요. 여름 연회 때. 그전에는 숙부님이 많이 이야기해 주셨고."

"지금은 다 큰 숙녀지. 나와 네 숙모의 자랑이란다."

"기대되네요. 소문은 많이 들었어요."

"언제고 한번 자리를 마련하자. 너도 혼자 있으니 외롭지 않니."

"아, 그래요."

무대에서는 갈등이 일어나고 있었다. 용사는 여신과 함께 그 나라의 왕을 찾아갔다. 왕의 여동생인 공주 역의 여가수는 정말 아름다웠다. 긴 갈색 머리카락이 허벅지까지 흘러넘치고, 키도 크고 늘씬했다.

"레오닉스, 자네도 록시와 몇 번 보지 않았나."

"기억 안 나는군."

"몇 번 만나 인사했지. 내 앞에서. 그때 자네가 그 아이를 눈여겨보지 않았나."

"나는 기억 안 나고, 그날 내가 당신 딸을 눈여겨본 것 같으면……. 그건 당신 착각이다."

"아니, 아니네. 분명 눈여겨봤어. 쑥스럽다고 감추지 마."

"꿈에서 본 것과 현실에서 본 건 구분해야 어른 아닌가."

로버트 왕자는 다시 한 잔 더 마셔야 했다.

샴페인은 이제 절반이 사라졌다.

"이보게, 레오닉스. 하일드와 듀카르니아는 한 몸이나 다를 바 없어. 이제 제대로 한 몸이 되어야 하지 않겠나. 아무리 하일드와 기사단이 자네 것이라 하지만, 듀카르니아 왕실과 혈연이 되지 않는 한 자네는 영영 망명 왕자야!"

"그래서."

"이봐라, 셰어브릴. 너는 록시의 언니이니 좀 도와주려무나. 피가 섞였잖니."

애꿎은 브릴이 잡혀 나온다.

브릴은 웃는 얼굴로 부드럽게 말했다.

"저는 다른 숙부님들과도 피가 섞였고, 제가 챙겨야 할 여동생들은 록시 말고도 많아요."

"혹시, 서부로 갈 때 우리들이 모두 조용했다고 원망하는 거냐? 하지만 그때는 그럴 수밖에 없었다. 엘리안이 워낙 미움을 받았어야지. 거기에다 너는 건방지고 사치스러운 성향이 있어서 교육이 필요한 아이였다. 고난은 사람을 겸손하게 하지. 너에게 필요한 건 그거였다."

차갑게 식은 브릴의 눈이 로버트 왕자를 향했다.

그 문제에 관한 한, 모든 것을 나쁘게 만든 건 바로 이 로버트였다.

어머니를 들뜨게 했고, 여기저기서 엘리안을 언급해 난처하게 만들었다. 엘리안을 지키지 못하게 한 가장 큰 이유 중 하나가 바로 이 숙부다.

엘리안은 이 숙부 탓에 항상 불안해했고, 여름 연회 후부터는 불길한 연기 냄새를 맡은 어린 양처럼 겁에 질려 있었다.

어느 날에는 거의 반나절이나 사라졌다.

약속이 있을 리 없었다. 엘리안에게는 친구도 없었고 방문할 곳도 없었다.

어머니도 아침부터 외출한 뒤라, 혼자 있던 브릴은 초조하게 엘리안을 기다렸다.

엘리안은 해가 저문 뒤에야 돌아왔다. 무슨 일이냐 물어보려는 브릴에게, 엘리안은 하얀 장미꽃 다발을 주었다.

"이걸 사러 다닌 거야?"

"응."

"반나절이나?"

엘리안이 웃으며 말했다.

"응. 찾느라 정말 힘들었어."

그러나 장미꽃이 이유가 아니다. 장미꽃은 브릴이 아무것도 묻지 못하게 만들기 위해 들고 온 것이다.

브릴은 장미 다발을 테이블 위에 놓고 엘리안의 손을 잡았다. 엘리안의 손가락이 브릴의 손가락 사이로 파고 들어왔다.

"엘."

엘리안이 이마를 기울였다. 금빛 곱슬머리가 브릴의 이마에 닿았다. 떨림이 전해졌다. 엘리안의 얼굴을 본 브릴은 너무도 슬퍼졌다. 엘리안은 비참한 눈빛이었다. 금방이라도 울 것 같았다.

엘리안의 팔이 목을 감았다. 손바닥으로 머리를 감싸 쥐곤 힘껏 당겼다. 브릴은 엘리안의 허리를 감아 안았다. 온몸이 엘리안의 품에 안겼다.

"살 수 없을 거야."

"뭐가."

"브릴이 없으면 나, 살 수 없을 것 같아."

브릴은 엘리안이 너무 가엾어서 더 묻지 못했다.

그리고 엘리안은 며칠 뒤에 죽었다.

그날 이후 백장미는 브릴이 가장 싫어하는 꽃이 되었다.

브릴은 로버트 왕자의 붉게 물든 얼굴을 보았다.

일을 그리 만들어 놓은 당사자인 주제에, 숙부는 왕위니 뭐니 록시의 결혼이니 뭐니 이야기하고 있다.

따뜻한 감촉이 느껴졌다. 시선을 들자 큰 손가락 끝이 볼에 닿아 있었다. 엄지손가락이 달아오른 입술을 건드리고는 내려간다. 그것은 브릴의 마음이 헝클어지는 것을 막아 주었다. 자, 쉿, 가만. 상냥하게 속삭이는 것 같다.

"셰어브릴."

브릴은 숙부를 보았다. 숙부는 브릴의 태도에 분노하고 있었다.

"나흘 뒤에 록시가 여행에서 돌아오는데, 한번 보도록 하자꾸나."

"저는 좋은 귀감이 되지 못해요. 보다시피, 교육이 모자라서요."

"그러지 마라. 여자는 결혼으로 모자란 미덕을 채울 수 있단다. 나는 네 신랑감으로 소개해 줄 만한 청년을 많이 알고 있어. 당장 내일이라도 훌륭한 가문의 청년과 만나게 해 줄 수 있단다. 쓸 만한 청년들이 네 사촌 동생들에게 다 몰려가기 전에 남편감을 만나야지."

"……네?"

이건 또 무슨 소리람.

순수하게 기가 막혔다.

잠시나마 무대를 향했던 레오닉스의 시선이 다시 로버트를 향했다.

"당장 이곳에 있는 청년을 소개해 줄 수도 있어. 가만있자, 빌터스 경의 장남이—"

"어이."

레오닉스가 고개를 젖히고 로버트 왕자를 불렀다.

"당신을 부른 거다. 로버트 왕자. 고개 돌려. 당장."

"자, 자네는 예의가 없군."

"내가 예의 없다는 걸 모른다면, 나와 만난 적이 없는 거지."

로버트 왕자가 기가 막힌 듯 입을 벌렸다.

레오닉스가 말했다.

"그리고 듣고 있자니, 궁금하긴 하군."

"뭐, 뭐가 말인가."

"당신이 말하는 그 '좋은 신랑감'."

"자네도 같이 골라 보겠나?"

"아니, 그럴 생각 없어. 나는 당신이 골라 올 남자가 궁금하지도 않을 뿐이야. 같이 창녀촌에 놀러 다니는 놈의 아들인지, 정부(情婦)를 물려준 남자의 아들인지, 그도 아니면 도박 빚 순위로 당신 다음인 놈인지."

"레오닉스."

"내가 아는 한, 당신이 주선하는 혼담에 나타날 만한 친분의 남자는 그 정도라서 말이야."

로버트는 술을 한 잔 더 마셨다.

"미혼인 여자아이 앞에서 할 말이 아니야."

"그러는 당신은 내 앞에서 잡상인처럼 얼쩡대지. 내게 딸을 팔고 싶다면, 그냥 대놓고 말해 봐. 그러면 나도 제대로 답해 줄 수 있겠지."

"그, 그래. 그 문제에 대해 제대로 이야기해 볼⋯⋯."

레오닉스는 단숨에 말했다.

"아니, 안 사. 그 문제는 끝이다. 더 이상 내 앞에서 떠들지 마."

무대는 이제 파국으로 향하고 있다.

여신은 저주를 퍼붓고, 용사는 질 수밖에 없는 전쟁터로 나간다. 용사는 절망의 노래를 부르고 있다. 갑옷 위로 무대의 조명이 쏟아지며 남자를 건장하고 아름답게 보이게 했다.

브릴은 마음 놓고 무대를 내려다보고 있었다. 레오닉스의 손가락이 브릴의 등에 닿더니, 등을 어루만지며 내려갔다.

"신랑감 이야기는 끝났나요."

"그 이야기를 하는 줄은 알았군."

"알아도 귀를 기울이지 못한 건, 내 마음을 사로잡은 남자는 저기 따로 있어서 그래요."

"늙고 못생긴 남자들을 상대해야 하는 정부들을 위로하기에 좋은 남자지. 하지만 그대가 그런 여자들과 심정을 공유할 이유는 없지 않나."

"왜요."

"내가 그 정도로 매력 없고 재미없는 놈은 아닐 것 같아서."

"모자란다면?"

"애써야지, 뭐. 별수 있나."

"내 신랑감은 어떻던가요?"

"쉿. 그 이야기는 하지 마. 내가 다 치워 버릴 거야. 그대 근처도 못 가게."

레오닉스는 손으로 브릴의 머리를 감싸 쥐고는 정수리 쪽으로 고개를 숙였다. 브릴은 레오닉스가 마음대로 하게 내버려 두었다. 일부러 이러는 건 아니고, 자연스럽게 하는 것이다.

허가를 구하는 큰 짐승처럼 군다. 두툼한 발에 발톱을 숨기고 온순하게 구는 사자 같다. 또, 지금 불쾌감을 느끼는 브릴을 위로하고 있는 것이기도 했다. 걱정 마. 자, 저놈이 무슨 헛소리를 하든 내가 막아 주겠어.

브릴은 분노의 잔열을 느꼈다. 숙부는 그리 소란을 피워 놓고는 지금도 변한 게 없다.

아르노는 이해할 수는 있다.

잔혹하고 무자비하지만, 그는 인정받은 왕세자이기는 하다.

하지만 숙부 로버트는 뭔가.

손에 주어지지 않는다고, 남을 파괴하고 모독하며 설치는 저 남자는.

"레오, 부탁 하나 할게요."

브릴이 허리를 숙이곤, 장막을 조절하는 줄을 당겼다. 장막이 걷히며 박스석이 사람들 시야에 드러났다.

몇 명의 시선이 브릴을 향했다. 로버트가 놓고 온, 그의 정부인 페니도 이쪽을 보고 있었다.

브릴은 시선을 모으듯 가만히 있다가 천천히 고개를 젖혔다. 머리가 비스듬히 기울어지며, 레오닉스와의 거리가 가까워졌다.

"숙부님이 나를 시집보내고 싶어 안달하는데, 당신이 나를 지켜 줘요."

"지켜? 누구로부터."

브릴은 레오닉스의 턱에 손을 얹었다. 바깥쪽 턱에 손을 얹은 것이기에, 멀리서 보면 브릴이 레오닉스의 얼굴을 당기는 것으로 보였다.

"숙부님과 이 나라의 모든 남자로부터."

브릴은 붉게 번지듯 웃었다.

바라보는 레오닉스의 시선도 따뜻했다.

사랑스러워하는 표정이었다, 정말로.

"그럼, 어떻게 해 달라는 건가."

"모두에게 보여 봐요. 내가 당신을 손에 넣었고, 그러니 그 누구도 나를 거래할 수 없다는 걸. 당신이 내 남자라는 걸 보여 봐요."

"소문이 나도 상관없단 말인가."

"날수록 좋죠. 멀리멀리, 널리널리."

레오닉스의 입술 끝이 미소를 담았다.

여태 보였던 미소가 그저 자연스러운 웃음이라면, 이 웃음은 확실히 심술궂어 보였다.

레오닉스는 여름 연회의 악동을 다시 본 것 같았다.

독특하고 오만방자한. 당신은 내가 원하는 대로 해야 한다는 듯 구는 악동을.

"정말 그래도 되는 건가."

"다른 남자가 나에 대해 엄두도 못 내게만 해 주면 돼요. 로버트 왕자에게는 천하의 버르장머리 없는 왕자지만, 나는 당신의 오만함이 좋아요."

"보답은?"

"원하는 게 있다면 말해요. 나는 싸움을 잘하고, 당신을 위한 기사가 될 수 있어요."

입술 끝이 더 올라갔다.

"그건 천천히 생각하지."

큰 손이 허리를 감았다. 세고, 단단하게, 압박하듯 조이고 당겨 왔다. 뜨거운 입술이 브릴의 볼에 닿고, 관자놀이로 올라왔다. 이마와 이마가 스치고, 두 눈이 브릴의 눈을 담으며 눈빛이 아주 강해졌다. 그의 체온과 열기, 숨결이 고스란히 맨살을 적신다.

누가 봐도 연인 같았다.

이걸 보고 혼담이니 뭐니 하는 말을 꺼낼 사람도 없겠다. 상대가 레오닉스, 이 나라에서 가장 높은 남자 중 하나라면. 브릴은 그런 남자를 데리고 골리듯 굴고 있지만.

그런데 눈이 마주한 순간, 브릴은 두려움을 느꼈다. 오싹했다. 여태까지 장난스럽고 즐겁게 굴어 주다, 이제 잡아먹을 듯 위압적이고 강했다.

"레오닉스!"

로버트가 창백한 얼굴로 말했다.

"셰어브릴은 왕족이야. 그렇게 창녀처럼 다루다니."

레오닉스는 손을 내렸다.

손이 브릴의 팔꿈치를 잡았다. 한숨이 그의 입술 사이에서 흘러나왔다. 이건 연기나 과시가 아니다. 접촉 안에 열기가, 아주 분명한 열기가, 강압적으로 느껴질 정도로 강한 열기가 배어 있다.

아, 이거.

브릴의 눈썹 끝이 흥미를 담았다.

붉게, 아주 붉게.

숨었던 기질이 튀어나왔다.

어린 시절에 주변을 자주 난처하게 하던, 당돌하고 사납지만 상대를 끌어당기는 그 기질. 그런데 그렇게 하자, 그 분위기가 레오닉스를 사로잡았다.

화려하고 독한 뱀처럼 그를 휘감는다.

"셰어브릴, 너도…… 너…….."

말이 채 끝나기도 전에 로버트가 휘청하더니 이마를 짚었다.

브릴은 로버트가 쥐고 있던 샴페인 잔을 낚아챘다.

"그……."

로버트가 엎어지며 고꾸라졌다. 몸이 쿵 소리를 내며 바닥으로 쓰러졌다. 브릴은 레오닉스를 보았다. 레오닉스는 브릴이 쥔 샴페인 잔을 잡아 테이블 위에 놓았다.

순간, 브릴은 아주 진한 장미 향을 맡은 기분이었다.

지독하게 진한.

브릴은 테이블을 보았다.

몸을 감싼 야회복과 그 테이블 위에 놓인 하얀 장미가 소름 끼치게 느껴졌다.

하얀 장미에 대해 아는 건 브릴과 엘리안뿐이다.

누구나 하얀 장미를 선물할 수 있지만, 누가 보냈는지도 모르는 선물이 하필이면 하얀 장미라면 의심이 간다.

숨이 뜨거워진다.

설마, 카니발라가 여기 있나?

그래, 맞아.

여기 있다, 그 남자가.

브릴은 저도 모르게 레오닉스의 팔을 잡았다.

"레오."

레오닉스의 팔에 힘이 들어갔다. 브릴은 그 팔에 이마를 기댔다. 숨소리가 빨라지고, 심장도 두근댄다.

"곧 소란스러워질 것 같군."

레오닉스는 손바닥으로 브릴의 등을 부드럽게 문질러 주며 위로해 주었다.

잠시 뒤 문이 열리며 레오닉스의 수하가 들어왔다. 멀리서 지켜보고 있었기에 무슨 일이 벌어진 건지 금방 알아챈 것이다. 수하는 쓰러진 로버트 왕자의 목덜미에 손을 댔다.

"목숨에는 지장이 없습니다."

"지금 상태는 어떤가."

"굳이 말하자면, 숙면 상태입니다."

레오닉스는 샴페인 잔을 집어 수하에게 건넸다.

"제레미를 불러라. 정문 앞에 있는 카페에 앉아 있을 거다."

"약속이 되어 있었던 겁니까."

"아니, 어차피 제레미는 내 눈앞에 없으면 항상 그곳에 있다. 그러니 내가 부른다고 해라. 알아서 올 거다."

"알겠습니다."

"그리고 이 로버트 왕자는, 저기에 있는 일행에게 연락해라. 만취해 쓰러졌다고."

레오닉스의 수하는 로버트 왕자의 무거운 몸을 들어 의자 위에 놓은 다음 그의 머리를 똑바로 세웠다.

"뭐가 들어 있다는 거, 알았나요."

"시킨 적도 없는, 너무 비싼 것이 온다면 당연히 뭔가 들어 있다고 생각하지."

레오닉스를 상대로 한 장난이라고 보자면 너무 시시하다.

특히나 카니발라가 한 장난이라면.

하지만 장미, 그 장미는.

"돌아……."

브릴이 말했다.

"돌아가야 할 것 같아요."

레오닉스의 숨소리가 거칠어졌다.

"혼자 가지는 마라. 수하들을 붙여서 보내 주지."

"당신은."

"여기 있어야 할 거다. 누구 짓인지, 왜 그런 짓을 한 건지, 내 선에서 알아내야지. 물론, 로버트 왕자가 술이 과해서 숙면 중일 수도 있지."

레오닉스는 브릴을 이끌어 박스석 안쪽으로 갔다.

"오늘 고마웠어요. 숙부님 앞에서 그래 준 것. 덕택에 이 나라 안에서 신랑감 찾기는 글러 먹게 되었지만, 그것이야말로 내가 바라 마지않는 거지요."

"나 역시 바라는 바야."

레오닉스의 눈이 내리 깔리며 브릴을 향했다.

다시, 눈가로 미소가 스며들었다.

브릴은 레오닉스의 볼에 입을 맞추었다.

"감사 인사예요."

고개를 돌리려는데 레오닉스의 얼굴이 다가왔다. 진한 건 아니었다. 눈이 가까워지고, 콧등이 스쳤다. 그 정도다. 레오닉스의 손이 팔을 감싸듯 잡더니 내려갔다. 묵직한 가슴이 몸을 누르는 듯 느껴졌다. 남자의 뜨거운 숨이 이마 위로 번졌다.

브릴이 작게 말했다.

"반응이 과한데요"

남자의 코와 입술이 모두 앞에 있었다. 입술은 입술 바로 앞에 있었다. 숨소리가 고스란히 닿았다.

"조금만 더 하면 하일드의 왕자를 눕혀 보는 여자가 될 수도 있겠는데, 그 영광은 오늘 누리지는 않을게요."

"당돌하군."

"겁 없이 먼저 덤비는 쪽은 당신이잖아요. 돌진해 오는 쪽의 콧잔등에 손을 얹는 건 내 몫이고."

레오닉스는 브릴의 손을 잡아 손등에 입을 맞춘 다음 놓았다.

"내가 아직 신사답게 굴어야 하는 처지란 건 아는데, 그걸 알고서 이런다면 그대는 비겁한 거야."

말은 그래도 레오닉스의 얼굴이 소년 같았다.

원하는 것만 생각하는 천진한 소년.

레오닉스가 물었다.

"무슨 꽃을 좋아하지?"

"붉은 장미. 반드시, 붉은색."

"그래. 알겠다. 집까지는 수하들이 지켜 줄 거다."

"메즈가 곧 돌아올 거예요. 멀리 가지는 않았고, 어디로 갔는지 아니까 괜찮아요."

레오닉스가 눈살을 찌푸렸다.

"그 남자에 관한 한, 내가 뭐라 할 일은 아니지. 친구니까. 하지만 내 수하들은 돌려보내지 마라."

"알았어요. 기다릴게요."

기다린다, 라는 말에 레오닉스가 만족한 듯 눈을 가늘게 떴다.

거친 분위기지만, 역시나 눈매 안으로 눈동자가 가득 차니 부드럽다. 아주 잘생긴 남자니까. 레오닉스는 문을 두드렸다. 문이 열리며 수하가 들어왔다. 레오닉스는 수하들 중 몇의 이름을 불렀다.

"그녀를 맡긴다. 안전하게 집으로 바래다주도록."

레오닉스는 브릴의 허리에 얹은 손을 내렸다. 예의상 하는 말이 아니라, 진짜 잘하라는 명령이었다.

"그리고."

레오닉스가 수하 하나를 가리키자, 수하는 차고 있던 피스톨을 총집째 풀어 건넸다. 레오닉스는 그것을 브릴에게 주었다.

"누가 올지 모르니, 가지고 있어. 검을 쓸 수는 있지만, 급할 때는 이게 낫지."

"피스톨은 써 본 적이 없는데요."

"아예 총을 쓸 줄 모르나."

"머스킷만 써 봐서."

머스킷은 브릴의 다리만 한 총이다. 여자가 교양 있게 휘두를 만한 물건은 아니다.

"그건 언제."

"강도나 들소 사냥할 때."

"……."

들소는 그렇다 쳐도, 강도도 사냥감인가.

그러나 브릴은 뭐가 잘못된 건지도 몰랐다.

"레오?"

"……아니. 쓰는 건 비슷하다. 그리고 연발식이니, 안전장치 풀고 방아쇠만 당기면 된다. 뭐든 맞겠지. 아니면 최소 놀라기는 할 거야."

"잘 가지고 있을게요."

브릴은 복도로 나갔다. 극이 한참 진행 중이라, 밖은 정말 조용했다.

브릴은 계단을 내려가 입구로 간 뒤에 직원을 불러 말했다.

"내 시녀가 대기실에 있을 테니, 그녀에게는 오페라가 끝나면 오라고 전해."

"알겠습니다."

어차피 걸어가도 되는 시간이다. 마차를 끌어내고 준비시키는 것보다 그냥 걸어가는 편이 낫다.

"그리고 내 망토."

직원은 시녀가 브릴의 이름으로 맡겨 둔 망토를 찾아 건넸다. 브릴은
데스크에서 메모와 펜을 받아, 급사(急使)로 쓸 직원을 불러 달라고 했다.
금방 심부름꾼이 왔다. 브릴은 봉투에 메모지를 넣은 뒤, 돈과 함께 건넸
다.

"중앙로에 있는 술집이야. 그곳에 가, 마르셀 누파사 경과 길리온 안스
터빌 경을 찾아 그들의 일행인 메즈 칸에게 전해. 알겠지?"

"네, 아가씨."

브릴은 급히 자리를 떴다.

✤ 제 10 장 ✤

카니발

돌아온 저택은 조용하고 어두웠다.

저녁부터 휴가를 받은 하녀가 1층의 거실만 불을 켜 두고 모두 끄고 갔기 때문이다.

브릴은 초인종을 누르지 않고 들어갔다.

기사들은 브릴을 안으로 들여보내 주며 말했다.

"우리는 밖에 있겠습니다."

"알았어. 수고해 줘, 그럼."

브릴은 안으로 들어가 바로 망토를 벗어 던졌다. 기사들이 지켜보는 1층에서 잠시 숨을 돌린 다음 메즈를 기다리기로 했다. 메즈가 있는 술집은 멀지 않고, 그런 곳에서 마르셀 경 같은 기사를 찾는 건 쉬운 일일 것이다.

진한 장미 향이 풍겨 와, 브릴은 입구의 장미를 보았다.

요기(妖氣)가 느껴질 정도로 붉은 장미다.

브릴은 말아 올렸던 머리를 풀었다. 머리카락이 목덜미를 덮으며 흘러내렸다.

지금, 단 하나도 바뀌지 않은 집 안이 그녀를 감싸고 있었다. 시간을 뚝 잘라 이어 붙인 듯.

그리고⋯⋯.

준비된 듯 그녀에게 온 드레스.

이것들 다, 모두 이상했었다.

집은 다섯 해 넘게 버려져 있었다.

아무리 왕가의 것이고 관리가 되고 있었다지만, 의도적인 개입 없이도 이렇게 완벽하게 보존될 수 있을까.

게다가 엘리안의 방은 정말로 그대로인데, 브릴의 방은 조금 변했다. 책상과 옷장은 브릴이 사용하던 것이 아니라 새것이다. 성인 여자에 맞춘.

필기구도 브릴이 쓰던 것이 아니라, 모두 신제품에 훨씬 고급이었다.

그제야 자신이 왕가에서 태어나, 스스로 아무것도 하지 않아도 주변에서 다 처리해 주고 시중들어 주는 데 익숙해 의심하지 않았단 것을 깨달았다. 서부에서는 혼자 잘 해치웠지만, 일단 수도로 들어오자 저도 모르게 원래 살던 대로 돌아간 것이다.

혹시 네가 준비한 거야, 카니발라?

하지만 여긴 수도, 체자 한복판이다. 그런 곳에 카니발라가 어떻게 이렇게 세세하게 일을 할 수 있는 건가?

혼자서 했을까, 아니면 도움을 받았을까.

브릴은 거실 끝 계단을 보았다.

계단 옆에 누군가가 서 있었다.

하녀인가?

가까이 가서 보니, 브릴의 허리 정도 높이의 인형이었다. 여기 살 때 엘리안이 브릴과 같이 구경 갔던 골동품 가게에서 사 온 것이다. 재밌게 생겼다며 가져다 놓았지만, 어머니는 흉측하다며 기겁했다. 어느 지방의 전통 인형극에 나오는 인형이라고 하던데, 얼굴은 사람과 비슷하긴 해도 눈과 코와 입이 아주 과장되어 있어 이상했다.

그때 커튼이 흔들렸다.

브릴이 돌아보자, 커튼이 벌어지며 하얀 고양이가 튀어나왔다. 고양이는 기지개를 길게 펴더니 브릴에게 타박타박 다가왔다.

"너는 누구니?"

고양이는 야옹 울고는 브릴의 치마에 들러붙었다. 브릴은 허리를 숙여 고양이의 머리를 만져 주었다. 고양이가 작은 머리를 브릴의 손바닥에 비볐다.

"어떻게 들어온 거니?"

고양이가 야옹— 하고 다시 울었다. 하긴, 고양이더러 어떻게 들어왔느냐 묻는 건 의미 없지.

브릴은 입가에 손을 가져가 쉿, 하고 말하곤 치맛자락을 들었다. 그리고 천천히 계단을 올라갔다. 올라가는 계단의 창가에, 또 인형이 놓여 있었다. 이번 인형은 병정 옷을 입은 꼭두각시였다.

저게 왜 저기 있는 걸까…….

브릴은 천천히 고개를 들었고, 계단 여기저기 놓여 있는 인형들을 보았다. 그것들 가운데에 예쁜 소년 인형이 앉아 있었다. 금빛 곱슬머리 인형은 연미복 차림이었다. 품 안에는 흰 장미를 가득 안고 있었다.

브릴은 계단 위로 올라가, 복도와 이어지는 문을 열었다. 엘리안의 방으로 향하는 문이었다.

엘리안의 방에는 램프가 켜져 있었다. 아주 작은 램프다. 그때 고양이가 엘리안의 방을 휙 가로질러 달려가, 안쪽 휴게실 문 앞에 멈추곤 그 문을 긁었다. 우연인지, 문이 안쪽으로 살짝 밀려났다. 고양이는 안으로 쏙 들어갔다.

그때 괘종시계가 종을 울렸다.

댕, 댕—

고요한 가운데, 괘종시계의 종소리는 음산하게 들렸다.

브릴은 천천히 고개를 들어 조금 열린 휴게실 문을 보았다.

틈으로 빛이 나오고 있다. 밝은 빛은 아니다. 작은 램프의 빛이다. 고양이가 아양 떠는 울음소리를 낸다.

브릴은 천천히 다가갔다.

목덜미가 뜨거워지고, 저도 모르게 숨을 죽였다. 고요한 가운데, 숨소리와 심장 소리만 들린다.

북소리 같다.

너무 커.

목이 아파 왔다. 손발이 식어 간다.

그럼에도, 브릴은 한 발 더 앞으로 다가갔다.

한 발 더, 한 발 더, 한 발 더.

문고리에 손을 얹고, 잠시 숨을 몰아쉰 다음 살그머니 밀었다.

퇴창이 한눈에 들어왔다. 꽃봉오리 맺힌 벚나무 가지가 보인다. 꽃봉오리들은 달빛에 젖어 뽀얗다.

반쯤 열린 창문으로 바람이 들어와 커튼을 펄럭이게 했다.

시간이 돌아온 것 같았다.

세상에 단둘만 있는 것 같던, 둘만으로도 충분했던 시간으로.

그 앞에 서 있는 사람을 보자, 브릴은 정말로 숨이 막히는 기분이었다.

터질 것 같았다.

심장이 쿵쿵 뛰어올랐다.

셔츠가 보인다. 연갈색 조끼를 걸친.

얼굴을 보지 않으려고 애쓰며 몸과 옷을 살폈다.

확실히 키가 컸구나. 체구도 좋아지고.

눈을 마주하는 건, 얼굴을 제대로 보는 건, 한참이나 망설인 뒤에 할 수 있었다.

"아……."

첫눈처럼 아름다운 얼굴이 앞에 있었다.

살짝 커진 푸른 눈, 긴장한 입술, 굳은 목덜미가 보였다. 옅은 장미 향이 풍겨 왔다. 진하지는 않다. 몸에 배인 향이 아직 덜 지워진 것이다.

"브릴?"

브릴은 여태 가지고 있던 모든 경계심과 긴장, 분노가 삽시간에 사라지는 것을 느꼈다.

너무나 감쪽같이 다 사라져 버려서, 브릴은 그전에 자신이 무슨 생각을 했는지조차 잊었다.

"엘."

브릴이 말했다.

"엘?"

브릴은 두 손을 뻗어 청년의 볼에 얹어 보았다.

볼은 따스했다. 봄볕 아래 놓였던 조약돌처럼.

숨소리도 들린다. 잠든 아기 고양이의 숨소리처럼 옅고 따스한.

맙소사, 이제 죽어도 좋을 것 같아.

"엘……이야?"

엘리안의 눈이 깊어졌다. 흔들린다. 눈가로 짙은 빛이 맺혔다.

그토록 잊으려고 했는데.

생각만 하면 너무나 심장이 아파, 너를 떠올리며 웃게 될 날 같은 건 오지도 않아, 너를 돌이키지도 못했는데.

너와 함께하며 누렸던 사랑스럽고 빛나는 기억들을 모두 상자에 담아 잠가 두었어야 했는데, 그런데 지금 엘리안이 앞에 있다.

오래된 뼈에 다시 살이 붙고 피가 돌고 숨이 붙어 심장이 뛰고 있다.

돌아왔다.

죽었던 엘리안이.

결코 만날 수 없을 거라 생각했던 엘리안이.

꽃이 베이듯 비참하게 끝난 삶이, 원래는 이어지고 있었다.

살아서.

엘리안이 살아서 이어 가고 있었어.

"살아 있는 거 맞지, 엘?"

"……"

"말해 줘. 지금…… 지금 살아 있는 거 맞지?"

"그, 그게."

엘리안의 눈이 흔들렸다.

스스로도 확신할 수 없는 문제인 것이다.

"엘, 제발…… 내 앞에 있는 게 너라는 걸 내게 확신시켜 줘!"

엘리안이 브릴의 이마에 손을 얹었다.

손가락이 머리카락을 건드리고 매만졌다.

"그래. 나야, 브릴."

엘리안이 말했다.

"내가 왔어."

❖

제레미는 극장 앞의 유명한 카페인 '메데이아'에서 죽치고 앉아 크림을 듬뿍 얹은 커피를 마시다가 끌려왔다. 메데이아는 듀카르니아에서 드문 제국풍 카페로, 제레미의 잉여 시간은 대체로 그곳에서 낭비된다. 듀카르니아식 버터 냄새 나는 스콘과 쿠키 대신, 제국식 과일 절임 파이와 설탕 뿌린 크레이프가 나오는 곳이다.

레오닉스는 제레미가 필요하면 반드시 그곳으로 사람을 보냈다. 직접 가지 않는 건, 그곳은 레오닉스가 가장 혐오하는 장소 중 하나이기 때문이다. 정말 대놓고 다 싫어했다. 그곳에 앉아 있는 제레미를 포함해서.

"그렇게 비싸게 표를 사서서 이게 뭡니까."

레오닉스는 싱글싱글 웃는 제레미를 타이르듯 불렀다.

"제레미."

"네."

"일단 표값을 그렇게 되도 않게 지른 건 네 잘못이다. 낭비는 둘째 치고, 번거로울 정도로 눈에 뜨였지."

"아, 네."

"정말 번거로웠다."

"……."

"그리고 역시, 번거로운 일이 벌어졌군."

"죄송합니다."

"알아내기나 해."

제레미는 잔을 흔들었다.

제레미의 이명(異名)은 '발본의 기사'이니, 그에게는 원하는 모든 것을 드러내게 하는 힘이 있었다. 그러나 아무런 변화가 없었다.

"아무것도 없네요."

레오닉스가 불신의 눈을 보내자, 제레미는 짜증을 내며 말했다.

"그럼 보실래요?"

제레미는 샴페인을 한 모금 마셨다가, 눈살을 찌푸렸다.

"맛이 왜 이 모양입니까? 이거, 제 한 달 월급보다 비싼 건데! 이 샴페인이 너무 비싼 건지 제 한 달 월급이 적은 건지는 모르겠지만."

말은 그리해도 제레미는 병에 남은 샴페인을 다 따라 마셨다.

"그렇다면 그놈은 과음으로 인한 숙면 상태란 건가."

"지금 상황으로는 그것 외에는 없습니다. 왕자님이 걱정이 과해 예민하게 구시는 거랄까."

어차피 샴페인은 병째 왔다. 무언가가 들어갈 여지가 없다.

"그렇다면."

레오닉스는 손을 들었다. 옆에서 대기하고 있던 수하가 왔다.

"이봐, 로버트 왕자의 자리로 가서 그가 마시던 것을 가지고 와 봐라."

제레미가 고개를 갸웃했다.

"그건 왜요."

잠시 뒤 잔이 왔다. 수정잔에 담긴 브랜디였다. 샴페인이나 와인은 병째 오지만, 브랜디는 과음 우려 때문에 이렇게 잔으로만 내놓는다.

제레미는 냄새를 한 번 맡아 본 뒤, 잔을 흔들었다.

캐러멜 색 액체가 단숨에 검게 변했다.

"이게 범인이군요."

"뭐지?"

"수면제입니다만, 강한 수면제는 아닙니다. 효과도 늦게 나오고, 맛도 쓰죠. 반쯤 마시긴 마셨는데, 맛이 없어서 버려 둔 것 같군요. 대신 여기로 와서 저 샴페인 한 병을 다 마셨으니……. 흠, 푹 주무시게 된 거지요."

제레미가 성분이라고 말한 약은 놀라울 정도로 평범한 수면제다. 이 오페라 극장 안에 있는 사람들 대부분이 약장 안에 가지고 있을 것이다.

레오닉스는 테이블을 보았다.

주문하지도 않은 샴페인과 흰 장미.

작정하고 레오닉스의 비위를 건드린 것이다.

레오닉스만이 아닌, 브릴의 신경도 끝없이 긁혔다. 로버트 왕자까지 이곳에 있었다. 브릴은 언짢아 불쾌해하다, 노기(怒氣)까지 보였다.

그 망할 자식은 표가 없으면 호텔에 처박혀 정부와 뒹굴 것이지, 기어코 기어들어 와 기분 나쁘게 만들었다.

그리고…….

'장미.'

브릴이 말했다.

장미를 좋아한다고.

레오닉스의 이가 맞물리며, 북— 소리를 냈다.

"젠장."

저택 입구에 놓여 있던 향기 진한 장미꽃.

여자에게 장미를 보내는 일은 흔한 일이니, 누구든 보낼 수 있다. 그런데 브릴은 장미를 좋아한다면서도 테이블 위에 놓인 백장미를 보는 순간 눈이 복잡해졌다.

일부러 그 색을 골라서 보낸 것이다.

장미는 노란색도, 분홍색도, 푸른색도 있는데, 하필이면 붉은색과 흰 색을 보낸 건 사정을 아는 자의 짓이란 것이다. 게다가 브릴은 붉은색이라고 다시 한 번 더 강조했다. 결코 다른 색을 원하지 않는다는 것이다.

"이 박스석을 담당했던 직원을 불러와라. 아니, 끌고 와. 당장!"

수상했던 일이 계속 떠오른다.

브릴의 칼자루.

서부에서 그 검의 칼자루가 망가지는 것을 보았다.

암닉시아에서 만났을 때, 칼자루는 말끔히 수선되어 있었다. 며칠 전 의회 도서관에도 보았다. 칼자루는 칼날과 꼭 맞아, 주문 제작한 듯 보였다. 엄청나게 정교하고 화려한 물건이기도 했다. 그 정도 물건을 만들 만한 공방은 한정되어 있다. 브릴이 그런 공방에 검을 맡길 리 없다. 며칠이건 검을 옆에서 떼어 놔야 하는데, 브릴은 그러느니 차라리 가까운 대장간에 맡길 것이다. 공방에서 우연히 잘 맞는 기성품을 구입할 수도 있으나, 칼자루에 새겨진 문양은 '장미'다. 보통 공방 기성품은 장식용 검이 아닌 이상 장미를 새기지 않는다. 용맹이나 힘의 상징인 사자나 독수리, 표범 등을 새겨 넣는다.

"……."

잠시 뒤 수하가 직원을 끌고 왔다.

"데려왔습니다, 왕자님."

레오닉스는 직원을 노려보았다.

다들 레오닉스가 뭔가 물어볼 거라 생각했다.

그러나 레오닉스는 말하지 않았다. 성큼성큼 직원에게 다가가, 멱살을 움켜잡았다. 직원의 몸은 단숨에 들렸다.

레오닉스의 손을 중심으로 옅은 연기가 피어올랐다. 직원의 옷이 재로 변하고 있었다.

"왕자님, 무슨— 무슨 일을 하는 거예요! 진정해요!"

제레미가 기겁했다.

"왕자님—"

그러나 직원의 목덜미 피부가 검게 물들며 벗겨지고 그 조각이 재처럼 날렸다.

레오닉스는 직원의 몸을 던졌다.

벗겨진 피부 아래로 금속으로 된 속살이 드러났다.

구리줄로 된 힘줄, 쇠로 된 뼈, 핏줄처럼 뒤엉킨 금속 줄이.

"이거……!"

제레미가 기가 막혀 고함을 질렀다.

"물러나십시오!"

레오닉스는 기계의 머리를 발로 으깼었다. 깨진 머리 조각이 바닥으로 흩어졌다.

"제레미!"

레오닉스가 고함을 질렀다.

제레미는 정신을 차리고, 그들이 있던 휴게실의 문을 열었다.

문을 열자마자 직원들 몇이 보였다. 제레미의 팔이 올라갔다.

파박, 하는 날카로운 소리가 터지고 직원 몇이 주춤했다.

레오닉스는 놓치지 않았다. 그의 눈길이 닿는 순간에 직원들의 피부가 벗겨졌다. 금속으로 된 내부가 드러났다.

레오닉스의 수하들이 검을 뽑았다. 레오닉스는 그중 하나의 목을 잡아 부러뜨렸다. 금속으로 된 몸이 동강 나며 바닥에 떨어졌다. 기계로 된 팔이 레오닉스를 잡으려 했지만, 레오닉스의 발이 내리꽂히며 박살났다.

레오닉스를 노린 것이 아니었다.

레오닉스는 이 일에 있어, 감쪽같이 격리되어야 할 상대였다.

그래서 레오닉스에게 혼선을 준 거다. 브릴의 신경을 건드리며 불쾌하게 했고, 그것을 보는 레오닉스는 더 불쾌하게 만들었다.

오늘의 목표, 오늘 그가 준비한 무대 위로 올라갈 상대는 레오닉스가 아니었다.

브릴이다.

레오닉스의 이마와 눈가로 분노가 고여 들어가기 시작했다.

입술이 올라가며 이가 드러났다.

"카니발라······!"

모멸감에, 수치심과 분노가 시뻘겋게 몰려들었다.

뒤이어, 그것들을 단숨에 삼키며 쏟아지는 감정은 두려움이었다.

여태 겪어 왔던 그 어떤 위험보다 그를 소름 끼치게 하고 있었으며 분노하게 했다.

진정 두렵다.

세상이 컴컴하게 지워지는 기분이었다. 심장이 조이고, 발밑이 사라지는 기분이었다.

셰어브릴—

브릴이 떠난 시간이 길게, 너무도 길게 느껴졌다.

별이라도 멸망할 만큼 긴 시간으로 느껴진다. 무슨 일이라도 벌어질 긴 시간이다.

"잠을······."

엘리안은 더듬더듬 말했다.

"잠을 자다 깬 것 같아. 오래, 너무 오래……. 깨어 보니 낯선 곳이었고, 그리고……."

"어디서 깨어났어?"

"여기서 좀 먼 곳."

"어느 정도 거리인데."

"열흘 정도 거리야. 여기까지 오는 데 좀 힘들긴 했는데, 다행히 도와준 사람이 있어서."

"누가 도와줬어?"

"어…… 착한 분이었어."

엘리안은 레프를 고마운 사람이라 생각했다.

그 공작님이 없었으면 지금쯤 저택에서 체포되어 죽거나, 항구에서 듀카르니아로 간다고 하며 얼쩡대다가 죽거나, 하여간 죽었을 것이다.

그래도 이 저택 입구로 들어서자마자 모두 잊었다.

걱정한 것과 달리, 집은 예전과 같았다.

어차피 엘리안에게는, 죽음을 택하고 잠들었던 순간에서 열흘 정도의 시간이 흘렀을 뿐이지만.

그런데 저택이 너무 조용했다. 하인도 하녀도 없었다.

혹시나 빈집이 아닐까 걱정했지만, 홀의 장미를 보고 안심했다. 브릴이 좋아하는 품종의 장미였고, 싱싱했다.

그래도 걱정이 되어 브릴의 방에 갔다. 책상 위에 놓아둔 잉크 묻은 펜과 무언가 적어 놓은 메모지를 보았다. 다행히 최근에 쓴 메모였다.

장서 목록은 바뀌어 있었다. 예전에는 못 보았던, 법률, 전술, 지리, 수학책 등이 놓여 있었다. 옆에는 그 책으로 공부한 것에 대한 요약이 적혀 있다. 브릴의 필체다. 지스티아는 없는 것 같다. 어디로 가신 걸까. 여행이라도 가셨나. 혹시 재혼이라도 하신 걸까.

엘리안은 저택에서 가장 좋아하던 장소였던, 퇴창이 있는 휴게실로 갔다.

그때 누군가가 2층으로 올라오는 소리가 들렸다. 구두 굽 소리다.

엘리안은 긴장했다.

치맛자락이 바닥을 쓰는 소리도 들려왔다.

사륵, 사르륵—

누구지?

낯선 사람이면 어떻게 하지? 도둑이라고 신고하면 어떻게 해.

당장 나가서 확인하고 싶었지만, 심장이 미친 듯이 뛰었다.

브릴일 수도 있어.

당장 보지 않으면 죽을 것 같으면서도 지금 보면 죽을 것 같기도 했다.

어떻게 해야 할지 모르겠다.

엘리안 자신에게야 고작 열흘 좀 넘는 시간인데, 브릴의 시간은 몇 년이 지났다. 어떻게 설명해야 할까.

그때 고양이가 문을 긁었다.

열어 줄 수가 없어 가만히 있었는데, 고양이는 용케 문을 밀고 들어왔다.

문이 조금 열렸다.

도망쳐야 해.

그런데 어디로 가지?

창문을 열고 날아가지 않는 한 불가능한데.

문밖으로 그림자가 비쳤다.

여자 그림자 같았다. 날씬한 허리와 풍성한 치마가 보인다.

맙소사.

심장이 터질 것 같아.

윤곽, 체취, 숨소리만으로도 엘리안은 알아볼 수 있었다.

해를 알아보고 달을 알아보듯, 몰라볼 수가 없다.

문이 더 넓게 열렸다. 여자의 모습이 보인다.

차가운 청회색 눈동자에 긴 속눈썹. 붉은 입술과 흰 볼. 유리 장미처럼 차갑고 아름다웠다.

얼굴은 더 갸름해지고 입술이 담은 표정은 냉담해졌다.

물결치는 흑갈색 머리카락이 덮은 목덜미는 길고, 드러난 어깨와 가슴은 정말 어른이다. 입고 있는 드레스 역시 어른의 것이다.

별을 합쳐 놓은 듯 화려하다.

브릴은 누구보다도 화려한 것과 어울린다. 품격 있는 사치를 위해 태어난 얼굴이다.

"엘."

브릴이 말하는 순간, 심장이 아파 왔다.

너무 아프게 조여 와, 심장 안이 가시로 덮인 것 같았다. 그리움으로 뛰던 심장이 아프게 가슴을 쑤신다.

아파도 너무 아파, 눈물이 날 정도다.

기쁨에 찬 브릴의 눈을 보자, 엘리안은 그 원천이 자신이라는 것에 대한 만족감과 환희가 감당이 되지 않았다.

엘리안은 떨리는 목소리로 물었다.

"우리, 이제 몇 살이야?"

"스물한 살."

생각보다 더 시간이 흘러 있다.

"어머니는 어디 계셔?"

"실종되셨어."

"실종?"

"엘이 죽은 뒤…… 장례를 치르러 가셔서 그대로 사라지셨지. 돌아오지 않았어."

"다섯 해 넘게?"

"그래. 아직도 어떻게 되셨는지 몰라. 몇 번이나 수색했는데도 찾을 수가 없었고, 어머니를 봤다는 사람도 없어. 아직까지."

엘리안은 심장이 쿵 내려앉았다.

지스티아의 침묵.

첫 번째 소원이었다.

엘리안은 급히 물었다.

"백부님은…… 저기, 아르노 전하는?"

"곧 왕위에 오를 거야."

"그분은…… 아무 일도 없어?"

"에스텔라가 죽었어."

"에스텔라가? 어리잖아. 어쩌다가."

"암살일 거라고 예상은 하는데, 정확한 사인은 발표되지 않았어. 너무 급작스럽게 죽어 버렸거든."

두 번째 소원은.

아르노가 절망하길, 나만큼이나 슬퍼하기를…….

"벌써 넉 달 전 일이야."

"……."

"엘?"

"그럼, 브릴은 어떻게 지냈어?"

"어머니가 실종되신 후, 서부로 갔어. 그곳에서 몇 년 지냈지. 친구도 사귀고, 가족 같은 사람도 만들었어. 좋은 사람들을 많이 알게 되었지."

"내내…… 그, 그렇……게 살았어?"

"응. 서부 시골에서 농사를 지으며 한가하게 살았지."

그럼, 레오닉스는.

그 남자와는 아무 일 없어?

아니, 아무 일도 없다면…….

지스티아는 죽고, 아르노는 에스델라를 잃었다.

벌써 두 사람이 죽었다.

그런데 지스티아는 엘리안을 거두어 키워 준 사람이자, 브릴의 친어머니다.

무서웠다.

이렇게 엄청난 일, 이렇게 돌이킬 수 없는 일이 나 때문에 벌어진 거야?

"그러다가 에스델라가 죽어서 여기로 돌아오게 되었지. 여길 떠나도 돌아갈 곳은 있어."

"……."

"엘, 같이 가자."

"같이?"

"엘리안이 살아 있다는 것을 아는 사람은 나 하나뿐이야. 그러니 그곳으로 가자. 이제는 우리 둘이 어떻게 지내든 상관할 사람도, 신경 쓸 사람도 없으니까."

엘리안이 저도 모르게 말했다.

"레오닉스—"

"응?"

"레오닉스, 그 사람은 어떻게 되었어?"

"레오닉스?"

브릴의 눈이 의문을 비쳤다.

"그 사람이 왜?"

"……난…… 저기, 난…….."

브릴이 고개를 들고 몸을 뗐다.

엘리안은 자신이 알던 브릴이 바뀌는 것을 보았다.

조금 전에는 예전보다 조용해지긴 했지만 분명 브릴이었는데, 지금 경계심을 품고 바라보는 브릴은 낯설었다.

브릴은 결코 저런 눈으로 엘리안을 본 적이 없었다.

"레오닉스 왕자에 대해서는 왜 물어보는 거야. 너하고 아무 상관도 없는 사람이잖아."

"……그, 그게……."

"서로 아는 사이였어?"

그 사람은 죽었으면 좋겠어.

"이리 와."

브릴은 엘리안의 손을 잡아끌어 밖으로 나와 방 한가운데 세웠다.

엘리안의 심장은 더 빠르게 뛰었다.

"엘, 혹시 레오닉스와 만난 적 있어?"

"그, 그게. 그게 말이야."

모른다고 하고 싶은데, 브릴 앞에서는 결코 거짓말이 나오지 않았다.

엘리안이 답하지 못하자, 브릴의 눈이 더한 경계심을 보였다.

엘리안을 잡았던 손이 내려갔다.

"브릴— 저기."

"말해 줘."

순간, 세상이 뚝 끊어졌다.

새카맣게 뒤덮인다. 다급한 공포가 엘리안의 숨을 막히게 했다.

안 돼, 안 돼! 무슨 일이 벌어지려는 거야!

다행히 정신은 금방 돌아왔다. 안도하다, 엘리안은 방 안에 있는 인형들의 얼굴이 모두 자신을 향하고 있는 것을 보았다.

맙소사, 안 돼.

엘리안은 현기증이 이는 것을 느끼며 이마를 짚었다.

눈앞이 다시 빠르게 어두워진다.

정신 차려! 어서, 어서 정신 차리라고! 밀려나면 안 돼.

그런데 다시 컴컴해졌다.

다시 눈을 떴을 때, 브릴이 눈을 크게 뜨고 올려다보고 있었다.

브릴도 지금 어떤 일이 벌어지는지 깨달은 것이다.

"브릴, 머, 멀어……."

활짝 열린 문 너머로 이지프가 서 있었다.

엘리안은 저도 모르게 브릴의 팔을 잡았다.

보호해야 한다. 지켜야 해, 브릴을.

이지프가 말했다.

[자, 시간이 되었습니다, 주인님. 일어나세요.]

"……!"

안 돼.

엘리안은 고개를 저었다.

안 돼.

시키면 비가 쏟아져 눈앞을 뒤덮었다.

[주인님, 모든 것이 준비되었으니, 이제 오시기만 하면 됩니다. 너무 오래 주무시지 마세요.]

안…… 돼!

브릴은 엘리안의 팔을 잡고 올려다보았다.

엘리안의 손이 천천히 올라오더니, 브릴의 손등 위에 자신의 손을 포갰다.

손은 뒷목이 곤두설 만큼 차가웠다. 브릴은 자신의 손을 떼려 했지만, 그 손이 브릴의 손을 꽉 조였다. 꿈쩍도 할 수 없다.

엘리안의 눈이 떠졌다. 푸르고 차가운 눈동자가 브릴을 향했다. 독이라도 바른 듯 잔인한 웃음이 엘리안의 얼굴로 번졌다.

"안녕, 공주님."

"……!"

브릴은 손을 잡아 빼려 했다. 그러나 손이 묶인 듯 잡혀 있어, 움직일 수가 없었다. 마음대로 할 수 없자 모멸감에 분노가 일어났고, 이마까지 뜨거워졌다.

"카니발라?"

카니발라 등 뒤에 있던, 팔다리가 길고 몸이 구부정한 기계인형이 눈을 반짝였다. 괴이하다. 사람과 닮았으면서도 과장된 몸이.

그것만 괴상한 것이 아니다. 주변에 놓인 인형들 모두, 악의에 찬 관객의 눈으로 브릴을 보고 있었다. 그것들 속에 악령이라도 들어간 것 같았다.

아주 사악한 카니발 같은 느낌이었다.

브릴은 자신이 희롱당하는 제물이 되어 놓여 있는 것 같았다.

카니발라가 달착지근하게 말했다.

"아, 기대보다 훨씬 더 멋지군. 공들여 너를 위해 골라 둔 건데, 정말 잘 어울려. 아주 아름다워."

"……뭐?"

"너를 위해 내가 얼마나 많은 것을 준비했는지 모를 거야. 봐, 먼지와 거미줄이 가득하던 이 집을 말끔하게 치우게 하고, 너를 위해 방을 꾸미고 정돈했지."

브릴은 카니발라를 노려보았다.

"왜 그랬지?"

"너를 즐겁게 해 주고 싶었어. 그리고 기대했던 대로 너는 너무나 기뻐했지. 너의 두 눈에 그리움이 가득 찼고, 또 그 그리운 것을 다시 본 것에 대한 환희로 가득 찼어. 그런 네가 사랑스러워, 나는 너를 위한 선물을 잔뜩 준비했어. 지스티아 이름으로 보관되어 있던 보석들을 싹 바꾸고, 너에게 꼭 어울릴 만한 아름다운 것들을 준비하도록 했지."

그리고 브릴이 목에 건 목걸이를 건드렸다.

"기대했던 것보다 더 잘 어울려. 아, 그리고 드레스도. 아주 아름다워. 사랑스럽고."

브릴은 소름이 끼쳤다.

징그럽고 더러운 것이 피부에 들러붙은 기분이었다.

네가 어떻게 그걸 알아.

"공주님, 나는 공주님이 그리움 흠뻑 젖어 있을 때, 그 무엇도 방해하지 않을 때, 심지어 너 자신조차도 방해하지 못할 때 찾아오고 싶었어. 그러면 너는 내가 조금만 연기해도 나인지 엘리안인지 모르는 채로 받아들여 줬겠지. 다정하게 안아 주며 기뻐했을 거야."

카니발라는 활짝 웃었다.

"오늘 네가 돌아오면, 나는 장미꽃을 들고 너를 반가이 맞이하려 했어. 엘리안의 웃음을 지으며. 그러면, 이미 약해질 대로 약해진 너는 너무나 기뻐하며 나를 안아 줬을 테지! 두 눈은 달콤해지고, 입술은 빛나는 기쁨으로 활짝 웃었을 거야! 그런데 맙소사, 그걸 보지 못하다니! 그렇게 애썼는데!"

"닥쳐!"

분명 엘리안의 얼굴이자 몸인데, 표정이 바뀌니 완전히 다른 사람이었다.

사악한 마법사.

조롱하며 장난치며 상대의 마음을 고통스럽게 하는 사악한 마법사다.

"하지만 네가 나를 엘리안으로 믿고 받아들여 줬다면, 너도 좋고 나도 좋지 않았을까? 거짓이란, 그것도 소망을 닮은 거짓이란…… 참 좋은 거잖아?"

"변태 자식."

"변태라니? 방식이 좀 독특한 것뿐이야. 그런데 그만 이 안의 꼬마가 눈을 떴더라고. 많이 망치긴 했다만, 그래도 이 정도로 만족해야지."

눈을 떠?

"엘리안은…… 엘리안은 어떻게 된 거지?"

카니발라는 자신의 가슴에 손을 얹었다.

"사랑스러운 엘리안은 이 안에 있어. 캄캄하고 좁은 방 안에 갇혀 있는 기분일 거야. 그리고 지금, 이 몸의 주인은 나, 카니발라……. 카니발의 왕이자 만령(萬靈)의 군주. 모든 것의 우물에서 나온 저 세상의 신이지."

"그럼, 그럼 대체 어떻게 네가 그 아이의 몸을 가지고 있는 거야."

카니발라는 손가락 세 개를 펼쳤다.

"그 아이는 내게 세 가지 소원을 빌었거든. 이 몸은 그 대가로 받는 거야."

"소원?"

"그래. 계약이지. 세 가지 소원을 빌고 독을 마시는 거야. 그럼, 나는 그 소원을 들어주는 대가로 이 몸을 가지는 거야. 일단, 소원이 마음에 드는 경우에만."

카니발라는 손가락 두 개를 접었다.

"그중 두 개를 벌써 들어줬고, 딱 하나 남았지. 그 소원이 이루어지면 이 몸과의 계약은 완료되는 거야. 이 몸은 죽을 때까지 나의 것이고, 그 아이의 영혼은 영원히 나의 것이 되지."

카니발라는 인형 하나를 집었다. 인형의 머리가 저절로 빙글빙글 돌아갔다.

"내가 가진 많은 영혼 중 하나가 되면 말이야, 나는 그 아이를 위해 인형의 서커스단을 만들어 줄 생각이야. 아주 작은 사자와 코끼리, 기린, 얼룩말들을 잔뜩 만들어 두고, 그 아이의 혼을 담은 인형을 거기에 넣어 줄 거야."

브릴의 얼굴이 창백해져 갔다.

"물론, 그건 세 가지 소원을 다 이루어 줬을 때의 일이지. 그리고 아직 이루어지지 않았기에, 나는 공주님 너와 이야기를 나누어 보려고."

카니발라는 브릴의 턱을 잡아 올렸다. 곧, 서늘한 입술이 브릴의 콧등에 닿았다. 브릴은 살에 닿는 감촉이 혐오스러웠다.

그 감정을 알아챈 카니발라는 턱을 쥔 손에 힘을 살짝 주었다.

"나와 거래를 해 보지 않겠어? 딱히 손해 볼 거래는 아닐 것 같은데."

"뭔데."

"엘리안의 영혼은 절대 되찾을 수 없어. 이 육체도 말이야. 왜냐면, 그건 엘리안이 한 거래거든. 너는 깰 수 없어. 돌처럼 단단하고 쇠처럼 질기거든."

"대체 무슨 소원을 들어준 거지?"

"알아서 뭐 하게. 우리 둘만의 계약이자 거래인데."

"엘리안은 물정 모르는 아이고, 그런 아이를 이용한 거라면…… 치사한 거 아냐."

"이건 법칙이야. 사탕 세 개를 받는다 하더라도 지켜야 해."

"어서 세 가지 소원이 뭐였는지 말해. 너, 카니발라. 네가 제대로 이루어 주었는지, 아니면 이루어 주었다고 억지를 부리는 건지 알아야겠어."

"변호사라도 부를 건가?"

"필요하다면."

"잔망스러운 아가씨군. 변호사? 그 변호사가 뭘 할까? 판결은 판사가 내리고, 판사가 판결을 내리려면 법이 필요한데. 우리들이 지켜야 하는 법은 무엇이며, 이 법을 감시하는 자는 또 누구지."

"그건 내가 알아서 할 테니, 말하기나 해!"

"공주님, 나는 신처럼 강한 존재야. 아니, 이 신 없는 세상에서 가장 강할지도 모르겠군."

"내 할아버지의 할아버지가 그리 굴다가 목이 잘려 나갔지."

카니발라는 입술을 치켜 올렸다.

"한 마디도 안 지는군. 그래, 좋아. 그럼, 나하고 거래를 하는 게 어때. 이게 더 나아 보이는데."

"내게 원하는 게 뭐지?"

"나와 가자."

"……가자고?"

"근사한 곳으로 데리고 가 줄게. 너를 위해 아름답고 사치스러운 성이 있는 작은 왕국 하나를 주지. 그곳의 여왕이 되어 다스려도 좋고, 아름다운 폭군이 되어 망가뜨려도 좋아. 원한다면 네게 발카니아도 줄 수 있어."

브릴은 그 말에 담긴 의도가 역겨웠다.

"내 옆에 있어. 나는 너를 위해 왕국을 만들 테고, 내 만령의 군대는 너를 지켜 줄 거야. 너의 발 앞에 세상의 황금과 보석을 모두 쏟아 주지. 그 누구도 네게 항거할 수 없을 테지."

"그리고?"

"그냥 그곳에 있어. 다른 건 바라지 않아. 그곳에서 한번 궁리해 봐. 이 불쌍한 소년을 어떻게 살려 낼지. 일 년이고 이 년이고, 십 년이고 이십 년이고……."

카니발라는 공연이라도 하듯 두 팔을 벌리며 활짝 웃었다. 예전보다 훨씬 넓어진 가슴이 드러났다. 그러나 표정은 잔인하고 혐오스럽다.

이 마법사는 어른, 엘리안이 모르는 시간 동안 완성된 사악한 어른이 었다.

"원한다면, 하루나 이틀 정도 엘리안을 불러 너와 만나게 해 주지. 며칠 정도는 괜찮아."

"그럼 나더러…… 네 노예가 되라는 거야?"

"노예라니. 즐거울 거라니까. 나의 사랑스러운 수인(囚人)이 되면 너를 위해 다 해 준다는 의미야. 왕관, 네게 어울릴 안락한 집과 부귀영화, 가끔씩 네 앞에 나타나는 사랑스러운 엘리안. 어때?"

"그것만 해 주면 되는 건가."

"그래. 네 자유만 내게 주면 되는 거지……. 하지만 가혹하지는 않을 거야. 나는 너를 아낄 거야. 누구도 받아 보지 못한 대접을 받게 해 줄 거야. 제국의 황후나 너와 견줄 수 있을까."

인형이 저절로 움직이더니 램프에 불을 붙였다. 황금색 빛이 브릴의 얼굴을 비추었다.

커진 눈을, 굳은 입술을, 물결치는 흑갈색 머리카락과 긴 목을.

카니발라는 즐겁게 감상했다.

이런 존재가 굴욕을 참으며 원하는 대로 해 주면 유쾌할 것이다.

부귀를 약속하나, 대가로 자유를 원한다.

자유가 가진 진짜 힘은 존엄과 자존감이다. 그렇기에 자유는 각자 다른 가치를 가지고, 각자 다른 의미를 가질 수밖에 없다. 또, 이것을 통제할 수 있는 것이야말로 권력이다.

"맹세하고 맹세하지. 나를 이 세상으로 보낸 '모든 것의 우물'에 걸고, 기억도 못 하는 내 원래 세계를 걸고, 뭐든 원하는 대로 다 해 줄게. 달라는 건 다 주고, 원하기도 전에 모든 것을 네 발 앞에 쌓아 주지. 좋을 거야! 그리고 무엇보다 좋은 건, 네가 그토록 보고 싶어 하는 엘리안이 있는 거야."

"하지만 노예일 뿐이야."

"즐거운 노예야. 자유로운 괴로움보다야 낫지."

브릴은 아직 고개를 끄덕이지 않았다. 혐오와 증오의 눈으로 노려보기만 할뿐이다. 카니발라는 혀를 찼다.

"저런, 저런. 그깟 자유가 뭐라고 아직 결정을 못 하네? 좋아, 그러면 이러면 어떨까?"

순간 카니발라의 눈동자 안에 깃든 빛이 확 변했다.

조롱에 차 있던 잔인한 눈이, 다급하고 겁에 질린 눈으로 바뀌었다.

숨을 헉 몰아쉬곤, 브릴의 팔을 잡고 울듯이 바라보며 외쳤다.

"하, 하지 마!"

"엘?"

이건 엘리안이었다.

엘리안은 급히 고개를 저었다.

"브릴! 절대 하지 마! 이, 이건 너를 위한 제안이 아니야! 너를 속이는 거야! 끔찍하게 살도록 만들 거라고! 이자는 악령이야! 악마라고! 하지 마, 절대 하지 마!"

"엘, 소원이 뭐였어."

브릴이 물었다.

"뭐?"

"세 가지 소원을 다 이루지 않았다고 했잖아. 그러니 말해. 소원이 뭔지! 그러면 내가 어떻게든, 어떻게든 그 소원이 다 이루어지지 못하도록 막아 볼게!"

"브릴은 못 해."

"뭔지 가르쳐나 줘! 나는 애가 아니야! 몰라도 된다는 말로 닥치게 할 수 없어! 그러니 지금, 어서 말해! 두 가지 소원은 이뤘다니 넘어가고, 마지막이 뭔지. 어서……!"

엘리안은 겁에 질렸다.

"난……!"

엘리안의 얼굴이 얼어붙는 용처럼 사악하게 변하며, 카니발라의 얼굴로 돌아왔다. 팔을 잡은 손도 쇠사슬처럼 차갑고 단단해졌다.

브릴은 뒤로 물러나고 싶었지만 꿈쩍도 할 수 없었다. 카니발라가 웃었다. 힘을 준 그의 손은 난폭하고 강했고, 굴욕감을 주었다.

"자, 어쩔래?"

"……"

"겁에 질렸었지, 우리 가엾은 엘리안은? 공주님, 너는 이렇게 불쌍한 아이를 혼자 보낼 거야?"

"정말 엘리안과 같이 있게 해 줄 건가."

"아, 물론 같이는 아니지. 아직은 내가 바빠서……. 하지만 한 달에 한 두 번은 꼭 찾아갈게."

"네 변덕에 내 모든 것을 맡길 수는 없어!"

"내 마음은 절대 변하지 않아. 너는 내가 수집한 그 어떤 것보다 아름다우니까. 이 눈동자, 이 입술, 그리고 온갖 생각이 들끓는 이 건방지고 예쁜 머리까지. 엘리안이 너를 사랑한 만큼 나 역시 너를 사랑할 수 있을 거야. 너는 그만한 가치가 있어. 자, 그러니!"

그리 말하던 카니발라의 눈이 브릴의 팔찌를 보았다.

유일하게 카니발라가 말을 멈춘 순간이었다. 눈에 초조함과 분노가 깃들었다.

브릴이 조용히 말했다.

"엘리안이 다치면…… 당신도 아픈가?"

"아니. 전혀. 몸의 고통은, 엘리안일 때는 고스란히 엘리안만 느껴. 하나도 안 아파."

"반대의 경우는?"

"역시나 반대일 테지."

"아하, 그래? 다행이야."

브릴은 등 뒤로 손을 가져갔다.

"뭘 하려……."

카니발라의 가슴에 총구가 닿았다. 찰칵— 하고 안전장치 푸는 소리가 들렸다.

"뭐 하는 짓이야."

"카니발라, 뭐 하러 내가 너를 따라가서 순순히 방에 처박혀 기다리겠어. 여기서 네 다리를 쏴 버리면 되는데."

카니발라는 경악했다.

"이건 또 무슨 미친 소리야! 그…… 그런 짓을 할 수 있어? 못 해, 너는. 엘리안이 다친다고!"

"아, 다치면 치료하면 되지. 그리고 엘리안은 나를 용서해 줄 거야."

탕, 소리와 함께 바로 카니발라 옆의 마룻바닥 조각이 튀어 올랐다.

"빗나갔네, 카니발의 왕."

브릴은 치마를 걷고 카니발라의 정강이를 걷어찼다. 카니발라의 몸이 휘청거렸다.

"악! 아프잖아!"

그 주변에 있던 인형들의 얼굴이 일제히 돌아갔다.

브릴은 창을 향해 총구를 돌렸다.

탕—!

창문아 와장창 깨졌다. 박살 난 유리 조각이 밖으로 튀어 올랐다가 쏟아졌다. 브릴은 총구를 돌려 다음 창문을 쏘았다. 더 요란하게 박살 났다.

"뭘 하는……!"

브릴이 한 번 더 방아쇠를 당겼다. 남은 창마저 산산 조각났다. 훤히 뚫린 창 너머에서 고함이 들렸다.

"안이다!"

"총성이—"

"들어가!"

기사들 목소리다.

브릴은 카니발라의 허벅지를 겨냥해 쏘았다. 총알이 허벅지를 스치며 피가 튀었다.

"아악!"

순식간에 피가 번지며 바지를 적셨다.

"미친 계집애!"

브릴은 옆으로 덤벼드는 인형의 머리를 총자루로 내리쳤다. 인형을 떨쳐 내고 방아쇠를 당기긴 했지만, 핑— 하며 총알이 튕겨 나가 천장에 박혔다. 브릴은 카니발라의 몸을 잡고 주먹으로 허벅지 위를 내리쳤다.

"......!"

엄청난 고통에 카니발라의 눈이 커졌다. 하늘이 뒤집히고 땅이 꺼지는 고통이다.

브릴은 총구를 돌려 이지프를 쏘았다. 총알이 이지프의 목에 박히며 주춤했다. 브릴은 다시 방아쇠를 당겼지만, 총알이 다 떨어졌다. 브릴은 총을 내던지고 카니발라의 등을 잡아당겼다.

〖주인님〗

이지프의 주먹이 날아오자, 브릴은 카니발라의 등 뒤로 피하며 카니발라의 몸을 앞으로 내밀었다. 이지프의 주먹은 차마 카니발라를 후려치지 못하고 비껴 나갔고, 옆의 진열장이 박살 났다.

"미친!"

카니발라가 고함을 질렀다.

"이 미친 계집애가!"

"아, 대체로 정상인데, 너는 드물게 나를 미치게 만들어."

아래에서 기사들이 달려오는 소리가 들렸다. 인형들이 꿈틀대더니 그쪽으로 몰려갔다.

브릴은 한탄했다.

젠장, 저건 대체 어떻게 쓰는 거야? 귀신 붙은 인형들이라니.

어떻게 하지.

[이리로.]

브릴은 고개를 들었다.

브릴의 방이었다.

"우르가나?"

[어서!]

브릴은 카니발라의 몸을 던졌다. 그의 허벅지는 완전히 피투성이였고, 얼굴은 통증을 견디느라 창백했다.

"너는 정말 미친 계집애야!"

"이래도 옆에 두고 싶어? 두고두고 미친 계집애가 될 텐데."

브릴은 허리를 숙이고 그의 품 안으로 들어갔다. 통증으로 숨을 몰아쉬는 카니발라에게 브릴이 말했다.

"아파?"

"……!"

"더 아프게 해 줄 수도 있어."

"뭐?"

"잠시 뒤에 다리가 찢어지게 아플 거야. 직접 겪어 본 적은 없지만, 뭐 상상을 하자면."

"너……!"

브릴은 카니발라의 명치를 후려갈겼다. 그가 몸을 숙이자, 바로 허벅지를 연달아 걷어찼다. 카니발라가 비명을 지르며 쓰러졌다. 브릴은 그의 가슴에서 나와 문을 열었다.

"우르가나!"

브릴이 외치자, 동시에 검이 폭발했다. 안에 시뻘건 불길이 터져 올랐다. 브릴은 엎드렸다. 그 불길은 브릴의 등을 지나가 이지프를 향해 내리꽂혔다. 이지프의 가슴에 검이 꽂혔다. 검에서 불길이 치솟아 이지프의 가슴을 쪼갰다. 그 반동으로 검이 뽑혀 허공으로 날아올랐다가 떨어졌다. 브릴은 검을 향해 몸을 날렸다.

카니발라가 엎드린 몸을 일으켜 세웠다. 브릴은 검을 잡고 돌아보았다. 마주하자, 짧은 신음과 함께 카니발라의 표정이 변했다.

"엘?"

엘리안으로 돌아왔다. 금방 알아볼 수 있다.

정말로 확 변하니까.

브릴은 달려가 엘리안의 볼에 손을 얹었다. 볼이 뜨거웠다. 엘리안은 허벅지를 내려다보았다.

"맙소사……."

"아파도 잠깐만 참아, 엘."

"아, 안 가는 거지?"

"뭐가."

"카니발라와 같이 가지 않는 거지?"

"같이 안 가려고 이러는 거야. 네 다리 쏜 거, 나야."

"설마, 너…… 카, 카니발라를 잡을 셈이야?"

"그래. 맞아."

그때, 날카로운 단도가 번뜩이며 목으로 날아왔다.

날렵하고 빨랐다.

"……!"

브릴은 검을 올려 단도를 막은 다음 팔로 후려갈겼다.

단도를 쥐고 달려들었던 몸이 나동그라졌다.

붉은 머리의 소년이었다. 일어난 소년의 검은 눈이 브릴을 노려보았다. 살아 있는 아이다. 아이의 목 뒤에는 야하크라족 정령사들의 문신이 새겨져 있었다.

엘리안이 외쳤다.

"그만둬, 라바이!"

라바이?

그러자 소년의 검은 눈이 더 차가워졌다. 얼굴이 일그러졌다.

저 혐오스러운 표정, 이제 브릴에게는 익숙하다.

"엘, 카니발라가 저 아이의 몸으로 들어갔어!"

브릴은 검을 돌려 잡았다. 소년이 달려들었다. 브릴은 소년의 겨드랑이 쪽으로 팔을 밀어 넣어 몸을 내리꽂았다. 소년의 몸이 바닥에 내동댕이쳐졌다.

"라바이라고 했지?"

게나가 야하크라다.

브릴은 하필이면 오늘 메즈를 마르셀과 외출을 시킨 자신을 원망했다.

하필이면 오늘—

아니다, 빌어먹을.

이 빌어먹을 카니발라가, 브릴이 그렇게 결정할 줄 알고 준비한 거겠지. 브릴 혼자 놀러 가고 메즈를 놓아둘 리가 없으니. 또, 메즈도 그런 날이라야 외출한다.

소년이 단도로 브릴을 찔렀다. 그 검을 막는 순간, 이지프가 포효하며 브릴을 향해 팔을 휘둘렀다. 브릴은 라바이를 힘껏 걷어차곤 몸을 날렸다. 이지프의 주먹이 박힌 마룻바닥이 박살 나며 푹 무너졌다. 바닥이 꺼지며 아래층이 훤히 드러났다. 석재와 나뭇조각이 아래로 떨어졌다. 인형들과 싸우던 기사들이 고함을 질렀다.

"뭐야, 저거!"

브릴은 떨어질 뻔했지만, 엘리안이 브릴을 낚아채 잡아당겼다.

"하아!"

고통에 엘리안이 숨을 몰아쉬었다.

"괜찮아?"

"아, 아파."

라바이의 몸을 차지한 카니발라의 눈이 커졌다.

입술이 비틀리고 검은 눈은 굳었다.

브릴은 출혈과 고통으로 창백해진 엘리안에게 말했다.

"걱정 마. 안심해. 내가 안 죽을 만한 데를 쐈어."

엘리안이 기가 막혀서 웃었다.

"브릴은 하나도 변한 게 없네."

"엘, 나는 누구에게도 나 자신을 주지 않아. 그러니 그건 걱정 마. 나는 어떻게든 나 자신을 지켜. 누구도 나를 나에게서 뺏을 수 없고, 주지도 않아."

엘리안의 얼굴이 멍해졌다.

"그럼……."

순간 엘리안이 브릴의 팔을 잡았다.

"뒤!"

브릴이 몸을 돌렸다.

라바이가 손을 들었다. 벽이 부풀어 올랐다. 진열장이 달그락댔다. 벽이 막 폭발하려는 그 순간이었다. 라바이가 목을 부여잡았다. 목의 문신이 일그러지며 흔들렸다.

"큭! 그만, 하지 마!"

목의 문신이 시뻘겋게 달아올랐다. 거대한 몸이 달려와, 그런 라바이의 몸을 잡아 눌렀다. 꿈틀대던 벽이 가라앉았다.

메즈였다.

"메즈?"

"네, 접니다!"

브릴이 안전한 것을 확인한 메즈는 라바이를 잡은 팔에 힘을 주었다.

"놔!"

라바이가 몸을 뒤틀었다.

목의 문신이 더 벌겋게 타올랐다. 실랑이가 벌어지는 것 같았다. 그 몸에 억누르려는 힘과 그 몸에서 빠져나가려는 힘 사이의. 간신히 라바이의 몸을 차지한 카니발라가 허공을 노려보았다.

"죽어 버려!"

세찬 바람이 일어났다. 유리 조각이 튀어 올랐고, 그것이 메즈의 얼굴을 덮쳤다.

"윽!"

메즈가 눈을 감았다. 그 틈에 라바이는 빠져나갔다. 유리 조각은 메즈의 얼굴과 팔에 생채기를 무수히 냈다. 라바이는 몸을 돌려 엘리안을 노려보더니, 쥐고 있던 단도로 자기 목을 찔렀다.

"안 돼."

엘리안은 브릴의 손을 놓았다.

"엘?"

엘리안은 달려가, 라바이의 몸을 덮쳤다.

"라바이!"

라바이의 얼굴에 미소가 보였다.

"역시, 이럴 줄 알았어!"

벌겋게 달아올랐던 목의 문신이 잦아들었다. 소년의 눈매가 가라앉고 검은 눈이 조용해졌다. 원래 얼굴로 돌아온 라바이가 울 것 같은 얼굴로 외쳤다.

"이 멍청아! 일부러 이런 거라고! 카니발라가! 네가 날 구하러 올 줄 알고! 내버려 뒀어야지!"

"하지만…… 내버려 두면 널 다치게 했을 거야!"

순간 엘리안의 얼굴이 가면을 바꾸듯 변했다. 라바이는 얼른 손을 떼고 물러났다. 그러나 카니발라는 몸을 찾자 통증도 돌아온 듯 이를 갈았다.

"젠장, 더럽게 아프네."

이지프가 몸을 일으켰다. 구부정한 몸이 펴지며 거인처럼 큰 몸이 되었다.

[무사하십니까?]

"그래."

[그럼, 명령을 이행하겠습니다.]

"무슨 명령."

[이곳에 오기 전에 하신 명령 말입니다.]

카니발라의 얼굴이 멈칫했다.

"아니, 그건 하지 마."

[하지만 주인님, 제가 받은 명령은 주인님의 모든 명령에 우선하도록 입력되어 있습니다.]

"취소한다."

[불가능합니다.]

"하지 말라고 했어!"

[안 됩니다.]

카니발라의 눈이 커졌다.

"아냐! 하, 하지 마! 젠장, 하지 말라고!"

[주인님께서 잠들기 직전에 내린 명령입니다. 그러니 이건 지금 명령보다 우선합니다.]

"……그만."

['죽여라.']

카니발라가 당황해 외쳤다.

"취소하라고!"

['이지프. 내가 이상하다 판단되면, 그 여자를 죽여라.']

"나는 정상이야!"

[주인님의 몸 상태는 정상이 아닙니다. 출혈, 타박상 등, 많은 위해가 가해졌음에도 아무것도 하지 않으신다면 그건 정상이 아닙니다. 주인님은 완벽한 주인님이 아니라 판단하니, 주인님의 명령은 거부합니다. 자, 이제 명령을 수행합니다.]

이지프가 걸어왔다.

쿵—

바닥이 울린다.

쿵—

천장이 울리고 유리창이 떨렸다.

카니발라가 고개를 저었다.

"이건…… 아냐, 내가 의도한 게 아니야."

"닥쳐, 카니발라."

브릴이 말했다.

"아니라고!"

"내가 죽겠다고 울면 엘리안이 다시 나올지도 모르는데, 한번 그래 볼까?"

"……."

"하지만 지금 엘리안이 깨어나면 오히려 내가 못 싸워. 엘리안을 주워 담는 게 중요한 건지, 내 몸이 중요한 건지 헷갈릴 것 같거든."

"헛소리하면서 시간 끌지 마! 지금 위험해!"

"헛소리라 생각되면 귀를 막든가 나를 한 대 치든가 해야지. 자, 그래도 한 가지는 알아냈으니 만족할게."

"뭘!"

"네가 사람하고 똑같다는 거."

"뭐?"

카니발라는 어이없어 하며 이를 악물었다.

"자기 뜻대로 안 되면 난폭해지지. 조바심 내고 안달복달하며 잔인해져. 그게 사람이 아니면 뭐지?"

"……."

"너는 사람이야. 어느 세상에서 왔든 너는 사람이지. 사람이니 실수하고, 사람이니 어리석지. 또한, 사람이니 사악한 거겠지……. 안 그래, 카니발라?"

브릴은 검을 세웠다.

"이까짓 거, 내가 싸워 주지."

"너는 못 해."

"아니, 할 수 있어."

브릴이 외쳤다.

"메즈, 라바이를!"

메즈가 그 틈에 몸을 던져 라바이의 몸을 안아 들었다.

"안전한 곳으로 가! 어서!"

브릴은 카니발라를 노려보았다. 카니발라가 탄식을 터뜨리며 말했다.

"너 같은 건 처음이다."

"카니발라."

브릴은 카니발라의 얼굴이 시시각각 창백해지는 것을 보고 있었다. 순수하게 아파서 저러는 거다.

우선 출혈을 막아야 한다. 치명상은 아니라도, 통증은 고스란히 카니발라가 느낄 몫이다. 그리고 브릴이 보기에, 이 남자는 고통에 익숙한 남자도 아니거니와 인내심은 손톱만큼도 없다. 손가락만 찔려도 아프다고 난리 칠 유형이랄까.

표정이 달라서 다행이다. 너무나 달라, 엘리안의 얼굴임에도 다른 사람처럼 보이니까.

브릴은 카니발라에게 달려갔다. 여기서 붙잡지 않으면 후회한다. 그런데 그 순간 검이 화끈할 정도로 달아올랐다.

[뒤!]

우르가나가 고함을 질렀다. 브릴이 돌아보았고, 이지프가 엄청난 속도로 달려드는 것을 보았다. 눈이 달아올라 있었다. 누렇게 빛나는 눈은 분노와 증오를 담고 있었다.

인공(人工)의 눈이 이런 악의와 살의를 담을 수 있다니.

[주인님을 보호합니다. 그것이 내 절대의 원칙.]

"......!"

[모든 것으로부터 보호하고, 모든 것으로 지키며, 모든 것이 되는 것이 우리의 숙명.]

이지프의 손이 브릴을 향해 날아왔다. 손등과 손톱에서 칼날이 튀어나왔다.

[왕 된 자의 고독은 숙명이자 의무.]

생각했다.

메즈, 절대 오지 마. 라바이를 지켜.

벌어졌던 이지프의 두 팔이 브릴을 향해 손톱을 세우고 날아왔다. 두 팔이 맞닿는 순간에 꿰뚫릴 것 같았다.

순간, 살 뚫는 소리가 터졌다.

브릴의 얼굴로 피가 튀었다.

브릴의 눈앞에 엘리안의 얼굴이 있었다.

엘?

목이 꽉 막혔다.

엘리안의 배와 팔이 베어져 있었다. 옷으로 피가 번지더니 바닥으로 뚝뚝 떨어졌다. 이미 다친 상처의 고통에, 새로운 고통이 추가되며 엘리안의 얼굴이 창백해졌다. 금방 피가 바닥에 고였다.

원래대로라면 더 깊은 상처였을 테지만, 엘리안이 끼어들자 이지프가 공격 방향을 비틀고 팔의 힘도 푼 것이다. 하지만 공격 자체를 막을 수는 없어 다치고 말았다.

[주인님. 치료를!]

"엘리안!"

흐려진 엘리안의 눈이 브릴을 보았다.

입술이 올라갔다.

눈이 고통으로 흐려졌다.

브릴이 떨리는 목소리로 말했다.

"이겨……."

브릴은 자신이 가혹한 명령을 한다는 것을 알면서도 말했다.

"엘, 네가 무슨 소원을 빌었든, 마지막 소원이 뭔지, 나는 몰라. 하지만……!"

브릴은 엘리안의 옷을 잡았다.

"구해 줄게. 무슨 방법을 써서든, 어떻게 해서든……. 그러니, 무너지지 마. 포기하지 마! 알았지? 이겨 내!"

브릴은 자신이 너무나 연약한 존재가 된 기분이었다.

절망이란 이런 거다.

종이처럼 약한 것이 그녀를 지탱해 주는데, 그 약한 종이를 놓을 수가 없다.

"제발, 그래야 해! 내 마지막 희망이야. 그러니, 제발……."

엘리안의 눈이 더 흐려졌다.

브릴은 엘리안의 눈이 이 정도 깊은 슬픔을 담아 내는 건 처음 보았다. 창백한 엘리안의 손이 다가왔다. 물결치는 흑갈색 머리카락을 손가락으로 느끼고는 브릴의 볼에 천천히 얹었다.

그리고.

차가웠다.

지독히.

심장이 죽은 자의 것처럼.

"……!"

브릴의 입술에 힘이 들어갔다.

이건 카니발라잖아.

그런데 카니발라는 숨 쉬듯 내뱉던 조롱의 말을 하지 않았다. 카니발라의 두 눈에 담긴 것은 연민이다.

"……그래."

카니발라는 힘겹게 말했다.

"너의 소년을 구해 내 봐. 나의 영원한 세상이 끝나기 전에."

카니발라의 이마가 브릴의 이마에 닿았다. 대리석이 닿은 듯 차갑다.

"희망이 얼마나 잔인한지 모르는 너이니, 그런 말을 하겠지. 하지만 말해 줄까? 네 소년, 그 아이는…… 무엇으로도 깰 수 없는 절대적인 계약을 해 버렸고, 이미 절반 넘게 이행되었어. 단 하나만이 남았는데! 나는 이걸 기필코, 기필코 이룰 예정이거든! 그러니!"

브릴의 볼에 차가운 입술이 닿았다. 귓가로 속삭임이 들려왔다.

"그래도 원한다면, 한번 구해 봐."

그리고 조용해졌다.

인형 하나의 머리가 검게 물들기 시작했다. 파스스— 흩어진다. 거의 동시에, 주변의 모든 인형들이 검게 물들며 순식간에 허물어졌다.

"이런, 이런."

한탄하는 카니발라의 시선이 브릴의 손을 향했다.

브릴의 팔에 다이아몬드가 박힌 팔찌가 걸려 있었다. 중앙에 박힌 값진 푸른 다이아몬드가 이 보석이 누구의 선물인지 알려 준다.

날카롭고 뜨거운 빛이 카니발라의 눈을 스쳤다. 조롱당한 어린 왕처럼 인내심 없이 난폭해진다. 동시에 다이아몬드들이 일제히 뽑혀 나왔다. 수십 개의 다이아몬드가 가장 큰 다이아몬드와 함께 허공으로 떠올랐다가, 바닥으로 우두둑 떨어졌다.

[가십시오, 왕이여.]

이지프가 말했다.

[어서.]

카니발라의 상처에서 나오는 피는 더 빠르게 번지고 있었다.

숨도 더 가쁘게 차올랐다.

[전몰의 사자가 오고 있습니다. 지킬 수 없습니다, 왕이여. 당신을 죽일 겁니다.]

[피하셔야 합니다.]

[다쳤습니다.]

이지프의 몸이 녹아내렸다. 머리가 바닥으로 떨어졌다. 몸통도 쓰러져, 바닥에 닿기도 전에 가루가 되어 쏟아졌다.

파괴의 신이 발자국을 찍은 듯 모두 다 사라진다.

카니발라는 한발 뒤로 물러났다.

"이제 가야겠군, 공주님. 정말 죽을지도 몰라."

그때 정신을 차린 라바이가 카니발라의 몸을 잡았다.

메즈가 고함을 질렀다.

"라바이, 가지 마―!"

짧은 순간, 카니발라가 감쪽같이 사라졌다. 라바이도.

브릴은 멍하니 허공을 보았다. 아무것도 없다.

어디로 간 거야!

그때처럼 사라진 거야?

그때 브릴의 머리로 번개처럼 스쳐 지나가는 게 있었다.

"목."

"네?"

"네 목의 문신. 야하크라족하고도 통해?"

"통합니다."

"그럼 라바이가 어디로 간 건지 알아낼 수 있지 않아?"

"하지만 어느 정도 거리인지는 모릅니다. 그리고 라바이가 정신을 차리고 있어야 가능합니다."

브릴은 바닥에 검을 꽂았다.

"우르가나."

[이봐.]

"메즈, 이해해 줘. 우르가나와 협조해."

"하지만―"

메즈가 말했다.

"하지만?"

"지난번에 라바이가 잡혀갔을 때, 아무 쓸모도 없었습니다만……. 좋습니다. 오십시오. 한번 협조해 보도록 하지요."

[이럴 때 너는 정말 얄밉구나. 하지만 어쩌겠어.]

검의 붉은빛이 사그라지더니, 메즈의 모습이 단숨에 곰으로 변했다.

[다녀올게.]

곰은 깨진 창문을 통해 나는 듯 나갔다.

혼자 남자, 브릴은 주변을 둘러보았다.

이지프와 인형들은 모두 모래 더미가 되어 사라졌다. 무너진 몸에 붙었던 팔다리만 징그러운 벌레 사체처럼 나뒹굴고 있다.

"괜찮아."

그런데 눈이 뜨거워진다.

"괜찮다고!"

눈물이 차오르더니, 눈물이 볼을 타고 흘러나와 바닥으로 뚝뚝 떨어졌다.

속에 뭉쳐 있던 것이 와르르 떨어지는 것 같다.

빌어먹을, 눈앞에 있었는데.

조금만, 조금만 더 했으면 되었을 텐데.

왜!

주먹으로 뭐든 후려갈겨 버리고 싶은데, 후려갈길 게 없다.

엘, 너는 죽었었어.

침대 위에 꼼짝도 않고 누워 있었어.

내 심장도 내 영혼도 다 사라진 것 같았어. 너무 놀라고 너무 슬퍼서, 나는 그 자리에서 사라지고만 싶었지.

처음에는 네 볼을 만지고, 네 가슴에 귀를 대고, 정말 멎었다는 것을 알게 되었어. 바로 내 앞에 네가 있는데, 이제 너는 없는 거더라.

나는 너를 잃은 거였어.

네 손에 있는 약병을 치우고, 그다음 비명을 지르고 울부짖었지.

누구도 몰라. 그 마음은.

누가 이해할까. 누가 내 고통을 대신해 줄까.

못 하지, 못 하고말고.

네가 죽고 어머니도 실종된 뒤 나 혼자 있었어.

믿어지지 않는 그 일이 현실이란 걸, 간신히 깨달았지.

정말 돌이킬 수 없다는 것을, 정말 나 혼자란 것을 알아 버렸어.

브릴은 신음을 흘렸다.

그때의 감정이 고스란히 몸을 덮쳤다.

무서워서도, 서러워서도 아니었다.

사람 따위, 있어도 그만 없어도 그만이라 생각했다. 브릴에게 사람들은 귀찮고 번거롭기만 했다. 사람들은 브릴을 싫어하고 멀리했지만, 브릴은 그런 사람들에게 아첨해 호의와 사랑을 얻을 생각도 없고 인정받을 생각도 없었다.

그러나 그건, 엘리안 하나만 있으면 되었기 때문이었다.

그런데 그런 엘리안을 잃었다.

어느 순간 갑자기 탁— 하고 속에서 끊어지는 소리가 났다.

눈이 뜨거워지며 눈물이 흘러내렸고, 몸을 웅크리고 서럽게 울어 버렸다.

브릴은 사실 어린 소녀였다. 그 소녀가 외롭고 무서웠으니, 엉엉 우는 것밖에는 뭘 더 하겠는가.

나는 엘리안이란 장난감을 가지고 싶었던 걸까. 내 옆에 놓아둘 인형을 가지고 싶었던 걸까. 내가 소중하게 간직하고 귀여워해 주는 인형을?

하지만 그런 걸 잃었다고 이리 슬프지는 않을 것이다. 온몸이 갈가리 찢어지는 듯하고, 숨을 들이마시면 불덩이를 삼키는 것 같고, 목에서 터지는 건 울음뿐일 정도로 고통스럽고 슬프지는 않을 것이다.

그건 엘리안이 소중한, 너무도 소중한 존재여서였다.

처음 보는 순간부터 소중해질 것 같았다.

푸른 눈에 담긴 맑은 빛이, 활짝 웃을 때의 사랑스러움이 너무도 소중해, 언제나 옆에 있었으면 싶었다.

이 아이에게 주문을, '너는 엘이야.' 라는 주문을 걸면, 이 천사 같은 아이가 내 것이 될 거라 생각했다.

주문이 성공하면, 이 아이와 영원히 같이 살게 될 거야.

너는 엘이야.

나의 엘.

그리고 성공한 줄 알았는데…….

엘리안은 죽어 버린 것이다.

로버트 숙부, 당신이 설쳐서 상황이 엉망이 된 거잖아. 왕위를 가지고 싶은 건 당신이었잖아.

아르노. 왜 그리 그 힘없는 아이를 몰아세웠어. 차라리 어머니 지스티아를 닦달할 것이지.

당신 같은 남자가 엘리안에게 말하면 엘리안이 대체 무슨 수로 버텨!

그런데 가장 화가 나는 건, 죽을 결심을 한 엘리안이다.

왜 내게 한 마디도 하지 않은 거니.

엘리안이 손을 내밀지 않았다는 것이, 기대지 않았다는 것이, 그 순간에 결코 마음을 내보이지 않고 닫아 버린 채 죽어 버렸다는 것이 가장 큰 상처였다.

그것이 브릴을 너무나 외롭게 했다.

왜 나를 믿지 않았니.

왜 내가 너를 버리지 않을 거라, 무슨 수를 써서라도 지키려 할 거라 믿지 않은 거니.

그리고 모든 방법이 실패하더라도 네 곁에 있어 주었을 텐데, 너는 나를 즐겁게 해 주는 광대가 아닌 내 가장 소중한 존재인데. 왜 그걸 모르는 거지?

그래서 버림받아 비참했다.

죽음이 슬프고, 홀로 남은 것도 슬펐고, 어머니마저도 그리웠다.

이유가 뭐였든 간에, 브릴은 엘리안이 선택할 수 있는 마지막의 마지막이 아니었던 것이다.

그렇게 세상에 혼자 남았다.

메뚜기 떼가 뒤덮었다 떠난 벌판 같았다. 행복과 즐거움을 죄 먹어 치우는 메뚜기 떼가.

남은 건 폐허이자 잿더미였고, 그 아래에 산채로 버려졌다.

엘리안, 너는 소원이 세 가지나 있으면서, 왜 내게는 하나도 말하지 않은 거니. 독을 삼킬 정도의 용기는 있었으면서도 왜 내 방문을 두드리고 내 앞에서 말할 용기는 없었던 거야!

눈물이 흘러내렸다.

그때는 슬픔과 절망 탓인데, 이제는 원망과 분노 탓이었다.

구해 준다고, 이겨 내라고, 그렇게 외쳤지만, 이제 한번 배신당한 아픔은 잊히지 않을 것이다.

우리는 다시는 옛날로 돌아가지 못할 거야. 우리는 다시는 즐겁지 못할 거고, 다시는 사랑스럽지 못할 테지.

너는 나를 배신했거든.

그 배신의 결과로, 너는 마법사와 계약해 네 몸을 빼앗기고 난 혼자 살아야 했지.

내가, 이런 내가 어떻게 그런 너를 용서해.

앞으로 나가려 했지만 몸이 흔들렸다.

메즈도 우르가나도 없다는 게, 이렇게 크게 다가올 줄은 몰랐다. 휘청거리며 몸이 쓰러지려 했다. 몸이 지쳤다는 것을 깨달았다. 두 다리가 풀릴 정도다.

그때 큰 손이 브릴의 팔을 잡았다. 몸을 잡아 일으켜 세우고 고개를 들게 했다.

"레오?"

레오닉스였다.

아. 그래.

침입군은 잔해 무더기만 남겨 놓고 다 박살 났지.

카니발라도 사라졌다.

전몰의 사자, 이 남자가 오고 있었으니 도망친 거구나.

브릴은 오페라 극장을 떠나와 여기로 온 뒤에 무슨 일이 있었던 건지 설명해야 했다.

엘리안이 왔어요.

아니, 카니발라가 온 건가.

이 집의 준비는 모두 카니발라의 짓이고, 수도에서 이 정도 영향력을 휘두를 수 있다면 협조자가 있을 거예요.

아마도 교차로 교단과 관련이 있을 거예요.

온갖 말들이 다 생각났지만, 몸이 너무 아프고 마음은 더 아파서 한 마디도 할 수 없다.

사실, 호소하고 싶다.

미치겠다고.

외로워 미치겠다고.

왜 아무 상관 없는 사람에게 호소하고 싶은 걸까.

뜨거운 손이 볼을 쓸어 올렸다.

울고 있었으니 볼은 젖어 있었다. 엉망진창일 거다. 흐느끼며 비참해하고 있었으니, 정말 형편없을 테지. 손은 부드럽게 볼을 쓸어 올리고 머리카락에 얹혔다. 이마가 얹혔다. 나지막이 끓어오르는 숨소리와 탄식이 흘러든다.

"목표가 너였다. 내가 아닌⋯⋯. 알자마자 달려왔는데, 좀 늦었군. 어쩌면 많이."

그리고 손에 힘이 들어갔다.

단순한 말이다.

그런데 하나하나, 직접적이다.

그래요. 좀 힘든 일이 있었고. 그리고 나는 오늘은 이를 갈고, 내일은 칼을 갈고, 아마도 모레쯤 싸우러 나갈 테죠.

엘리안을 되찾아야 해요.

보고 싶고 그리웠고, 그 아이는 예전만큼 사랑스러운 얼굴을 가지고 있었어요. 얼굴을 보는 순간 다 용서가 되더라고요.

그런데 그 아이가 사라지니, 예전의 상처가 다시 돌아와요⋯⋯.

그러나 눈을 뜨고 바라보는 레오닉스의 얼굴은 브릴이 아는 그 얼굴이 아니었다.

냉담하던, 상대를 평가하고 내치고 무례하게 대하는 남자가 아니다.

따뜻했다. 달콤하게 느껴질 정도로 따뜻하게 적셔 온다. 온몸이 허물어진다. 보금자리로 돌아오자 안도하고 쓰러지는 듯.

"다치지 않아서 다행이다."

"레오."

"걱정했다. 달렸지. 바닥이 보이지 않았다. 달려오는 내내―. 그나마 다행이군. 다치진 않은 것⋯⋯."

레오닉스의 눈이 가라앉았다.

"얼굴이 이게 뭐야."

"내 얼굴이⋯⋯."

온몸이 무너지는 듯 안도가, 의지하고 싶은 마음이 밀려들었다. 이 감정의 이유는 무엇일까. 그래, 신뢰다. 나를 지켜 줄 거라는 신뢰, 나를 감싸 줄 거라는 신뢰.

눈을 감았다. 손이 브릴의 볼을 감싸고는 머리를 끌어안았다.

브릴은 온몸을 그에게 기댔다. 쏟아지듯 그의 품 안으로 온몸이 슬픔과 함께, 외로움과 함께 무너졌다.

나약해지고 서글픈 몸이 그의 가슴으로 무너진다. 고개를 숙였다. 어깨에 힘이 빠지고, 두 손에는 오히려 힘이 들어갔다. 브릴은 상대의 심장을 찾아, 온몸이 녹아내리는 것을 느끼며 기댔다.

더 큰 눈물이 터지고 고통은 심장을 쥐어짰다.

작은 아이가 되어, 외로운 소녀가 되어 울었다.

머리를 감싼 레오닉스의 손이 묵직하고 뜨거운 힘이 되어 브릴을 눌렀다. 심장의 소리가 커진다. 누구 것인지 모를 심장이.

사랑하는 엘리안.

소중한⋯⋯.

그러나 브릴은 더 이상은 생각하지 못했다.

온 세상이 검게 뒤덮인다.

선명한 검은색, 분명 검은색이나 맑고 고귀한 검은색이다. 그리고 그 침묵의 검은색 안에서, 심장 소리만이 들려온다.

"미안."

레오닉스가 말했다.

"미안하다."

❖ 제 11 장 ❖

숨은 불씨

황제의 양자이자 가장 총애받는 장군 레프 오네긴사 트레빌란 공작은 초조해서 말라 가는 중이었다.

　카니발라를 보낸 뒤, 레프는 아르데나 총독인 렘버 장군의 제안에 따라 도레 궁에 머무르기로 했다.

　가장 유명한 궁전 중 하나인 도레 궁은 아르데나 왕국이 멸망한 뒤 제국 총독부로 쓰이고 있었다. 렘버 장군은 이곳의 세 번째 총독으로, 선임자 둘 모두 레오닉스와 붙었다가 전사한 덕에 그에게 순서가 온 것이다. 그래서 현재 황제에게 잘 보이려고 환장한 상태라 레프가 나타나자마자 정성으로 접대했다.

　레프는 좋기는커녕 불편하기만 했다. 향응 제공은 뇌물이지 호의가 아니기 때문이다. 뇌물이 무서운 게, 뇌물을 받는 것 자체에 중독성이 있다. 뇌물을 받는 것은 권력의 상징이고, 뇌물이나 아첨으로 확인하는 권력만큼 사람을 쉽게 망치는 것도 없다. 용맹하고 충심 넘치던 열두 장군에게 이런 권력이 주어지자 얼마나 순식간에 타락하던가. 바로 옆에서 봐 왔던 레프가 누구보다 잘 알았다.

제국은 큰 나라였으나, 크기만 컸지 이리저리 분열된 곳이었다. 애초에 분열된 곳이 지난 내전으로 더 분열되었고, 지금 황제가 황위를 찬탈한 뒤에는 적당히 눈치 보며 가만히 있는 것뿐이다. 정복지를 나누어 가진 열두 장군들이라도 딴생각 안 하고 충성한다면 좋겠지만, 절반 정도는 자기들도 황제의 뒤를 잇는 영웅이 되기를 바라고 다른 절반은 분명 그럴 수 있을 거라고 생각한다. 그리고 주제 파악 못 하는 자의 야심은 항상 재앙의 근원이다.

황제는 황태자는커녕 황자도 황족도 심지어 영주도 아니었다. 귀족 출신이긴 해도 사관학교 출신의 영지 없는 귀족이다.

그런 황제기 찬탈을 통해 황위에 오른 데는, 듀카르니아의 봉기가 큰 영향을 미쳤다.

듀카르니아는 왕족이나 황족, 심지어 귀족이 아니어도 나라를 지배할 수 있다는 선례를 남겼다. 아무리 왕이라도 잘못하면 목이 잘릴 수도 있다는 선례에다, 왕위는 신이 정하는 게 아니라 그저 법에 따라 왕위를 물려받는 것뿐이라는 선례도.

총사령관이었던 황제는 이 선례를 들이밀며 장군들을 모아 반란을 일으켰다. 장군들은 절반은 귀족이지만 나머지는 상인 가문 출신이나 법률가의 아들, 심지어 하사에서 장군까지 올라온 농부도 있었다.

이들의 반란은 성공했고, 그와 함께 모든 게 바뀌었다. 황제는 제국의 법을 바꾸고, 제국의 풍습도, 제국이 섬기는 것도 바꾸었다. 제국 자체가 바뀐 것이다.

그렇게 새로운 제국이 만들어지자, 황제는 곧 주변 나라들을 정복하기 시작했다. 많은 나라들이 무너지며 제국의 질서에 편입되었다. 그중에 남부의 왕국이라 불리는 알카트로가 무너진 것은 아주 결정적인 사건이었다. 알카트로 왕국은 제국이나 듀카르니아에 비하면 한 이백 년쯤 뒤처진 곳이었다. 비참하게 착취당하던 국민들은 왕이 쫓겨나자 좋아했고, 제국이 자기 나라를 점령하자 이번엔 반란군이 되어 제국과 맞서는 중이다.

황제는 이 남부의 반란을 진압하는 대신 듀카르니아와의 전쟁을 택했다. 현재 듀카르니아의 해안과 남부를 향하는 길목에 모아 둔 군대는 수십만이다. 위압적으로 보이나, 제국은 여기서 지면 끝이다. 당장 남부 반란을 막을 군사조차 없어지는 셈이니.

그런데 그 중요한 상황에서 카니발라가 이상한 짓을 하고 있는 거다.

레프는 고개를 저었다. 지금 카니발라는 직업병에 걸린 거다. 이 인간 저 인간의 몸으로 옮겨 다니니, 자기가 누군지도 모르는 직업병 걸릴 때도 되었다.

램버 장군은 그런 레프의 속도 모르고 머무는 데 불편은 없느냐, 황제 폐하는 잘 지내시느냐 등등 눈치 없는 소리나 해 대며 성가시게 했다. 그동안 레프는 패배, 반란, 다시 패배, 다시 반란 등등 온갖 비극적 상상을 다 하고 있었다.

레프의 상상이 황제의 패퇴와 제국 멸망까지 진행되었을 무렵, 전령이 왔다.

"카니발라 공께서 돌아오셨습니다."

레프는 조금 전의 짜증은 잊었다.

온 세상이 갑자기 아름다워진 기분이었다.

"정말이냐!"

레프가 너무 크게 소리치며 벌떡 일어나, 놀란 전령은 뒤로 움찔 물러났다.

"네, 네. 그, 저기, 조금 전에 정박, 정박하셔서."

드디어 카니발라가 돌아왔다!

전령은 눈치를 보며 슬그머니 말했다.

"그리고 렘버 제독께서 오늘 밤 좋은 자리를 마련하겠다고 하십니다. 부담 없이 즐기시길 바란다고 하셨습니다."

"그건 거절하겠다."

렘버 장군이 말하는 '좋은 자리'란 독한 술과 최음제와 '숙련된 여성'이 포함된 대접이 될 가능성이 너무 높다. 원래의 카니발라라면 좋아했을 테지만, 지금 상태의 카니발라를 보낸다는 건 왠지 범죄행위 같아 보였다.

"제독께서 꼭 오셔야 한다는데……."

"안 간다고 했다. 가만—"

그때 방으로 기 큰 남자기 불쑥 들어왔고, 전령은 비명을 크게 질렀다.

들어온 남자는 다리도 일자로 길었고, 팔도 바닥에 닿을 듯 길었다. 얼굴도 둥근 철판으로 만들어져 있었다.

레프는 한숨을 내쉰 다음 말했다.

"이지프."

또 이지프를 깨 먹은 거다.

하아, 이번에는 어디서 뭘 하고 온 건가.

그래도 이번 몸은 사람하고 대충 비슷하니, 옷을 걸치고 모자를 씌워 놓은 다음 얼굴을 가리면 사람으로 보이긴 할 것 같다.

이지프가 상냥하게 말했다.

[안녕하세요, 공작님. 주인님께서 기다리고 계신답니다. 오라고 하시네요.]

"어디에 있는데?"

[이라호에 타고 있답니다.]

"알았다."

레프는 얼른 떠날 수 있어 다행으로 여기며, 전령에게 말했다.

"우리는 이만 갈 테니, 제독에게 좋게 전해 주게."

"아, 알겠습니다. 그럼 좋은 자리는……."

"제독 혼자 좋은 자리에 가라고 해라."

카니발라는 이라호의 갑판 위에서 레프를 기다리고 있었다.

어깨에 검은 케이프를 얹은 남자를 보자, 레프는 일단 안심했다.

그런데 카니발라는 얼굴이 너무 하얗고 초췌했다. 레프를 보는 눈동자도 생기 없고 건조해 보였다. 마음이 약해진 레프는 다급해 보이지 않기 위해 애쓰며 다가갔다.

"몸이 안 좋아 보이시는군요. 혹시 다치신 겁니까."

"다치긴 했지만, 나아 가고 있어. 트레빌란 공작."

레프는 카니발라를 부축하려던 손을 움츠렸다.

카니발라의 눈이 가늘어졌다. 푸른 눈동자를 눈 가득 채우며 웃는 것을 보자, 레프는 가슴이 무너지는 느낌이었다.

안 속는다, 미친 거다, 그리 스스로 말했음에도 이 눈빛을 다시 보게 되자 이렇게 슬플 줄은 몰랐다.

"왜 그리 놀라나, 공작. 걱정을 많이 했나 봐? 공작의 걱정 담은 눈이 나를 벅차게 하고, 배려의 말이 내 고통을 잊게 하는군. 하지만 너무 걱정 마. 적어도 두 다리로 서 있잖아?"

"그, 그렇군요."

레프는 한 걸음 뒤로 물러났다.

"고, 곧 떠날 생각이었습니다. 하지만 당신 배로 가는 게 좋을 것 같아서 머무른 겁니다."

"이런, 이래서 공작이 좋아. 착한 강아지처럼 사람을 기쁘게 하지."

"카니발라!"

"화내지 마, 트레빌란 공작. 정말 고마워서 이러는 거니까. 이리 와. 역시 얼른 오길 잘했군. 공작이 이다지도 나를 걱정해 줄 줄이야."

"조롱하지 마십시오."

"조롱이라니. 내가 황제의 너무나 사랑하는 아들을 왜 놀리나. 나는 공작을 내 아들처럼 아껴."

스무 살 청년의 모습으로 이리 지껄이니, 레프는 소름이 끼쳤다.

레프는 이 마법사가 늘 싫었지만, 그가 반년간 실종되었을 때 나라 꼴이 어떠했는지 알기에 참았다.

당시는 정말 악몽이었다. 매일매일 터지는 사건 사고에, 문제 하나를 해결히기도 전에 다음 문제가 터지고, 그걸 해결하려 하면 해결하지 못한 문제는 더 커졌다.

남부에서 반란이 일어나고 북부에서도 항명이 일어났다. 장군들은 할 만한 실수는 죄다 했고, 자기 실수를 덮기 위해 서로를 모함하고 헐뜯었다. 제국이 그리 우왕좌왕하는 동안 레오닉스는 시고야의 요새를 점령한 뒤에 황제의 제독을 전사시키고 바다를 완전히 장악했다. 제국의 방어선은 해안가로 바짝 붙었고, 바다를 통한 군수물자 보급이 제대로 되지 않자 군대는 이동도 느려지고 전투력도 떨어졌다. 제국군이 평소와 다르다는 것을 알아챈 남부 반란군은 더욱 기세를 올렸다. 황제의 동생, 열두 장군들이 레프의 대항마로 밀고 있던 그 양숙부도 반란을 진압하다 전사했다.

시기, 질투 심한 황제의 열두 장군들을 다루는 것도 원래 카니발라의 일이었다. 카니발라의 이간질은 참 교묘해, 장군들이 서로를 질투하며 황제 앞에 몸을 던지게 했다.

그런 카니발라가 없어지자, 장군들은 마법이라도 풀린 듯 황제를 향해 반항하기 시작했던 것이다. 열두 장군 중 하나가 반란을 일으킨 것도 그때였다. 금방 진압되어 목이 잘려 나갔지만, 황제는 다름 아닌 열두 장군 중 하나가 일으킨 반란에 크게 상처 받았다.

그러니, 아무리 싫어도 카니발라는 필요했다.

"왕국에서의 일은 마친 겁니까."

"그래. 다정하기도 해라."

그리 말하는 카니발라의 웃음, 마치 뱀이 똬리를 풀 듯 번지는 그 웃음은 레프에게는 익숙했다.

며칠 전에 만난 '엘리안'의 웃음은 저러지 않았다. 너무 무방비한 웃음이라, 레프의 앙칼진 태도를 흐지부지하게 만들었다.

"이래서 공작님이 좋다니까. 너무너무 친절하고 상냥해서."

"놀리지 마십시오."

"정말 좋아한다니까 그러네. 대체 어느 누가 공작님을 싫어해. 잘생기고 젊은, 황제의 사랑하는 아들인 공작님. 제국 소녀들이 연모하고 장교들이 존경하고 장군들이 질투하는 공작님을."

"무례하십니다."

"사실이지. 황제가 가장 귀여워하는, 사랑해 주기만 하면 되는 완벽한 아들을 흠집 나게 할 수야 없잖아. 타인의 협잡과 이기심을 알아보아도 인내하는 미덕도 있고 말이야. 그래서 나는 그 귀여운 소녀를 자네의 신부로 소개한 거야. 자, 그리고 그 결혼으로 공작님은 완벽하게 제국의 복잡한 정치판에서 격리되었잖은가. 나에게 감사해야지?"

레프도 카니발라가 무슨 생각으로 그 결혼을 주선한 건지 알았다. 말이 좋아 공주와의 결혼이고 왕위 계승자지, 나라가 없는 거나 다를 바 없는데 무슨 소용인가. 그러나 그 결혼으로 레프는 제국 안의 귀족들과 정략적으로 얽혀 모함받을 일이 없어졌다.

카니발라가 노린 건 그것이었고, 훌륭히 성공한 것이다.

"그만하십시오. 제가 궁금한 게 있는데, 그거나 답해 주십시오."

"뭔가."

"라바이 룬. 그 소년은 어디 있습니까."

"봐, 벌써 남 걱정이지. 치워 뒀는데, 왜 궁금하지?"

"제게 주십시오."

"왜?"

"당신이 사람을 함부로 한다는 건 잘 압니다. 치워 두지 말고 제 앞으로 데려다 달란 말입니다. 제가 책임지고 보호할 테니."

"좋아, 좋아. 해 줄게. 자, 이지프."

[네 주인님.]

"빨간 꼬마를 공작님께 드려라."

[알겠습니다.]

"내려가지, 공작. 내가 바닷바람에 약해서."

카니발라는 단추를 풀었다. 레프는 그의 몸을 덮은 붕대를 발견했다. 가슴에서 허리까지 단단하게 감겨 있었다.

"대체 어디를, 어쩌다 다친 겁니까."

"여기에 칼 박히고 여기에도 박히고, 여기는 죽―. 허벅지도 총에 맞아 엄청 아팠는데, 이지프가 혼신을 다해 치료하고 진통제를 잔뜩 먹여 놔서 아프지는 않아. 어서 내려가자. 바닷바람은 차고 내 몸은 욱신거리거든."

"당신도 고통이란 걸 느낍니까?"

"이 몸은 인간이고 인간의 몸 안에 있는 이상 나 역시 고통을 느껴. 그건 어쩔 수 없지. 고통이야말로 육체를 가진 대가야."

카니발라는 선실로 들어가 소파에 앉았다. 통증 탓인지 창백해진 얼굴이 일그러졌다. 레프는 방석을 가져다 카니발라 등에 끼워 넣은 다음 그의 등을 밀었다.

"그냥 침대에 누우십시오. 여기서 이러지 말고."

"잠시 여기에 있고 싶군. 누우면 나도 모르게 잠들 것 같아서."

"주무시는 게 나을 겁니다."

"내가 나인 채로 깨어날 수 있을지 몰라서 말이야. 그래서 요즘 내가 가장 두려워하는 건 잠드는 거야, 공작."

저건 또 무슨 소리야.

그래도 레프는 다정한 성품이었다. 상대가 어떤 인간이든, 아픈 사람을 두고 화를 내지는 못했다. 그래서 일단 참았다.

"공작, 나는 참 오래 살았어. 제국의 초대 황제의 얼굴도 알 정도로. 그리고 수많은 사람들을 만났지. 약한 인간, 강한 인간, 고결한 인간, 천박한 인간, 착한 인간, 사악한 인간, 탐욕스러운 인간, 어리석은 인간······. 고만고만한 인간도 있고, 말도 안 되는 일을 하는 인간도 있지. 그리고 나는······ 세 가지 소원을 조건으로 해서 몸을 차지할 권리를 얻어."

"당신이 그리하라, 대체 누가 정한 겁니까."

"나도 몰라. 이곳에 나타나면서부터 정해진 거라. 모든 것의 우물, 바로 그곳에서 내가 나오는 순간부터. 그리고 공작, 세 가지 소원이란 말이야, 하찮은 소원이어선 안 돼. 내가 원하는 소원은 그야말로 '생을 살아내는 소원'이야."

"이해가 안 되는군요."

"물론, 공작 같은 사람은 그런 소원이 없을 테지. 모든 것을 곧게 받아들이니까. 죽더라도 지키고 싶은 것들이 있어도 공작은 포기하고 받아들일 거야. 하지만 그러지 못하는 사람이 더 많고, 그런 사람들이 소원을 빌면 나는 소원을 이루어 주는 대가로 그들의 육신과 운명을 가질 수 있어."

발카니아 왕자의 소원을 받을 당시 카니발라는 정말 레오닉스가 미웠
다.

이유도 없고 근거도 없이 미웠다. 세 번 살려 줘야 하는데, 그런 소원
을 떠맡고 나니 당장 죽여 버리고 싶을 정도로 미워졌다.

반면, 엘리안이 빈 소원의 이유인 브릴에 대해 가지는 감정은 달랐다.

애정인지 증오인지 모를 복잡한 감정이 들어, 높은 위치로 올려놓고
싶다가도 괴롭히고도 싶고, 그냥 살게 하고도 싶다가도 조롱하고도 싶어
졌다.

"너는 인간이야."

심장이 비좁은 구멍에 처박힌 듯 꿈틀댄다.

나보고 인간이라고?

그런 기억 따위는 없어.

이 세상에 나타난 이래, 나는 항상 이랬어.

그런데 그 여자가 '인간'이라 말하니, 인간인 것도 같다.

"우물."

"네?"

"우리는 '모든 것의 우물'에서 나와. 태고의 수맥이 흐르는 우물에서.
그때부터 나는 세 가지 소원을 들어줘야 하는 존재로 정해졌어."

레프는 그건 또 무슨 소리냐는 표정이었다.

"하지만 우리는 우리가 무엇인지 몰라. 각자 이 세상에 존재하는 방식
도 다르지. 그리고 난 다른 사람의 육체를 차지하고 다음 육체를 차지하
며 영원히 살아가야 한다는 것만을 알고……."

카니발라는 나른히 중얼거렸다.

"'왕'."

"왕?"

"밤바다의 등대처럼 우리들을 이끌지. 모든 것의 우물에서 우리들이 나오는 단 하나의 이유야. '왕'을 찾는 것."

"그건 또 뭡니까."

"보통 '마법사'라 부르지, 아마?"

"당신이 마법사이자 카니발의 왕이 아니던가요."

"나 같은 마인도 어느 정도 영향을 받지만 우르가나나 이지프, 이라 같은 유형이라면 반드시 왕이 필요하지. 마치…… 샘과도 같아. 목이 말라서 물을 마시러 가야 하는. 그게 바로 '왕'이야. 사랑하고 증오하는 왕."

"정령사 같은 겁니까."

레프는 마법을 쓰는 것에 대해서는 전혀 모르지만, 들은 바는 많았다. 정령사, 마법사, 이능 등. 실례도 자주 봐 왔다.

카니발라는 고개를 저었다.

"아아, 그 꼬마와는 다르지. 그 아이처럼 미미한 정령을 다루는 게 아니야. '왕'은 말이야, 자신의 인격을 가진 마령들을 다루는 존재지. 나는 그저 힘으로 정령들을 복종시키는 것이지만, 왕은 달라. 지배하면서도 삶을 주는 자야. 그러니 그 왕에게 마령들은 힘을 바치고, 동시에 왕을 통해 이 세상에 존재할 권리를 얻지. 마치 이 세상의 신이 우리들과의 균형을 맞추기 위해 만들어 낸 것 같아. 그리고 그런 존재들을 마법사라 부르게 되는 거야. 이능은 기본적으로 두 개 이상일 수가 없어. 사람의 몸이 한계가 있으니까. 하지만 이 능력은 말 그대로 령을 다스리는 것, 이 땅의 내 일족들이 찾아가야 하는 존재, 안정을 얻고 휴식을 취할 수 있지만 그 대가는 줘야 하는 존재가 되는 능력이야. 그러면 가질 수 있는 힘은 아주 많아지지. 그런 존재가 바로 '왕'이고, 마령들은 그런 존재를 찾아내 그에게 힘을 주는 거야."

"혹시, 황제 폐하도 그런 분입니까."

"약간."

카니발라가 웃었다.

"아주 약간."

그럼, 그 여자는 뭘까.

무엇이길래 이리도 강력하게 현혹되고, 현혹되면서도 미운 것인가.

붉은 장미, 푸른 달빛, 하얀 별빛과 서늘한 호숫가, 그런 것들이 여자를 생각나게 한다. 태어나길 그리 차갑고 화려하게 태어난 그 여자가 원하는 유일한 보물은, 카니발라가 가진 엘리안의 영혼이다.

결코 줄 수 없는데, 오로지 그것만을 바라나.

세상 끝에서도 올 수 있고, 거인과도 싸울 수 있고 악마의 심장도 뽑을 수 있는데, 다 필요 없단다. 여자가 원하는 유일한 것은 소년의 영혼이 담긴 이 몸이다.

그러나 마지막 소원이 이루어지면 소년의 영혼은 이 몸에서 떠나야 한다.

소년을 닮은 예쁜 인형을 만들어 선물로 줄까. 안녕, 공주님. 공주님이 원하는 엘은 여기, 이 작고 예쁜 인형 안에 있어. 어때?

……주먹으로 한 대 맞겠지.

뭐 이런 빌어먹을 모순이 다 있는 건가.

어떻게든 죽여 버리고 싶던 놈이 있어서, 미워 죽다 못해 생각만 해도 숨도 못 쉴 정도라, 그놈을 죽여 달라는 소원을 빌어 준 엘리안을 고른 건데.

그 소원 세 개가 다 이루어지면 그 여자에게 줄 게 없다.

통증이 밀려 올라온다.

감각적인 통증이 아니다. 이건 감정의 통증이다. 정말로 '속이 상해서' 이런 가상의 통증을 느끼고 있는 것이다.

어떻게 이런 빌어먹을 일이 생긴 건지 모르겠다.

그 천진해 빠진 엘리안의 기억을 돌이키다 그놈이 가진 감정에 오염된 건가. 맞아, 그런 거야. 그러지 않고서야 너와 같은 감정을 느낄 리 없어. 이건 병이지, 감정이 아니야.

당장 그 여자를, 이렇게 그를 분노하게 하는 여자를 데려다 앞에 놓아야 할 것 같다. 눈앞에 있으면 화가 치밀 것 같은데, 옆에 없으니 더 화가 나는 것 같다. 그 여자가 있어야 이 불가사의한 감정의 날뜀을 진정시킬 수 있겠다.

그 여자가 지금 누구를 보고 있을지, 누구와 이야기하고 있을지, 누구를 믿고 기대고 있을지, 누구를 아낄지, 누구를 받아들일지, 그 무엇도 모르니 생각만 해도 화가 치밀었다.

눈앞에 데려다 놓고, 그 여자 주위에 아무것도 없다는 걸 확인해야 안심이 될 것 같다.

그런데 당장 눈으로 확인할 수 없으니, 죽여 버리고 싶을 정도로 화가 치민다.

증오스럽다. 이리도 증오하게 된 그 여자의 머리를 잡고, 나를 바라보라 하고 싶다.

욕을 하든 화를 내든 해 보라 하고 싶었다. 분노하든 증오하든, 일단 바라보라 하고 싶었다.

그런데 여자는 이런 카니발라에게 아무런 관심이 없다. 뭘 해 주든 상관없고, 뭘 바치든 관심 없단다. 그런데 카니발라가 그 여자를 바닥까지 긁어 놔야 가능하던 관심의 눈동자는, 엘리안은 웃기만 해도 받는다. 관심을 받고 싶으면, 엘리안에게 몸만 내주면 된다. 그러면 그 여자는 축복도 해 줄지 모르겠다.

"젠장."

분노가 일어난다.

엘리안의 영혼과 몸이 카니발라에게 없다면, 그 둘 중 하나만 없어도 카니발라는 셰어브릴이란 여자에게 그 어떤 관심도 받을 수 없는 것이다.

뭐지, 이 빌어먹을 일은.

너무도 기가 막혀 제 머리를 치고 싶었다.

아름답기는 하다. 하지만 그게 어때서? 천 년쯤 살다 보면, 미녀를 정하는 것 자체가 일종의 권력 행사라는 걸 알게 된다.

자기들끼리 미녀이네 뭐네 하며 품평해 대지만, 남자들이 홀려서 정신 못 차리거나 인생 망치게 하는 여자들은 남자들의 어리석은 허세와 허영을 이해하면서도 멸시하는 여자들이었다.

미모는, 그것도 가학적인 기준으로 완성한 미모는, 소유의 개념이 되지 사랑의 개념이 될 수 없다. 평가는 권력이고, 미모의 평가도 마찬가지다.

그러나 이건 아니다.

상대가 자신에게 호감을 가지길, 애착과 집착을 가지길 원한다. 그렇게만 될 수 있다면, 뭐든 바칠 수 있어.

엘리안의 감정에 오염된 게 맞다. 그놈의 인생을 살아야 하니, 그놈의 감정도 같이 가져간 거다.

저주다. 세 번의 소원으로 몸을 가질 수만 있는 자가 받은 저주.

원한 적도 없고 그 이유도 모르는데, 몸의 주인이 가진 감정을 공유해야 하다니. 그것도 이런 감정을 공유해야 한다니.

빌어먹을 일이지.

심장을 중심으로 온몸이 활활 타올라, 숨을 쉴 때마다 가슴이 타고 조인다.

[주인님.]

이지프가 말했다.

[몸이 안좋아지십니다. 약을 더 드릴까요?]

"아니. 젠장, 이건 그런 게 아니야."

그때 이라호가 멈추었다.

너무 덜컥 멈추는 바람에, 몸에 충격이 전해졌다. 카니발라는 통증에 한숨을 내쉬었고, 이지프가 그런 카니발라의 상처를 살폈다. 레프는 어리둥절해 천장 쪽을 보았다.

밖에서 물 갈라지는 소리가 들려왔다. 배들이 가까이 오고 있다. 그것도 아주 많은 배가.

"이게 무슨 일입니까."

"올라가 봐야 할 것 같군."

"일어날 수 있겠습니까."

"그 정도야."

카니발라는 몸을 일으켰다.

얼굴을 찌푸리긴 했지만, 움직이는 데는 별 지장이 없어 보였다.

두 사람이 갑판으로 나오자, 밖은 밤이라 새카맸다. 곧, 허공에서 램프가 켜지기 시작했다. 여러 개가 연달아 켜지며, 바다 위에 떠 있는 배의 선체를 드러냈다. 포열이 보이는 것을 보아, 전함이다. 규모도 컸다. 거의 스무 척에 달하는 배가 수면 위를 뒤덮고 있었다. 그러나 전함이 내건 깃발은 제국의 깃발, 두 개의 교차하는 검과 그 위에 놓인 왕관이 그려진 바로 그 깃발이었다.

카니발라가 말했다.

"이라, 저 중앙으로 가."

배는 저절로 움직이며 함대 중앙으로 갔다.

카니발라는 함수로 천천히 걸어갔다. 금빛 머리카락이 바닷바람에 휘날리며 흰 이마를 드러냈다.

이라호와 마주하는 거대한 전함의 선수상은 입을 벌린 세 마리의 사자였다.

트리노디스호.

이 거대한 전함은 얼마 전에 완성되었다.

바로, 황제의 기함(旗艦)으로.

함측 난간에 붉게 펄럭이는 망토가 보였다.

레프는 그가 누구인지 알아보았다.

"폐하?"

바로, 황제였다.

카니발라가 말했다.

"폐하께서는 공작을 보면 너무나 좋아하실 거야. 이 먼바다에서 사랑하는 아들을 만나게 되니."

놀랐던 레프의 얼굴이 곧 실망으로 어두워졌다.

"왜 그래, 공작."

"이러려고…… 이러려고 오신 겁니까."

"아니, 미리 손써 둔 거야. 이러려고 온 게 아니라, 오면 이리되도록 만들어 뒀다는 데 가깝지."

"역시."

"뭐가?"

"엘리안이니 뭐니, 또 공의 연기에 제가 속았군요. 그럼 그렇지요. 역시 할 일이 있어서 온 거였습니다. 계획한 일이, 아주 중요한 일이 있어서 그런 겁니다."

레프는 엘리안이란 소년이 정말 있고, 그 소년이 그리운 사람과 만나기를 바랐다. 상대방 역시 엘리안을 죽은 줄 알고 그리워하고 있기를 바랐다. 투덜투덜 대면서도, 속으로는 엘리안이 행복해지기를 바라고 또 바랐다. 레프는 선량한 사람이라, 사람의 고통을 보면 같이 힘들어했다. 카니발라는 어차피 악령이니 다른 몸을 찾으면 되잖은가. 그 불쌍한 아이는 몸을 돌려받으면 안 될까?

그런데 아니었구나.

아니었어.

레프는 슬픈 기분이 들었다.

"당신이 또 엘리안이니 뭐니 하며 바보인 척하면……. 그러면, 다시는 속지 않을 겁니다."

"잘 생각했어, 트레빌란 공작. 앞으로도 꼭 그렇게 생각해."

카니발라는 그 특유의 달콤한 어조로 말했다.

"그 꼬마가 다시 이 몸을 차지하더라도, 공작님은 속지 마. 노려보고, 경멸하고, 비난을 하고 화를 내며 그 앞에서 문을 닫아 버려."

그 여자, 셰어브릴이 그리했듯.

구해 준다고?

해 봐.

기다릴 테니, 기어코 그리해.

나는 너의 보물을 훔쳐 간 사악한 용이니.

다가오는 배의 램프 불빛이 카니발라의 얼굴에 닿았다.

그렇게 카니발라는 불길한 별처럼 차가운 악신(惡神)으로 돌아왔다.

교차로 교단의 사제, 뒷골목의 중개인이자 무엇이든 알아낼 수 있고 팔아먹을 수 있는 자이자, 듀카르니아 교차로 교단의 최고 우두머리인 체자의 교차로 사제는, 이런 상황에서 뭘 해야 할지 판단하기 어려웠다.

신분 높은 자와 만난 적이 없어서는 아니다. 교차로 교단은 왕자와 왕, 심지어 왕비와 여왕과도 일한 적이 있다. 지금도 의뢰를 해 오는 귀족이나 왕족들은 많다. 로버트 왕자와 아르노 왕세자는 아직도 주 고객이다. 하일드의 왕자 레오닉스는 고객이라기보다는 동업자에 가깝고.

그런데 지금 앞에 있는 여자 같은 고객은 만나 본 적 없다.

감이 잡히지 않는다. 굽실거리면서 귀한 분 대접을 해야 하는 건지, 냉정한 거래를 하는 사업가가 되어야 하는 건지, 압박을 하며 비싸게 굴어야 하는지.

결국, 사제는 젊은 여자를 대하는 남자가 자주 하는 실수를 했다.

"정말 아름다운 분이군요. 뭐라 불러 드려야 할까요."

여자는 편하게 다리를 펴고 등을 젖힌 채, 손님 대접이라도 받듯 턱을 들고 멸시의 시선을 던졌다.

"셰어브릴."

여자는 또박또박 말했다.

"셰어브릴 폰 듀카르니아. 여기에 '님'을 붙이는 건 당신 마음이야."

"개인적으로 오신 건 알겠습니다. 왕족이 어울리는 장소는 아니지요. 차도, 케이크도, 향기 나는 부채도 없으니."

"사제, 개인적으로 오긴 했지만, 나는 왕족의 권위의식, 특권의식, 교만, 오만, 시건방, 안하무인 등등 다 쓸 예정이야. 나는 내 신분을 겸손하게 받아들이지 않으니까. 그러니 입술 올리고 동네 꼬마 약 올리듯 웃지 마. 한 대 치고 싶어지고, 그 입술 끝이 거기서 손톱만큼이라도 더 올라가면 정말 칠 거야."

"무례하시군요."

"예의란 것이 참 중요하긴 하지. 그런데 이상한 게, 다른 사람이 말할 때는 존재하지 않던 예의가 내가 말하는 순서만 되면 튀어나오더라? 사제, 우리는 지금까지 공평하게 무례했어. 그런데 왜 사제만 상처 받는지 모르겠군."

사제는 차라리 음담패설이나 할까 했으나, 여자 뒤에 있는 덩치 큰 남자가 신경 쓰여 그만두기로 했다. 얼굴은 모범생처럼 단정하게 잘생겼다. 그러나 저 얼굴에 속아선 안 된다. 청년의 목에는 반크족 전사의 문신이 있다. 저 문신을 달고 있는 자들은 침착하게 미친 짓을 할 수 있고, 섬세하게 끔찍한 짓을 할 수 있다.

"혹시 등 뒤의 남자를 믿고 이렇게 건방지게 구는 겁니까?"

"그럼, 모두 내보낸 다음 단둘이서 산책이나 하면서 이야기해 볼까."

"허세 부리지 마십시오. 이곳은 숙녀분들의 펜싱 대회와는 다릅니다. 자꾸 이러시면, 공손하지 않았던 것을 후회하게 되실 겁니다."

"어쩌라고."

"네?"

"나는 당신에게 의뢰를 하러 왔지, 간판 깨러 온 건 아니야. 내 태도 가지고 말 돌리는 건 이제 그만하지?"

"……."

"그리고 나는 이 교차로 교단에 처음 오는 것도 아니야. 서부 누하의 지부장과는 몇 번 만났지. 반누카 부인의 하녀라고 알려졌었지만."

"아, 네. 압니다."

사제는 그 지부장의 멱살을 잡아 흔들고 싶었다.

뼛속까지 건방진 여자인데, 이런 여자를 하녀라고 생각했던 거야. 그러니 당하지!

"그럼, 여기가 이리 대뜸 찾아와 아무거나 물어본다고 답해 주는 장소가 아니라는 건 아시겠군요."

"사제, 나는 마음에 드는 신사의 애인이 누구인지 알아내 달라고 온 게아니야. 서부에서 내가 아무리 물어도 너희들이 도무지 답해 주지 않던 '고객'과 연관된 일로 왔어."

"고객은 많습니다만……?"

"카니발라 말이야."

사제는 저도 모르게 의자를 등으로 밀었다.

"카니발라는 수백 년간 너희들 고객이었더라. 시간이 지나 몸의 나이가 들면 다른 몸으로 바꿔서 왔지. 최근에는 아주 예쁜 모습으로 왔을 거야."

"아, 네. 그, 그렇, 그렇게 되었나요?"

"그런데 그 예의 없는 신사분이 우리 집에 불쾌한 방문을 해 왔어. 쫓아내긴 했는데, 생각해 보니—"

사제는 얼른 말을 끊었다.

"우리는 아무것도 모릅니다."

"그렇게 말할 줄 알았어. 너희들은 카니발라를 '그 고객'이라고 칭하며, 그 고객이 원하는 것은 뭐든 해 주면서 아무것도 모르는 척하지."

"……그, 그게. 그게 말입니다."

"카니발라가 우리 집에 들어와 신사답지 못한 짓을 한 것도 문제인데, 아무리 카니발라라 하더라도, 그걸 저 혼자 다 했을 것 같지는 않단 말이야. 게다가 신사답지 못한 짓을 한 게 처음도 아니라 넘어갈 수도 없어."

"아, 암닉시아 궁의 일은 저도 알고 있습니다. 하지만 우리들 소관이아닙니다. 이곳 과격파로 위장한 제국 첩자들의 짓이었습니다."

"그리 발표하긴 했지. 하지만 망명객으로 위장한 첩자들이 설치도록 도와준 건 누구일지."

"당신과 이야기할 일이 아닙니다."

"그럼 누구? 의회? 하일드의 왕자?"

그리고 그들과 본격적으로 이야기를 하는 장소는, 이 주점이 아니라 살벌한 취조실이 될 것이다. 사제는 이를 악물어 참은 다음 말했다.

"그만. 그만하도록 하지요. 당신과 이야기할 수는 없습니다."

브릴은 비웃듯 웃었다.

"좋아, 그건 그만 말하도록 하지. 중요한 것도 아니고, 내 일도 아니니. 사제, 오늘 내가 온 건 카니발라가 내게서 가져간 것을 되찾으려고 온 거야. 그 불쾌한 신사분이 내가 찾고 있던 것을 훔쳐갔다는 걸 알게 되었거든."

"뭘 훔쳐갔나요. 보석?"

"아이를 찾고 있어. 붉은 머리에 검은 눈, 목에는 야하크라족의 정령사 문신이 있지. 뭔지 모르겠다면, 이 전사의 문신을 잘 봐. 이것과 비슷해. 나이는 열서너 살 정도고, 키는 이만하지."

"그 아이는 왜 찾으시는 겁니까."

"카니발라가 납치해 갔어. 누하에 있는 교차로 클럽으로 찾으러 간 적도 있는데, 그때 너희들은 모른다고 했지."

"그 일에 관한한, 우리도 손해가 컸습니다. 같이 갔던 사냥꾼들이 다 죽었습니다."

"그게 나하고 무슨 상관인데."

"당신들이 다 죽였잖습니까!"

"내 일이 아니잖아. 그리고 너희들이 야하크라족의 아이가 납치되는 데 도움을 준 건 사실이고, 그들은 아이가 누구에게 납치되었는지 알아야 했어. 종이랑 펜을 쥐여 주고 아는 대로 적으라고 하지는 않았을 테니, 실랑이는 좀 있었겠지. 그러니 그건 나하고는 상관없어. 당신들과 야하크라족의 일이지."

실랑이— 실랑이란다.

사제는 어이가 없었다.

누하 지부장의 말로는 저 정도의 일이 아니었다.

사냥꾼들이 '의뢰인'의 부탁으로 나갔다가 돌아오지 않자, 교차로 교단에서 직접 찾으러 갔다. 그러나 숲 앞에서 발견한 것은 그들 것임에 분명한 사체 일부였다. 피에 젖은 옷과 모자, 신발도 함께 놓여 있었다. 시체 조각마다 도둑의 낙인을 박아 두었다. 알아서 수거해 가라고 그곳에 놓아둔 것이다. 교단은 남은 사체는 어디 갔느냐고 차마 묻지 못하고, 그것들을 모아다 묻은 뒤에 도망 왔다.

야하크라족이나 반크족이나, 듀카르니아에 가진 적개심은 어마어마하다. 그 적개심이 폭발하면 차마 눈 뜨고 볼 수가 없다. 그런데 이 여자는 왕족이면서도 그런 자들과 잘 지냈던 것이다. 늑대 무리에게 맡겨진 아이처럼.

"우리더러 뭘 하라는 겁니까."

"그 아이를 찾아오든가, 어디 있는지 알아내 오든가. 어디에 있는지 알아내면, 내가 찾으러 갈 거라고 말해 주든가."

"우리가 무슨 수로 알아냅니까."

"며칠 전 카니발라가 내 앞에 나타났다고 했지? 그런데 그 자식이 그전에 내게 선물을 보냈어. 보석, 드레스, 꽃. 흠, 이건 제법 신사다운 선물이네. 하지만 그런 걸 익명으로 보내는 건 신사다운 짓이 아니야."

브릴은 싱긋 웃었다.

"설레 죽을 뻔했지 뭐야."

"······."

설레서 죽여 버릴 뻔했다는 말로 들린다.

"혼자서 그 일을 다 했을 것 같지는 않아. 당시 그는 아데안에 있었으니. 그러니 대리자가 있었겠지."

"그건 어떻게 아십니까."

"계산해 보니 그렇던데."

"무슨 말씀이신지 모르겠군요."

"그럼, 무슨 말인지 모르는 채로 있어."

브릴이 그리 계산을 한 건 엘리안이 열흘 전에 깨어났다고 해서이다. 엘리안이 깨어난 시간과 카니발라가 선물을 보내기 시작한 시점을 비교하면, 당시 카니발라는 아데안에 있을 수밖에 없다.

"우리를 의심하십니까."

"의심해서 뭐 하겠어. 확신하는데. 상처 받지 마."

"······."

"중간에 있었던 일을 설명하는 건 번거로우니, 결론만 말하겠어. 그자가 나타나, 신사와 숙녀 사이에 벌어질 법한 실랑이를 벌인 뒤 내가 찾던 아이와 함께 사라졌어. 그 아이를 추적했더니 이 근방까지 왔더군. 정확히는 여기서 가장 가까운 항구. 그다음 사라졌어. 내 추적은 거기서 끝났고."

"아, 네."

"그러니 당신들에게 온 거야. 그 아이가 아직 이곳에 있는지, 떠났다면 어디로 간 건지 알아내. 가장 좋은 건 내 앞에 데려다주는 거지만."

"쉽게 해 드릴 만한 일이 아닙니다. 금방 해 드릴 수도 없고요."

"알아내는 게 오래 걸리는 건가, 아니면 결정하는 데 오래 걸리는 건가."

"무슨 말씀이십니까."

"전자는 말 그대로 당신들 능력 문제고, 후자는 내게 알릴지 말지 허락을 받아야 한다는 거지. 허락을 구할 상대는 다름 아닌 카니발라겠고."

사제의 얼굴이 모멸감으로 일그러졌다. 카니발라, 카니발라, 그들은 입에도 못 올리는 이름을 브릴은 참 잘도 말한다.

"이민족 일은 당신과 상관없는 문제 아닌가요."

"내가 할 일이고, 할 수 있는 일이고, 지금 그 아이와 관련된 사람 중 그 일을 할 수 있는 사람은 나뿐이야."

"당신은 '그자' 가 어떤 사람인지 모릅니다. 고작 이민족 아이 따위를 찾겠다고 그런 위험을 감수해서는 안 됩니다."

"아니, 어쩌면 이 세상 그 누구보다도 내가 그자에 대해 잘 알지도 몰라."

"구애하는 신사는 숙녀에게 우습게 보일 수도 있는 법이지요."

"어라, 그게 구애인가. 처음 연미복 입어 본 소년처럼 서툴고 성급하게 굴던데. 아니, 아니지. 나이를 생각한다면 제때 사회성 못 키운 노총각인가."

사제가 화가 나 고함을 질렀다.

"제발! 그는 무서운 사람입니다!"

"그래, 알았어. 그런데 그가 무섭든 말든, 내가 원하는 게 바뀌는 건 아니야."

"좋아요. 말씀드리죠. 그 아이는 카니발라의 소유입니다. 카니발라의 소유는 건드려선 안 됩니다!"

"그럼, 카니발라와 연결해 줄 수 있나?"

"정말로 겁이 없으시군요. 그것도 안 됩니다."

브릴은 사제의 손이 떨리는 것을 보았다.

"그는 어둠 속에 있는 신이고, 의중을 거스를 수 없는 악마입니다. 법도 나라도 상관없는 자이고, 권력도 신분도 모두 허깨비로 만드는 자입니다. 원하지 않는 접촉을 주선했다는 것만으로도 우리들 모두가 위험해져요!"

"아무것도 못 해 주겠다는 건가."

"그렇습니다. 가십시오. 그리고 다시는 우리를 찾아오지 마십시오! 우리는 신사가 아니고 우리를 귀찮게 하면 더더욱 신사가 아니게 될 겁니다. 꽤 험한 꼴을 보게 될 겁니다."

"주먹으로 때리고, 발로 걷어차고, 멱살을 잡아 흔들고 침을 뱉으려고?"

브릴의 눈은 여전히 차가웠다.

사제는 저도 모르게 죄인이 된 기분이 들었다.

"답해 봐. 그럴 거야?"

"예쁜 분이 말이 참 거치시군요."

"뭐? 사제, 설마 지금 나에게 애교 떤 건가."

사제가 움찔했다.

"애교 떠는 거라면, 최소한 얼굴 털은 깎고 오는 성의는 보여야지. 그게 뭐야. 나는 칭찬만 하면 좋아하는 사람이 아니야. 진심 어린 성의로만 판단해."

"그러는 숙녀분도 성의 없기는 매한가지 아니신가요."

브릴은 가죽 바지에 평범한 제복 코트를 걸치고 있었다. 항구에서 가장 흔한 복장이다.

"나는 나 자체가 성의야. 주제 파악해."

브릴은 다리를 당기고 일어났다.

"자, 다시 말하지. 두 가지야. 라바이 룬을 내게 데리고 오든가, 아니면 카니발라와 나를 연결하든가."

"포기를 모르는 분이군요."

"포기해서는 안 되는 일이야."

"그래요. 세상이 겁나는 곳이란 걸 알게 되는 것도 좋지요."

"과연?"

"이곳은 밤의 영역입니다. 교차로 신이 관할하는. 이곳에서 인간의 권력은 잠시 넣어 두십시오. 당신이 왕족이든, 설사 여왕이라 하더라도, 이곳에서는 상관없습니다."

"팔과 검만 믿으라는 건가?"

"천 년 왕국의 왕족이라도, 이곳의 군주는 교차로의 신입니다. 당신의 신이 준 것만 가지고 싸우십시오!"

브릴은 주변을 살폈다.

앉아 있던 자들이 하나둘 일어나기 시작했다.

브릴에게 해를 끼치지는 않을 것이다. 왕족이니, 다치게 하면 귀찮아진다는 건 저들도 안다. 그들이 노리는 건 메즈다. 메즈를 붙잡아 두들겨패면 저절로 해결될 거라 생각하고 있을 테지.

상관없는 자들이 눈치를 채고 급히 나갔다. 바텐더도 점원들에게 눈짓을 보냈다. 점원들은 나가며 창과 문을 닫았다.

"그래, 당신이 하자는 대로 하겠어. 별수 없군."

"잘 생각했습니다."

"싸우자고 덤비니 싸워 주겠다는 거야."

"네?"

브릴은 코트 자락을 걷고 칼자루를 잡았다.

"미친! 정말입니까!"

"팔과 검만 믿으라니, 그걸 써야지. 단. 내가 힘 조절은 못 할 것 같다.

인간을 상대로 싸운 적이 별로 없어서."

사제는 머리가 터질 듯 시뻘게졌다.

"막아, 어서! 잡아!"

브릴은 어깨가 잡히는 순간 팔을 휘둘러 상대 남자의 코를 팔꿈치로 정확하게 찍었다. 코가 날아간 상대가 주저앉았다.

"으어!"

브릴은 검을 검집째 풀어내, 남자의 목을 후려갈겼다. 쓰러지려는 남자의 몸을 메즈가 잡아 집어 던졌다. 남자는 메즈의 힘에 거의 구겨지듯 구석에 처박혔다.

"모두 다 덤벼!"

사제가 고함을 질렀다.

브릴은 바의 벽을 발로 차, 그 반동으로 허리를 돌리며 다른 남자의 턱을 걷어찼다. 옆의 남자가 주먹을 들었지만, 브릴은 검을 돌려 잡아 명치에 꽂아 넣었다. 일격에 남자가 쓰러졌다. 등을 덮치려는 남자는 메즈가 머리를 감싸 잡아 뒤로 당긴 다음 주먹으로 등을 후려쳤다. 남자는 허공으로 떠올랐다가 바닥으로 내동댕이쳐졌다.

누군가가 브릴의 멱살을 잡아 얼굴을 내리치려 했다. 그러나 브릴이 주먹을 들기도 전에 메즈가 그자를 붙잡아 턱을 연달아 내리쳤다. 빡, 퍽, 소리와 함께 피가 튀었다. 브릴은 메즈 옆을 공격하려는 자의 겨드랑이로 검을 밀어 넣어 젖혔다. 남자의 팔이 꺾였다.

"으아악!"

브릴은 고통에 몸부림치는 남자를 밀어 버린 뒤, 다른 방향에서 공격하는 자의 머리를 검집째 휘둘러 갈겼다. 남자의 머리가 찢어지며 피가 튀었다.

"잡아, 잡으라고!"

메즈가 그리 외치는 남자를 의자로 후려갈겼다.

"으악!"

남자가 비명을 지르며 몸을 움츠렸다. 메즈는 그 등을 다시 내리쳤다. 의자가 박살 났다.

그때 브릴은 도망치려는 사제를 발견했다. 브릴은 몸을 날려 사제의 뒷덜미를 잡아채 뒤로 젖혔다.

"으악!"

사제가 비명을 질렀다. 브릴은 검을 뽑았다. 사제의 얼굴이 창백해졌다. 검은 하얀 검광을 퉁겨 내며 사제의 목을 향해 날아갔다.

"……!"

검날이 사제의 목 옆에 박혔다. 날이 스친 자국이 따끔해지며 피가 방울방울 맺혔다.

"자."

브릴은 사제의 뒷덜미를 잡은 채 말했다.

"어쩔래?"

사제가 고함을 질렀다.

"그만, 다들 가만히! 가만히 있어!"

메즈 주변에 있던 자들은 기다렸다는 듯 뒤로 물러났다.

"주, 죽일 겁니까."

"당신 하는 거에 따라."

"죽을죄를 지은 적은 없습니다."

"네 입장은 필요 없어. 두들겨 패야 하는 짓인지 죽여 버려야 할 짓인지는 내가 판단해."

"뭐로 판단하게요!"

"내 말을 듣는지 안 듣는지로."

브릴이 말했다.

"내 말대로 안 하면 절반 정도 죽인 다음 남은 절반은 망명자 기사단에게 넘기겠어."

"뭐요?"

"그리고 말할 거야. 네가 카니발라와 내통했고, 그 카니발라가 바로 암닉시아 궁을 날렸다고. 적국의 마법사를 도와준 건 레오닉스를 꽤 불쾌하게 할 것 같아. 그리고 레오닉스가 개인적으로 불쾌해하는 일이 또 있어. 암닉시아 궁이야 남의 집이니 상관없다만, 그 일은— 음, 정확히 말하자면 데이트 방해를 한 거라. 레오닉스는 자존심 강한 남자야. 초대한 여자 앞에서 그런 일이 벌어졌으니, 아주 치욕스럽게 받아들이겠지. 그리고 알지? 자존심 강한 남자를 그리 만들면 어찌 되는지."

"……."

사제는 어이가 없었다.

아, 네. 자그마치 하일드의 왕자와 데이트를 하신 분이 하시는 말입니다.

그런데 정말 데이트라면, 그런 남자의 데이트를 방해하는 건 엄청난 죄다. 자존심을 제대로 건드린 거다. 관심 있는 여자 앞에서 망신당하는 걸 참아 줄 남자는 어디에도 없다.

"이, 이봐요."

"의회에 말할 수도 있겠군. 암닉시아 궁을 파괴한 카니발라를 도와준 자들이 이곳 체자의 항구에 있다고. 이번에는 암닉시아 궁이지만 다음에는 의회 본당일 수도 있겠다는 말도 해야겠군. 그곳 용 기사의 치안부대가 그렇게 싸움을 잘한다지?"

"우리는 천 년을 버텨 내 온 조직입니다."

"천 년 영업 끝나게 만들어 줄게. 기념비는 알아서 세워."

사제는 몸을 부르르 떨었다.

이 여자, 한 마디도 안 진다, 한 마디도!

"레오닉스와 의회의 비위를 건드려 이곳 영업을 접든가, 카니발라의 비위를 건드려서 인생을 접든가. 둘 중 나은 걸 택해."

"여기서 당신을—"

"나를 어떻게든 하는 건 지금 불가능하지 않아? 조금 더 반항하면, 당신 인생 자체가 즉각 접히는 수가 있어. 그러면 아무 소용없잖아."

그렇다. 즉각 접힌다. 그리고 브릴과 메즈는 접어 주는 데 별 망설임이 없을 인간들이다.

부하들의 복수를 기대해서도 안 된다. 교차로의 율법 중 하나는, 그 어떤 상황에서도 복수를 해서는 안 된다는 것이다. 지면 지는 걸로 끝내야 한다.

사제는 이를 갈고는 외쳤다.

"존, 시디카를 데리고 와라!"

"네?"

바텐더가 당황했다.

"어서!"

"알겠습니다."

바텐더는 급히 뒷문으로 나갔다.

잠시 뒤 돌아온 바텐더 옆으로 여자가 따라왔다. 무늬가 요란한 모직 치마를 입고 있었다. 말아 올린 머리는 치마만큼이나 요란한 무늬의 머릿수건으로 싸매고 있었다. 외국인이 많이 드나드는 이 항구에서는 특이한 것이 특이할 것이 없는지라, 여자 역시 그랬다.

"시디카. 이 여자를 부탁한다."

시디카?

브릴은 여자를 살펴보았다.

여자는 빙긋 웃고는 말했다.

"당신이 뭘 부탁하셨든 간에, 제가 나왔으면 접수되었다고 봐야 합니다. 그분은 놔주세요."

브릴은 사제의 목에 댄 검을 당겼다. 사제는 피가 흐르는 목을 감싸며 말했다.

"이것으로 끝입니다. 다시는 우리를 찾아오지 마십시오. 카니발라와 연관되면 우리는 다 죽으니!"

"그럼 이 여자는?"

"이 여자는 혼자 일하는 사람이고, 우리는 이 여자가 어떤 장사를 하든 말든 상관하지 않습니다."

시디카가 손을 내밀자, 사제는 젠장, 하고 중얼거리곤 금고로 갔다. 잠시 뒤 사제는 적지 않은 돈을 여자 손에 쑤셔 넣듯 쥐어 주었다.

"삼천 다셀이다."

"평소보다 후하군요."

"위험하다는 뜻이다. 그리고 셰어브릴 님, 이 여자는 우리보다 비싸게 받으니 꽤 준비해야 할 겁니다."

"얼마지?"

"착수금이 오천 다셀, 추가 비용은 따로 받아요. 칠천 다셀 정도는 생각하십시오."

"그 정도는 마련할 수 있어."

카니발라가 금고에 넣어 준 보석으로 해결하지 뭐. 선물로 준 거니까, 내 마음대로 처리한다고 쩨쩨하게 굴지는 않겠지.

시디카는 목걸이와 귀걸이를 찰랑이며 다가왔다.

"어떤 일인지는 이미 들었습니다, 공주님."

"나는 공주가 아닌…… 가만, 공주님이라고 했나?"

"저는 그렇게 들었습니다."

어지간히 왕족에 대해 모르지 않는 한, 브릴더러 공주라 할 리는 없었다. 저 사제도 셰어브릴 '님'이라고 하지 않던가.

"기다리고 있었던 것 같은데, 누구 때문이야?"

"누구일까요."

"내가 생각하는 누구누구의 명령이라면, 나에게 돈을 받을 필요가 없네?"

"네?"

"내 의뢰를 받아 하는 게 아니라, 카니발라가 시킨 대로 하는 거잖아? 그러면 내가 돈 낼 이유가 뭐 있지?"

"아, 아. 네?"

시디카가 당황했다.

"카니발라와는 어떻게 아는 거지."

"저는 어머니와 함께 서커스단에서 자랐습니다. 춤을 추고 노래를 불렀어요. 그다지 재능은 없었지만, 저를 귀엽다고 생각하는 손님들이 있어서 먹고는 살았습니다. 그러다가 스승을 만나게 되었고 그에게 배움을 얻었습니다. 그렇게 배운 일에는 제법 재능이 있어서 돈도 그럭저럭 벌었지요. 제가 있던 서커스단이 바로 카니발라의 것이었고, 제 스승이 카니발라였어요. 스승이라기보다는 주인에 가까웠지만."

시디카는 브릴에게 자리를 권했지만 브릴은 거절했다.

"그리고?"

"그렇게 살고 있는데, 몇 년 전 교차로 교단에서 의뢰를 해 왔습니다. 권력과 관련된, 교차로 교단은 알아서는 안 되는 일이란 것을 직감적으로 알아챘습니다. 이 비밀이 다른 곳으로 새어 나간다면 제 목숨이 위험할 수도 있는 일이지만, 그래도 받아들였습니다. 제가 지내던 서커스단과 관련된 일이었거든요."

"누구의 의뢰였는데."

"두 군데서 동시에 왔어요."

"두 군데?"

"둘 다 가명으로 왔지만, 저는 누가 보냈는지 알았어요. 둘 다 신문에 나 나올 법한 사람들이었죠. 하나는 아르노 섭정공, 그리고…… 다른 하나는 하일드의 왕자이자 발카니아의 망명자, 레오닉스 아르칸젤로."

두 번째 나온 이름에, 브릴은 한 대 맞은 기분이었다.

뭐라고?

브릴는 시디카를 노려보았다.

"오래 걸리지도 않았지요. 한 달인가, 두 달인가. 우선 섭정공께 이렇게 답했습니다. '그 아이는 가짜입니다. 진짜는 십 년 전 대륙의 어느 호텔에서 병으로 죽어 숲에 묻혔어요.' 레오닉스 왕자에게는 이렇게 답했지요. '당신이 찾는 사람은 곧 당신을 찾아갈 겁니다. 그 서커스단의 사육사라고 하셨지요? 금방 찾아.'"

시디카는 두 눈에 승리의 기쁨을 담고 말했다.

브릴의 눈이 커졌다. 숨도 짧아졌다.

시디카가 은밀한 목소리로 말했다.

"그다음 벌어진 일이 뭔지, 공주님은 다 아시겠지요."

"……."

'공주님.'

이제 저 호칭은, 브릴이 세상에서 제일 싫어하는 호칭이 될 것 같았다.

레오닉스, 당신.

알고 있었어?

엘리안이 가짜였다는 것을?

"레오닉스는?"

엘리안은 그날 세 이름을 말했다.

지스티아, 아르노, 레오닉스.

'세 가지 소원'

어머니는 실종되었고, 아르노는 에스델라를 잃었다.

엘리안의 세 가지 소원은 그들과 연관된 것이다. 엘리안이 그들의 불행을 직접 빌었을 리는 없다. 착한 소년이니, 가장 불행하던 순간에도 그들이 아무 일도 하지 않게 해 달라는 정도로 빌었을 테지. 하지만 들어주는 자가 하필이면 카니발라이니, 어떤 소원을 빌든 가장 악의적으로 해석되었을 거다.

그럼, 어머니는 역시.

쏴아— 하고 서늘한 흐름이 몸을 훑고 지나가는 것 같다.

평범한 정도도 되지 못한 모녀지간이지만, 그런 모녀라도 모녀는 모녀였다. 좋은 어머니는 아니었지만, 그게 죽을죄였다고는 생각되지 않았다.

그리고 엘리안은 자신이 무슨 일을 저질렀는지 알게 되었을 테지.

화가 치민다. 어쩔 줄 모르고 화만 내는 것은 브릴 천성에 맞지 않았지만, 상황은 그런 브릴이라도 화나게 만들었다.

브릴은 시디카의 멱살을 잡아 내던지고 싶었다. 잘못이 없는데, 당장 앞에 있다는 이유 하나만으로 밉다.

어떻게 들킨 걸까.

아르노는 알겠다. 그는 진짜 엘리안의 얼굴을 아니까.

그럼, 레오닉스는 어떻게 의심을 한 걸까.

설마, 어머니와 내가 발카니아에 갔을 때 본 걸까. 워낙 짧게 스친 것이라, 브릴은 레오닉스가 자신을 알아봤을 거라 짐작도 하지 못했다. 브릴도 처음 그를 보았을 때 같은 사람이라 생각하지 못했으니까.

그런데 그 자리에 어머니 지스티아도 있었다. 레오닉스가 어머니를 봤다면, 브릴은 알아보지 못할 수 있어도 어머니는 알아봤을 것이다. 당시 레오닉스는 분별이 충분한 나이였다. 알아보지 못할 리 없고, 기억하지 못할 리도 없다.

그럼, 나하고 만난 내내 그 사실을 알고 있었던 건가.

"이 모든 게 카니발라가 꾸민 건가?"

"그것까지는 아니죠. 당신의 엘리안에게는 카니발라의 독이 있었고, 그것을 마실지 말지는 엘리안이 택할 바죠. 그리고 엘리안은, 당신의 소년은 그 독을 마시고 계약을 했어요. 그뿐입니다."

"엘리안을 되찾을 수 있는 방법은 없나?"

"카니발라와의 계약은 '세 가지 소원'으로 이루어진 계약이고, 시작된 이상 그 누구도 깨지 못합니다."

"정말 아무 방법도 없는 건가."

"그 계약은 단 한 번도, 정말로 단 한 번도 깨진 적이 없습니다. 당신이 할 수 있는 일은 없습니다. 하려 해서도 안 됩니다. 게다가 당신 책임도 아니잖아요?"

"내가 그 아이의 삶을 바꿨어."

"그 아이는 당신의 소유가 아닙니다. 좋은 의미든 나쁜 의미든. 이건 각자의 앞에 놓인 잔이에요. 마시는 건 자기 몫이죠. 당신이 삶을 바꾸었다 하더라도, 당신이 끝까지 책임질 이유는 없어요. 비록 힘든 선택이라 할지라도, 선택을 한 자가 감수해야 합니다."

맞는 말이지만, 아무리 맞는 말이라도 받아들일 수 없는 말이란 게 있었다.

이성보다는 마음이 앞서는 관계가 되면 그렇다.

브릴도 인정한다. 자신이 이 일을 얼마나 어리석고 자기중심적으로 보는지.

"카니발라는 그럼 어디에 있지?"

"찾아가실 건가요."

"그래."

"다시 만난다 하더라도, 그래도 엘리안의 운명은 당신 것이 아닙니다. 엘리안 자신의 것이고, 그것을 카니발라에게 넘긴 이상 당신은 어쩔 수 없어요. 엘리안은 선택한 겁니다."

"그러니 지금 나는 내 선택을 하는 거야. 카니발라는 어디 있지? 아니, 나와 만날 생각이 있기는 한가?"

"그게……."

"어서 말해!"

시디카의 얼굴이 흔들렸다. 그리고 망설이다, 주변을 둘러보고는 말했다.

"희망이 없는 건 아닙니다. 듣고 싶어요?"

브릴은 과연 믿어도 되는지 몰라 당장 답하지 못했다.

브릴이 말하지 않자, 시디카는 자기 판단에 따라 말했다.

"서부 숲에 사는 정령에 대해서는 아시겠지요? 반크족이나 야하크라족에서는 한둘 정도 그 정령에게 몸을 빼앗겨 숲으로 가지요. 그 정령과 같은 곳에서 태어난 존재인 마인은 그들과는 달리 이곳 인간의 육신을 완전히 차지할 수 있습니다. 다만, 육신에 깃드는 대가는 각자 다 다릅니다. 카니발라는 세 가지 소원이라는 매개로 계약을 하고, 그 계약에 따라 상대의 인생을 살아갑니다. 다른 마인은 다른 조건으로 들어가고요."

"그럼, 어떻게 하면 된다는 거지."

"제가 말씀드릴 수 있는 건, 원리가 그렇다는 겁니다. 대재앙이나 신의 법칙 같은 게 아니라, 분명한 인과가 있다는 거예요. 그런데 마인이 육신을 얻거나 정령이 육체를 장악하는 것과는 다른 원칙으로 이 세상에 존재하게 할 수 있는 방법이 있습니다."

"뭐지."

"'왕'."

"왕? 카니발의 왕 같은 건가."

"아, 물론 마인들도 정령을 다룰 수는 있어요. 하지만 그건 강한 짐승이 약한 짐승을 다스리는 것과 같아요. 그것과는 다른 방식으로 정령을 다룰 수 있는 자를 말합니다. 자, 이렇게."

시디카는 손을 저었다. 허공에서 작은 족제비 한 마리가 튀어나와 시디카의 목에 얹혔다.

"이 아이는 제 영력을 먹고 사는 존재입니다. 정령보다는 한 단계 위의 존재인 마령이에요. 미미하나마 이 아이에게는 영혼과 의지가 있습니다. 그리고 저는 이 아이의 주인이자 샘이죠. 생명의 샘. 정령사들도 마찬가지이지만, 정령사들은 이보다 더 원초적 형태의 정령들을 부릅니다. 그리고 제가 말하는 왕은 보다 더 크고 광활한 복종과 힘을 이끌어 낼 수 있어요. 야하크라와 반크족이 '대정령'이라 칭하는, 그리고 저와 카니발라는 '마령'이라 칭하는 존재들은 그런 자를 찾습니다. 육신을 차지하는 방식은 그들이 스스로 할 수 있는 유일한 생존의 방식이지만, 고통스러워요. 하지만 이 방식으로 존재하면 그들에게 더 편합니다. 자유는 잃겠지만."

"어떤 방식이야."

"'이름.'"

"이름?"

"네, 이름. 진실한 이름, 본질을 칭하는 이름, 그건 이 세계와 저 세계가 이어지는 통로를 만들어 내지요. 당신이 그런 존재를 찾아낸다면, 그리고 그 카니발라를 지배할 수 있을 정도의 힘을 가졌다면, 그러면 카니발라를 억누를 수 있습니다. 카니발라 역시 본질적으로는 마령이니까요."

"그럼, 그 왕을 찾아내면 계약도 깰 수 있나."

"카니발라를 정복하는 거니, 계약은 깨지는 것이 아닌 중지된다고 봐야지요. 카니발라에게 계약 이행을 중단하고 엘리안에게 몸을 양보하도록 명령할 수 있지요. 한시적이지만, 인간의 삶은 카니발라에 비하면 짧습니다. 그동안 엘리안은 자기 삶을 살 수 있어요."

단 하나의 희망인가, 이건.

브릴은 그럼에도 전혀 기쁘지 않았다.

왕을 어디서 찾아? 강한 정령사라도 찾아야 하나. 하지만 어디서?

야하크라족이나 반크족을 찾아가야 하나? 그들은 카니발라를 막지 못했다. 희망을 가져선 안 될 것 같다.

시디카가 말했다.

"일단, 내일 다시 오십시오. 단, 이번에는 혼자 오세요. 카니발라에게 다시 물어보겠습니다. 그가 허락하면, 가실 수 있을 겁니다. 하지만, 분명 그때도 혼자 가셔야 합니다."

"알았다."

시디카의 어깨에 얹혀 있던 수달이 사라졌고, 시디카는 어깨에 둘렀던 망토를 올려 머리를 덮은 뒤 자리를 떴다.

둘만 남게 되자, 메즈가 말했다.

"가지 마십시오. 이건 아닌 것 같습니다."

"라바이."

"네?"

"라바이는 엘리안을 구하려고 간 거야. 라바이는 자기가 엘리안 옆에 있으면 네가 어떻게든 자신과 엘리안이 있는 곳을 찾아 줄 거라 생각하고, 또 구해 줄 거라 믿고 엘리안에게 간 거야."

"그럼 제 일이지 않습니까. 제가 가겠습니다."

"아니. 우리 일이야. 그리고 나는 갈 수 있지만, 너는 가지 못해. 소용없어."

"하지만 브릴 님이 간다 하더라도, 브릴 님이 원하는 대로 일이 안 풀릴 수 있습니다. 자유를 잃을 수도 있어요!"

"라바이는 정말 간절하게 도움을 청한 거야."

"브릴 님, 라바이가 소중한 건 맞습니다. 제 실수로 그 아이가 고생하게 된 것도 사실이고요. 제 목숨을 걸고서라도 그 아이를 구하고 싶습니다. 하지만 브릴 님이 희생할 이유는 없습니다."

"라바이는 엘리안을 돕기 위해 자신의 안전을 포기했어. 라바이 덕에 엘리안이 어디에 있는지 알아냈고, 카니발라와 이렇게 만난 거야. 이런 상황에서 내가 빠질 수 있겠어? 아니, 빠지라고 해도 가야 해."

메즈는 고개를 저었다.

"안 됩니다. 아무리 생각해도 무리하시는 것 같습니다."

"메즈."

브릴은 메즈의 팔을 잡았다.

"서부로 가지 않았다면, 그곳에서 메즈의 일족을 만나지 않았다면 나는 엘리안이 어디에 있는지도 모르고 살았을 거야. 그러니 미안해할 거 없어. 이건 정말 내 일이고, 내가 원해서 하는 일이야."

"그렇게 엘리안이란 분이 소중한 겁니까?"

"그 아이는 내 운명이야."

가혹해도, 마음대로 되지 않아 꼬여도, 고통스럽고 슬퍼도, 버겁게 힘이 들어도 운명이다.

문을 열고 만난 순간, 그 아이의 이름이 엘이 된 순간부터. 내가 그 아이의 운명을 바꾼 그 순간부터.

"레오닉스는?"

그리고 엘리안이 가짜라는 것을 레오닉스도 알았다.

그는 그 사실을 알고, 과연 아무 일도 하지 않았을까.

흰 장미의 날이 기억난다.

그 장미와 연관된 반나절 동안 엘리안에게 대체 무슨 일이 있었던 걸까. 돌아왔을 때의 엘리안은 세상이 무너진 듯 비참한 표정이었다.

자신과 그 어떤 접점도 없는 남자의 이름을 말하는 엘리안의 눈빛은 어땠던가.

지스티아와 에스델라의 이름을 말할 때의 엘리안은 분명 두려워하고 있었다. 그러나 레오닉스의 이름을 말할 때만은 달랐다.

다급했고, 간절해 보이기까지 했다.

"레오닉스는?"

"레오닉스는 어떻게 되었어?"

브릴은 싸하게 밀려드는 깨달음에 혼란스러워졌다.

"미안."
"미안하다."

엘리안을 만나 그 이야기를 한 거다.
비밀의 반나절은 레오닉스와 관련된 것이다.
화가 치밀고, 수치스럽고, 그러다 미안하고, 다시 화가 났다.
복잡하고 곤혹스럽다.
"일단……."
브릴은 참으며 말했다.
"일단 집으로 가자, 메즈."

엘리안과 어머니를 잃은 뒤 브릴이 알게 된 건, 브릴에게 벼락이 열 번쯤 내려도 세상의 입장으로 보자면 아무 일도 아니란 것이다.

그다음 알게 된 건, 그건 그다지 원망할 일이 아니란 것이다. 어차피 세상은 차단된 수많은 구체의 집합이다. 어떤 일이 벌어지든, 내 일 아니면 남의 일이다.

엘리안이 나타나고 교차로 교단에서 몇 사람 두들겨 패고 집이 반쯤 무너졌어도 세상은 달라진 게 없다. 반나절 휴가 갔다 돌아왔더니 파견 나온 직장이 날아간 하녀에게나 문제가 될까.

저택은 그날 습격받은 그대로였다. 수리해 달라 신청하긴 했는데, 알아서 잘하길 바란다.

"네 짐부터 챙겨. 나는 나중에 돌아와 챙겨서 갈게."

"그런데—"

메즈가 구석에서 무언가를 들어 올렸다.

"이건 어떻게 할까요?"

브릴은 바닥을 뒹구는 뚜껑 달린 바구니를 집어 흔들었다.

"일단 여기 넣어. 버려 두고 갈 수는 없네."

"어디로 가실 건가요."

"의회. 그리고 메즈는 당분간 그곳에서 지내."

"굳이 그래야 합니까?"

"그럼 마르셀 경한테 말할까?"

"아닙니다."

마르셀이 싫은 게 아니라 그 집에 있을 길리온이 싫은 거다. 메즈는 데일의 차마 말할 수 없는 소포부터 챙긴 뒤, 집 안에 남은 물건을 정리했다.

그동안, 브릴은 주변을 지키는 레오닉스의 수하들을 발견했다.

브릴은 레오닉스가 여태 침묵한 것이, 이유는 이해해도 감정적으로는 용납하기 힘들었다. 배신감도 든다. 나약한 모습을 보여 주고 난 뒤에 사실을 알게 된 것이라.

브릴은 가장 가까운 곳에 있는 기사를 찾아내, 대뜸 '당신' 하고 불렀다. 기사는 놀라서 뒤로 훅 물러났다.

"당신들, 여기서 철수해. 레오닉스 왕자에게 나는 의회로 간다고 전하고."

"네? 네?"

들킨 것에 충격을 받은 기사는 당황했다.

"간다."

브릴은 기사를 등지고 메즈와 함께 의회로 향했다.

의회에서는 총리의 보좌관 로즈 맥빌 경이 브릴을 맞이했다. 로즈 맥빌 경은 언제 봐도 마음이 평화로워지는 차분한 인상의 미녀였다. 지금도, 괜히 주변이 평화로워지는 기분이었다.

"어서 오세요, 셰어브릴 님."

"각하를 뵙고 싶은데."

"마침 안에 계십니다."

그리고 로즈 맥빌 경의 시선이 메즈가 들고 있는 바구니를 향했다. 덩치 큰 남자에게 어울리는 소품은 아니었다.

"이건 뭔가요."

"저택에서 발견했는데 처리할 곳이 없어서 들고 왔어."

그때 바구니 안에서 박박박, 소리가 나더니 가느다랗게 애오옹— 소리가 들렸다.

로즈 맥빌 경의 차분하던 두 눈이 불타올랐다.

"저, 저기 열어 봐도 되나요?"

메즈는 바구니를 내밀었다.

"열어 보십시오."

로즈 맥빌 경은 바구니를 살짝 열었다. 하얀 고양이가 목털을 세우고 웅크리고 있다가, 뚜껑이 열리자 얼른 머리를 내밀었다.

로즈 맥빌 경의 얼굴이 황홀해졌다.

"어머나, 귀여워라! 어디서 난 거예요?"

"주웠어."

정확히 말하자면, 엘리안이 데리고 온 고양이를 주운 것이다. 양심상 버릴 수는 없는데, 사정상 키울 수도 없었다.

"그런데 맡길 데가 없어서 곤란한 상황이라."

"가엾어라."

"맥빌 경이 키워 보겠어?"

"저, 저도 집을 자주 비워서 키우기 곤란한데."

"도로시에게 가져다주면 되지 않나?"

로즈 맥빌 경이 화들짝 놀라 돌아보았다.

총리가 들어와 구경 중이었다. 총리는 바구니 밖으로 나온 고양이의 머리를 쓰다듬어 주었다.

"아주 예쁜 고양이군. 도로시가 정말 좋아할 것 같은데?"

"너무너무 귀여…… 아, 아닙니다. 도로시도 아직 어린데, 아이에게 어린 짐승을 돌보는 일을 떠맡게 할 수는 없어요."

"열 살이잖아. 작은 고양이 한 마리 정도는 맡아 키울 수 있다니까."

"도로시는 딸인가?"

브릴이 물었다. 메즈가 긴장한 얼굴로 로즈 맥빌 경의 답을 기다렸다. 브릴은 그런 메즈가 이상해서 물끄러미 보았다.

로즈 맥빌 경은 슬픈 표정으로 고개를 저었다.

"아니요. 전 미혼이에요. 도로시는 조카예요. 고아가 돼서 제가 맡았습니다."

메즈가 어깨를 늘어뜨리며 안도했다.

브릴은 메즈의 표정 변화가 신경 쓰이기 시작했다.

뭐야, 지금?

브릴이 아는 메즈의 표정은 경멸하거나, 멸시하거나, 무표정하거나, 셋 중 하나였다. 그런데 지금 긴장하고, 불안해하고, 안심한다?

가만. 메즈가 다른 사람을 이렇게 열심히 본 적이 있던가?

없다.

없다고.

메즈는 바구니를 내밀었다. 로즈 맥빌 경은 쑥스러워하면서도 바구니를 받아 품 안으로 당겼다.

"그, 그럼 이 아이는 제가 맡겠습니다."

"그래. 어서 데리고 나가게나."

로즈 맥빌 경은 바구니를 가지고 나갔다.

잠시 뒤, 밖에서 호들갑 떠는 소리가 들렸다.

으악, 귀여워! 애옹. 으악, 털 봐! 애옹. 으악, 코가 분홍색이야! 애오오옹. 으악, 발바닥, 발바닥! 으아, 귀엽습니다! 어디서 나셨어요! 애오오옹! 앗, 따가.

"저들이 왕족 대하는 데 서툴더라도 이해해 주게나. 우리가 왕족하고 친하게 지낸 적이 없어서 그래. 자네 저택에서 벌어진 일은 이미 알고 있네."

"어떻게 아신 건가요?"

"내가 조심성 많은 사람이라, 자네 집 근방에 사람을 붙여 뒀거든. 이유를 말하자면, 우선은 아르노를 못 믿어서고, 그다음으로는 쓸데없는 사람들이 드나드는 것을 막기 위해서지. 나는 자네가 안전하길 바라고, 자네가 자네를 귀찮게 할 사람들과 만나지 않기를 바랐네."

브릴에게는 이해가 되지 않는 관심이었다.

몇 달 전만 해도 브릴은 아무것도 아닌 왕족이었으니까.

"관심 가지는 게 부담스러운 건가?"

"이해가 되지 않아서 그렇습니다. 왜 제게 관심이 많으신 건지."

총리는 말없이 브릴을 보았다. 두 눈에 호의와 기대가 보였다.

"자네는 아르노 다음이 어떻게 될 거라 생각하나."

"생각해 본 적 없습니다. 숙부님이나 사촌 동생들 중 하나가 왕이 될 거라고만 생각했을 뿐."

"로버트 왕자는 백 년 전에 태어났으면 이미 사형당하든가 감옥에 간

혔을 분이지. 지금이야 헛소리가 심한 왕자님이시라고 웃고 말지만. 로버트 왕자를 제하곤 눈에 뜨이는 왕자가 없는 건, 그들에게 그만큼의 실권도 기회도 없기 때문이야. 지금 왕족들은 아주 큰 바구니 안에 든, 아주 많은 사과인 셈이지. 그중에 하나를 겉만 보고 골라야 하는 상황인데, 크기도 뒤죽박죽이고 벌레 먹은 게 뭔지도 모르지."

"저에게 기대하시는 게 있으신 건가요?"

"있다면 어떻게 할 건가."

"저는 안 됩니다."

"왜. 자네도 자격은 충분한데."

"안 됩니다."

"이보게, 나도 알아. 엘리안이 가짜였다는 것."

브릴은 멈칫했다.

"여태 말하지 않은 건 말할 이유가 없어서였어. 무엇보다 그 소년이 불행하게 생을 마감했기 때문이기도 하고."

브릴은 힘이 빠졌다.

이러면, 둘러대며 숨길 수가 없다.

브릴은 솔직해지기로 했다. 약한 사람이 된 기분이다. 솔직해져야 하는 사람이 늘 그렇듯.

"엘리안이…… 살아 있습니다."

"그것도 아네. 지금 무엇이 되었는지도"

알면서도. 이러니, 더 약해진다. 의지하고 싶어져서. 브릴에게 익숙한 감정이 아니다.

"각하, 저는 엘리안을 다시 되찾아 오고 싶습니다."

"방법이 있나."

"아직은 없습니다."

"만약 되찾는다면 어쩔 건가."

"엘리안과 함께 세상에서 사라지겠습니다."

총리의 눈에 아쉬움이 보였다.

"꼭 그래야겠나."

"그 아이는 제국의 마법사에게 자기 몸을 줬습니다. 그러니 이 외에는 방법이 없습니다. 포기할 수 없어요."

세상 전체와 싸우는 기분이었다.

막막하다.

되찾을 방법은 불가능에 가깝고, 되찾는다 하더라도 이제 엘리안은 왕국 안에서 살 수가 없는 몸이다.

총리가 말했다.

"셰어브릴, 나는 많은 왕족들을 봤네. 자네만큼이나 젊었던 시절에. 내전, 전쟁, 학살, 사형. 그 속에서 나는 왕이 처형당하는 것을 보았지. 왕족들이 우리를 학살하라 명령하는 것도 봤고. 마르셀 경의 할머니가 반란군은 3대를 멸절시켜 이 나라를 청소해야 한다고 말하는 것도 들었네. 길리온 경의 할아버지이자 선대 안스터빌 백작은 내 고향으로 쳐들어와 내 언니들과 형부, 조카들을 처형했어. 두 살 난 막내도 목이 잘렸어."

남부 대학살.

왕당파에서 저지른, 아무도 처벌받지 않은 큰 범죄였다. 당시, 왕당파 군에 의해 엄청난 국민이 학살당했다. 왕당파에서는 공화정부 시절 공화군이 귀족들을 죽인 사건에 대한 복수라 하지만, 그건 범죄를 저지른 자를 잡아다 재판에 넣어 해결해야 할 문제지 그만큼 죽일 권리가 생겼다는 의미가 아니다.

"평화로운 시기라면 좋겠지만, 운이 없으면 그렇게 싸워야 해. 그런 운나쁜 상황에서 우리는 상황에 절망하는 게 아니라 같이 있는 사람에 절망하지. 다행히 전쟁이 끝나 우리는 다시 한 나라가 되었고, 이제 적은 밖에 있네. 이 전쟁을 통해 우리는 서로에게 실망하면서도 감사하고, 절망하면서도 희망을 품겠지."

브릴을 보는 총리의 얼굴에 가벼운 미소가 보였다.

"나는 사람을 만드는 것이 하나가 아니라는 것을 인정하네. 또, 사람이 살아가면서 하는 일 역시 하나가 아니란 것도. 사람의 생은 그 자신이 가진 의무감으로도, 운명으로도, 소망으로도 설명되지 않지. 그 자리에 있어서는 안 되는 사람이 모든 것을 망치기도 하고, 반드시 필요한 사람이 어처구니없는 이유로 떠나기도 하네. 때론 사람을 잘못 보기도 하고, 때론 과소평가했다가 후회하기도 하지……."

총리는 생각나는 바가 많은 눈빛이었다. 복잡한 회한에 차 있었다.

"그러니 나는 그들이 한 선택과 결정만을 보고, 그것이 이룬 것을 보네. 그 외의 것은 운이야. 오로지 혼자서 결정해야 할 때만이 그 사람이 어떤 자인지, 어떤 미래를 걸어갈지 말하지. 선택을 하지 않았다면, 선택을 하지 않은 것조차 선택이야. 그래서 자네를 지켜본 거네. 자네가 아는 것보다 더 오래. 다섯 해, 자네가 서부에서 보낸 다섯 해를 내내 지켜봤어. 나는 자네가 자격이 있고 순위가 있어서 기대를 한 게 아냐. 자네가 해낸 것을 보고 기대를 한 거지."

총리가 보기에 브릴은 분명 통치를 해냈다.

어린 나이에 서부의 반란을 막아 냈고, 이민족들 간의 오래된 갈등을 완화시켰다. 암닉시아에서도 레오닉스와 의회의 용 기사단이 쉽게 움직일 수 있도록 조정했다.

브릴은 갈등이나 충돌이 일어날 수 있는 상황이 닥치면 무의식적으로든 의식적으로든 조정해 내는 재주가 있었다. 무엇보다, 상대방의 처지와 상황을 파악하고 이해해 주는 능력이 있는 것이다. 또 싸워야 할 때 싸우는 용기도 있다.

노력만으로 얻어 낸 것이 아니다. 재능이자 자질이다.

누군가에게 원하는 재능이 주어질 수도 있고 없을 수도 있다. 의외의 재능이 있기도 하고, 운이 따라 줄 수도 있으며 없을 수도 있다. 가장 위대한 자도 가장 불운할 수 있다.

인간이 정말로 결정할 수 있는 일은, 그렇게 적다.

그것을 아는 총리는 기회가 되어 인재를 발견하면 되도록 붙잡고 싶었다.

언제 필요할지 모르니까. 또, 얼마나 더 뛰어나게 발전할지 모르니까.

"그러니 나는 그냥 하는 말이 아니네. 마침 필요해서 이러는 것도 아니고. 나는 자네가 필요해."

"저에게 무엇을 원하셨던 건가요."

"아르노의 후계. 다음의 왕."

브릴은 굳은 채 총리를 보아야 했다.

왕이 되라는 말이다.

단 한 번도, 정말 단 한 번도 생각해 본 적이 없다.

왕이 된다는 것, 나라의 단 하나가 된다는 것, 결정의 최종권자가 된다는 것은.

야심도 없었고, 목표인 적도 없다.

"셰어브릴, 나에겐 그 자리를 만들 힘이 있지만 내 말을 고분고분 따르는 꼭두각시를 원하는 건 아니야. 자기 역할을 제대로 해낼 사람을 원하지."

"저는 할 수 없습니다."

"이해하네."

총리는 쓸쓸한 표정을 보였다.

"이해하고말고. 아무것도 강요하지 않겠네. 엘리안…… 원래 이름이 뭐였는지 모를 그 소년이 자네에게 얼마나 소중한지는 알겠네. 그 소년을 위한 일이 자네에겐 최우선이란 것도 이해하겠네. 아쉽지만…… 아니, 솔직히 말하자면 아깝지만 별수 없지. 자, 그럼 알릴 게 있다면 알리게. 도와줄 일이 있다면 도와주고, 도움받을 일이라면 받겠네. 나는 자네와 인연이 끊어지길 바라지 않아."

브릴의 눈이 흐려졌다.

"그게……."

총리는 이 눈빛이야말로 젊은 왕족인 브릴이 총리에게 보내는 최초의 신뢰란 것을 알아챘다. 또, 그다지 익숙한 일이 아니기에 어찌해야 할지 모른다는 것도.

"말해 보게나."

"황제의 마법사……에 대한 겁니다."

"카니발라?"

"그자가 라바이 룬이라는 아이를 데리고 있어요. 라바이는 야하크라족의 정령사고, 그 아이가 마지막으로 자신이 어디에 있는지 알려왔을 때는 먼바다 위였습니다."

"먼바다라면 어디 정도 거리인가."

브릴은 지도를 가리켰다.

"메즈가 희미하게나마 본 바로는, 열주가 길게 이어진 건물이 보였다고 하더군요. 넓은 잎을 단 나무들도 보았고요. 그러면 남쪽이고, 열주가 달린 큰 건물이 남쪽에 있다면 도레항입니다. 제국에 멸망한 아르데나의 도레 궁, 그 궁전의 열주 건물은 워낙 유명해 그림으로 많이 남아 있죠. 메즈에게 보여 주니 바로 그거라고 하더군요."

"다른 곳일 가능성은 없나."

"아직은 없습니다. 그곳에 라바이가 있고, 저는 그 아이를 데리러 가야 합니다. 제가 찾는 엘리안도 그 아이와 있으니, 역시 가야지요. 정확히는, 라바이가 우리에게 도움을 요청한 겁니다. 엘리안을 구해 달라고. 라바이는 그날 도망칠 수 있었음에도 엘리안을 따라가는 것을 택했습니다. 그러며 우리에게 자신이 어디 있는지 알렸고요."

"그래서 자네가 가야만 하는 건가."

"어린아이보다 용기가 없어서는 안 되지요."

"영영 돌아오지 못할 수도 있네."

"감수합니다. 제 할 일이고, 해야만 하는 일이고, 하고 싶은 일이기도 합니다. 지금 제게 가장 중요한, 가장 진심으로 할 일입니다."

"수평선 너머에 있는 용을 잡으러 간다 말하는 것 같군. 물론, 혼자서 말이야. 답삭 잡혀 먹힐 게 뻔한데."

브릴은 머뭇대다 말했다.

"대신, 제가 없는 동안 메즈를 부탁드립니다. 이 도시에서 믿을 만한 분은 총리님뿐입니다."

"그럼, 자네와 연락할 수는 있나."

"라바이를 찾으면 연락할 수 있습니다. 메즈를 통해서."

브릴은 자신의 목을 가리켰다.

"단, 제가 인질이 되면 무시하십시오. 저는 왕국에 아무런 필요가 없고 제 목숨은 대체될 수 있습니다."

"알겠네."

브릴은 메즈를 보았다.

"이제부터 이분들과 같이 있어."

메즈는 상처 받은 눈으로 말했다.

"마지막으로 말씀드립니다. 같이 가게 해 주십시오."

"아니, 메즈가 나와 같이 가면 그대로 끝이야. 내가 어디서 뭘 하는지 알릴 방법이 없잖아. 하지만 메즈가 있으면 괜찮지. 도움을 받을 일이 생길 수도 있어."

"이곳 사람들이 브릴 님을 도와줄 거란 보장도 없지 않습니까."

"가만."

총리가 끼어들었다.

"이봐, 셰어브릴. 제국의 마법사가 엘리안을 차지해서 자네가 엘리안을 되찾으려 하는 건 제국의 마법사에게 대항하는 일이 아닌가. 큰일이지."

"굳이 따지자면 그렇습니다."

"그렇다면 그건 이 나라의 일이네. 자네 혼자만의 일이 아니야."

브릴도 메즈도 놀라서 보았다.

"자네가 엘리안을 되찾은 다음에는 알아서 하게. 하지만 지금 자네가 하려는 일은 제국과의 일이고, 또 전쟁과 관련된 일이기도 하네. 그러니 그냥 놔둘 수가 없군."

총리는 등 뒤에 있는 지도를 엄지손가락으로 가리켰다.

"황제의 전대들이 출항했다는 정보가 전해졌네."

"그럼—"

"레오닉스 왕자의 휴가가 끝나고, 나 역시 퇴근하긴 글러 먹은 기간이 되었다는 거지. 황제는 앞바다를 장악하기 위한 총공세를 명령하고, 친정을 선언했네. 또한 카니발라도 참전했지. 황제의 마법사이자, 황제의 측근으로. 자네가 카니발라가 도레항 근방에 있다 하니, 그야말로 정확하군."

"어떻게 아시는 겁니까."

"레오닉스의 정보부에서 알려 왔지. 제국 전대의 사령관이 정해지긴 했지만, 총사령관은 사실상 황제네. 황제의 대리인은 제국 재상인 기욤 공이고, 황제의 열두 장군은 황제의 대리가 되지 못했지. 그런 상황에서 카니발라는 우리를 두 번 조롱했네. 암닉시아 궁, 그리고 자네 집에서. 이러니, 자네가 엘리안을 되찾겠다고 하는 건 우리들 일이기도 한 셈이야."

"듀카르니아 왕실도 나서는 겁니까."

"왕의 해군은 아직 수비만 하는 중이네. 아르데나의 제국 해군이 움직이느냐 마느냐가 결정되지 않은 상황이고, 해군은 그 핑계로 그냥 주저앉아 있을 수도 있어. 단, 우리도 참전하게 될 거야."

"의회에는 해군이 없지 않습니까."

"의회 해군은 없지만, 해안 보안과는 있지. 남부 상선들을 보호하기 위해 조직되었고. 3층 포열의 전함 열 척에, 대부분은 2층 포열이나 1층 포열의 꼬마들이긴 하지만 말이네."

해안 보안과의 배들은 세무관을 도와 밀수선을 잡고 해적들로부터 상선을 보호하는 일을 해 왔다. 군대가 아닌 의회 치안보호국 소속이다.

무장한 채 나갈 수 있는 명분은 있지만, 군대가 아니기 때문에 점령이나 점거는 불가능한 것이다.

"자네를 도와주겠네. 그리고 어찌할지는, 로즈 맥빌 경과 이야기해 봐. 자네의 이, 메즈 군과 함께."

빚지거나 신세 지는 거라면 부담되어야 하는데, 그런 게 아니다.

바닥이 단단해지는 느낌, 안전해지는 느낌이었다.

서부로 떠날 때는 정말 아무것도 없었는데. 서 있는 곳도 황무지고 가야 할 곳도 황무지였는데. 먼지와 재의 세상이었는데.

이제 망명자가 아니다. 돌아와야 할 이유가 있으며 떠나야 할 목적도 있다.

또…….

레오닉스와는 어떻게 해야 하나.

나는 그 남자에게 무엇을 기대하고 원했던 걸까.
여기로 온 내내, 브릴은 그 남자에게 관심을 기울여 바라보고 있었다.
보면 좋았다. 반갑기도 했고.
그런데 그 호감이 고스란히 분노와 슬픔으로 돌아온다.

"의회로?"
레오닉스는 수하가 전한 말을 반문했다.
"네."
"알았다. 이제 모두 돌아가라."
레오닉스는 저택을 지키던 수하들에게 본대로 가라 명령했다.
브릴이 의회로 가겠다면 더 이상 지킬 이유가 없다. 카니발라도 더 오지 않을 것이다. 곧, 아주 바쁠 테니.
황제의 출정은 하일드와 듀카르니아에게도 전해졌다.
예상했던 속도지만, 듀카르니아는 후계자인 에스델라 공주의 서거와 암닉시아 궁 사태를 겪은지라 체감상으로는 빠른 듯 느껴졌다.
바다에서 이루어진 전쟁 중 가장 크고 결정적인 교전이 되리라, 모두 예상하고 있다.
황제는 어떻게든 바다를 확보해야 한다. 반대로, 듀카르니아는 어떻게든 바다를 지키고 방어선을 확장해야 한다.

레오닉스는 황제의 전함들이 어디서 투묘를 하고 정박하는지 감시하며 해전의 날을 준비해야 했다. 그리고 총리와의 협상, 즉 감시선들의 지원 문제도 협의해야 했다.

여기까지는 예상하고 준비하던 일이지만, 고작 며칠 사이에 벌어진 일들은 아니었다.

조금 전 교차로 교단에서 보낸 사람이 통곡을 하고 갔다. 브릴이 엎고 갔단다. 그래서 브릴을 찾아왔더니, 이번에는 수하들이 눈치 보며 전했다. 브릴이 의회로 갔다고. 알았다고 말한 뒤 물어야 할 걸 물었다.

"너희들은 대체 어떻게 들킨 거지?"

다들 바짝 굳었다. 수하들을 탓해야 할지, 브릴에게 그런 건 모르는 척 해 주는 거라고 말해야 할지 모를 일이다.

그때 수하들이 긴장하는 게 느껴졌다.

누가 왔는지 알아챈 레오닉스는 물러나라 명령했다.

역시, 브릴이었다.

"돌아온 건가."

브릴은 말이 없었다.

레오닉스가 포기할 생각을 할 무렵, 브릴은 가라앉은 목소리로 말했다.

"잠깐 들른 거예요. 챙길 게 있어서."

"엘리안 일이라면 무엇이든 말해도 된다."

레오닉스 쪽에서 먼저 말할 거라고는 생각지 못했던 브릴은, 잠시 생각하는 눈빛이었다.

"다 알고 있었나요."

"그래. 그대가 교차로 교단으로 가서 한 일도 알고 있다."

"빠르군요. 특히나 교차로 교단은. 징징거릴 일밖에는 없을 텐데."

"교단에서는 최소한, 정말 최소한만 말했다. 여자 하나에게 두들겨 맞았다고 죽네 사네 우는소리 하는 정도의 자존심들은 아니지만, 그렇다고 아무 일도 없는 척하고 있기에는 억울해서."

"그래서 당신은 어떻게 했나요."

"카니발라를 한 번만 더 도운다면, 그때는 정말 의회에 연락할 거라고 했다. 의회도 알고는 있지만, 이런 규모의 어정쩡한 내통자들은 내버려 두고 감시하는 편이 나아서 내버려 둔 것뿐이지. 그런데 이걸 믿고 너무 까불면 그건 그것대로 문제라."

브릴에게서 느껴지던 적대감과 열기가 식어 가는 것이, 레오닉스에게도 느껴졌다.

"어차피 알 테니, 말하죠. 엘리안을 서커스단에서 데리고 온 건 나였어요. 어머니는 실종되셨으니, 그 일과 관련된 죄인은 나만 남았네요."

"선택권이 있던 사람들이 잘못한 거라 보는 게 공평하지. 그대가 그 아이를 데리고 왔다 하더라도, 그 아이를 왕족으로 만든 건 지스티아다. 그러니 그대 잘못은 아니야."

"총리에게는 당신이 알렸나요."

"그리고 엘리안에게도 알렸다."

브릴이 보인 표정은, 레오닉스가 한 번도 보지 못한 표정이었고 두 번 보기도 싫은 표정이었다.

처음엔 멍하다, 그다음에는 실망과 슬픔, 고통이 보였다.

숨을 몰아쉬다가, 하— 하고 토해 내며 고개를 젖혔다.

"엘리안에게 뭐라고 했어요."

"그 아이를 키웠던 사육사를 만나게 했다."

브릴은 밀려드는 분노에 이를 악물었다.

눈이 화끈해졌다.

"사육사를?"

"그래."

브릴은 진심으로, 진심으로 너무나 화가 나서 앞에 있는 남자가 누구든 죽여 버리고 싶었다.

증오, 이렇게 일순간의 증오가 머리끝까지 차오르는 건 처음이다.

그리고 그 얼굴을 본 레오닉스는 무력해지는 기분이었다.

그의 스물아홉 평생, 이 정도 무력한 기분이 드는 건 나라 망한 날뿐이었다.

"처음 데려왔을 때 엘리안의 몸은 얼굴 빼곤 다 멍투성이었어요. 어른 남자만 보면 항상 겁에 질렸고, 겁에 질렸다는 것조차 겁냈어요. 너무 고쳐지질 않아서 말했어요. '엘, 너는 엘이야! 누가 뭐래도 너는 엘이니까, 아무도 엘을 잡아갈 수 없어.' 그렇게, 그렇게 간신히 엘리안의 공포는 상자 안에 담겨 사라졌어요. 그런데!"

분노에 찬 눈이 레오닉스를 향했다.

"그런데 그 상자를 직접 열어 준 거예요, 당신이!"

레오닉스는 말문이 막혔다.

"그리고 어떻게 했나요."

"대면만 하게 했다. 그자를 보낸 뒤 비밀에 대해 이야기했지. 그리고 비밀을 유지하는 대가로 무엇을 해야 할지를 말했다."

레오닉스는 수치심과 죄책감이야말로 얼마나 큰 적인지 알 것 같았다.

그야말로, 자존심을 뿌리째 흔드는 감정이었다.

이성적인 판단이니 뭐니 해도, 자기 일에는 지극히 감정적이면서도 남의 일에만 의연하고 이성적인 게 사람이다.

그리고 지금, 레오닉스는 바닥이 통째로 출렁이는 기분이었다.

감정을 다스리기 힘들어서.

"제안했다. 상황으로 보자면 제안이 아닌 통보에 가까웠지."

"뭐라고."

"그대를 남겨 놓고 가라고 했다. 그게 대가라고. 또—"

"또?"

"제국 출신 노예인 네게는 아무런 권한이 없다고 했다."

브릴의 눈에 더한 분노가 드러났다.

당신이 뭔데 나를 가지고.

대체 뭔데!

하일드와 듀카르니아 왕실의 관계, 그리고 당시 레오닉스가 아르노에게 가진 깊은 불신까지 더해진다면, 혼담 자체는 충분히 가능한 일이었다.

정략결혼은 왕실의 핏줄이 항상 짊어져야 하는 일이다. 엘리안이 진짜였다 하더라도 나올 수 있는 혼담이었다. 시골에 계속 살았다 하더라도 나올 수 있는 혼담이기도 하다.

하지만 그건 그거다.

납득할 수 있는 일이란 건, 나중에 생각할 문제다. 정략이든, 결혼이든, 거래든, 브릴의 앞에서 이루어졌어야 했다. 그렇게 브릴이 없는 곳에서 이루어져서는 안 되었다. 그들에게는 그럴 권리가 없다.

그래도 당시 레오닉스의 제안은, 입장에 따라서는 굉장히 자비롭고 관대한 제안이기는 했다. 보통 왕족이라면 서로 악수하고 끝났을 일이다.

그런데 엘리안에게는 아니었다.

브릴은 사랑하는 누이이자 소중한 구원자였다. 학대받던 삶에서 구해 주고 행복과 추억을 만들어 준. 그런 브릴에게 주어진 정략결혼이란 과제는, 브릴더러 노예가 되고 종속되라는 말이었고 엘리안에게 그것은 브릴의 모든 것을 뺏는 거나 다를 바 없었을 것이다.

브릴은 왕족이라면 항상 있을 수 있는 일에 이렇게까지 치욕스러운 감정이 들 줄은 몰랐다.

약한 엘리안을 보호하지 못했다는 것에, 아무것도 할 수 없는 아이를 가장 가혹한 선택으로 내몰리게 했다는 것에 브릴은 극심한 모욕감을 느꼈다.

레오닉스는 브릴의 팔을 잡았다.

브릴은 뿌리치거나 비키라고도 말하지 못했다. 어떻게 보였을지 모르겠다.

"내 형이었다."

"무슨 말이에요?"

"엘리안이 카니발라에게 몸을 내주기 전, 카니발라가 차지하고 있던 몸은 내 형의 몸이었다."

그리고 그 말을 하는 레오닉스는 무너지는 심정이었다.

힘들고 비참하다.

그렇다, 이건 비참함이다.

브룬델카와 제레미에게 이 사실을 말할 때도, 얼굴도 목소리도 담담했건만 속은 폐허였다. 너무나, 너무나 비참해서.

"그리고 내 형의 몸을 가진 채로 내 손에 죽었다. 그게⋯⋯."

레오닉스는 숨이 막히는 것 같았다.

어깨에 산처럼 얹혀 있는 짐이 그를 더 압박했다.

"당신 형의 소원은 뭐였어요?"

"내 목숨."

"그다음은⋯⋯."

"역시나, 내 목숨."

"그다음은."

"마지막까지 같다. 내 목숨."

"……."

브릴의 입술 사이에서 한숨이 나왔다.

"……이런, 셰어브릴."

멈춘 그 순간에, 인식하기도 전에 레오닉스는 브릴의 볼을 손으로 감쌌다.

뜨거운 볼이 손바닥에 느껴졌다.

다시 밀려든다.

여름 연회, 조용히 불어와 얇은 커튼을 부풀리던 바람과 주변에 가득하던 긴장감과 흥분이.

항상 무심히 사람들을 훑던 레오닉스의 눈은 엘리안이 바라보던 시선을 따라가다 멈추었었다.

그때부터 시작이었을 것이다.

시퍼렇게 얼어붙어 있던 세상에 빛이 들었다.

잠깐의 반짝임인데, 그 반짝임이 눈부셨다.

강철과 피밖에 없는 세상이었건만, 얼어붙은 가슴과 몸에 따스한 빛이 비쳤다.

그건 따스함도, 안온함도 아니었다.

삶의 진동, 두꺼운 얼음이나 강철판에 덮인 그 아래에 있는 무언가가 움직인 것이다.

너무나 미약했지만, 그 미약한 떨림이 그날 이후— 아니, 혼자 남겨진 후 최초로 느낀 삶의 진동이었다.

"왜……."

"……."

"왜!"

브릴이 몸을 숙였다.

힘을 잃고 기울어진 것에 가까웠다. 레오닉스는 손을 밀어 넣어 브릴의 머리를 감싸 안았다.

"내게 말했으면 되었을 텐데! 왜!"

브릴의 몸이 떨렸다.

이제, 뭘 어떻게 해야 할지 모르는 자의 몸부림이었다.

"이젠 모르겠어."

"……."

"버둥대고, 이 악물고, 다시 버둥대도! 정말 모르겠다고! 당신을 원망하고 싶은데, 원망할 수가 없어! 그 아이를 데리고 온 건 나니까. 그런 위험한 곳에 몰아넣은 건 나니까……! 그래, 일어날 일이 일어난 거지! 그게 당신이 한 일이었을 뿐이고! 이제 어쩌라고!"

"브릴—"

"지금 화나는 게 뭔지 알아? 당신에게보다 더 화가 나는 건, 엘리안이 그런 선택을 했다는 거야. 내 일을 왜 그 아이가 정해! 왜!"

"가만."

레오닉스는 브릴의 얼굴을 잡은 채 허리를 숙였다.

엉망이 된 얼굴이 레오닉스의 차분한 얼굴과 마주했다.

맙소사, 얼굴이.

온갖 사람들에게 무례하게 굴고 오만하게 굴었던 레오닉스지만, 누군가의 실망과 분노가 자신에게 상처와 고통이 되는 건 처음이었다. 속에 극독을 뿌린 듯 고통스럽다.

"셰어브릴."

레오닉스는 브릴의 목에 얹은 손에 힘을 주었다.

"엘리안에게 한 일은 불운이라 탓하기엔 내가 자초한 게 너무 크다. 그대가로 카니발라가 돌아왔으니."

그리고 지금, 그가 감싼 브릴은 그 어느 때보다 연약해 보였다.

이 여자가 연약하다는 것이 그를 가슴 아프게 했다.

웃음의 흔적이 슬픔을 깊게 하고, 행복의 흔적은 불행을 더 아프게 한다.

레오닉스 역시, 우아하고 아름답던 모습을 알기에 이 약한 모습이 아프다.

"그러니, 셰어브릴. 자신의 선택이니 뭐니, 하는 말들을 나는 믿지 않는다. 그것밖에 없는 상황에서 그것만을 택한 것은 선택이랄 수도 없지. 용기니 의지니, 하는 말은 하지 않겠다. 어차피 사람은 남의 일에는 다 그렇게 말할 수 있어. 그러나—"

브릴의 몸이 떨렸다. 레오닉스는 손끝과 손바닥에 상대의 긴장한 숨소리가 묻어나는 것 같았다.

"그 아이를 구하는 것, 그 아이를 도와야 하는 건 너만이 아니다."

브릴의 눈이 커졌다.

"그 아이의 운명을 돌이키는 건 내 일이기도 해. 그건 숙명이다. 해야할 일이고. 그래야만 하지⋯⋯. 그러니, 그 아이를 구하고자 한다면 나를 믿어. 빈손이 아니란 걸 믿고, 어디서 뛰어내린다 하더라도 너를 잡아 줄 사람이 있다는 걸 믿어. 나는 엘리안이 다시 살 수 있기를 바란다."

"계약을 깰 방법이 있나요."

"모른다. 하지만 모르는 이상, 카니발라를 없애는 방법을 알아내는 편이 낫지 않나."

"그건 방법이 있는 건가요?"

"이 역시 희미하지만 계약을 깨는 것보다는 좀 더 구체적이지. 셰어브릴, 나는 그날 내가 한 말이 최선이라 생각했고, 하지만 나에게 최선이지만 엘리안에게는 최악이었다. 또, 모든 것을 제자리로 돌이킬 수 없다는 건 안다. 돌아와도 그 무엇도 제자리에 있지 않을 거다. 그러나…… 그래도, 적어도 그 아이는 자유를 얻겠지. 지금은 그것만이 유일한 답이자 목표다. 나머지는 그다음이다."

레오닉스의 손이 브릴의 목덜미를 쓸어 올렸다.

"그러니 무너지지도, 울지도 마라. 이 전쟁에, 이 싸움에, 너 하나만 있는 게 아니니…… 그래도 너 자신을 놓지 마라. 나를 믿어. 언제나 내가 있을 거라고, 내가 너를 도울 거라고……. 네 세상에는 언제나 내가 있을 테니."

브릴은 레오닉스를 멍하니 보았다.

레오닉스가 말했다.

"믿어라. 나는 너의 사람이다."

❖ 제 12 장 ❖

모래의 보관(寶冠)

"엘."

"너는 엘이야."

내 세상은 항상 네 것이야, 브릴. 네가 준 거니까.

엘리안은 눈을 떴다.

그런데 잠에서 깬 기분도 들지 않고, 의식이 든 기분도 들지 않는다. 악몽의 다음 장면으로 넘어간 기분이다.

여긴 어디지.

주변이 아주 어둑어둑했다.

이른 새벽 같기도 하고 해가 막 진 저녁 같기도 하다.

하늘과 땅이 같은 청회색인 시기, 온 세상이 푸른 잿더미로 보이는 시간이다.

큰 집 안에 있는 것 같았지만, 내부는 엄청난 크기의 상자처럼 텅 비어 있다.

가구도 없고 장식도 없다. 적색 카펫과 같은 색 천장뿐이다. 커튼도 없이 네모진 창틀만 있었다.

텅 빈 집, 아니 저택인가.

벽은 높고 바닥은 깨끗하다. 그러나 붉은 마분지로 만든 듯 인위적이었다.

이런 곳에서 눈을 뜬 이유가 뭔지도 모르겠다. 애초에 왜 눈을 감았는지도 모르고.

엘리안은 자신의 두 손을 펼쳐 보았다.

분명 엘리안 자신의 손이다.

얼굴을 더듬어 보니 피부가 느껴진다. 깨어났을 때 그를 당혹시켰던 볼의 거친 느낌이 없다.

매끈하다.

마음이 천천히 아파 오기 시작했다.

브릴, 어디에 있어.

무사해?

안 다쳤어?

속상했지?

미안.

너무 미안.

브릴과 다시 만나자마자 깨달았다.

엘리안이 없는 동안 브릴이 얼마나 고통스러웠는지. 자신이 한 일이 얼마나 큰 배신이었는지.

엄청나게 기쁠 거라 생각했는데, 그런 브릴을 보게 되니 오히려 미안하고 마음이 아팠다. 브릴이 느꼈을 슬픔, 그 슬픔이 자기 때문이라 생각하니 견딜 수가 없었다.

나, 왜 죽었던 걸까.

너에게 그렇게까지 고통을 줄 정도로 죽어야 할 이유가 있었던 걸까.

하지만 그때는 정말 그게 마지막 방법이고, 그것뿐이라 생각했는데, 차라리 내가 죽는 편이 나을 거라 생각했는데, 왜 그랬던 건지.

그때로 돌아간다면 엘리안은 독약이 든 병을 주머니에 넣고 브릴을 찾아갔을 것이다.

문을 두드린 다음, 브릴이 나오면 다 고백했을 거다.

브릴, 레오닉스 왕자가 내 정체에 대해 알아. 그 남자가 나에게 무서운 제안을 했어. 내 비밀을 지켜 줄 테니, 너를 데리고 가겠대. 너를 좋아하지도 아끼지도 않는, 네가 왕족이란 것만 필요한 남자가 너를 데리고 가겠대.

해결책은 없을 수도, 있을 수도 있다.

그래도 후회는 하지 않았을 것이다.

어떤 일이 닥치든 우리는 손을 잡고 있었을 테니.

하지만 손을 놓고 너를 버린 건 나야. 나 혼자 멋대로 그런 선택을 해 버렸어. 나 혼자 떠나 버렸어. 너만 남겨두고.

그때 이상한 소리가 들려왔다.

끽— 끼긱, 유리창 긁는 것 같은 소리다.

엘리안은 복도의 창으로 하늘을 보았다. 엷은 구름에 덮인 하늘 위로 커다란 그림자가 나타났다. 구름 위에 용이 날고 있는 것 같았다.

긴장한 엘리안의 앞에 희미한 빛과 함께 작은 나비가 나타났다. 나비는 팔락팔락 날아와 엘리안의 이마에 살그머니 앉았다가 사라졌다.

"아—"

목소리를 내려는 순간, 갑자기 손이 날아와 엘리안의 입을 막았다.

"쉿."

손은 엘리안의 머리를 세게 눌렀다. 작은 목소리가 들렸다.

"아무 소리도 내지 마, 꼬마야."

엘리안은 가만히 있었다.

잠시 뒤, 하늘을 날던 검은 그림자가 사라졌다. 입을 틀어막았던 손이 내려갔다.

"갔다. 다시 나타날 때까지는 괜찮을 거야."

엘리안은 얼른 몸을 돌렸다. 키 큰 남자가 있었다. 넓은 어깨와 단단한 가슴이 보였다. 입고 있는 옷은 제복이었지만, 어느 나라 제복인지는 엘리안의 지식수준으로는 알 도리가 없었다. 소매 윗부분에 날개를 펼친 독수리와 방패의 문장이 수놓아져 있다.

"누구세요?"

남자는 입술에 손을 가져갔다.

"쉿, 작게 말하렴. 조심해야 해, 꼬마야."

대략 이십 대 중후반 정도 돼 보이는 젊은 남자다. 단정하게 자른 머리는 검었고, 눈은 그늘져 조용한 인상이었다.

남자는 아이를 달래듯 부드럽게 말했다.

"내 소개를 하자면, 너보다 더 오래 여기에 있던 사람이라고 해 두자."

"여기는 어디인가요."

"너, 카니발라와 계약을 했지?"

"……네."

남자는 동정 어린 눈을 보냈다. 엘리안은 갑자기 울고 싶어졌다. 남자는 그런 엘리안이 가엾은지, 어깨를 두드려 주며 말했다.

"여기는 계약을 덜 치른 영혼이 있는 곳이란다. 그리고 저 그림자는 카니발라의 감시자야. 들키지 않는 게 좋아. 원래대로라면, 계약을 하는 즉시 잠들어야 해서, 우리들처럼 깨어 있으면 안 된단다."

"우리는 왜 여기서 깨어난 건가요?"

"카니발라가 소원을 제대로 안 들어줬든가, 들어주기 싫어하든가. 둘 중 하나겠지."

다시 나비가 나타났다. 남자는 나비를 향해 손을 내밀었다. 나비는 남자의 손가락에 앉더니 곧 사라졌다.

"뭐죠, 이건."

"나하고는 상관없고, 아마 네게 친구가 있는 것 같구나."

"친구?"

"그래. 지금 너를 찾는 친구가 있어."

친구? 누구를 말하는 거지?

도와줄 만한 친구는커녕, 친구 자체가 없는데.

"그 친구가 너를 깨워 보려고 노력하는 중이란다. 하지만 꽤 조심하고 있으니, 너도 조심하면서 반응하렴. 자칫 잘못해 카니발라에게 들키면 너도 위험하고 그 친구도 위험해져."

"어떻게 아시는 건가요."

"여기에 오래 있다 보니 저절로 알게 되었단다."

"얼마나 오래 있었어요?"

"기분상으로는 오래된 것 같기도 하고, 바로 어제 일 같기도 하구나. 그러나 오래 있었다는 것, 그것 자체는 알아."

"그건 어떻게 알았어요?"

"잠깐, 아주 잠깐 눈을 뜬 적이 있다. 그때 내가 아는 사람을 봤단다. 카니발라와 계약을 할 때는 열네 살 꼬마였는데, 그때 보니 나보다 훨씬 커졌더구나. 그래서 알았지. 시간이 꽤 흘렀다는 걸. 그리고 그 아이가 그렇게 크는 동안 나는 아무것도 보지 못했다는 것도."

엘리안은 정말 슬퍼졌다.

가족을 만난 거구나.

"이름이 뭐니, 꼬마야."

"엘리안."

"나는 펠릭스."

"어디 출신인가요?"

"발카니아."

고향을 말하는 목소리에서 슬픔이 느껴졌다. 그래도 펠릭스에게는 보호해야 할 아이를 앞에 둔 어른들이 가져야 할 인내와 관대함이 있었다. 엘리안은 그래선 안 된다는 것을 알면서도 믿고 의지하고 싶었다.

"당신은 어쩌다 이곳에 있게 된 건가요."

"나 역시 세 가지 소원을 빌었단다. 카니발라는 그중 두 개만 들어줬지. 그래서 나는 아직 남아 있는 건데, 다행히 그는 내가 남아 있는 줄 몰라. 그래서 계속 여기 있단다. 조심하면서."

"그걸 왜 몰라요?"

"소원을 채 이루기도 전에 내 몸이 죽어 버렸기 때문이지. 그건…… 카니발라 천 년의 인생 중에 단 한 번도 없던 일이니, 모르는 거다. 그도 겪어 보지 않은 일은 몰라. 즉, 그와 나의 계약은 미완성이야."

"당신은 무슨 소원을 빌었던 건가요."

"가장 소중한 존재를 위한 소원이었지……. 참, 너 몇 살이니."

"소원을 빌었을 때 열여섯 살이었어요."

"그렇게 어렸을 때 소원을 빌었다니, 불공평한 일이구나."

"왜죠."

"그때 닥친 큰 문제는, 대체로 힘이 없을 때 닥쳐서 힘들 수도 있거든."

"제 잘못이에요."

"엘리안, 무슨 소원을 빌었든, 얼마나 간절했든 간에, 그게 나쁜 결과를 가지고 왔다 하더라도 네 잘못만은 아니야. 너는 어린아이잖니."

하지만 당신은 내가 뭘 빌었는지 모르잖아요.

무엇 때문에 빌었는지도 모르고.

엘리안은 열여섯이 아닌 스물여섯이 되어도 똑같은 소원을 빌었을 것 같다. 지스티아와 아르노에 대한 소원은 경솔했지만, 레오닉스가 죽기를 바란 건 진심이었다. 너무도 순수한 심흑의 감정이라, 부인할 수가 없다.

"아뇨, 제 잘못이에요."

나쁜 마음 자체가 잘못이다.

그런데, 갑자기 손이 희미해지기 시작했다. 펠릭스가 급히 엘리안의 손을 잡았다. 투명해진 손 너머로 펠릭스의 손가락이 보였다.

"펠릭스. 어떻게 된 거죠?"

"엘리안. 혹시…… 눈을 뜬 적이 있니? 그러니까 네 육체를 가진 채로 말이야."

"있어요."

"얼마나?"

"한 열흘 정도."

"눈을 뜬 건 처음이고?"

"네."

펠릭스의 눈이 더 커졌다.

"왜 그러세요?"

"엘리안, 너 혹시……."

그런데 펠릭스의 모습이 사라지기 시작했다.

펠릭스는 그대로인데 엘리안의 시야가 흐려지고 있는 것이다.

"펠릭스!"

순간, 갑자기 가슴과 허벅지가 엄청나게 아파 왔다.

엘리안은 비명을 지르며 몸을 움츠렸다.

"아파."

끙끙대다 겨우 눈을 뜨니, 옆에 약병이 놓여 있었다. 약병 뚜껑에는 끈에 매인 종이 라벨이 붙어 있었다.

―아프면 먹어. 진통제다.

맨 밑에 카니발라라고 서명이 되어 있었다. 엘리안은 속이 울렁거려 라벨을 끊어 바닥으로 던졌다. 일어나고 싶었지만 다리가 끊어질 듯 아팠다. 허리도 아파서 눈이 흐릿해질 지경이었다.

"가만히 있으십시오, 카니발라."

엘리안은 목소리가 들린 쪽을 보았다. 벽에 붙은 작은 책상 옆에 남자가 앉아 있었다. 아는 얼굴이다. 짙은 갈색 곱슬머리에 아주 잘생기고 친절했던…….

"트비라 공작님……?"

"아, 네. 그렇습니다. 트비라입니다."

레프, 즉 '트레빌란' 공작은 한숨을 푹 내쉬곤 고개를 저었다.

"바보 놀이를 다시 시작하시는 거군요?"

"네?"

"분명 안 속는다고 했고, 안 속을 겁니다. 뭐라 헛소리를 하든, 저는 정말로 안 믿을 겁니다."

엘리안은 어떻게 된 거냐고 물어보려 했지만, 레프 옆에 앉아 있는 팔다리가 긴 기계 인간을 보고 놀라서 신음을 삼켰다.

기계 인간이 말했다.

[안녕하세요. 저는 이지프입니다.]

엘리안은 의심스럽게 보았다. 생긴 게 좀 달라진 것 같은데, 목소리는 이지프의 것이 맞다.

이지프는 긴 팔을 뻗어 약병을 집어 든 다음 흔들었다.

[우선 이걸 하나 드십시오. 한 시간 지나도 계속 아프면 말씀하십시오. 효과가 더 빠른 것으로 드리겠습니다.]

"나, 다친 거야?"

[네, 아주 많이요. 그런데 주인님은 더 아픈 상태일 때도 비명 한 번, 신음 한 번 흘리지 않았는데, 당신은 눈 뜨자마자 아프다고 엉엉 울고 있군요. 게다가 지금 거의 나았거든요?]

"아, 아픈걸."

[엄살이겠지요.]

"정말 아파."

[엄살이라고 했습니다. 울지 마십시오.]

"아, 안 울었는데. 게다가 정말 아파."

레프가 이지프의 손에서 약병을 빼앗아 병을 툭툭 털어 두 알을 꺼낸 뒤 엘리안에게 내밀었다.

"드십시오."

"저기, 공작님. 여기는 어디죠?"

"어디긴 어딥니까, 당신의 배, 이라호 안이지요. 체자로 갈 때 당신이 타고 간 그 배 말입니다."

"공작님은 언제 타셨어요? 제국으로 돌아가셨어야죠. 부인이 걱정할 텐데."

레프는 답하기도 지친다는 표정이었다.

"카니발라 공, 공이 여기다 저를 주저앉히셨습니다."

"……제가요? 죄, 죄송해요!"

"……."

레프는 컵을 든 채로 엘리안을 빤히 보았다.

"공작님?"

"다시 한 번 말하지만, 안 속습니다."

그러나 목소리에는 그다지 힘이 없었다.

"카니발라, 당신과 같이 왔던 그 꼬마는 저와 있습니다. 아데안으로 가면, 아내에게 맡겨 보호할 예정입니다. 당분간 그 아이의 고향인 듀카르니아로 돌아가는 건 힘들 테니, 거친 습속을 버리고 아데안에 적응하길 바랄 뿐입니다."

엘리안은 약을 입에 넣고 레프가 주는 물을 받아 마셨다.

그런데 이 약, 이상한 거 아니겠지?

아니야. 카니발라 몸이 내 몸인데, 몸에 나쁜 걸 줄 리 없어.

"라바이는 괜찮은 거…… 맞죠?"

"아주 괜찮습니다. 믿으세요. 저와 같이 있으니, 걱정하지 마십시오."

공작님과 있으면 정말 무사한 거다.

라바이에게 고맙다고 해야 하는데. 그러니까, 같이 와 줘서.

도망칠 수도 있었는데 옆에 있어 주었다. 레프도 엘리안에게 안 속는다고 말하고야 있지만, 어투는 그다지 날카롭지 않다. '내가 이렇게 생각하고 있다는 걸 알아주길 바랍니다.' 라는 투에 가까웠다.

레프가 물었다.

"그리고 조금 전, 펠릭스……라고 했습니까?"

"네."

레프는 이지프를 흘끔 보았다. 이지프는 방구석에 앉아 사발 안에 이것저것 넣은 다음 섞는 중이었다. 달그락달그락 소리가 요란했다.

"다시는 그 이름을 말하지 않았으면 좋겠습니다. 제가 몹시 불쾌하니까요."

"왜…… 왜요?"

"예전에, 음, 그러니까, 아주 예전에 당신이 다른 몸이었을 때, 자신이 펠릭스라고 주장하셨거든요? 그때 제가 아주 불쾌한 일을 당한지라, 다시는 그 이름을 말하지 않기를 바랍니다."

엘리안은 얼른 고개를 끄덕였다.

펠릭스는 엘리안이 되기 직전에 카니발라에게 몸을 준 사람인가 보다. 높은 사람 같아 보였는데, 그런 사람에게도 죽어서라도 이루고 싶을 만큼 간절한 소원이 있었던 걸까.

약효가 도는지 통증이 사라졌다.

몸을 살펴볼 여유가 생겨, 살짝 셔츠 앞섶을 당겨 보았다. 배에 붉은 흔적이 남아 있었다. 허벅지도. 통증은 굉장했지만 상처 자체는 나은 듯했다.

이지프가 그릇을 내밀었다.

[드세요. 영양식입니다. 회복되려면 섭취하시는 음식이 좋아야 한답니다.]

이지프가 내미는 사발 안에 연회색 물질이 들어 있었다. 술 취한 고래가 토한 것 같다. 냄새도 이상하고.

엘리안이 가만히 있자, 레프가 그릇 안에 숟가락을 넣었다.

"떠먹여 줘야 합니까. 그냥 드십시오."

"이상하게 생겨서요."

"생긴 건 그래도 이지프를 믿으십시오. 이지프는 당신에게 아주 충직하니까요."

그 충직한 이지프는 서랍을 열고 이것저것 꺼내는 중이었다. 엘리안은 궁금해서 슬쩍 보았다가 기겁했다. 면도칼들과 가위였다.

"그, 그건 뭐야!"

[아, 이발 세트입니다. 주인님께서 잠들기 전 제게 말씀하셨습니다. '거지 꼴이 되어 있을 테니, 깨어나면 잘 단장시켜라.' 라고.]

"아, 아냐. 그럴 필요 없어!"

그러자 이지프가 거울을 건네주었고, 엘리안은 신음을 삼켰다. 꼴이 정말 엉망이었다. 눈은 퀭하고 머리는 산발에다, 수염— 엘리안은 부끄러워 죽을 지경이었다. 얼굴에 털이 나, 세상에.

[주인님께서 깨어나면 상세히 설명하라 하셨습니다. '지금 어리둥절하고 멍청한 상태지? 하지만 정신 차리고 씻어. 내가 네 몸 관리도 제대로 못 하는 것으로 보이면 안 된다.']

"……"

[엘리안 주인님?]

"저기. 너, 말이 왜 그래?"

이지프는 아주 상냥하게 답했다.

[일부러 이따위랍니다.]

"계속 그따위로 말하겠다는 거야?"

[물론입니다. 계속 이따위일 겁니다.]

"……"

엘리안은 그리 말하는 이지프를 물끄러미 보았다. 그런데 이 철판 녀석은, 엘리안 수준으로는 뭘 어떻게 할 수가 없다.

포기하자.

"이지프, 물어볼 게 있어."

[무엇이든 물어보십시오.]

"혹시 브릴이 내가 어떤 상황인지 다 알게 되었어?"

[아, 주인님께서 잠들기 전에 이리 말하라 하셨지요. '그렇고말고, 멍청아.']

엘리안은 그릇을 꽉 잡았다.

아, 집어 던지고 싶다.

[그리고 트레빌란 공작님, 이만 나가 주시면 좋겠습니다. 주인님께서 정신을 차리시면 제 판단에 따라 주인님과 저, 단둘이 있으라 하셨거든요. 그리고 저는 단둘이 있어야 한다고 판단했습니다.]

레프가 불쾌해하며 노려보았다.

"안 나가면 어쩔 거냐."

[우선 예의 바르게 경고를 할 것이고, 경고를 듣지 않으시면 협박을 하겠습니다. 협박이 먹히지 않는다면, 그때는 실행을 해야 합니다.]

"예를 들면 어쩌겠다는 거냐."

[인간에게 복종을 요구할 때 하는 행동은 정해져 있지만, 트레빌란 공작님은 아주 귀한 분입니다. 제 주인님께서도 공작님을 다치지 않게 하라 하셨거든요. 그 어떤 경우에라도 말이지요.]

"그래서?"

[이렇게 하겠다는 말입니다.]

이지프는 긴 팔로 레프의 허리를 덥석 잡아 밖으로 내던진 다음 문을 닫았다. 너무 빨리 일어난 일이라 레프도 밖에 나동그라진 뒤에야 자기가 어떻게 되었는지 알게 되었다.

"이지프, 이지프?"

레프가 놀라 외쳤지만 이지프는 문을 잠갔다.

레프가 문에 들러붙어 두들겨 댔다.

"열어, 열라고! 이지프, 열어!"

이지프는 돌아섰다.

엘리안은 죽 그릇을 쥔 채 눈만 댕그랗게 떴다. 이지프는 그릇을 엘리안 쪽으로 밀며 상냥하게 말했다.

[자, 드십시오. 필수 영양소가 듬뿍 들어 있습니다.]

"……"

[믿으세요! 저는 항상 주인님의 안전을 위해 현명한 판단을 할 뿐입니다. 그리고 그것이 주인님을 불쾌하게 할 수도 있습니다만, 믿어 주세요. 저는 주인님을 우선합니다. 주인님이 주인님 자신을 믿지 못한다 하더라도 저는 믿으셔도 됩니다.]

"……"

[그러니 그날 저는 셰어브릴이라 불리는 그분의 안전보다 주인님의 안전을 더 중요하게 여겨서 그런 행동을 한 겁니다. 저와 주인님은 아주! 아주! 아주! 오래전부터 같이 해 왔습니다. 저에게 주인님은 그 무엇보다 중요한 분이고, 또 주인님께서 잘못된 판단을 하지 않도록 돕는 것 역시 제 일입니다.]

"너는 대체 뭐야?"

[충직한 하인이지요. 주인님은 저의 군주이고 왕입니다. 그리고 저는 항상 주인님만을 위합니다.]

이 말인즉, 카니발라의 의중을 벗어나는 행동을 하지 말라는 거다. 또한 자기 생각이 곧 카니발라 생각이기도 하다는 뜻이다. 엘리안은 지식과 상식이 없을 뿐이지, 눈치가 없지는 않았다.

"그럼, 지금 내가 뭘 하면 되는 거지."

[먹고, 그다음 단장을 하십시오. 싫어도 해야 합니다.]

"왜 싫어도 해야 한다는 거야."

[님의 꼬락서니가 정말 쓰레기거든요.]

"……"

[왜 그러세요?]

엘리안은 이지프를 쏘아보았지만, 이지프의 얼굴은 여전히 철판이다.

"좋아. 그러니까 너는 항상 나를 위해 판단하고 행동한다는 거지?"

[그럼요.]

엘리안은 죽 그릇을 내밀었다.

"이거, 맛없어. 먹기 싫어. 다른 거 줘."

[영양소가 아주 듬뿍 들어 있는 거랍니다. 피부도 좋아지고 몸도 튼튼해져요. 님에게 좋다니까요.]

"나는 이거 먹기 싫으니까 맛도 좋고 영양소도 듬뿍 있는 걸로 만들어 와."

[원래 몸에 좋은 게 맛이 없을 수도 있답니다.]

"그럼, 맛도 좋고 몸에도 좋은 걸로 만들어 와. 난 안 먹을 거고, 안 먹으면 몸에 안 좋은 거겠지?"

[……차, 참고 드십시오.]

"내가 왜 그래야 하는데? 나는 기분이 좋아야 건강에 최선을 다할 수 있어. 그런데 맛없는 걸 먹으면 기분이 나쁘고, 기분이 나쁘면 건강도 나빠져. 그러니 맛있는 걸로 가지고 와."

[어린아이처럼 굴지 마십시오. 다 주인님을 위한 겁니다.]

"싫어. 안 먹어. 바꿔 와."

엘리안은 그릇을 더 세게 내밀었다.

"그냥 굶어 버린다? 그리고 굶어서 몸이 아프면 누구 책임일까? 내 책임? 아니면 맛없는 걸 억지로 먹이려 하는 네 책임?"

이지프의 눈이 점점 더 어두워지더니 시커멓게 변했다. 눈에서 먹물이 뿜어져 나오는 것 같았다.

"어라, 억지로 먹이려고? 그러면 더 안 먹을 거야."

이지프는 그릇을 휙 낚아채 던져 버렸다. 그릇이 요란한 소리를 내며 떨어졌다.

[다시 해 드리죠.]

그렇게 이지프는 다른 요리를 만들어 왔지만, 엘리안은 맛없다며 돌려보냈다. 서너 번 반복되자, 이지프는 방을 나가더니 잠시 뒤 전문 요리사가 만든 요리를 트레이 위에 담아 왔다. 게살로 만든 수프와 구운 돼지고기를 곁들인 흰 빵, 달콤한 오렌지 마멀레이드였다.

"이건 맛있네."

엘리안은 드디어 식사를 했다. 엘리안이 먹는 동안, 이지프는 옆에서 면도칼을 갈았다. 스컹, 스컹, 스컹, 스컹, 스컹!

식사를 마치자, 이지프는 퍼렇게 갈린 면도칼을 들이밀었다.

[자, 이제 단장을 하지요.]

이지프의 솜씨가 발휘되며, 머리는 단정해지고 얼굴도 깨끗해졌다. 그런데 가위 날이 콧등 위를 너무 자주 스쳐 지나가는 것 같다. 처음에는 원래 그런 거라 생각했는데, 굳이 그럴 필요가 없는데도 자꾸 스쳐 지나가니 의심이 들었다.

[어때요? 훨씬 보기 좋죠?]

엘리안은 거울을 들여다보았다. 보기 좋아진 건 맞는데, 면도칼을 왜 목 옆에 대고 있는 거람?

이지프는 옷을 가지고 왔다. 엘리안은 또 끔찍한 하얀색 옷이면 어쩌나 걱정했지만, 다행히 멀쩡한 바지와 셔츠였다. 다른 손에는 넥타이와 회중시계, 커프스를 들고 있었다.

이지프는 엘리안에게 그 옷을 입히고. 소매에 커프스를 끼우고 회중시계를 늘어뜨렸다. 솔로 어깨와 등의 먼지를 털어 마무리를 한 뒤, 엘리안의 머리카락을 이리저리 매만져 보기 좋게 정돈했다.

단장이 다 끝날 무렵, 쿵— 하는 충격과 함께 배가 멈추었다.

"뭐지?"

[도착한 것 같군요. 기다리십시오. 주인님께서 잠들기 전, '그 멍청이가 들

떠서 이상한 짓 하지 않게 조심시켜. 바보로 보이는 건 질색이니까.' 라고 하셨으니, 점잖고 어른스럽게 행동해 주십시오.]

"음. 이지프. 내가 만약에 멀쩡해지면 말이야, 이렇게 전해 줘. '네 깡통 시종 말이야, 아주 버르장머리가 없더라. 말을 그따위로 하면 기분이 너무 나빠져서 네가 잠들었을 때 내가 내 몸에 무슨 짓을 할지 몰라. 아, 이런. 이지프 너, 한 대 치겠다?'"

[……]

이지프의 손가락이 꼼지락거렸으나, 차마 때리지는 못했다.

[그대로 전하……겠습니다.]

"그러니까 이지프, 한 번만 더 건방지게 하면, 콱 다쳐 버릴 거야. 조심해."

[주인님의…… 편……의……에 최선을 다……하겠……습니다.]

"편의가 아니라, '기분'! 이걸 상하게 하면, 정말 다쳐 버릴 거야. 내가 너 때문에 다치면 어쩔 거야?"

[무, 무, 무슨 말씀이세요.]

"너 때문에 기분 나빠져서 내가 콱 다쳐 버리면, 그건 네 탓이잖아."

[……]

이지프의 손가락이 더 분주하게 꼼지락거리기 시작했으나, 역시나 차마 올라가지는 못했다. 너무 논리 완벽한 헛소리라, 반박할 수가 없었다.

"자, 가자."

[오십……시오……]

"가만, 이지프. 너 건방져. 기분 나빠. 예의 바르게 해."

[왜 예의가 없단 거죠? 잘하고 있잖아요.]

엘리안은 벽으로 뛰어들 준비를 했다.

[죄송합니다! 안 그럴게요.]

이지프는 삭삭 빈 다음 엘리안을 데리고 방을 나갔다. 그리고 엘리안은 아주 큰 방으로 안내되었다. 배 안에 이런 곳이 있는 게 가능한가 싶을 정도로 컸다. 바닥에는 검은 카펫을 깔고, 벽도 검붉은 공단으로 덮었다. 벽에 붙은 가스등이 그 고즈넉한 실내를 비추었다.

[손님이 오실 텐데, 어떻게 할까요. 화이트 와인이 좋나요, 레드 와인이 좋나요?]

"카니발라가 잠들기 전에 말 안 하던? 시킨 대로 해."

[그럼 요리는…….]

"그것도 카니발라가 정한대로 해. 단, 맛이 없거나 취향이 아니면 곤란해. 뭐, 카니발라가 알아서 했겠지만."

[음악…….]

"카니발라가 정한 대로. 단, 이상한 음악 틀지 마. 아주 불쾌해서 다쳐 버릴지도 모르거든."

[…….]

"모두 카니발라가 정한 대로해. 나한테 묻지 마."

[알겠습니다.]

"하지만 네가 나를 불쾌하게 하거나 귀찮게 하면 콱 다쳐 버릴 거다? 알겠지?"

[…….]

이지프의 철판 얼굴에 박힌 눈알이 다시 시커멓게 변했다. 엘리안도 마주 보았다. 이지프는 고개를 휙 돌린 다음 밖으로 나가, 쾅, 하고 문을 닫았다.

혼자 있으니 기분이 이루 말할 수 없이 복잡했다.

카니발라가 대체 뭘 준비한 거람. 누군가를 접대하라는데, 설마 황제는 아니겠지?

잠시 뒤 이지프가 안대로 눈과 이마를 가린 사람을 데리고 왔다. 이지프가 손님의 안대를 풀자, 눈을 감은 얼굴이 드러났다.

엘리안은 놀라 신음을 흘렸다.

"브, 브릴?"

브릴이다.

브릴은 눈을 감은 채 물었다.

"이제 눈 떠도 되나?"

[주인님께서 당신을 안전하고 편안하게 모시라 하셨으니, 안심하고 눈을 뜨십시오.]

브릴은 눈을 떴다. 청회색 눈은 바로 엘리안을 향했다. 그러나 적대적인 눈빛이었다.

"이런 식으로 오게 할 거면, 미리 이야기를 하지 그랬어."

브릴이 쌀쌀맞게 말했다.

"눈을 가리는 것도 질색이고, 끌려가는 것도 질색인데, 그걸 다 했어. 내가 오기로 결정한 이상 맨 정신으로 올 권리는 있다고 생각하는데?"

엘리안은 화가 치밀었다.

카니발라, 브릴에게 또 무슨 짓을 한 거야.

브릴이 다가왔고, 집요하고 명민한 눈빛이 엘리안을 향했다. 두 눈에서 시퍼렇게 빛나던 적대감이 녹는 듯 누그러졌다. 손이 올라와 상냥하게 엘리안의 볼을 쓸어 올렸다.

"엘리안이구나."

"어떻게…… 알았어?"

"온기."

브릴이 말했다.

"카니발라일 때는 대리석처럼 차가우니까."

"어떻게 된 거야?"

"말하자면 긴데, 다 말할 수는 없어. 요약하자면, 카니발라가 자기에게 원하는 게 있으면 가지러 오라고 했고, 나는 온 거야. 무사히 오기는 했네. 눈은 가렸어도 몸은 편했으니. 기분만 더러웠지. 하지만 치사하다. 얼굴 후려칠 준비를 하고 있었는데, 내 앞에 엘리안을 들이밀다니. 칠 수가 없잖아."

"미안."

브릴이 엘리안의 목에 손을 얹었다. 엘리안은 머리를 숙여 브릴의 이마에 자신의 이마를 댔다.

"엘, 나는 너를 구하러 오거나 만나러 온 게 아니야."

"아니길 바랐는데, 정말 아니라니 서운하잖아."

"너하고 카니발라는 한 몸이야. 카니발라가 운 좋게 사라지거나 너에게 몸을 양보하고 떠나지 않는 한, 그건 어찌할 수가 없어."

"그래, 나는 위험하지."

엘리안은 기분이 너무나 써서 눈을 감고 한숨을 내쉬었다.

브릴이 말했다.

"나는 라바이를 찾으러 온 거야."

엘리안은 저도 모르게 고개를 들었다.

"라바이? 브릴이 라바이를 어떻게 알아?"

"라바이의 친구와 알아. 내가 그 친구에게 신세를 많이 졌지. 그래서 그 아이를 집에 돌려보내 줘야 하는데, 어디 있지?"

"지금 믿을 만한 분이 보호하고 계셔. 아직 확인하거나 만나지는 못했지만, 그분이라면 무슨 말을 하든 다 믿을 수 있으니까."

"다행이네."

"그래, 라바이는 무사해."

"아니, 엘이 믿을 수 있는 사람이 있다는 게 다행이란 거야."

브릴도 엘리안이 천진하긴 해도 사람 보는 눈이 신기할 정도로 정확하다는 건 알았다. 의심스럽거나 위험한 사람들은 어지간하면 처음부터 피하는 편이었다. 엘리안이 믿을 만하다고 하면 정말 믿어도 된다.

"하지만 브릴은 돌아가지 못할 수도 있어."

"그건 내가 알아서 하겠어."

"도망……칠 거야?"

"아니. 안 해. 나는 절대 너와 헤어지지 않아. 분명히 말했잖아. 무슨 수를 써서라도 구해 준다고."

"나는 정말 바보 같은 일을 했어. 내…… 책임이야."

"엘이 하는 바보 같은 일이니 괜찮아. 다른 사람이 그러면 엉덩이 걷어차고 돌아섰을 테지만 너는 아니야. 그러니 나를 실망시켰다고 걱정하지 마, 엘리안. 실수를 하든 잘못을 하든, 나는 절대 너를 버리지 않아."

엘리안은 고마워서 웃었다.

브릴이 아는, 작은 꽃처럼 사랑스럽고 예쁘던 웃음이었다.

"자, 이제 라바이를 만나게 해 줘."

"알았어. 이지프."

[왜요.]

이지프가 고개를 돌렸다. 눈빛은 여전히 컴컴했고 목소리는 반항적이었다.

"공작님께 라바이를 찾으러 간다고 전해 줘."

[간다고요? 주인님이?]

"그래."

[오호, 그렇단 말이죠.]

이지프의 눈이 이글거렸다. 카니발라처럼 자발적으로 하는 거라곤 숨

쉬는 것 정도인 주인에게 익숙한 이지프에게는, 엘리안이 의도적으로 이리하는 것으로 보였다.

의도적으로 하는 것이라면 의도적으로 꺾는 것이 이지프의 몫이다.

[제가 데리고 오겠습니다.]

"……에?"

[뭐 하러 수고하세요? 제가 데리고 올 테니, 여기 가만히 계세요.]

"혹시 또 고장 난 거야?"

[네?]

몹시 모욕적인 말이라 이지프의 눈이 흔들렸다.

"시키면 시키는 대로 해야지, 왜 그래? 반항이라니. 고장 난 건가."

[오, 주인님. 설마요. 아닙니다, 절대로. 다만 좀……. 그, 그게……주인님, 조금 전 공작님과 저 사이에…… 충돌이 있지 않았습니까. 제가 가면 공작님에게 좀 불편할 것 같아서 그렇지요.]

"조금 전 있었던 일 때문에 공작님이 화를 낼 것 같으면, 네가 정중하게 사과드리면 되잖아? 자, 이렇게 말해. '조금 전에는 제가 정말 잘못했습니다.' 라고."

[사, 사과를 하란 말씀입니까?]

"그래."

이지프가 손가락으로 자신을 가리켰다.

[제가 잘못한 거라고요?]

"그래. 그런데 눈빛이 왜 그래? 한 대 치겠다?"

[서, 설마 제가 그러겠습니까. 하하…… 아닙니다. 다, 다른 건 필요하지 않으십니까.]

"필요 없어. 그리고 고작 말을 전하는 것도 제대로 못 하면서, 뭘 시켜 달라는 거야. 시킨 것부터 제대로 해."

[⋯⋯]

"가, 어서."

이지프가 나가더니, 쾅! 하고 문을 닫았다. 천장에서 찌직— 소리가 났다.

엘리안은 깊이 한숨을 내쉬고는 말했다.

"말을 무지무지 안 들어. 입으로는 주인님, 주인님, 하는데 내가 자기 주인이 아니란 걸 알고 일부러 저러는 거야."

"불량품인 거야, 저사양인 거야?"

"둘 다인 것 같아. 그건 그렇고, 라바이는 어떻게 돌려보낼 거야? 아, 말하면 안 되지? 카니발라가 듣고 있을 테니."

엘리안은 몹시 실망한 표정을 지었다.

브릴은 엘리안의 금빛 머리카락 사이로 손을 집어넣어 흔들었다. 머리카락에 배인 따스한 느낌이 좋았다. 작은 강아지가 손에 들어온 듯 기분 좋아지는 감촉이었다.

"엘. 그날 이후, 그러니까 체자에서 나와 만난 뒤에 어떻게 지냈어?"

"잠들었다가. 조금 전에 깨어났어."

"다친 건?"

"나았어. 처음에는 엄청나게 아팠는데, 지금은 괜찮아."

"그럼, 지금 깨어난 건 네 의지야?"

"아니, 카니발라가 깨워 놓은 거야. 맨 처음 깨어났을 때만 내 의지였지, 이제 카니발라가 나를 다루는 법을 알게 된 것 같아."

"그러면, 지금 네 안에 있는 카니발라가 언제고 다시 나타날 수 있다는 거네."

"그래. 지금도 언제 카니발라가 튀어나올지 몰라. 아니면 지켜보고 있을지도 모르고."

333

"천 살짜리 노총각이 참 골치 아프네."

"응?"

"그렇다고. 카니발라일 때의 너는 그랬어. 노총각. 그것도 아주 보기 싫게 늙은 노총각 같았거든."

"너무하잖아."

엘리안이 맑게 웃었다.

그리 웃는 엘리안은, 얼굴은 스무 살이지만 눈빛이나 분위기는 누가 봐도 열여섯 살짜리 아이였다.

하나도 변하지 않은, 오 년 전 열여섯이었던 엘리안이 열여섯인 채로 눈을 뜬 것이다.

"엘, 우선 네가 어떻게 카니발라에게 몸을 내준 건지는 알아. 또 너와 레오닉스 사이의 일은…… 레오닉스에게 들었어."

엘리안의 얼굴이 창백해졌다.

"그, 그 사람이 뭐라 그랬어?"

"다 말했어. 그가 무엇을 원했는지도, 어떻게 말했는지도."

"브릴, 혹시 레오닉스와…… 아는 사이야?"

"아는 사이가 되었지."

"어, 어떻게. 어떻게 알게 되었어?"

"절반은 우연히, 절반은 일 때문에. 하지만 여기까지 오고, 이다음 일까지 생각하면 나 혼자 할 수는 없었어. 도움받을 건 받아야 해."

엘리안은 고개를 저었다.

"나는 그 사람이 싫어."

"알아. 이해해. 하지만 도움을 받지 않으면 안 될 때는 있어. 그가 너에게 상처를 준 건 알고, 그걸 용서하거나 받아들이란 게 아니야."

"그럼?"

"네가 자유를 얻으면, 그때 그 사람에 대해 생각하자."

"브릴, 너를 사랑해. 무엇보다. 아니 누구보다. 나보다. 아니, 유일하게. 너무 사랑하는데, 보고 있으면 아파 죽을 정도로 사랑하는데, 그런데…… 그 남자는. 그 남자에겐 아무것도 아니었잖아!"

"엘."

"그래서 브릴이 그를 아는 것도 싫은 거야. 만약, 만약 그 사람 원하는 대로 되었으면, 브릴은 물건처럼 그 남자에게 갔어야 했다고."

그래서 죽어 버린 거니.

하지만 너도 내게 말을 했어야지.

브릴은 지스티아나 아르노보다 레오닉스가 엘리안의 선택에 가장 큰 영향을 미쳤다고 생각했다. 레오닉스야말로 유일하게 브릴에 대해 언급했던 사람이고, 엘리안에게 가장 큰 타격을 준 사람이니까.

하지만 브릴은 진정 묻고 싶었다.

왜 나에게는 말하지 않았어?

진실을 알아도, 엘리안이 왜 그런 일을 한 건지 알아도, 그럼에도 엘리안이 남긴 상처는 잊히지도 지워지지도 않았다.

아니, 오히려 그 탓에 더 커졌다.

차라리 혼자 괴로워하다 죽은 게 용서하기 쉬웠다.

하지만 나 때문이라니.

내가 너를 괴롭게 하고, 또 나를 믿지 못해 그런 거라 생각했었는데. 정작 엘리안이 그런 선택을 할 만큼 절망하게 한 건, 브릴과 관련된 일이었다.

엘, 너는 몰라. 네 선택이 내게 어느 정도의 자책감을 남겼는지, 얼마나 깊은 죄책감을 남겼는지. 너를 그런 처지로 몰아넣은 나 자신을 얼마나 원망하고 미워했는지.

그러나 비밀을 알게 되자, 그건 그것대로 비참한 일이었다.

중요한 당사자인 나를 두고, 왜 네 멋대로 처리한 거란 말인가.

브릴은 연약하고 지켜 줘야 할 존재가 아니었다. 아무것도 모르는 채로 놓아두고 제멋대로들 행동해도 되는 존재도 아니다.

항상 자신이 엘리안을 지켜 준다 생각했고, 엘리안도 자신을 믿는다고 생각했다. 그런데 정작 그 순간이 되자 엘리안은 자기 혼자 정해 버렸다. 브릴을 잃기 싫어하면서, 그러면서 브릴을 같은 동반자로 여기지 않은 것이다.

그게, 그렇게 비참할 수가 없다. 멸시당한 기분이었다.

엘. 너였고 나였으니까, 너는 무슨 일이 있어도 나를 택했어야 했어.

하지만 그러지 않았어.

나를 위한다며, 나를 존중하지도 믿지도 않은 거지.

그래도 이리 온 것은 엘리안이 소중해서다.

배신당했다 하더라도, 그래도 엘리안은 구해야 했다.

마음이 아팠던 건 아팠던 거고, 도와줘야 하는 건 도와줘야 하는 것이다.

브릴은 볼에 엘리안의 손길이 닿는 것을 느꼈다. 첫 낙엽이 내려앉듯, 문득 내려온다. 손가락이 이마를 건드리고 머리카락을 쓸어 올렸다.

엘리안의 이마가 이마에 닿았다. 톡, 하는 느낌과 함께.

그제야 브릴은 소년 시절에 비해 마른 볼이, 남자의 선이 드러나기 시작한 눈 코 입이 보였다. 이제 연약하고 예쁘기만 하던 아이가 아니다. 완강하고 고집스럽게 굴 수 있는 남자의 얼굴이 되어 있었다.

"엘?"

"브릴이 너무 조용해져서. 나한테 화난 거지?"

"그래, 너에게 화났어. 어떻게 풀어야 할지도 모르겠어."

솔직히 말하자면, 이건 상처야.

너는 내게 상처를 입힐 수 있는 유일한 존재였고, 그걸 엄청난 방식으로 증명했어. 내 마음을 난도질했지. 그리고 다시 나타나, 또 난도질했어.

그러나 엘리안의 겁먹은 얼굴을 보자 측은해졌다. 아무리 화가 나도, 이 아이가 겪었을 고통에는 엄해질 수가 없었다. 본인이 한 일에 대한 대가는 엘리안이 직접 치르고 있지 않은가. 내가 또 화낼 수는 없지.

그런데 문득, 브릴은 레오닉스를 떠올렸다.

극단적으로 다르다.

털 하얀 강아지와 검은 사자처럼.

엘리안의 날카로워진 턱 선과 콧날, 넓어진 어깨와 팽팽해진 목덜미를 보면서 브릴은 그 남자를 떠올리고 있다.

미안하다, 그리고 도와준다.

레오닉스는 엘리안을 카니발라로부터 구하는 것을 중요하게 생각하고 있다.

그래, 그에게 있어 카니발라가 없어지는 것이야말로 가장 중요한 일일 것이다. 그의 형을 잃게 한 자이기도 하고, 또 엘리안이 카니발라를 불러오게 한 것이 자신이니.

그런데, 그러면서도 그 남자가 수도에서 했던 일들이 과연 엘리안 때문인지 의문이었다.

거리감은 있었지만, 그는 정중하게 브릴에게 교제를 청했다.

아무것도 몰랐을 때, 브릴은 그와 함께하는 일들이 재미있었다. 메즈나 시하라와는 다른 종류의 교류였다.

그것은 스며드는 감정과 함께했다. 몸의 감각이 먼저 반응하면서 시작되었다.

즐거웠고, 즐겼다.

아무 위기도 없었다면, 브릴은 분명 그 남자에게 매혹되었을 것이다. 그가 가진 우아하고 매력적인 고독에 홀렸을 것이다.

엘리안의 몸이 드러낸 남성의 징후를 보면서 이런 생각이라니, 브릴은 범죄라도 저지르는 기분이었다.

브릴은 엘리안의 머리카락을 넘겨 주곤, 볼에 입을 맞추었다.

"엘, 나도 너를 사랑해."

엘리안의 눈썹 끝이 떨렸다.

"소중해, 너무나. 물에 떨어지면 녹아 버리는 설탕을 가지고 있는 듯 안타깝기도 하고."

달콤하고 향긋한데 너무 연약하지.

하지만 세상은 너무 거칠지.

어린 시절, 브릴은 순진하고 착한 엘리안이 너무 소중해서 그 아이가 나쁜 건 하나도 몰랐으면 싶었다. 또, 그 모든 것으로부터 지켜주고 싶었다.

"그러니 너에게 화를 오래 낼 수가 없어. 용서하고 받아들이고 싶어지지. 화가 나다가도, 네가 이러면 또 내가 불안해져. 네가 힘들어질까 봐."

엘리안의 눈동자가 예쁘게 반짝인다.

말이란 게, 이리도 강하다.

말이 존재하지 않던 것을 만들어 내고, 희미한 것에 확신을 준다. 주문이라도 거는 것 같다. 존재하라, 라는 주문.

그래, 사랑해. 너를.

브릴도 이건 분명히 말할 수 있었다.

그런데 그 마음은 배신당했다.

예상치 못했던 방식으로.

브릴은 자신이 그 상처에서 벗어나기 힘들다는 것을 알았다. 아무리

진실된 감정이었다 하더라도 배신 앞에서는 버틸 수 없다. 그래서 지금, 당시에는 확신하던 '사랑'이란 단어가 변색된 것을 분명히 깨닫고 있었다. 여전히 소중한데, 그때의 생명력이 사라진 느낌이었다.

브릴은 다시 엘리안의 볼에 입을 맞췄다. 그런데 입술에 닿은 피부의 느낌이 달라졌다. 서늘하고 단단해지는 촉감에 브릴은 손을 내리려 했지만, 엘리안이 손을 잡았다. 손목을 감싸 쥐는 손이 쇠처럼 강해졌다.

엘리안의 입술이 비틀리며 보기 싫게 웃었다. 수면 아래에서 상어라도 튀어나온 것 같았다.

"그래, 사랑하는 거지?"

서늘한 입술이 브릴의 손등에 닿았다. 그리고 그 손등 위로 보이는 푸른 눈동자, 얼어붙은 수정처럼 차갑고 날카로운 눈동자가 브릴을 향했다.

"이런, 공주님. 그렇게 보지 마. 엘리안의 얼굴이야. 엘라인의 눈이고, 엘리안의 입술이고, 엘리안의 몸이지. 내가 좀 더 능숙해지면, 나인지 엘리안인지 구분하기 힘들어질 거야. 그러니, 말한 대로 마음껏 사랑해. 내 육신을, 또 저 아래에서 내가 소중히 간직하고 있는 엘리안의 영혼을!"

브릴의 손목을 잡았던 손이 풀어지고, 그 손은 조용히 올라와 턱을 스친다.

"그리고 이 몸, 엘리안의 영혼이 남은 이 몸은 얼마든지 네게 봉사할 수 있어. 그러니 마음껏 사랑해. 마음껏 그리워하라고."

카니발라의 손은 브릴의 목덜미를 어루만지고 머리카락을 쓸어 넘겼다. 차가운 손이 그러는 동안, 푸른 눈은 브릴의 두 눈동자에 멈추어 있었다. 감탄하고 갈망하는 눈인 동시에, 증오하는 눈이기도 했다. 어찌 이 두 가지 감정이 마주하는 칼날처럼 한곳에 담겨 있는 건지.

카니발라의 영혼이 깃든 엘리안의 육체는, 사악한 약을 담은 아름다운 병 같은 느낌이었다. 여전히 아름답지만, 안에 든 것은 악이다.

"공주님, 이건 너를 위해 준비한 예쁜 케이크 같은 거야. 한 입 먹어. 그러면 다 먹지 않고는 견딜 수 없을 테지."

카니발라가 웃었다. 그의 손이 브릴의 턱과 관자놀이를 건드리고 머리카락을 쓸어 넘겼다. 차가운 손바닥이 목덜미를 감싸 잡았다가 어깨를 쓸어내렸다. 자기 손안에 브릴이 있다는 것을 확인하는 것 같았다.

"하지만 계약에 대해서는 기대하지 마. 나와 엘리안의 계약은 그 무엇으로도 깰 수 없거든. 결코, 결단코, 절대로. 내가 싫어도 지켜야 하는 거야."

"그 계약을 어떻게 해 보겠다고 이러는 건 아니야."

"포기하겠다는 건가? 그것도 나름 괜찮지."

"아니. 깰 수 없다는 것만은 안다는 거야."

"흐음."

이제 카니발라의 손가락은 브릴의 손목뼈와 손등을 쓰다듬고 있다.

브릴은 뱀의 비늘이 스치는 것 같았다. 오싹하고 혐오스럽다. 역겹고.

"그래도 뭐, 괜찮네. 어찌 되었건 너는 여기, 이 자리에 있으니까. 어디도 아닌, 바로 여기. 네가 없을 때는 네가 숨 쉬는 곳이 내 앞이 아니란 것마저도 화가 났거든. 그러니 자, 너도 좀 더 부드러워져 봐. 상냥해지라고. 그러면 나는 너를 위해 뭐든 할 텐데."

"시도 때도 없이 성질이 나면, 그건 나 때문이 아니라 네가 병에 걸린 거야. 나보고 어쩌라고 하지 마. 또, 내가 뭘 하겠어. 달래 줄까, 아니면 잘못했다고 빌기라도 할까. 아무것도 할 수 없어."

카니발라가 웃음을 삼켰다.

"그럼, 네게 필요한 건 엘리안뿐인가? 사랑하는 건, 아끼는 건, 소중한 건 그 소년뿐인가."

"그래."

"너는 그 소년에게만은 입 맞춰 줄 수도 있겠지. 안아 줄 수도, 미소 지어 줄 수 있겠지. 이런 얼굴 말고, 다정하고 달콤하고 상냥한 얼굴이 될 거야. 조금 전처럼 말이야."

브릴은 문득 궁금해졌다. 혹시 엘리안이 엘리안일 때, 저 카니발라는 엘리안을 통해 나를 볼 수 있는 걸까?

카니발라가 두 팔을 펼쳤다.

"자, 공주님. 그럼 이건 어떨까. 이 몸은 엘리안의 몸이야. 게다가 나는 엘리안의 영혼을 잘 보호해 줄 거야. 하늘에서 캐 온 별처럼 소중하게 해 줄 거라고. 내가 관대해지고 네가 욕심을 좀 버리면, 우리는 둘 다 잘 지낼 수 있을 것 같은데."

"어떻게 하려고."

"이 나를 색다른 상태의 엘리안이라 생각하면 너도 편하지 않을까? 응?"

브릴은 눈살을 찌푸렸다.

"웃기지 마. 지금 상황에선, 너는 엘리안 몸 안에 있는 이물질이야. 형태도 없고 육신도 없지. 진짜 네가 어떻게 생겼는지 전혀 몰라. 그러니 이물질, 그 단어 외에는 뭐로 너를 표현해야 할지 모르겠네."

카니발라가 눈을 번뜩였다. 브릴을 당장 한 대 칠 것 같았다. 브릴은 카니발라가 온몸으로 뿜어내는 조급한 분노를 느낄 수 있었다.

그다지 겁이 나지는 않았다. 때리면 맞지, 뭐.

"아하, 더 화가 나네, 공주님."

카니발라의 두 손이 브릴의 볼을 감쌌다. 각오했던 것과는 달리 그 손길은 부드러웠다.

"가끔은 너 같은 인간이 있지. 뭐든 아주 재미있는 일을 할 것 같단 말이야. 발칙하고 건방지고 짜증나. 그 어리석고 나약한 꼬마가 이런 것을 내 앞에 대령해 줄 줄이야. 천 년을 살았는데 새로운 게 있다니."

브릴은 카니발라를 노려보았다. 불쾌함과 거부감이 강했다. 주먹으로 갈기고 싶었고, 실제 주먹을 움켜쥐었다. 그러다 브릴은 살에 닿은 체온이 서서히 달아오르는 것을 느꼈다.

앞에 있는 카니발라의 표정이 확 변하며 체온이 더 달아오른다. 브릴은 엘리안의 푸른 눈이 젖어 드는 것을 보았다. 엘리안으로 돌아왔다. 언제 엘리안이 돌아오는지, 브릴이 정할 수도 없고 예측할 수도 없었다. 그러나 이 순간이 되면 또 흔들린다.

"엘."

목덜미를 손바닥이 뜨겁게 덮어 왔다.

브릴은 생각이 사라졌다. 엘리안의 손이 따스해서 가만히 있었다. 닿는 살이 온화해서 가만히 있었다. 이 체온이 있으면 그럴 수밖에 없으니.

병아리가 어미 닭의 날개 속에 숨듯, 이 체온은 그녀를 약하게 한다.

가엾은 엘. 몸을 잃어버린 가엾은 내 형제.

너를 사랑해.

그런데, 마치 심장 속에서 들려오는 것 같은 목소리가 하나 더 있다.

네 세상에는 언제나 내가 있을 테니.

가슴속에서 검고 진득한 것이 일렁이며 치솟아 올라 목까지 꽉 막혀 왔다. 심장을 묵직하게 덮고, 숨소리를 옅게 한다.

그래. 레오닉스.

그의 나른한 목소리가, 낯선 체향이, 피와 살로 녹아드는 것을 느낀다.

그와 함께 있으면 항상 느껴지는 감각의 술렁임도.

그런데 외로움이, 이상한 정도의 외로움이 느껴진다. 그럴 리 없다고 생각하면서도, 생각하자 가슴이 반응한다.

왜, 모든 것의 원인이라고 할 수 있는 당신에게 이런 생각이 드는 거지.

엘리안의 깊고 깊은 푸른 눈, 삼키면 얼어붙을 것만 같은 푸른 눈이 감겼다. 브릴은 엘리안의 눈썹 끝에 떨림이 번지는 것을 보았다.

엘일까, 아니면 카니발라인가.

누구인지 알 수가 없었다. 그런데 손길이 따뜻해서 벗어날 수가 없었다. 입술이 닿아 왔다. 코끝이 스치고, 숨소리는 살을 적셨다. 허리를 잡는 손바닥이 몸을 묵직하게 누르고, 브릴이 멈추자 순간을 놓치지 않고 파고들어 왔다.

조금 전, 간질거리는 열기가 번지던 가슴이 차고 묵직한 것에 눌리는 것 같았다. 뒤로 물러나려 해도 입술은 덮쳐 왔다. 입술 사이로는 뜨거운 것이 들어왔다. 볼에 얹은 손은 힘이 들어가고, 강하게 잡고 놓아주지 않는다. 혀는 입술 속으로 적시듯 부드럽게 들어와 혀와 입안을 애무했다.

감고 빨아들이고, 원하며 진절머리 내고, 닿고 잡아당기며 자책하고, 그러던 상대가 숨을 토해 내며 입술을 떼어내자 브릴은 간신히 숨이 쉬어졌다.

볼에 닿은 손이 다시 서늘해졌다. 허리를 잡은 손도 차가워져 묵직한 돌처럼 느껴졌다. 볼을 잡았던 손은 턱으로 내려갔다. 차가운 손가락이 브릴의 턱을 가만히 누르더니, 다시 그곳에 남자의 입술이 닿았다. 이번에는 얼음처럼 차가웠다.

카니발라가 말했다.

"나는 네가 원하는 단 하나이자, 네가 증오하는 단 하나군."

탄식 같다. 아니면 혐오와 분노이든가.

그러나 브릴이 분노하기도 전에 유리알 같던 눈 아래로 따스함이 번지고 얼굴도 서서히 슬픔으로 물들어 간다.

"브릴?"

엘리안은 놀랐다가, 갑자기 얼굴이 확 붉어졌다. 황급히 입을 틀어막듯 손으로 눌렀다.

브릴은 상황 자체가 굴욕적이었다.

대체 뭘 기대한 거고, 뭘 얻으려 한 걸까.

"엘."

"저기!"

엘리안의 얼굴이 빈틈없이 시뻘겋게 물들었다.

브릴은 한숨을 내쉬었다.

"네 충격이 잦아들려면 좀 기다려야 할 것 같네."

"그런, 그런 건 아니야!"

"아니긴. 벌레라도 삼킨 표정인데."

"브릴!"

아, 아니. 카니발라 짓이지. 이건 조롱, 정말로 너무도 고약한 조롱이다.

브릴의 안에 있는, 견고하게 닫아 두고 숨긴 어떤 감정을 건드렸다. 어디에도 내놓을 수 없는 욕망을 발견하고 끄집어낸 것이다.

브릴은 조롱을 받을 틈을 내보인 자신이 싫었다.

설마, 지금 엘리안을 남자로 느끼고 받아들이고 싶기라도 한 건가. 그러나 브릴은 행여나 그리 생각하는 자신부터 싫었다. 그런 감정을 엘리안에게 바란다는 것 자체가 부당하게 느껴졌다. 그건 절대 안 된다. 양심이 그 감정을 확실하게 가로막고 있다.

엘리안과 브릴의 위치를 생각한다면, 그건 시작부터 불공평한 감정이다. 엘리안은 브릴이 뭘 요구하든 다 들어줄 수밖에 없는 위치고, 브릴이 원하면 원하는 대로 받아들일 수는 없다.

그때 밖에서 소리가 들려, 브릴은 저도 모르게 엘리안의 손을 잡아 눌렀다. 그것이 오히려 엘리안을 더 긴장하게 만들었다. 엘리안은 당황해 몸을 움츠렸지만, 차마 손을 빼지는 못했다.

"들어와."

브릴이 말했다.

문이 열리며 들어온 것은 이지프였다.

"공작님이 괜찮다고 하셨습니다……만."

그리고 눈매를 반항적으로 만들었다.

이지프는 엘리안이 따지거나 잔소리를 하면 맞받아칠 생각으로 보고 있는 것이지만, 정작 엘리안은 아무 말도 못 했다.

이지프가 더 반항적으로 노려보자, 브릴이 나섰다.

"이지프, 나 혼자 가겠어."

그리고 브릴은 엘리안을 돌아보며 말했다.

"엘, 나는 어떻게든 너를 구할 거야. 그러니 너도 너를 버리지도, 잃어버리지도 마."

엘리안은 고개를 들고 약간 멍한 얼굴로 벽에 등을 댔다.

"너는 나에게 아주 소중해. 네가 있어야 내 생이 다시 시작되고, 네가 있어야 모든 것이 의미가 있어. 그러니…… 믿어. 네게 바라는 건 그뿐이야."

엘리안이 말했다.

"사랑해."

말끝이 떨린다.

브릴도 답했다.

"그래. 나도."

엘리안이 고개를 숙이자 금빛 머리카락이 이마로 늘어졌다. 얼굴에 그림자가 번져 있었다. 어둡다, 확실히.

브릴은 돌아서 방을 나갔다.

"어서 안내해, 이지프."

이지프는 답 없이 앞장섰다. 잠시 뒤 연갈색 문 앞에 서게 되었다. 문은 낡은 감이 있었지만 그 위에 새겨진 동백꽃 문양은 정교하고 우아했다.

이 배의 정체가 뭔지 궁금해진다. 겉은 분명 전함 같은데, 내부는 유람선보다 화려하고 선원은 하나도 없다.

[안에서 공작님과 이야기 나누십시오. 저는 이만 주인님께 가 보겠습니다. 그리고…… 다시 한 번 말하지만, 저는 주인님이 우선입니다.]

"네 주인을 위해 나를 몇 번이나 더 쑤실 수 있다는 말로 들리네?"

[쑤시다 뿐인가요? 목도 자를 수 있습니다. 그건 한 번이면 충분할 테지요.]

"감히 네가 나에게 그런 짓을 해도 괜찮을까."

[주인님이 화를 내실 수는 있지만, 이미 잘려 나간 목은 어찌할 수 없지 않을까요?]

브릴의 검이 이지프의 목에 닿았다.

언제 뽑았는지도 모르게 뽑아 겨눈 것이다. 소리도 기척도 없었다.

이지프의 눈이 시커멓게 물드는 것을 보며 브릴이 말했다.

"이지프, 그건 나도 할 수 있어."

[제게는 두려움이 없습니다. 죽지 않거든요. 저는 영원합니다.]

"아니. 네가 감히 내 목을 자를 수 없다는 건, 그럴 틈이 없다는 거야. 뭐가 먼저일까. 내 목일까, 네 몸통일까. 응?"

[……당신 목을 베어 버릴 수 있다니까요.]

"그 전에 네 목이 먼저 날아간다니까? 목을 찾는 동안 몸통과 팔도 베어 버릴 수 있고."

그리고 검을 살짝 뒤틀었다. 검날이 금속 목에 부딪히며 딱— 소리가 났다. 칼날이 붉게 물들더니 이지프의 목덜미가 검게 그을렸다.

[아, 이게. 그—]

"오늘은 봐줄게."

브릴은 검을 칼집 안에 밀어 넣었다. 이지프는 반항적으로 문을 쾅 하고 열어젖혔다.

방 안에는 붉은 머리의 소년이 있다가 놀라 일어났다.

긴장하고 있는 소년 옆에는 '공작님'이라 짐작되는 청년이 있었다. 미남, 그것도 그저 보기만 해도 저절로 웃음이 나오는 유형의 미남이다. 남자는 예의를 차려 말했다.

"레프 오네긴사 트레빌란, 지금 이 아이의 보호자입니다."

분명 어딘가에서 들어 본 이름이다. 브릴의 생각을 눈치챈 레프가 말했다.

"제 이름이 꽤 알려져 있기는 합니다만, 부탁드리건대 신경 쓰지 마십시오. 숙녀분의 신분이나 고향도 말씀하지 않으셔도 됩니다. 제가 모르는 편이 나으니까요. 그런데 엘리안 군과는 어떤 관계입니까? 친구? 연인? ……아니면……."

브릴은 이 '공작님'이 상황이 어떤지 짐작하고 있다는 것을 눈치챘다. '엘리안'이라고 부르고 있다.

엘리안도 이 남자를 '믿을 수 있는 사람'이라 생각했다. 브릴이 보기에도 사려 깊고 친절하며 선량해 보이는 사람이었다.

"내 어머니가 엘리안을 입양했고, 십 년 정도 남매처럼 컸어요. 어느 날 엘리안이 갑자기 사라졌고, 이렇게 다시 찾게 되었지요."

레프의 눈에 연민이 비쳤다.

"그렇다면 무척 소중하겠군요."

"우리는 가족이에요. 사랑하는, 아주 사랑하는 가족."

"엘리안에게도 그렇겠지요?"

"그래요."

"그럼, 왜 라바이 군을 찾으시는 건지 물어봐도 됩니까. 이지프는 항상 제대로 말하지 않거든요."

"내 친구와 라바이의 가족이 찾고 있어요. 내가 그들에게 신세를 져서, 어떻게든 갚아야 해요. 그래서 이렇게 나선 겁니다."

"라바이 군을 데리고 돌아갈 방법이 있습니까."

"친구가 배를 가지고 오기로 했어요. 공작님께 권한이 있다면, 엘리안 보다는 공작님께 부탁드리고 싶군요. 엘리안이 지금 언제 카니발라로 둔 갑할지 모르는 상황인지라."

"하지만 저도 약속은 곤란합니다. 이 배는 카니발라의 것이고, 저는 사적인 인연으로 타고 있는지라, 언제든 하선할 수 있습니다. 당신보다 먼 저 내릴 수 있는 겁니다."

"그럼, 지금 나에게 라바이를 주세요. 이제부터 내가 보호하겠습니다."

"알았습니다."

"라바이."

브릴은 라바이에게 말했다.

"메즈가 너를 데리러 오기로 했어."

라바이가 깜짝 놀랐다. 그러다, 갑자기 얼굴이 창백해지며 이마에 식 은땀이 맺혔다.

"어디 아프니?"

"네. 죄, 죄송한데 손을 잡아 주세요."

라바이는 손을 내밀었다. 브릴은 그 손을 잡았다.

[들려요?]

브릴은 차분하게 라바이를 보았다.

[들린다면, 고개만 살짝 젖혀 줘요.]

브릴은 그대로 했다.

라바이는 좋아하려다 얼른 표정을 바꾸었다.

[전사나 정령사가 아닌 사람에게 말을 전하는 건 어려워서 힘들어요. 이해해 줘요.]

브릴은 입술에 손가락을 가져갔다. 라바이는 고개를 끄덕였다.

[마을에서 당신을 본 적이 있어요. 멀리서지만.]

"네가 잡혀간 뒤, 메즈는 아주 자책했어."

[저기, 메즈는 이제 정령에게서 해방된 건가요? 지난번에 봤을 때 사람이었는데.]

브릴은 천천히 고개를 끄덕였다.

"그래서 너를 도와야 하는 거야."

[카니발라는 악령이에요. 없어져야 할, 이 세상에 있어서는 안 되는 악령이에요. 메즈의 몸을 지배했던 정령과는 달라요. 그 정령은 숲과 마을과 사람들을 지켜 주기 위해 그런 거지만, 카니발라는 아니에요.]

라바이의 눈에 새카만 윤기가 돌았다.

[하지만 엘리안은 아무 잘못이 없어요.]

"나 역시 잘못이 있다고 생각하지 않지만, 그는 잘못이 있다고 생각하더라."

[엘리안을 구해 주고 싶죠? 나도 그래요. 너무너무 멍청이라, 이런 곳에 있으면 안 된다고요. 하필이면 카니발라 같은 놈에게 몸을 빼앗겨서!]

브릴은 웃을 뻔했다.

하나도 변한 게 없다, 엘리안은. 이런 꼬마에게 멍청이란 소리나 듣고.

"네가 메즈와 같이 떠나도 나는 남을 거야. 엘리안 옆에 있어야 해."

[엘리안을 구할 방법이 없지는 않아요. 어, 어렵지만.]

브릴은 라바이의 머리에 손을 얹고 이마에 턱을 댔다. 탄식을 흘렸지만, 환호를 참느라 그런 거다. 고함을 지르고 싶었다. 좋아 죽을 것 같다.

[노력하고 있어요. 엘리안도 도와줘야 하고.]

"라바이, 엘과 친하니?"

브릴이 물었다.

"친……하냐고요?"

"그래."

"그런 바보 따위."

라바이는 울음이 터지려는 것을 참듯 얼굴을 찡그렸다.

"그런 바보 따위와 친할 리가 없잖아요. 비, 빚진 게 있을 뿐이에요."

브릴은 라바이의 이마에 입을 맞췄다. 라바이가 볼을 붉혔다. 역시나 엘리안은 변한 게 하나도 없다.

또, 그 덕에 희망이 생겼다.

왕실 해군은 아직 아무 움직임이 없었다.

최소 석 달 전부터 시작했어야 할 일을 지금까지 안 하는 것이다. 이리 되면, 앞으로도 아무것도 안 하겠다는 의미로 해석해도 된다.

현재 왕실 해군이 주둔하고 있는 지역은 체자 남쪽과 아르데나 남부 일대였다. 하일드와 연합 작전을 펼치려면 왕실 해군은 점령지를 포기해야 했다. 전쟁에서 지거나 제국 해군이 그곳을 먼저 점령해 버리면 왕실은 식민지를 잃게 된다.

아르노에게 그 식민지는 상당히 소중한 곳이었다. 그곳에서 벌어들인 수익 중 상당 금액을 근위대와 왕실군에게 투자하고 있는 중이기 때문이다. 아버지처럼 조심조심 양보하며 살 생각이 애초에 없는 아르노는 왕권 강화에 힘이란 힘은 다 가져다 쓰는 중이었다. 그리고 군사와 돈이야말로 권력자의 힘이다. 왕의 근위대와 친위군이 수도 근방에서 주둔하고 있는한, 왕은 무슨 일이든 안전하게 할 수 있다. 또 돈이 있는 한, 의회의 눈치를 볼 필요는 없다.

이런 아르노는 의회에 상당한 부담이 되고 있었다. 현재 의회군은 남쪽을 지키느라 올라올 수 없고, 의회 중요 인사들은 수도에 있다. 아르노가 사소한 충돌을 이용해 의회를 점거하고 인사들을 체포하더라도, 의회가 반격하는 데 시간이 걸린다.

그런 상황에서 레오닉스는 북쪽 바다에 있던 함대를 남하시켰다. 체자의 요새에 있는 전함도 모두 출정시켰다. 아르데나 남부에 주둔 중인 왕실 해군에 대한 압박이었다.

이건 아르노도 예측한 바라, 해군성 장관이자 고종사촌 누파사 제독을 부르고, 그 자리에 레오닉스도 불렀다.

난처한 자리에 불려나온 누파사 제독은 불편하기 그지없었다. 집안 사정도 복잡한데, 이 빌어먹을 사촌은 또 이런 자리에다 끌어다 앉혀 놓는 것이다. 지금 그의 막내아들은 아르노에게 징계를 받고 대기 발령 상태다. 마르셀이 요청만 하면 해군으로 복귀할 수 있지만, 빌어먹을 막내아들은 너무 빨리 백수 생활에 적응했다. 본가에서 쫓겨나 누파사 제독가로 기어들어 온 길리온 안스터빌도 그런 마르셀 뒤에 숨어서 같이 적응했다.

제독은 아들과 아들 친구를 볼 때마다 속이 터졌지만, 어머니가 '가장 힘든 건 마르셀일 거야. 내버려 두렴.' 하고 말해 내버려 둬야 했다. 어머니 의견에는 동의하진 않지만, 어머니의 노려보는 눈은 무서웠다. 그뿐 아니다. 마르셀이 셰어브릴의 저택으로 놀러 다니자, 어머니는 무슨 희망을 품었는지 혼담을 꺼내 누파사 제독을 기겁하게 만들었다.

"왕족은 곤란합니다, 어머니."
"네 아버지는 나와 결혼해도 잘만 살았어."

그건 어머니 생각이고요. 아버지는 공주님인 어머니 모시고 사시느라 힘드셨단 말입니다.

그런데 이 엉덩이를 후려칠 막내 놈은 이런 할머니의 기대를 영악하게 이용해 즐겁게 노는 중이었다. 길리온 안스터빌처럼 실력이 어중간했더라면 포기했을 것을, 실력은 아까우리만큼 출중한데 야심과 책임감이 없다. 집안을 이끌어야 한다고 하자니 집안은 너무 잘나갔고, 기사의 애국심을 가지라 하자니 태생적으로 글러 먹었다. 출세하라고 격려해 보자니 의욕이 없다. 아들이 이놈만 있느냐면, 그것도 아니다. 셋이나 있다. 그것도 출세 잘한 놈으로. 잉여나 다를 바 없는 아들이 재능은 가장 출중한 것이다. 그러나 정신 상태가 워낙 잉여 적합이라 재능이 아무 소용없다.

레오닉스처럼 극한으로 살기를 바라는 건 아니나, 황제의 양자인 트레빌란 공작만큼만 하면 좋겠다는 생각은 들었다. 물론, 그마저도 과욕이지만.

누파사는 포기하고 현실로 돌아오기로 했다.

레오닉스가 지금 누파사 앞에 있었다.

"아직 분위기 파악을 하셔야 한다면, 말씀드리지요."

안경 너머에 있는 레오닉스의 붉은 눈이 아르노를 향했다.

그 피로에 찬 얼굴을 본 누파사는 자기 탓인 듯 생각되어 송구스러웠다.

"황제의 함대가 출정했고, 제 정보원들이 발견했을 때는 단 하루 만에 모두 빠져나간 뒤였습니다. 정박한 시간을 고려한다면, 보급을 거의 하지 않은 상태로 상당히 빠르게 출항했습니다. 즉, 바다 위에 오래 있을 생각이 없는 겁니다. 전투는 최소 열흘이나 보름, 최대 한 달 안에 있게 될 겁니다."

"자네 정보원이 무능해서 늦게 안 게 아니고?"

"그 정도 함대가 출정하려면 며칠간은 보급이 이루어집니다. 하지만 황제의 함대는 보급 없이 출항했습니다. 원래 가지고 있던 화약과 무기, 식량, 물 등을 가지고 출정한 겁니다."

레오닉스는 지도를 툭툭 건드렸다.

"바로 이 남군도로 갈 겁니다. 도레항에서 모자라는 보급을 채우고 올라갈 테지요. 그럼, 전장은 아르데나 바로 위가 될 겁니다. 여기서 승리하면 제국군은 남군도에 있는 듀카르니아의 거점을 점령한 뒤에 상륙을 시도할 것입니다."

"즉—"

"일단, 황제의 이번 출정은 도레항을 중심으로 한 남군도 점령과 해상권 장악을 목표로 한 겁니다."

"하일드군과 제국의 정면 대결인가?"

"각하, 하일드의 전쟁은 곧 듀카르니아의 전쟁입니다."

레오닉스가 이제 정말 지친다는 목소리로 말했다.

"제가 외국 왕자 대접을 받는다는 건 알지만, 하일드 앞바다에서만 싸우고 남는 시간에 낚시나 하는 게 아닙니다."

"자네가 원하는 건 뭔가."

"총회의를 소집하고, 남군도의 남해군과 북해군이 모두 집결해 제국 함대를 상대하는 겁니다."

"남해군은 남쪽 바다를 지켜야 하네."

"북해군이 밀리면 남해군도 위험합니다, 섭정공 각하."

"자네 말대로 된다면, 남해군은 언제 있을지 모를 제국의 상륙을 막아야 하지 않겠나. 북해군으로 지금 황제의 군사를 상대하기에는 부족함이 없을 것 같은데. 자네 능력을 생각한다면."

누파사 제독은 얼른 레오닉스를 보았다. 왕자의 한쪽 입술 끝이 올라갔다. 보는 누파사가 수치스러울 정도의 비웃음이었다.

레오닉스에게 힘을 보태 주는 편이 백배 나았다.

제국의 장군들은 어떻게든 황제에게 잘 보이려고 무리한 전쟁을 벌이곤 했다. 육지에서는 성공한 장군들이 제법 있지만, 바다에서만큼은 크고 작게 덤벼서 크게 깨진 전과밖에는 없다. 레오닉스는 지금 황제의 자존심과 승부욕을 가장 자극하는 상대다. 장군을 보내지 않고 황제가 손수 함대를 모아 나왔다면, 이건 그동안 그에게 패배를 안겨 준 레오닉스를 손수 박살 내겠다는 뜻이다.

즉, 상당한 힘이 실린 공격이 될 테니 왕국도 전력을 다해 맞서야 한다. 그런 상황인데, 아르노는 레오닉스가 혼자서 이기면 혼자서 이긴 대로 놓아두고, 진다 하더라도 제국의 해군 전력이 약화되어 있을 테니 싸울 만할 거라 생각하고 있는 것이다.

아르노의 이익을 중심으로 두어 전략적으로 판단한다면 영리한 짓이다. 그러나 아르노가 나라의 왕임을, 듀카르니아를 이끄는 자임을 고려한다면, 이리 한심한 결정도 없다.

"해전은 물량 싸움입니다, 각하."

레오닉스는 인내심 깊은 선생이 산만한 열등생을 가르치는 듯 차분했지만, 눈에 담긴 경멸은 그다지 숨기지 않았다.

"기본적으로 그렇습니다. 사정이 어마어마하게 나쁘다면 유서 써 놓고 나갈 수야 있습니다만, 인상적인 자살을 할 생각은 애초에 없습니다. 충분히 이길 수 있고, 힘을 보태면 쉽게 이길 수도 있습니다."

상대방 긁어 대는 레오닉스의 말버릇이 나오자, 아르노의 얼굴도 굳어 갔다.

레오닉스 정도 위치의 사람이 이렇게 나오면, 어지간하면 넘어가야 한다. 그러나 아르노는 그런 것을 넘어가기에는 속이 좁은 편이었다.

"도움받으러 온 거 맞나."

"도움을 바라는 게 아닙니다. 듀카르니아의 왕이 될 사람은 제가 아니라 각하십니다. 그리고 하일드와 듀카르니아는 하나고, 하일드가 듀카르니아의 바다까지 지키고 있는 지금 저는 도와 달라는 게 아니라 각하가 하실 일을 하라는 겁니다."

"내가 반대하면? 즉 남해군은 그냥 계속 남쪽 군도의 거점을 지키라고 명령한다면 어찌하겠나."

"이길 확률이 내려갑니다. 지면 큰 문제고, 이긴다 하더라도 손실이 큽니다."

"자네의?"

"일단 제가 가장 크게 손해 보겠지요."

바로 그걸 원한다는 듯, 아르노의 눈이 빛났다.

"싸우기 전에 질 걱정부터 하는 건가. 열네 살에 황제의 제독을 죽인 패기는 어디로 갔나."

레오닉스의 자존심을 건드리려고 한 말이지만, 그런 말에 넘어가기에는 레오닉스는 아르노를 너무 잘 알았다.

"그 이야기가 왜 끼어드는지 모르겠습니다만, 당시 사정을 모르시니

가르쳐는 드리겠습니다. 그때는 제가 가진 전함과 제국의 전함의 숫자가
비슷했습니다. 제국 함대는 허겁지겁 추격하느라 삼각형 모양으로 흐트
러진 채 오고 있었으니, 제 함대는 양옆으로 흩어져 포격만 하면 되었습
니다."

아르노는 머리가 어지러워지기 시작했다.

뭔 소리야, 저게.

"거기서 제국 함대는 거의 대부분 침몰하고, 발카니아 함대가 포위를
좁혔을 때 제국의 남은 배는 기함을 포함해 대여섯 척 정도였습니다. 그
후는 전쟁이라기보다는 두들겨 패는 것에 가까웠지요. 즉, 제국이 성과에
눈이 멀어 서두르느라 실수를 한 결과였습니다."

아르노의 눈빛이 흐릿한 것을 본 레오닉스는 환멸이 들었다.

"적이 운 좋게 실수해서 얻은 것을 항상 벌어질 일이라고 전제하는 건
금물입니다. 특별한 승리는 특별한 일일 뿐입니다."

당시 함대를 이끌던 황제의 동생은 카니발라가 발카니아 왕궁을 점령
하자 조바심이 나서 헐레벌떡 하일드 함대를 쫓아왔다. 그들은 소년 왕자
가 이끄는 함대 정도는 쉽게 이길 수 있을 거라 생각하며 달려온 것이지
만, 자기들이 포위되어 오도 가도 못 한 채 우박처럼 쏟아지는 대포에 맞
아 전멸할 줄은 몰랐다.

분노한 황제는 엄청난 함대를 만들어 하일드로 보냈으나, 이 역시 패
배로 끝났다. 그냥 진 게 아니라 전함 몇 척이 나포되어 하일드의 깃발을
달게 되기까지 했다. 그 전함들 중에는 출정 당시 엄청난 화제였던 4층
포열 전함도 포함되어 있었다. 제국의 용이라 칭송받았던 그 전함들은 전
쟁이 끝나자 하일드의 용으로 국적들이 바뀌었다. 다음 전쟁에서 그 배들
은 악명 높은 하일드의 함포를 달고 제국군과 맞섰다. 천둥 같은 포성을
울리며 배를 가루로 만드는 하일드의 함포는 진정 공포였고, 그 대포를

실은 배들이 모두 제국에서 만든 것이었으니 황제는 격분했다.

"제국 함대가 북상을 하든 방향을 틀어 체자로 진격하든, 그 전에 가라앉혀야 합니다."

"그 정도 대규모 준비를 하는데 우리가 모르고 있던 건가."

"저는 압니다. 아직 모르는 각하가 이상한 겁니다. 아니면 상식 이하로 게으르신 것이거나."

아르노는 누파사 제독을 노려보았다. 왜 안 끼어드느냐는 것이다. 누파사 제독은 아르노가 양보하길 바랐다. 가만히 있으면, 이겨도 욕먹고 지면 정말로 욕먹는다. 그런데 아르노는 하일드가 큰 타격을 입고 이기면 가장 좋지만 큰 타격을 입히고 져도 괜찮다고 생각하는 것이다.

"레오닉스 왕자, 나는 누파사 제독은 남군도를 지키고 자네의 해군은 시고야 요새를 중심으로 방어에 전념하길 바라네. 만약 남군도 도레항의 함대가 움직이면, 그 틈에 듀카르니아 해군이 도레항을 점령하도록 하는 게 좋지 않겠나."

하일드의 해군이 제국과 죽도록 싸우는 동안 자기들은 도레항을 점령해 실속을 차리겠다는 거다. 남군도의 섬 몇 개를 점령해 상당한 수익을 거둔 아르노다운 발상이었다.

"……각하."

"폐하."

아르노가 말했다.

"이제 폐하라고 불러야 하지 않나."

총리와 레오닉스가 왕의 퇴위에 찬성하는 서명을 한 것이 지난주다. 왕의 권한은 그 즉시 중지된 상태, 아르노가 사원에서 선서를 했으니 법적으로는 이미 왕이다.

"듀카르니아 해군은 듀카르니아를 지켜야 하네. 그러니 나는 남군도와 체자를 지키는 것을 우선으로 하겠어."

"그럼, 이건 누구를 위한 전쟁입니까."

"황제는 자네를 노리고, 자네와 싸워 이기고 싶어 하네. 나, 아르노가 그의 적수는 아니지."

레오닉스의 눈동자에 배인 깊은 경멸은 감추어지지 않았다.

제국과의 전쟁에, 나라의 왕이 될 남자가 실리만 챙기려 하고 있다.

백여 년 전의 왕은 이래도 되지만, 지금의 왕은 그래서는 안 된다. 이 건, 왕이 의회건 레오닉스건 죄다 자기 적으로 여겨서 벌어지는 일이다.

아르노가 판단하기론, 아무리 듀카르니아의 왕실 해군이 돕는다 하더라도 전쟁의 주도권은 하일드에 있다. 여기서 밀리면 바다는 전쟁이 끝날 때까지 레오닉스 것이 될 가능성이 크다. 즉, 하일드에게 듀카르니아의 해군의 총 지휘권까지 넘기는 결과가 될 수 있으니 아르노는 그것을 용납하기 힘들었다.

"그러니 출정을 할 수는 없네. 그리고 누파사 제독도, 자의적으로 해군을 출정시키면 항명으로 받아들이겠네."

"듀카르니아의 전쟁에서—"

레오닉스가 말했다.

"그래."

"여태, 제국을 몰아낸 것은 하일드의 해군과 의회군입니다. 왕실군은 그 어디에서도 참전하지 않았습니다."

"본토를 지키는 것을 최우선으로 하기 때문이지."

"그럼 그 정도 규모를 유지할 이유가 없지 않습니까. 특히나 근위대는."

"해군은 이미 해적과 싸우고 있네. 그리고 해적들로부터 나라를 지키는 것도 해군의 일이네."

"아르데나의 섬들은 원래 듀카르니아의 땅이 아니었습니다. 아르데나 왕실이 무너진 뒤 차지한 땅이니, 지금 해군이 보호하고 있는 건 듀카르니아가 아닌 외국 섬의 농장주들과 상인들이란 겁니다."

"레오닉스."

"그 식민지에서 들어오는 수입이 상당하다는 건, 저도 압니다. 하지만 곧 전쟁이 일어날 테고, 체자 앞이 불바다가 될 때는 그곳의 수익이 어느 정도인지는 아무 의미도 없어질 겁니다."

"이런다고 내 결정이 바뀌지는 않을 거네. 그리고 전쟁을 일으키는 게 좋은 건 아니야. 제국과의 평화도 가능할 수도 있지 않은가."

"가능은 하지만, 그걸 결정하는 건 폐하가 아닙니다. 황제이지."

"레오닉스!"

"폐하께 이 나라는 무엇인지 모르겠군요. 또, 폐하의 진짜 지위가 무엇인지도 모르겠습니다. 왕인지, 아니면 농장주 두목인지."

아르노의 얼굴이 분노로 붉어졌다.

레오닉스는 이런 아르노에게 진절머리가 난 지 오래였다. 아르노가 그나마 제대로 판단한 일들도, 자세히 살펴보면 거의 대부분 총리가 반대하거나 어떻게든 훼방을 놓아 결정을 바꾸게 한 것들일 뿐이다.

이 남자가 제정신일 때의 필파니온 왕 정도로만 판단했다면, 발카니아가 패망했을 때 해야 했던 일은 레오닉스를 맞아들이고 제국을 적국으로 선포하는 것이었다.

그러나 아르노는 레오닉스의 버릇을 들이겠다고 근 한 달을 만나 주지조차 않았다. 결국 하일드는 의회와 손을 잡았다. 왕실과 하일드가 손을 잡고 의회와 대항하는 구조였던 연방 체제가, 이제 하일드와 의회가 손을 잡고 왕실을 압박하는 구조로 바뀌었다. 아르노는 자처한 결과임에도, 하일드의 태도가 바뀌었다며 배신감만 알뜰히 챙겨 느끼고 있다.

"더 논의할 거 없네, 총회의는 없고, 남해군과 북해군의 총반격도 없네. 그리고 이런 이상, 더 이상의 논의는 필요 없겠지."

레오닉스는 안경을 벗고 일어났다.

검붉은 눈이 아르노를 내려다보았다.

"할 말 있나."

"할 말은 항상 많았고, 많이 했습니다. 각하께서 안 들으실 뿐이지요."

레오닉스는 벗은 안경을 코트 주머니에 꽂아 넣었다.

"이것으로 끝내겠습니다, 그럼. 한동안 뵙지 못하겠군요."

"건승을 비네."

"유일한 도움이군요. 기도라니."

레오닉스가 보기에, 아르노의 목이 아직 붙어 있는 건 순전히 의회의 수장인 율리아가 관대해서다. 다른 왕자들도 별다른 가망이 없으니, 속이 터져 가면서도 어떻게든 달래 보려고 노력하는 것이기도 하고.

율리아도 이번은 시간이 없어서 설득과 정치적 공작을 포기했을 것이다. 아르노를 참전시킬 의사가 있었다면, 아르노가 이렇게 실실 웃고 있을 리 없으니. 총리의 성품상, 일단 나라를 지키고 전쟁을 끝낸 뒤에 아르노 뒤통수 칠 준비를 하고 있을 것이다.

아르노는 진정 한 백 년쯤 전에 태어났어야 할 왕이다. 그의 형제들이 모두 그러하듯. 총리가 그렇게 노력했음에도, 아르노는 새로운 체제에 적응하려 하지 않았다. 아르노에게 있어 왕권은 조정되어야 하는 게 아닌 회복되어야 하는 것이었다. 자신이 제법 영리하고 정치적으로 행동한다고 생각한다는 것 역시 문제다. 탐욕을 우선시하는 권력자는 나라의 재앙이다. 협잡과 모략에 의존하는 권력자는 더더욱.

레오닉스는 다음 일정대로 의회로 향했다. 브룬델카 경이 의회에서 미리 대기하고 있다가 레오닉스를 맞이했다.

"어떻게 되었습니까."

"예상대로. 왕실 해군은 참전을 거부했다."

"아, 네."

브룬델카 경은 아르노에게 크게 기대한 건 아니었지만 정말 그리 저질러 버리니 어처구니가 없기는 했다. 아르노는 의회와 하일드가 망할 수만 있다면, 다음날에 자기가 망해도 상관없는 사람인 듯 보였다.

"보고할 거 있으면 해라, 브룬델카 경. 총리와의 회담이 끝나는 대로 출정해야 할 테니."

"어차피 남은 건 잡다한 겁니다. 유언장 갱신 같은 거라, 서명만 하고 가시면 됩니다. 내용 고칠 건 없으실 것 아닙니까."

출정 전에 레오닉스는 항상 유언장을 써야 했다.

유일한 직계다 보니, 유언장에는 다음 왕위와 하일드의 통치 방식을 다 적어 두었다.

브룬델카 경은 레오닉스가 이번 출정 전에 결혼을 하든 약혼을 하든 뭔가 변화가 있기를 바랐다. 잔소리는 했지만, 하지 말라고 그런 게 아니라 어서 하라는 의미로 했던 잔소리다.

누가 봐도, 이번에 레오닉스가 한 일은 듀카르니아 왕실의 브릴에게 수작 건 거다. 셰어브릴은 직계 보호자가 없고 레오닉스는 하일드 왕가의 수장이다. 레오닉스가 마음만 먹었다면 상쾌한 속도로 일이 진행될 수 있었다.

"이러실 거면, 좀 더 서두르지 그러셨습니까."

"무슨 의미인가."

"이번 출정은 좀 다르기를 바랐습니다, 왕자님."

수작을 걸 거면 최소한 1년 전에 하지 그랬느냐는 것이다.

브릴은 작년 말에 성인이 되었으니, 진행을 하려면 전쟁이 없었던 지난 1년 사이에 했어야 했다. 그리고 그 일이 순조롭게 진행되었다면, 브룬델카 경은 유언장을 갱신할 수 있었을 것이다. '내 아내'나, '내 약혼녀'라는 훈훈한 단어가 들어가는 것으로.

"왕자님. 형님…… 아니, 형님들과 누님들에 대해 아십니까."

"내가 태어나기도 전에 다 세상을 떴으니, 내가 기억하는 게 이상하지."

"큰 왕자님은 동생들의 죽음을 모두 지켜보셨습니다. 왕자님 바로 위였던 테오데릭 왕자님이 돌아가셨을 때도요. 국왕 폐하도 왕비 전하도 계시지 않았는데, 큰 왕자님만 남으셔서 마지막을 지키셨습니다. 테오데릭 왕자님이 의식도 없던 때였지만, 왕자님은 '내가 나가면, 이 아이의 마지막 기억은 너무 쓸쓸할 거다.'라고 하셨지요. 일주일 내내 우셨으면서, 매번 그날만 되면 울적해지면서도, 그래도 그러셨습니다."

레오닉스 위로 형제 다섯이 죽었다. 레오닉스가 태어났을 땐, 발카니아 왕 부부는 거듭된 아이들의 장례로 지칠 대로 지쳐 기뻐할 여력도 없었다. 그들은 슬픔이 두려워 레오닉스에게 애정도 관심도 보이지 않았다. 레오닉스는 유모와 시종 사이에 버려졌다.

부모를 거의 만나지도 못하고 자란 레오닉스는 신기한 아이였다. 아이다운 구석이 없이, 항상 퉁명스럽고 쌀쌀맞았다. 표정이나 말하는 것만 듣고도 레오닉스는 상대가 어떤 사람이고 무슨 생각을 하는지 알아챘다. 나라 잃고 가족 잃어서 그런 성품이 된 게 아니다. 태어날 때부터 그랬다.

그리고 국왕 부부가 방치한 막내 왕자는, 큰 왕자가 돌보고 키웠다. 레오닉스에게 있어, 큰형은 부모이자 형제이자 친구였다. 어린 레오닉스는 외로운 적도, 정이 아쉬웠던 적도 없었다. 형이 다 해 주었으니.

그랬기에, 형이 살아 있다고 믿었을 때는 나라가 멸망해도 세상이 여전한 거지만, 형이 죽자 세상은 끝이었다.

"왕자님, 저는 왕자님이 오래 사셨으면 좋겠습니다."

"죽을 일이 없으면 오래 살겠지."

"바로 그게 문제란 겁니다. 항상 죽을 각오만 하시잖습니까."

"죽을 경우를 대비하는 거다."

"최악만 생각하실 이유는 없다고 생각합니다."

"항상 반반의 확률이라면, 그건 최악이라 보기도 어렵지. 확률이 반반 인 상황 자체가 최악인 거지."

그래도 이제 하일드는 왕이 없어도 잘 굴러갈 수 있게 되었다.

듀카르니아를 이끄는 주력이 의회이듯, 하일드의 실질적 행정을 맡고 있는 것은 하일드 내각이다. 레오닉스가 당장 없어도 하일드가 굴러가는 데는 아무 지장이 없다는 뜻이기도 하다. 큰 왕자가 시작한 것이지만, 레오닉스가 완성한 것이다. 레오닉스에게 '내가 돌아오면' 이라는 전제 자체가 없었기 때문이다.

이것을 아는 브룬델카는 이 젊은 왕자에게서 항상 슬픔을 느꼈다.

"왕자님, 펠릭스 왕자님은 돌아가신 분입니다."

"……."

"돌아오실 수 없습니다. 그러니—"

레오닉스는 멈추어 브룬델카 경을 돌아보았다.

"이제는 받아들이십시오. 그 사실을 받아들이지 않으셔서 왕자님은 항상 죽을 준비만 하는 겁니다."

펠릭스 아르칸젤로.

참으로 오랜만에 형의 이름이 나왔다.

"나는 복수를 위해 싸우는 게 아니다, 브룬델카 경. 그렇다고 형이 돌아오지 못한다는 것을 부정하는 것도 아니야."

"왕자님, 그럼 왜 항상 끝만 생각하시는 겁니까."

한때는, 적어도 오 년 전까지는 달랐다.

형만 돌아오면 끝나는 일이라 생각했다.

전쟁이 끝나는 것도, 책임이 끝나는 것도 아니었다.

그래도 형만 돌아오면 레오닉스는 그때에야 마음 놓고 잃어버린 고향과 아버지를 생각할 수 있을 것 같았다. 상실감도, 슬픔도, 분노도, 고독도 오로지 형을 되찾은 뒤에만 생각하기로 했다.

그런 형이 돌아올 수 없게 되었다는 것을 안 뒤로는—

모든 것이 안개처럼 흐려졌다.

의미도 형체도 흐릿해지고 흐리멍덩한 채로 정지했다. 그리고 그 속을 카니발라만이 어느 정도의 실체감을 가지고 헤엄치고 있었다.

"그래도 이번 전쟁에서 살아남는다면 그다음을 생각하겠다."

"정말입니까?"

"그래. 이번이 마지막이다."

브룬델카 경은 기쁘기는 했지만, 또 슬프기도 했다.

레오닉스는 홀로 들어갔다.

마르셀 경이 앉아 있다가 얼른 일어났다. 그의 옆에는 메즈가 앉아 있었지만, 일어날 생각도 하지 않은 채 레오닉스를 보고만 있다. 이 청년은 레오닉스를 별로 좋아하지 않거니와, 지위나 신분에 대해 예의를 차려야 한다는 생각도 없다.

형식적인 인사가 끝난 뒤, 레오닉스가 말했다.

"마르셀 경, 경에게 부탁할 게 있다."

"말씀하십시오."

"경의 아버지가 이끄는 듀카르니아 해군이 참전을 거부했다. 즉, 왕실 해군은 남부의 남군도에 있는 노예상과 졸부들을 지켜 주는 걸 택했다."

"분명 아르노 전하의 결정일 테고, 아버지는 울면서 동의하셨겠지요."

누파사 제독은 속으로 백 번 반대해도 아르노가 한 번 찬성하면 복종했다. 그런 아버지와 아르노의 관계를 뻔히 아는 마르셀은 고개를 저었다. 아아. 역시, 우리 아버지.

"그래서 지금 경을 참모로 요청한다."

이 정도 일을 하게 될 거라 예상했던 마르셀은 흔쾌히 답했다.

"어느 배에 타는 겁니까."

"우리 측 배는 아니다. 의회의 세무감시선이다."

"그건 군대가 아니지 않나요."

"그래도 전투 가능한 전함이라, 참전한다. 우선 속도가 빠르고, 전격전이 펼쳐질 경우 사정거리가 길고 화력이 강한 함포가 있으니 거대한 제국 전함들을 상대하고 빠지기 쉽다."

세무감시선이라는 건, 밀수단을 색출하고 해적들을 토벌한다는 명목으로 신설 증강된 의회 소속 전함들이었다. 의회에 안전을 의탁한 상선들을 지키고, 남해군이 방치한 지역의 해적들과 싸우는 역할을 해 왔다.

"제 역할은 뭡니까."

"셰어브릴이 그곳에 있다."

마르셀은 놀란 듯 허, 하고 신음을 내고는 말했다.

"여기 안 계신다는 건 알았지만 거긴 왜 가셨데요."

"인질은 아니다. 오히려 인질 비슷한 어떤 것을 구하러 간 거다. 셰어브릴이 어디에 있을지 정확히 아는 건 경의 옆에 있는 메즈 군이다. 경이 해 줄 일은 메즈와 같이 가 돕고, 같이 탈출하는 것이다. 그 과정에서 충돌과 전투가 있을 테니, 그때 도움을 바란다."

"난이도가 높아 보이는데요."

"또한 비밀리에 진행될 일이 될 거다. 그렇기에, 이 일을 맡길 수 있는 건 마르셀 경, 자네 정도다. 나중에 문제가 되어도, 마르셀 경 자네는 공주의 손자이자 누파사 제독의 아들이니 무사할 것이다."

"제가 거절하면 어떻게 됩니까."

"메즈 군만 갈 거다. 나중에 벌어질 문제는 다른 방법으로 해결해야겠지."

"난이도가 계속 올라가네요. 그동안 왕자님은 뭘 하실 겁니까."

"나는 제국 해군 전대와 붙게 될 거다."

"전쟁인 건가요?"

"그렇다. 여기서 이기면 제국의 영향력은 대륙 안으로 들어간다. 듀카르니아와 하일드 본토는 안전해질 테지. 나라를 지키고 명예를 구하는 길이니, 왕국 기사라면 참전해야 할 전쟁이다. 어쩌겠나."

"어차피 여기서는 할 일도 없는걸요. 어디든 불러만 주시면 가죠."

눈치가 빠른 마르셀 경인지라, 이 정도만 말해도 자기 알아서 한다. 나머지는 모르고 있는 편이 낫다. 비밀유지를 위해서.

"그리고 메즈 군."

레오닉스가 부르자, 그제야 메즈는 일어났다.

"죄송합니다만 단둘이서 이야기할 수 있을까요."

등 뒤의 브룬델카 경이 입을 떡 벌렸다. 제레미도 경악했다. 신분이나 예의에 관한한 소탈한 마르셀조차도 놀랐다. 이민족 평민 청년이 나라에서 가장 높은 남자 중 하나에게 당당하게 요구하고 있다. 나하고 둘이서만 보자고.

"물러나라."

레오닉스가 말했다.

브룬델카는 당황해 저도 모르게 딸꾹질을 했다.

"네, 네?"

"일단 물러나라, 브룬델카 경. 제레미 경. 그리고 마르셀 경은 판단에 맡기겠다."

"물러나죠. 메즈 군, 이야기 잘 하세요."

"감사합니다."

모두가 나가고 레오닉스와 메즈 둘만 남았다.

아주 경이로운 장면이었다. 하일드의 왕자와 이민족 청년이 이렇게 얼굴 맞대고 있다는 것은. 그러나 메즈는 기이할 정도로, 정말 너무나 기이할 정도로 상대의 힘이나 지위에 대해 무관심했다. 일국의 왕이나 황제가 앞에 있어도 조금도 압박을 느끼지 않을 인간이었다. 메즈는 사람 자체가 가진 힘과 품격만 믿고 존중했다.

"일단, 브릴 님은 당신을 믿으라고 하셨습니다. 그건 브릴 님도 당신을 믿고 있다는 거겠지요. 그렇다면 저도 믿습니다."

"그녀와 나는 지금 전쟁의 목적이 같다. 나는 카니발라를 없애야 하고, 셰어브릴은 엘리안을 찾아야 하지."

"당신이 엘리안을 죽여 버리지 않을 거라, 믿어도 됩니까."

"왜 그렇게 말하는 건가."

"지금 상황에서는 그것이 가장 간편한 방법이기 때문입니다. 하지만 저는 그래선 안 된다고 생각합니다."

"이유가 있나."

"최선을 다하고 싶습니다. 엘리안을 되찾는 건, 브릴 님께는 인생을 다시 찾는 거나 다를 바 없습니다. 저는 그리되길 바랍니다. 그러니 당신이 엘리안에게 그 어떤 위해도 가하지 않을 거라는 약속을 받고 싶습니다."

"그건 또 왜 그러는 건가."

"셰어브릴 님은 좋은 분이고, 그분이 행복해지길 바라기 때문입니다.

좋은 사람은 그럴 자격이 있습니다. 브릴 님은 지금 의지로 움직이고 계십니다. 가능하든 불가능하든, 해야 하기 때문에 간 겁니다. 그런 분이니까요."

브릴은 목표를 정하면 본능적으로 가장 제대로 길을 잡아 나간다. 서부에서도 반란을 막기 위해 이민족들과 손을 잡았고, 그들을 도와 지역을 안정시키고 전황에 맞설 수 있는 방법을 알아내었다. 의회의 도움이 있었다 하나, 그들의 도움을 이끌어 낸 건 브릴이다.

그러니 지금, 메즈도 무슨 일이 일어나는지 알든 모르든 브릴을 돕는 것이다.

"말씀해 주십시오. 어찌하실 건지."

"자네는 어찌할 건데."

"죽여 버릴 예정이라면, 저는 최선을 다해 막을 겁니다."

"걱정 마라, 엘리안은 내가 진 빚이니까."

레오닉스는 메즈의 눈을 보았다.

키가 커서 레오닉스와 거의 비슷했다. 레오닉스에겐 드문 일이었다. 이렇게 마주할 정도로 키가 비슷한 사람을 만나는 건. 또, 이렇게 당당하게 상대를 마주 보는 인간도 드물다.

"세상에는 어떻게든 해결하지 않으면 안 되는 일이란 게 있지. 반드시, 반드시 매듭져야만 하는 일. 그리고 나에게 엘리안은 그런 존재다."

엘리안은 눈을 떴다.

또 그 이상한 곳에서 눈을 뜬 건가?

몸의 감각이 그때와 참 비슷했다. 몸의 감각이 없다. 숨을 쉬는 느낌도 없고 팔다리의 무게도 느껴지지 않는다.

불쾌하고 무섭다.

그때 몸이 저절로 움직였다. 손이 저절로 이마를 쓸어 올리고, 그다음 찬물로 얼굴을 씻었다. 거울을 볼 생각이 없는데 거울을 봐야 했다.

거울에 비친 자신의 얼굴을 보자, 엘리안은 자신이 너무 잔인해 보여 낯설었다.

똑같이 생긴 인형이, 그런데 아주 사악한 혼이 깃든 인형이 엘리안과 마주 보고 있는 것 같았다.

꿈을 꾸는 걸까.

참 오싹한 악몽이다.

엘리안은 이지프가 들고 온 셔츠와 재킷을 걸쳤다. 그 역시, 몸이 알아서 움직이면서 옷을 갈아입는 것이다.

그다음, 선실을 나와 갑판 위로 올라갔다. 이라호 주위에는 거대한 전함들이 무수히 정박해 있었다. 황제가 거느린 함대의 묘박(錨泊)지다. 엘리안은 배들의 함측에 있는 포구(砲口)를 보자 오싹했다. 전함을 본 적이 없는 엘리안에게, 그 배들은 잠든 용들처럼 보였다.

"어서 오십시오, 카니발라."

레프였다.

화려한 제복 차림으로, 어깨는 황금빛 술로 장식하고 가슴에는 붉은 휘장을 걸쳤다. 제복 위의 단추 장식은 물론이요, 어깨를 덮은 망토도 아주 화려해, 잘생긴 레프를 돋보이게 했다.

가만, 꿈이 아닌가? 목소리가 너무 생생하잖아.

"폐하께서 기다립니다."

폐하?!

앞에는 엄청난 전함이 바짝 붙어 있었고, 그와 이어진 선교 앞에 나이든 남자가 서 있었다. 황제라니, 엘리안의 생각과는 달리 그는 풍채(風采)가 놀랄 만큼 평범했다. 그러나 눈빛과 표정을 보자 그런 인상이 씻은 듯 사라졌다. 그의 두 눈은 독수리처럼 뚜렷하고 오만했다.

"안녕한가, 카니발라."

카니발라는 가슴에 손을 얹고 허리를 숙였다.

"얼굴이 창백하군. 레프가 그러는데 좀 아팠다고 하던데—"

목소리가 아주 부드럽고 깊었다. 눈빛에 깃든 오만함과 권위가 목소리의 부드러움과 어우러지니 이상할 정도로 사람의 가슴을 두근거리게 만든다.

이게 바로 황제의 힘일까.

"곧 전쟁이 벌어질 테지만, 나는 자네를 믿네. 하일드의 해군을 꺾고 내 앞에 바다를 열어 줄 마법을 준비하고 있다고. 그리고 듀카르니아를 정복해, 마침내 온 세상을 정복하는 거야."

살데니아의 정복자, 세계의 승리자인 제국의 황제.

예상은 했지만, 정말 황제란 것을 확인하게 되자 엘리안은 무서워졌다.

"근사하지 않은가, 승리란 건."

그런데, 기이하게도 엘리안은 자신이 카니발라처럼 삼십 년 넘게 황제를 알아온 기분이 들고, 이 황제의 성공과 승리를 지켜본 것 같은 기분이 들었다. 왕관을 빼앗긴 왕의 시체 앞에서 웃고, 패배한 왕들이 무릎을 꿇을 때 웃었던 것 같다.

"기대하겠네. 자네야말로 신이 내게 준 선물이니. 자네와 함께하고 이 위업을 달성하는 것도 신이 내게 준 임무, 나의 승리는 신의 뜻이지."

황제는 선교로 올라갔다. 레프가 그 뒤를 따르며 말했다.

"카니발라. 폐하께서 명령하시니 따라는 갑니다만, 라바이를 고향으로 잘 보내 주시길 바랍니다. 또—"

레프의 눈이 엘리안을 향했다. 엘리안인지 아닌지 알아보려는 것이다. 그런데 저절로 손이 올라갔고, 그 손이 레프의 목에 얹히더니 고개를 젖혀 레프의 볼에 가볍게 입을 맞췄다. 형제나 아주 친한 친구 사이에게나 하는 인사였다.

레프가 노려보았다.

"놀리시는 걸 보니, 당신이군요. 카니발라."

레프는 휙 돌아서, 성난 걸음으로 맞은편 황제의 기함으로 승선했다. 기함이 다리를 거두자 두 배는 천천히 멀어졌다.

엘리안은 그 광경을 지켜보다 돌아섰다.

그곳에는 브릴이 서 있었다.

브릴의 두 눈은 엘리안이 아닌 황제를 보고 있었다.

엘리안은 브릴이 황제를 지켜보면서도 그 어떤 감정도 경외도 품지 않고 있다는 것을 깨달았다.

새로운 것을 살피는 듯 명민한 눈동자일 뿐, 두려움도 긴장도 흥분도 없다.

그런 브릴을 보며, 엘리안은 심장이 뛰고 피가 더워지는 느낌이 들었다.

너무 아름다워서.

또 아프다.

바닷물 속의 보석처럼, 자주색 하늘 위의 별들처럼, 너무나 아름답지만 또 너무나 멀어서.

열여섯, 마지막으로 본 브릴은 심술궂고 잔인하고 배타적이었다. 지금의 브릴은 엘리안이 알던 브릴과 달랐다. 야성적이던 그 소녀가 아닌, 더 많은 기회를 누리고 얻을 자격이 있어 보이는 왕족이었다. 그리고 엘리안은 자신이 그런 것을 브릴에게 줄 수 없는 것이 안타까웠고, 카니발라는 가능할지도 모른다는 생각에 슬퍼졌다.

브릴 옆에서 부스럭 소리가 났다. 브릴은 눈살을 찌푸리곤 옆을 보았다. 이지프가 종이를 구겨 대다 휙 던졌다. 브릴은 이지프를 가리키며 말했다.

"이 녀석이 지금 나에게 관심 가져 달라고 이러는 것 같은데."

[글쎄요.]

이지프는 다시 종이를 구겨 휙 던졌다.

"그렇게 내 관심을 바라면 카니발라에게 미남 모습으로 바꿔 달라고 하든가."

[인간의 음란한 관심이란!]

"재수 없고, 위협적이고, 오작동이 잦고, 항상 빈정거리는 게 얼굴까지 그 모양인데 나더러 어쩌라고."

[…….]

이지프는 손을 꼼지락대다 엘리안을 휙 돌아보았다. 간절한 마음이 느껴졌다. 주인님, 제발 이분을 때리게 해 주세요!

엘리안은 기겁했다.

안 돼, 안 돼, 하지 마!

[당신은 주인님을 위험하게 만들었습니다.]

"그건 네 주인 책임이야. 불만 있으면 네 주인에게 따지거나 엉덩이라도 걷어차. 그게 더 낫지 않아?"

[그—]

"왜, 내 말이 틀려?"

맞는 말이다. 그런데 그렇게 인정하자니, 이지프는 자존심이 상했다.

[인간 여성은 협박에 약하다고 들었습니다. 협박하겠습니다.]

"하, 그래? 협박하는 놈들은 대체로 자기가 맞을 거라고는 조금도 생각하지 않고, 그런 놈들일수록 말 몇 마디만 해도 질질 짜지. 너처럼."

[……]

이지프는 뭐라 더 말하고 싶었지만, 머리가 작동하지 않았다.

간단히 이지프를 제압한 브릴은, 기함이 사라진 수평선을 보며 말했다.

"혹시, 지금 내가 이 대륙에서 가장 강력한 남자 중 하나를 본 건가."

[네, 황제 폐하이십니다.]

이지프가 대신 답해 준다.

"악수라도 해 볼 걸 그랬네."

브릴은 머리카락을 쓸어 올렸다. 그 얼굴을 보자, 엘리안은 기억하지 않으려야 않을 수가 없었다.

은밀한 접촉의 순간, 정말 남자가 되어 브릴에게 입 맞추던 순간을.

가슴이 뛰었고, 너무 뛰어서 아팠다.

브릴, 네가 있으면 내가 그래.

정말 죽을 것만 같아.

뭘 해야 할지도 모르겠고, 어떻게 해야 할지도 몰라.

즐겁게 해 주고 싶고, 웃게 해 주고 싶고. 네 웃음만 있다면 뭐든 다 할 수 있어.

나는 너를 사랑해.

정말, 정말 사랑해, 브릴.

브릴이 그런 엘리안에게 손가락을 들어 보이며 말했다.

"공주님이라 부르지는 마. 한 번만 더 그러면 공주님이라고 할 때마다 왕자님이라 불러 줄 거야. 아, 나의 왕자님. 벌꿀처럼 달콤하고 상아처럼 희군요. 황금도 그대 옆에서는 빛을 잃고, 그대만 나타나면 내 앞으로 여신의 무지개가 펼쳐지는데."

느끼한 남색가가 주절댈 말을, 브릴이 태연하게 하고 있었다.

엘리안은 웃고 싶었다. 딱 예전의 심술궂은 브릴이잖아.

엘리안에게만 상냥하던, 또 엘리안의 모든 것을 가질 수 있던 브릴. 하지만 다른 사람에게는 심술궂고 적대적이고 사납던 브릴. 나에게만 상냥한 암사자, 나의 브릴.

"곧 이 근방이 불바다가 될 것 같은데, 그 전에 라바이를 돌려보내게 해 줘."

[주인님이 왜 그 꼬마를 줘야 하는 거죠?]

"우선, 네 주인이 그 아이를 훔쳐갔거든. 그러니 주는 게 당연하지?"

[당신에게 소유권이 있는 건 아니지 않나요?]

"이지프, 네 주인은 라바이에게서 라바이를 훔친 거야. 자유를 훔쳤지. 그러니 훔쳐간 게 맞아."

[그러는 당신은 무슨 권리로 그러시는 건가요.]

"권리가 있는 건 아니지만, 도움을 줄 이유는 있어. 어지간하면 돈으로 해결하고 싶은데, 그걸 안 하겠다고 버티는 건 네 주인이잖아."

[당신이 주인님에게 뭘 줄 수 있는 건데요. 돈 말고요.]

"글쎄, 뭘까. 네 주인은 내가 여기 있기를 바라는 것 같은데, 그건 내가 네 주인에게 홀딱 빠지면 간단히 해결될 문제야. 그러면 나는 카니발라가 바라지 않아도 내 자유를 쥐어 줄 테지. 하지만 네 주인은 참 나에게 짜증나게 굴고, 짜증 나는 상대에게 정 줄 사람은 없어."

브릴은 화가 나 있었다.

싫다.

브릴을 불쾌하게 하고 화나게 하는 건 다 싫다. 그게 내 몸을 뒤집어쓴 카니발라라면 더.

"내 호감을 사고 싶다면 성의를 보여. 그렇다면 나도 어느 정도는 보답할 테니. 하지만 그럴 의도가 없다면, 차라리 정직하게 거래하자."

배가 덜컥— 흔들리더니 곧 움직이기 시작했다.

촤아아, 하며 바다 갈라지는 소리가 나며 전함들이 멀어지기 시작했다. 이라호가 항해를 시작한 것이다.

"어디로 가는 거야?"

"황제를 위해 가야 할 곳이지. 그의 전쟁을 도울."

카니발라의 목소리다. 내 목소리하고 같은데, 어조가 다르니 소름 끼친다.

이제, 카니발라가 말하기 시작했다.

"황제는 내게 가장 흥미로운 인간 중 하나였어, 공주님. 그는 이 세상을 바꿀 수 있을 것 같았지. 약간의 도움과 때맞춘 행운만 있으면 말이야. 어느 집안의 남자가 어느 집안의 여자와 결혼했다는 이유로 왕이 되는 것 말고 그 시대가 낳은 인물이 그 시대를 가지는 게 낫지 않나?"

배는 스스로 방향을 틀었다. 조타수도 항해사도 선원도 없는데, 저절로 돌아간다. 거대한 고래의 등 위에 탄 것 같았다.

그리고 지금, 카니발라와 같은 기분으로 서 있는 엘리안은 몸이 아주 거대해진 것 같았다. 온 세상과 연결된 느낌이라고 해야 할까.

처음 날개를 달고 하늘을 날 듯, 처음 지느러미를 달고 바다를 가르는 듯, 짜릿했다.

위대해진 듯한, 엄청나게 강해진 듯한, 그렇게 굉장히 멋진 감각이었다.

이라호는 섬들이 흩어진 바다를 지나갔다.

바다는 푸르고 하늘도 맑다. 포말이 피어올라 서늘하게 가라앉는다.

브릴의 두 눈은 수평선을 똑바로 향한다.

카니발라는 그 시선이 주는 느낌이 좋았다.

속삭여주고 싶지.

바람이 시원해, 밤바다가 아름다워, 브릴.

이제 카니발라는 정말 자신이 엘리안이 된 기분이었다.

웃고 떠들고 장난치며, 이 브릴의 손을 잡고 즐거워하고 싶다.

그렇게 놀다 지치면 두 마리 새처럼 서로의 품에 기대 쉬고 싶다.

카니발라는 브릴의 머리카락을 쓸어 넘겼다.

화려한 얼굴이 드러난다. 긴 속눈썹과 찬란하고 아름다운 눈동자— 카니발라는 그야말로 엘리안이 된 듯 가슴이 두근거렸다.

처음 소녀가 들어왔을 때의 엘리안이 된 것 같았고, 소녀와 벚꽃 잎 날리는 뜰에 누워 있던 엘리안이 된 것 같았다. 진심으로 레오닉스를 증오할 수 있었고, 그의 죽음을 염원할 수도 있었다.

너 없이는 못 살아. 못 살고말고.

가지고 말 거야.

아니, 내 옆에 있게 하고야 말 거야.

곧 섬과 항구가 보이기 시작했다. 항구는 대충 수선한 건물들로 빽빽하게 뒤덮여 있었다. 선착장에 정박하고 있는 배들은 종류도 크기도 모양도 다양했다. 범선도 있고 갤리선도 있었다. 전함도 있고 상선도 있다.

곧 양옆으로 전함 두 척이 따라붙었다. 갑판 위는 무장한 선원들로 가득했다. 모두 제복 차림이고, 제복의 소매에 수놓아진 문장은 타룬과 닻, 왕관이다.

아르데나 해군의 상징이었다. 이들은 전직 아르데나의 해군이자 현직 해적이다.

그들 앞에는 장교였음에 분명한 자가 있었다. 머리에 얹은 모자는 아주 호화롭고 컸다.

"어여쁜 배가 나타나서 신나서 왔더니, 타고 오신 분은 더욱더 어여쁘군. 아, 두 분 다 어여뻐."

밧줄 맨 갈고리 수십 개가 날아와 선 측 난간에 걸렸다. 철컹, 핑핑, 소리와 함께 양 배의 거리가 가까워졌다. 선측 아래로 물소리가 났다.

장교가 고함을 질렀다.

"자, 준비해라. 가까워지면 승선한다! 어여쁜 배와 아주 어여쁜 두 분을 잡는 거야!"

브릴이 검을 뽑으려 팔을 들었지만, 카니발라가 그런 브릴의 양팔을 잡아 내렸다.

"아아, 괜찮아. 너는 여기에서는 새장 속 비둘기보다 안전해."

브릴의 등에 카니발라의 가슴이 닿았다.

서늘하고 차가웠지만 단단했다. 브릴은 몸이 긴장하는 것을 느꼈다.

카니발라는 브릴의 팔을 허리에 붙였다.

"자, 셰어브릴."

카니발라가 부드럽게 불렀다.

"나는 황제를 만들었듯 너를 여왕으로 만들어 줄 수 있어. 새장 안에 가두어 두겠다는 말, 작고 예쁜 왕국을 주겠다는 말, 다 취소하지……."

"또."

"아니, 이건 달라. 나는 너에게 엘리안은 주겠어. 어떻게 하면 엘리안을 네 앞에 데려다 놓을 수 있을지, 이제 잘 아니까. 그리고 나는 네게 왕국을 줄 수 있어. 너를 잔인하고 아름답고 강한 여왕으로 만들어 줄 왕국을."

"무슨 왕국?"

"일단, 듀카르니아."

"나 말고 왕족들은 널렸어."

"아니, 너는 너 하나야. 자, 봐. 황제는 수많은 인간 중 하나였어. 그러나 특이하고 거침없었어. 내가 그의 등에 날개를 얹어 주자, 그는 독수리처럼 높이 날아올라 온 세상을 굽어보게 된 거야. 너도 그자처럼 강력한 존재가 될 수 있어. 너에겐 힘이, 영리함이, 담대함이 있지. 자, 이제 수평선을 봐."

밧줄이 팽팽해지며 양쪽의 배가 충돌했다. 이라호가 선체를 기울였다. 갑판 위로 해적 하나가 뛰어올랐고, 다른 해적들도 우르르 올라탔다.

브릴은 앞으로 나섰다.

브릴을 본 해적은 긴장이 풀렸지만, 브릴은 망설임 없이 그의 목을 베어 버렸다. 이어 올라탄 다른 해적의 허벅지를 걷어차고, 허리를 돌려 또 다른 해적의 목을 쑤셨다.

이지프도 해적들을 향해 팔을 휘둘렀다.

〔저리로 가세요, 저리로 가라고요〕

팔에서 온갖 칼들이 뛰어나와 징징 소리를 내며 덤벼드는 해적들을 쑤시고 베어 냈다. 사방으로 피가 퍽퍽 튀었다.

〔주인님, 뭐든 해 주세요! 갑판이 더러워지면 이라가 화를 내고, 갑판 청소는 제가 해야 해요〕

이지프는 주먹으로 해적들을 내리쳤다. 바닥으로 피와 내장, 살점이 튀었다.

"이봐, 두목!"

카니발라가 고함을 질렀다.

"황제 폐하의 명을 받들어, 이 항구에 있는 모든 전함을 징발한다!"

"미친놈! 발포해라!"

고함과 함께 배의 선측에서 대포가 튀어나왔다.

이지프가 급히 배 속에 손을 집어넣더니, 작은 갈색 상자를 꺼내 카니발라에게 던졌다. 카니발라는 그것을 받아 들고 뚜껑을 열었다. 상자 안은 향수병만 한 작은 병들로 가득했다. 카니발라는 상자를 허공으로 던졌다.

병은 반짝이고 있었다. 그 안에 별이 하나씩 들어 있는 것 같다. 브릴은 덤벼든 해적의 얼굴에 주먹을 박고, 그의 허리를 걷어차 바다로 던져버린 뒤에 무슨 일이 벌어지나 보았다.

병들이 우두둑 떨어졌다. 뚜껑이 모두 열려 있었다.

"나는 만령의 군주."

카니발라가 양팔을 들었다. 희고 곧은 손가락이 허공에 펼쳐졌다. 바람에 금빛 머리카락이 날린다. 드러난 번듯한 이마 아래 아름다운 얼굴은, 바다 거품과 파도가 빚어낸 젊은 신처럼 웃고 있다.

동시에 항구에 선착하고 있던 모든 배들이 닻이 올라갔다. 키리리리릭, 소리가 엄청났다. 배의 용골이 방향을 틀었다. 닻이 올라가자, 이제 돛대의 밧줄이 움직이며 돛을 조절했다. 돛이 펄럭— 펼쳐졌다.

항구에 정박한 해적의 배들이 저절로 움직이고 있다.

전함에 탄 해적들의 얼굴이 공포로 질렸다.

"뭐, 뭐야."

"배, 배에 유령이 붙었어!"

그동안 이지프는 갑판을 정리했다. 동강 난 해적들의 시체를 던지고, 아직 덜 죽은 해적들도 집어 던졌다. 모두 치우자, 구석에 놓인 걸레를 집어 들고 바닥을 닦기 시작했다.

[아아, 역시. 이런 일의 뒤처리는 제가 한단 말이죠.]

적함의 타륜이 저절로 돌아가고, 밧줄이 팽팽해지며 돛대가 조절되었다. 그 위에 타고 있던 해적들은 비명을 지르며 바다로 뛰어내렸다.

"귀신이야!"

"저주다!"

카니발라가 나른하게 말했다.

"자, 이제 황제를 위한 보관이 완성될 거야. 어떤 보석이 달릴지는, 내일이 되면 알겠지. 하지만 셰어브릴, 네가 원한다면 그다음 세상은 네 것이 될 수도 있어."

카니발라는 브릴의 얼굴을 보며 미소를 지었다.

"네 것이 된다고, 셰어브릴. 너는 그 어느 여왕보다 위대하고 강하고 유일한 여왕이 될 거야."

브릴은 경이로운 광경을 지켜보았다.

함대의 전열이 정비되고 있다.

보이지 않는 거인이 배를 늘어놓는 듯 빠르고 정확했다.

"나는 황제에게 한 시대의 황제를 약속했지. 그런데 그다음 시대까지는 아니었으니, 나는 그가 자기 시대의 처음과 끝을 모두 볼 수 있게 해 줄 수 있어."

카니발라는 브릴의 볼에 손을 얹었다.

손길은 부드러웠고, 눈에는 갈망이 스며들었다.

그리고 엘리안은 도저히 저항할 수 없는 소망을 느꼈다.

꿈을 만난 듯 벅차다. 하늘이 그의 것이고 바다가 그의 것이고, 그리고 그 힘으로 브릴을 세상에서 가장 고귀한 자로 만들어 주고 지킬 수 있다.

그 설레는 느낌이 주는 기대와 희열은 이루 말할 수 없었다.

강해진다는 것, 위대해진다는 것, 모두가 우러르는 존재가 된다는 것은 너무도 큰 유혹이었다.

나약하고 연약하던 그가 사라진다. 독약을 삼킬 때의 무력함이, 레오닉스에게 그 말을 들었을 때의 절망이, 다 하찮아진다.

엘리안이 카니발라가 되는 순간 그런 좌절감은 끝나는 것이다.

지상에서 가장 강력한 마법사, 카니발라가 되면 브릴을 자유롭게 해 주고, 브릴의 날개를 강하게 해 주고, 브릴에게 누구도 주지 못한 것을 줄 수 있을 거다.

또.

결코 브릴을 빼앗기지 않을 테고, 영원히 옆에 있을 수 있겠지.

네가 여왕이 되면, 그리고 카니발라가 너를 그리 만들어 준다면, 누가 너를 해칠까. 누가 내게서 너를 빼앗아 갈까.

브릴의 청회색 눈은 엘리안을 보고 있었다.

수정처럼 맑고 담담한 눈이다.

브릴이 말했다.

"하지만 카니발라, 네가 줄 보관은…… 모래의 보관일 테지. 바람조차 견디지 못할."

브릴은 뒤로 물러났다.

바람이 브릴의 머리카락을 휘감았다.

"그러니 필요 없어, 그런 하찮은 것은."

차갑고 위엄 있는 얼굴이 엘리안을 향하고 있었다.

엘리안은 서서히 눈이 어두워졌다.

컴컴한 어둠이 엘리안을 덮었다.

"구해 줄게."

네가 나를 구해 주면, 나는 뭐가 될까.

자유로울까? 아니면, 여전히 제국 출신 노예일까.

네가 나를 구해 주면, 나는 내 자리로 돌아가는 거야.
제국 출신의 노예, 너를 위해 아무것도 못 하는.

하지만 카니발라는 너를 위해 얼마나 많은 것을 할 수 있는지.

✽ 제 13 장 ✽

칼과 새벽

남군도의 하늘은 높고 푸르렀다. 체자 특유의 얼룩 같은 하늘에 익숙한 길리온에게는 부담스러울 정도로 푸른빛이었다. 하늘에서 퍼런 물이 쏟아질 것만 같다.

감시선을 타고 간다는 마르셀의 말에, 어선 비슷한 배가 올 줄 알았는데 2층 포열 전함이었다. 그리고 현기증이 날 정도로 빨랐다. 마르셀의 말을 빌리자면 '추진 장치'라는 것을 달고 있어서 그렇다고 했다. 길리온이 알아들을 리 없는 설명이었다.

"그게 뭐야?"

"연료를 사용하는 거랍니다."

"그럼 배에다 벽난로를 설치한 거야?"

"……."

곧 주변으로부터 엄청난 멸시의 시선이 쏟아졌다. 무식한 게 딱히 단점도 아닌 무인 가문 출신인 길리온은, 그 까짓것 좀 모르면 어떠냐고 화를 냈다.

"모를 수도 있지!"

하여간, 그 '추진 장치' 덕에, 배는 상당히 빨리 달리고 있다.

지휘관인 로즈 맥빌 경은 속도를 측정하고 연료의 양을 계산하며 세세한 항해 기록을 써 내려갔다. 해군 출신인 마르셀은 참모 자격으로 타고 있어 선교에 오래 머물렀고, 길리온은 이야기할 사람이 없어 가만히 앉아 있어야만 하는 시간이 많았다.

메즈는 갑판 위로 나와 조용히 수평선만 보거나 어디 즈음에 있는지 로즈 맥빌 경에게 물어보곤 했다. 길리온이 현기증과 매슥거림, 당장 체자로 돌아가고 싶다는 후회로 흔들릴 때도, 메즈는 지난번과는 달리 아주 멀쩡하다.

"너, 괜찮냐?"

길리온이 묻자, 메즈는 대놓고 성가시다는 표정을 지으면서도 예의 바르게 답했다.

"두 번째지 않습니까. 익숙해졌습니다."

"두 번 하면 괜찮아지는 거냐."

"당연하지 않습니까. 길리온 경과 두 번째로 동승할 줄 몰랐지만, 그래도 두 번 하니 익숙해지는군요."

"……."

그걸 물어본 게 아닌데 그걸 답했다.

"어이, 메즈."

"네, 길리온 경."

"그래도 이제는 경이라고 부르네?"

"마르셀 경이 말하길, 배에 승선한 분들은 모두 군인이고 존중받을 자격이 있다 했습니다. 길리온 씨도 그런 이유로 이 배에 있으니, '경'이라고 불러 드리라 하더군요. 납득했습니다."

"……."

차라리 '씨' 라고 부르는 게 낫다.

한 대 치고 싶지만, 쳤다가는 도로 맞는다. 말려 줄 마르셀이 간절했으나, 마르셀은 오늘도 로즈 맥빌 경과 이야기 중이었다.

저 로즈 맥빌 경으로 말할 것 같으면, 귀부인 초상화가 걸어 다니는 듯 현숙한 용모에다 우아한 웃음을 가진 미녀였다. 그러나 길리온과는 딱 두 줄 이야기한 다음 웃으며 쓰레기 취급 하는 중이다.

길리온이 로즈 맥빌 경과 만났을 때 한 말은 다음과 같았다.

"예쁜 여기사분이시군."

그리고 싱긋 웃으며 말했다.

"이런 미인과 함께라니, 기분 좋은 항해가 되겠어."

로즈 맥빌 경은 웃으며 고개를 끄덕였다.

칭찬해 줘서 감사하고 있는 줄 알았더니, 알고 보니 즉각 쓰레기로 분류되었던 것이었다. 승선한 선원들로부터 쏟아지는 멸시와 따돌림을 모르려야 모를 수가 없었으니 말이다.

내가 귀족이라 저러나? 그런데 마르셀과는 잘 이야기했다. 남자다운 용모라 멀리하나? 그런데 길리온과는 비교도 안 되게 남자 냄새 풀풀 나는 메즈에게는 잘해 준다.

이런 무시를 여자에게, 그것도 평민 여자에게 당할 거라 생각도 해 본 적이 없는 길리온은 분했다.

마르셀에게 좀 해결해 달라고 했지만, 마르셀은 이해도 못 하고 보지도 못했다.

"친절한데요? 왜요?"

더 화가 나는 건, 로즈 맥빌 경이 메즈에게 사심이 보일 정도로 친절하다는 것이다. 다른 여자들이 마르셀에게 정신이 팔려 있는 사이, 로즈 맥빌 경은 아직 푸른 바다인 메즈에게 집중했다. 메즈가 물어보면 물어본 것보다 더 많이 설명해 주고, 메즈 혼자 있으면 먼저 다가가 인사한 다음 사소한 이야기를 나누었다.
비위가 뒤틀린 길리온은 참다못해 맥빌 경에게 시비를 걸었다.

"역시, 어리고 반반하게 생긴 남자가 좋다는 건가."

로즈 맥빌 경은 웃으며 답했다.

"네, 그렇습니다."

그리고 길리온은 그냥 쓰레기에서 당장 불태워야 할 쓰레기가 되었다.
"그런데 왜 그러시는 겁니까."
메즈가 물었다.
"여자들이 다 나를 싫어한다."
"남자들도 무시합니다만."
"빌어먹을, 여자들이 무시하는 게 싫어! 싫다고! 여자들이 왜 이렇게 드센 거야!"

그 말에, 메즈가 멸시의 시선을 보냈다.

"이 배에 승선하신 분들은 모두 훌륭한 기사들이며 군인입니다. 그런데 그런 분들이 왜 길리온 경의 취향과 기호에 맞춘 이성이 되기 위해 노력해야 하는 건지, 이해하기 어렵군요."

"뭔 소리야."

"길리온 경, 경은 옆에 있는 모든 여성이 당신의 호감을 구하며 봉사하길 바라십니까?"

"그럼 여자에게 뭘 바라."

메즈가 보내는 멸시가 더 강해졌다.

길리온은 이유 없이 수치스러워졌다.

"길리온 경."

"왜."

"외출하면 세상의 절반은 여성입니다. 그 모든 여성에게 본인의 발정 상태를 강요하시면, 이건 병증이라고 봐야 하지 않을까요."

"뭐? 아니, 남자가 당연하지! 너는 안 그래?"

"안 그렇습니다."

"고자냐."

"저는 제가 정상이라 생각합니다. 피해 준 적이 없으니까요. 제 장애 여부를 의심하기보다는, 항상 발정 상태라서 남에게 피해를 주는 길리온 경이 더 문제가 아닐까요?"

길리온은 이가 갈렸다. 뭔 소린지 모르겠으나 욕한다는 건 알겠다.

내가 왜 여기 있나. 길리온은 후회가 되었지만 자업자득이었다.

마르셀이 참전한다고 하자, 네가 떠나면 나는 어떻게 하느냐며 잡고 질질 늘어져 여기까지 따라온 것이다.

"아, 길 대장. 제가 가는 곳은 위험해요. 전쟁터가 될 수 있어요. 칼 휘두르는 전쟁터가 아니라요, 말 그대로 불바다가 되는 전쟁터요."

"그럼 너 없이 여기 이 누파사 저택에 있으란 말이야?"

"집으로 돌아가면 되잖아요."

"싫어!"

"불바다가 된다니까요."

"집에 가면 어차피 불바다란 말이다!"

그 생각을 하며 후회하는 길리온에게, 메즈가 말했다.

"길리온 경, 더 하실 말씀 없으면 저는 가겠습니다."

"아니, 아니! 잠깐! 너도 셰어브릴 님을 진심으로 연모해서 여기로 온 거잖아!"

메즈가 무슨 미친 소리냐는 표정이었다.

"뭐라고요?"

"이, 이렇게 바다를 가르고 갈 정도잖아. 다른 여자에게 관심도 없고. 내가 발정 상태라 그런 게 아니라, 네가 셰어브릴 님을 연모해서 관심이 없는 거야!"

"길리온 경. 그분은 저에게 많은 도움을 주셨습니다. 목숨을 걸어야 할 정도로 위험했던 일도 있었습니다. 나서지 않아도 될 일에 나서 주셨고, 진심으로 도와주셨습니다. 그래서 저는 그분을 도와야 하고, 그분은 도움을 받을 자격이 있는 분입니다."

"마음이 있어도 신분 차 때문에 포기한 거 아냐?"

메즈는 몹시 피곤하다는 표정을 지으며, 한숨을 푹 내쉬었다.

"끈질기시군요. 길리온 경, 제가 남자이고 브릴 님이 여자인 건 사실입니다만, 남자와 여자 사이에 꼭 그런 마음이 있어야만 진심으로 움직일 수 있다고 생각하지 마세요."

"그런 이유도 아닌데 움직인다는 게 오히려 수상한데?"

"그럼, 길리온 경은 수하들이 위험에 처하면 그 수하들에게 애욕을 품고 있어서 구하러 가거나 도우러 갑니까? 예를 들면, 마르셀 경이요."

길리온은 고함을 질렀다.

"헛소리 마!"

"헛소리지요? 바로 그겁니다."

"남자하고 여자하고 같아?"

"길리온 경이 아직도 발정을 다스리지 못해서 여자들을 불편하게 한다는 건 압니다. 하지만 그건 본인의 질환이니 넘어가고, 제 입장에서 생각해 보십시오. 길리온 경은 에스텔라 공주님을 모셨다고 들었습니다. 그때 길리온 경은 공주님께 음심을 품었습니까?"

"내가 미쳤냐!"

"그럼, 길리온 경에게 공주님은 여자였습니까. 군주였습니까."

길리온은 말문이 막혔다. 예쁘기야 엄청나게 예뻤다. 나타나기만 해도 주변의 여자들은 씻기듯 사라지게 만들었으니. 그런데 길리온은 그 소녀를 군주나 주군으로 생각해 본 적은 없다. 나라에서 제일 값비싼 몸을 지킨다고만 생각했다.

"이, 일단은 군주라고 해야겠군."

"제게 브릴 님은 친구이자 군주입니다. 그분을 믿고 그분을 위하는 길이 제 길입니다."

길리온은 멍해졌다.

왠지 멋져 보이잖아, 이 녀석.

망명자 기사단을 보며 느끼던 기분과 비슷하다.

그 고향 잃은 기사단은 레오닉스를 믿었다. 왕자의 결정을 믿고, 그의 지휘와 명령에 따랐다.

레오닉스가 부러운 건 아니다. 그는 부러워할 엄두도 나지 않는 상대다. 아무리 길리온이라도, 그 망명 왕자가 얼마나 무거운 짐을 짊어지고 있는지는 알았다.

물론, 그런 지위가 되어 보고 싶었던 적이 없지는 않다. 말 한 마디로 엄청난 규모의 함대를 출정시킬 수 있고, 수많은 기사들이 그에게 절대복종하며 적들을 향해 돌진한다. 국왕이 될 아르노 앞에서도 고개 숙일 필요가 없다. 그러나 부러운 건 거기까지다. 레오닉스 왕자는 끝없이 싸워야 한다. 적도 많고 도전자도 많다. 다른 사람이라면 노년에나 헤아려 볼 만한 규모의 전쟁을 그 나이에 다 치러 왔다. 젊은 나이에 거의 한 시대와 한 국가를 짊어지고 싸워 온 것이다.

길리온은 왕자가 아닌, 그의 수하들이 부러웠다. 믿어 의심치 않는 상관이 있다는 것이, 무엇을 명령해도 믿고 따를 주군을 모시고 있다는 것이. 아르노같이 능력도 인품도 신뢰도 없는 자를 주군으로 모셔야 하는 길리온 처지에서는 백번 부러워해도 모자라다.

이제 길리온은 메즈의 확신도 부러웠다. 저놈도 믿고 따르는 군주가, 자신이 그런 마음을 가지고 있다고 당당하게 말할 수 있는 군주가 있다.

"길리온 경."

"왜."

"마르셀 경은 자신이 싸우는 건 기사의 의무라고 하더군요. 필요한 일에 자신이 익힌 검과 재능을 보태는 것이 배운 자의 일이라고. 길리온 경도 그런 거 아닙니까?"

메즈는 무척 착잡하다는 듯이 덧붙였다.

"실력은 형편없지만 말입니다."

"야!"

길리온은 벌떡 일어났지만, 메즈가 손을 들어 진정시켰다.

"곧 이어질 전쟁은, 제 예감이지만 중요한 전쟁이 될 겁니다. 그곳에서 싸우는 건 듀카르니아 기사인 당신의 의무이니, 군주 같은 건 없어도 되지 않습니까."

"그러는 넌?"

"저는 전사입니다. 전사는 한 사람을 위해서도 싸울 수 있고, 자신만을 위해 싸울 수도 있습니다. 저는 제 친구와 가족을 위해 싸웁니다. 그들에게 돌아가기 위해 싸우고, 지켜 내기 위해 싸웁니다. 그뿐입니다. 하지만 당신은 나라의 기사이지 않습니까."

고작 스물세 살인 놈이, 참 묵직하게도 말한다 싶었다.

길리온은 기분이 누그러졌다.

나라의 기사니, 나라를 위해 싸우면 된다는 거구나.

그때 갑자기 배의 속도가 빨라졌다.

로즈 맥빌 경이 외쳤다.

"교전 준비!"

교전? 교전!

길리온은 창백해졌다.

"가, 갑자기 뭐야! 나는 아직 준비도 안 되었는데!"

"그건 승선하기 전에 하셔야 하는 거 아닌가요."

"좀! 좀, 좀 메즈!"

"전쟁터로 향하면서, 교전이 벌어지기 직전까지 준비가 되어 있지 않다니. 말이 안 되지 않습니까."

"처음이라니까!"

선원들의 행동이 빨라졌다.

각자 제 위치로 들어앉고, 모두 숨을 죽이며 수평선을 보았다.

길리온이 어쩔 줄 몰라 하는 동안, 메즈는 난간으로 달려가 칼자루를 잡았다. 마르셀은 제복 단추를 채우다가 그런 길리온을 보고 외쳤다.

"길 대장, 뭐 해요! 준비해요!"

"나, 나?"

"네! 어서 준비해요!"

그러나 길리온은 어정쩡한 자세로 서 있기만 했다.

잠시 뒤 수평선 너머로 깃발이 보이기 시작했다. 길리온은 단 한 번도 실제로 본 적이 없는 제국의 깃발이었다.

진짜 적이다.

처음 보는 사람들과 목숨을 걸고 싸우게 된다.

팔다리에 힘이 하나도 안 들어간다.

무섭다…….

진짜 무서워!

레오닉스는 수평선 너머로 나타나는 제국 함대를 지켜보았다.

함대는 순식간에 수평선을 뒤덮었다.

늘어져서 덤빌 거라 생각했는데, 제국 함대는 의외로 삼각형으로 전열을 맞추어 돌진해 오고 있다. 삼각형의 끄트머리에 해당되는 전함이 가장 빠르게 수평선을 가르고 있다.

아주 공격적인 작전으로, 해류와 바람에 배를 실어 돌파를 시도하고 있었다. 숫자도 레오닉스의 함대보다 많고, 배의 속도와 움직임도 평소 제국 해군들답지 않게 정돈된 편이었다.

바다를 가르는 소리가 점점 더 커졌다. 파도치는 소리와 바람 부는 소리도 크다. 그 외에는 그 무엇도 들리지 않는다. 오로지 바다, 바다, 바다의 숨소리만이 들린다.

망루에서 고함이 터졌다.

"가까워진다!"

"준비!"

"함포 준비!"

레오닉스가 말했다.

"타이탄, 붉은 창, 라다메스호, 달타르호를 중앙으로 보내라!"

세 전함은 모두 가장 강력한 함포를 탑재한 전함이다. 명령이 떨어지자 일렬로 늘어졌던 전함 몇 척이 앞으로 나갔다.

제국은 바로 앞으로 성채 같은 전함이 가로막기 시작해도 여전히 빠른 속도로 돌진해 왔다.

"돌파시켜 줘라."

"네?"

"안으로 들어오게 해라. 저들의 공격은 타이탄과 붉은 창으로 최대한 방어해라. 그 후의 지휘는 각 함대의 기함을 맡은 함장에게 위임한다."

"네."

적들도 레오닉스의 함대가 자기들이 돌파할 때 공격할 거라 예상했을 것이다. 그럼에도 이런 식이라면, 전력에 자신이 있어서 저러는 거다. 저리 뿔 세운 황소처럼 돌진하는 건 합류할 함대가 있을 때 쓰는 전법이다.

도레항의 제국 해군이 합류하기로 한 걸까.

장군들끼리 치고받는 데 가장 많은 시간을 들이는 제국이라도, 전쟁은 전쟁이니 협조할 가능성은 있다. 그럼, 어느 방향에서 함대가 올 것인가.

이들이 지금 쓰는 방식은, 지난 시고야 앞바다에서 레오닉스가 썼던 것이었다.

당시 전쟁에서, 레오닉스는 드물게 돌파를 택했다. 평소 쓰던 전법과 완전히 반대로 지휘를 했던 건, 제국 해군들이 정신 나간 들소처럼 여기

저기 배회하고 있어서였다. 당시 레오닉스를 겁주려고 만든 4층 포열 전함은 인상적이었지만, 인상만 강했다. 고래처럼 거대한 전함 외에는 모두 옛 남부 왕국 해군에서 급히 징발해 온 것들이었다. 그들 모두, 자기들 나라를 멸망시킨 제국을 위해 목숨 걸 생각은 없는 자들이었다.

그날 레오닉스의 함대는 횡으로 늘어진 제국의 함대를 삼각형으로 돌파했다. 돌파 즉시 일제히 함포를 발사했다. 제대로 공격권에 들어온 적함은 죄 박살 나 가라앉았고, 몇몇은 하일드의 전함과 부딪히며 어떻게든 갑판 위의 난전을 하려 했지만 역시 제대로 싸우지도 못했다.

그날 전쟁은 제국의 패배로 끝났다. 전함은 절반은 가라앉고 절반은 나포되어 하일드 해군으로 개조당했다. 제국에선, 이 패전에 연루된 몇의 지위가 날아가고 목숨도 날아갔다.

당시에 비하면 지금 제국 해군은 상당히 정돈되어 있다. 돌파 속도도 엄청나, 거의 나는 듯 오고 있다.

하일드의 해군이 넓게 퍼지기 시작했다. 둥글게 늘어서는 함대를 향해 제국의 함대가 파고들어 오며 바닷물이 치솟아 올랐다. 거품이 그물처럼 덮인 수면이 배들을 휘감아 하얗게 휘몰아쳤다.

첫 포성이 울리자, 천둥이 쏟아지듯 연달아 대포가 발사되었다. 포연이 부옇게 피어올랐다. 돌파 중인 제국 함대의 수많은 배의 함측이 깨졌다. 제국도 함포를 발사했지만, 하일드 쪽이 연달아 발사하는 속도가 더 빨랐다. 먼저 제압한 쪽이 우위다. 맞으면 맞을수록 혼란해진다. 제국 전함들이 박살 나며 배의 파편이 하늘로 치솟았다. 바다로 떨어진 대포알에 물기둥이 치솟았다. 제국의 1차 돌격대가 무너지는 동안, 다음 돌격 열이 밀려들었다. 앞서 돌진했던 전함은 죽은 고래처럼 뒤집히고 있었다.

"침로 변경, 피하라!"

고함과 함께 타륜이 돌아갔다. 그때 쓰러지는 배의 돛대가 하일드 해군의 갑판 위로 쏟아졌다. 부러진 돛대의 조각이 배에 부딪힌 다음 바다로 떨어졌고, 돛대에 맞은 전함이 기우뚱 기울었다.

뒤이어 밀려든 제국 전함을 향해 라다메스호의 함포가 발사되었다. 대포알은 거의 직선에 가깝게 날아가 가까운 적함을 꿰뚫었다. 배가 일각수 뿔에 받히기라도 한 듯 구멍이 났다. 다음 대포알이 돛대 아래를 박살 냈고, 돛대가 바다로 떨어지며 배도 뒤집혔다. 바다 거품 속에서 전함의 용골이 솟아올랐다가 가라앉았다. 그렇게 2차 돌격선까지 무너졌지만, 제국은 더 많이 밀어닥쳤다. 바다에 때려 박는 것으로 밖에는 안 보인다.

"미친놈들!"

누군가가 고함을 질렀다.

레오닉스가 보기에, 이놈들은 버티고 있다.

어떻게든 버티며, 레오닉스의 함대— 하일드의 전함들을 묶어 놓고 있다.

제레미도 경악했다.

"미쳤잖아요, 저거. 죽으려고 작정하지 않는 한, 저따위로."

"……죽으려고 작정했다면."

계속 포성이 터지며 갑판이 울린다. 포연이 더 짙어진다.

레오닉스가 고함을 질렀다.

"일제 포격하라! 모조리 박살 내!"

하일드의 함대의 진영이 더 넓게 퍼졌다.

이제 제국 함대는 세모꼴의 포위망에 갇히는 꼴이 되었다. 거기에 하일드의 공격이 쏟아지고, 제국이 주춤하는 동안 하일드 함대의 포위망이 완성되었다.

하일드 해군의 장점은 오랜 전쟁으로 단련된 빠르고 정확한 지휘 체계다. 빠르게 움직이고, 정확하게 발사한다. 어지간한 일이 벌어져도 혼란해지지 않는다. 포위망에 갇힌 제국의 함대로 발포가 더 강해졌다. 대포알이 갑판을 두들겨 부수고 돛대를 부러뜨렸다.

저들이 버티는 데 곧 한계가 올 것이다.

그때 레오닉스는 직감적으로 무언가를 느꼈다. 온몸이 반응한다.

본 것일 수도, 느낀 것일 수도, 들린 것일 수도 있다.

"망루—"

레오닉스가 말했다.

제레미가 작전부의 보고를 받으며 전황을 헤아리다 고개를 돌렸다.

"네?"

"지금 망루에서 뭐가 보이는지 알려라. 어서!"

동시에, 하늘을 가르며 대포알이 날아왔다.

쾅— 하며 망루가 박살 났다. 돛대가 부러지며 돛이 떨어졌다.

하일드 함대의 기함이자 왕자의 배인 아퀼라 나이젤호로 공격이 날아온 것이다.

방향은 남서쪽이었다.

도레항이 있는 남쪽이 아니다.

레오닉스는 돌아보았다. 머리카락이 바람에 날렸다.

수평선을 덮은 아르데나 해군의 깃발이 보였다.

"아르데나 놈들입니다! 저놈들이 어디서 나온 겁니까?"

참모 하나가 기가 막혀 말했다.

정복한 나라에서 해군들 징발하는 건 제국이 항상 하던 일이다. 그런데 저 미친 속도는 뭔가. 수면이 검으로 자르듯 갈라지고 있다. 그 지원군은 하일드 해군의 남익(南翼)을 향해 달려왔다. 불가능한 방향이었다. 저들은 지금, 해류와 바람을 역류해 거슬러 올라오고 있다. 갤리선이나 가능한 짓인데, 저건 범선이다. 괴이할 정도로 공격적이고 빠른 진격을 수십 척의 함대가 동시에 하고 있었다. 노를 저어도 이 속도는 불가능하고, 의회에서 연구하는 추진 장치를 달아도 불가능하다. 그런데 저들이 그걸 하고 있다.

함대가 남익을 덮쳤다. 포성이 울렸다. 배들이 물고기처럼 방향을 틀어 대포를 쏘아 올렸다. 용이 발톱으로 휘갈기는 것 같은 속도와 공격력이었다.

꽈릉—!

기함 아퀼라 나이젤호 옆에 있던 전함이 뒤로 밀려났다. 밀착한 적함을 공격하기 위해 하일드 해군이 이동했지만, 적함의 갑판 위에는 아무도 없었다.

"뭐야, 저거."

"아무도 없어?"

배는 비어 있다.

바로 다음 일어난 일이 모두를 경악시켰다.

"충돌한다!"

거인이 내던지기라도 한 듯 엄청난 속도로 적함이 부딪혔고, 그 뒤를 이은 다른 적함에서 대포가 발사되었다. 포성이 울리고 바닥이 들썩였다. 갑판이 박살 나 위로 솟구치고 아래에서 불길이 치솟아 올랐다.

하일드의 전함이 기울어지며 바다로 가라앉기 시작했다. 배 위의 해군들이 바다로 뛰어들었다. 그 배의 뱃머리를 향해 적함이 돌진했다. 침로에 놓인 배의 앞머리가 단숨에 박살 났다. 적함도 같이 쪼개지며, 두 배는 동시에 침몰하기 시작했다.

"불가능—"

제레미가 옆에서 외쳤다.

"불가능합니다, 이건!"

텅 빈, 저절로 움직이는 적함이라니.

아무도 없는데 저절로 움직이고 타륜이 도는 데다, 대포까지 발사된다.

악마라도 온 건가.

제레미니 경악한 정도지, 다른 해군들은 공포로 얼어붙었다. 하일드군의 움직임이 빠르게 둔해졌다.

보이지 않는 유령이 움직이는 배는 속도가 엄청나다. 하나하나가 살아 있는 용들처럼 민첩하고 공격적이었다.

숙련된 해군은 하일드의 장점이었다. 그 압도적 장점, 그래서 항상 염두에 두는 장점이 저 배들 앞에서는 무용지물이다.

레오닉스는 오히려 속이 고요해지는 기분이었다. 아주 넓은, 너무나 넓은 전장에 홀로 서 있는 고독감이 들었다.

그래. 안다.

너다, 카니발라.

이것은 마법사 카니발라가 던진 조커 카드다.

황제의 전술이 악마의 재능이라면, 저자는 악마 그 자체이니.

정신을 차린 제국 함대가 함포를 정비하고 공격을 시작했다.

이제 난전이었다. 포위를 담당하는 양익 중 레오닉스가 포함된 남익은 갑자기 나타난 함대와 교전에 들어가며 묶였다. 북익이 공격을 하고는 있지만, 북익만으로는 한계가 있었다.

그때 레오닉스의 기함으로 거대한 전함이 돌진해 왔다.

등 뒤에서 장교가 고함을 질렀다.

"충격에 대비하라!"

"충격에 대비—!"

오르카의 망치, 검은 뿔고래호였다.

아르데나 해군에서 가장 악명 높은 충각(衝角)을 자랑하는 전함이었다. 난전이 벌어지면 그 충각으로 상대편 배를 뒤에서 꿰뚫어 박살 낸다.

그런데 그 배가 아퀼라 나이젤을 향해 돌진해 오고 있는 것이다.

이대로라면 아퀼라 나이젤호가 박살 날 것이다.

레오닉스는 함측으로 달려갔다.

"왕자님!"

제레미가 외쳤다. 난간을 잡는 순간에 충각이 눈앞으로 다가왔다. 거대한 뿔고래 상이 닥쳐 왔다.

레오닉스의 등을 보는 제레미는 몸의 피가 바닥으로 다 쏟아지는 기분이었다.

"왕자―"

제레미가 외쳤다.

"왕자님!"

거의 동시에, 그 충각이 끝에서부터 녹아내리기 시작했다.

"으아……!"

경악한 제레미가 신음을 흘렸다.

레오닉스의 힘은 알았다. 그러나 이렇게 배 한 척, 그것도 저 정도 규모의 배를 단숨에 지워 버리는 건 처음 보았다.

거대한 배가 촛농처럼 녹아내리고 있다.

전몰의 기사이자 전몰의 사자인 레오닉스가 보여 준 광경 중 가장 어마어마한 광경이었다.

적함은 절반 넘게 무너지자 기울어졌다.

돛대마저 쓰러지자, 무게 중심을 잃은 전함은 뒤집혀 가라앉았다. 바다가 치솟았다. 아퀼라 나이젤호의 갑판까지 바닷물이 밀려들었다.

제레미가 레오닉스의 어깨를 잡았다.

"왕자님."

숨 몰아쉬는 소리와 함께 레오닉스가 고함을 질렀다.

"막아라!"

그리고 레오닉스는 맞은편 전함을 노려보았다.

뿔고래호보다는 작았지만, 그래도 3층 포열 전함이었다.

갑판 위에 서 있는 남자가 보였다. 제국 제복 차림이었다.

그자야말로, 이 유령 함대에 있는 유일한 사람이었다. 유일한 사람인 동시에 유일한 지휘관이기도 하다.

카니발라.

레오닉스는 알아볼 수 있었다.

천 년을 살아온 악령, 혼돈의 마법사가 저곳에 있다.

전함들이 겹겹이 모이기 시작했다.

적함의 포문이 일제히 열렸다. 그곳에서 나온 대포들 모두 하일드를 향했다.

"제레미."

"네."

"기회는 단 한 번뿐이다."

제레미가 빠르게 손짓을 했다.

갑판장이 고함을 질렀다.

"발포 준비!"

순간, 적함의 포구가 일제히 불을 뿜었다.

천둥 같은 포성과 함께 대포알이 날아왔다. 허공으로 치솟는 대포알들은 어느 순간 지워지듯 사라졌다. 가루가 되어 흩어졌다.

"발포!"

단 한 번 공격을 피한 하일드 해군의 전함에서 일제히 공격이 퍼부어졌다. 유령 함대 위로 공격이 비처럼 쏟아졌다.

하늘이 부옇게 흐려지고 사방이 어둡다.

그것만인가. 사방에 미친 소들을 풀어 놓은 것 같았다.

엄청났다. 쾅쾅 쏘아 대고, 출렁이고, 고함과 칼, 총성에.

교전도 교전이지만, 땅이 아닌 출렁이는 바다 위에서 나무 갑판에 모든 것을 의지해서 싸운다는 것 자체가 길리온에게 공포였다.

반 미쳐 버린 길리온은 정말 괜찮은 거냐고 끝도 없이 물었고, 마르셀은 과거 상관을 하극상에 해당하는 수단으로 재워 버리고 싶어졌다.

"대장. 안 가라앉아요. 잘 피해 가고 있다고요!"

그때 바로 옆에 있던 적함의 돛대가 우지끈 부러지며 길리온 옆으로 떨어졌다.

길리온은 놀라 그대로 주저앉았다.

"봐요, 피했죠? 안전해요."

"뭐, 뭐, 뭐가! 사방이 불바다잖아!"

"말했잖아요. 불바다가 된다고요."

"비유법인 줄 알았지!"

"대장 상대로 왜 비유법을 써요! 그냥 말해도 못 알아들을 때가 많은데."

"마르셀! 코끼리가 달려오는데 들짐승이 달려온다고 말한 거나 다를 바 없잖아! 불바다가 아니라 불지옥이라고!"

길리온은 용들이 뒤엉켜 불을 내뿜고 싸우는 곳을 지나가는 것 같았다.

환장하겠다. 무서워서.

"해, 해전이 다 이런 거냐."

"요란한 편이긴 해요. 하지만 길 대장, 기왕이면 유명한 해전에 참전하는 게 좋잖아요. 이건 말이죠, 누가 이기든 간에 크게 기록될 전쟁이 될 거예요."

"나는 역사에 기록되는 곳에 있고 싶지 않다고!"

마르셀도, 해적들과 싸우기만 했지 이렇게 본격적으로 양 나라의 해군이 격돌하는 전쟁에는 처음 참전했다.

그때, 아주 큰 충격이 왔다.

쾅—

갑판 위의 사람들이 죄다 밀려나거나 넘어졌다.

"뭐야!"

함측이 부딪혀 위로 치솟았고 돛대와 난간으로 갈고리가 날아왔다.

"잡혔습니다, 맥빌 경!"

"속도 높일 수 있나?"

"있기야 하지만, 그래도 잡혀 있어서 가속은 무리입니다! 배가 망가져요!"

"그럼 양쪽으로 발포해라. 갑판이 점령되지 않도록 항전한다. 마르셀 경, 참전해 주시겠습니까?"

"그러려고 탄 걸요."

"메즈 군은?"

"걱정 마시고 맡겨 주십시오."

로즈 경은 감동했다.

"메즈 군의 아버지가 자랑스러워하실 겁니다."

"칭찬은 제가 그만한 일을 해낸 뒤에 해 주십시오. 그때는 기쁘게 받겠습니다."

로즈 맥빌 경은 더욱더 감동하여 많은 칭찬을 한 뒤, 옆에 있는 길리온 경은 무시하고 제자리로 돌아갔다. 길리온은 분해서 울 뻔했다.

갈고리들이 다시 날아왔다. 갑판은 물론이요 돛대로도 갈고리가 날아왔다. 전함이 붙들려 꿈쩍도 할 수 없게 되었다. 날아온 밧줄을 타고 적이 뛰어들었다.

마르셀이 먼저 움직였다. 붉은 제복을 입은 날렵한 몸이 움직이자, 허공에 칼날이라도 쏟아진 듯 제국군의 목이 잘려 나가고 허리와 다리가 휙휙 잘려 나가 바다로 떨어졌다. 피와 내장이 갑판 위로 쏟아졌다.

마르셀의 특기로, 공참이라는 이능이다. 무엇이든 잘라 버린다.

마르셀이 난간을 밟고 올라가 제국군 하나의 머리를 날렸다. 동시에, 그 주변의 모든 제국군의 머리가 잘려 바닥으로 떨어졌다.

마르셀이 고함을 질렀다.

"길 대장! 움직여요! 뒤, 뒤!"

놀란 길리온이 돌아보는 순간, 검이 날아왔다. 검보다는 길리온의 비명이 먼저였지만. 그런데 눈앞의 제국군의 얼굴 한쪽이 함몰되는가 싶더니 세게 쓸려 나가며 바닥으로 내던져졌다.

주먹을 휘두른 메즈가 외쳤다.

"뭐 하는 겁니까!"

"옆, 옆에!"

메즈는 제국군을 주먹으로 쳐 날렸다.

"빠져나갑니다!"

로즈 맥빌 경이 고함을 지르고는 총을 위로 들었다. 팔뚝 정도 길이의 피스톨이었다.

"발사한다!"

로즈 맥빌 경 주변의 수하들이 모두 귀를 막았다.

방아쇠를 당기자—

쾅—!

적함의 중앙 돛대가 폭발하며 부러졌다. 돛대가 위로 치솟아 올랐다가 바다로 떨어졌다. 다음에는 함교가 폭발했다. 타륜이 바닥으로 내동댕이쳐졌다.

"빠져나가!"

로즈 맥빌 경이 외쳤다.

배는 틈을 놓치지 않고 빠져나갔다.

아무짝에도 쓸모없었던 길리온은 그 광경을 멍하니 보다, 메즈와 눈이 마주쳤다.

메즈는 아무 생각도 없었는데, 길리온이 괜한 자격지심에 외쳤다.

"젠장, 난 이능이 없다고!"

"이능이 없는 것과 이리 깨끗하게 무능한 건 다른 문제지 않습니까. 길리온 경, 호위대 대장 아니셨습니까. 처음 만났을 때 그 점을 무척 강조하셨던 것 같습니다만?"

"그게 언제 적 이야긴데!"

"그렇게 말씀하실 정도로 오래전 일인데, 실력은 여전하시군요."

길리온은 분했다.

이능이 있다면야, 공주 근위대에 가지도 않았을 거다.

하지만 없다.

없다고!

"발포!"

공격 장교가 고함을 질렀다.

포탄이 적함을 꿰뚫고, 적함 안에서 폭발이 일어나며 불꽃이 치솟아 올랐다. 나무와 대포가 폭발과 함께 튀어 올랐다. 파괴된 배는 쓰러졌고,

제국 해군들이 뛰어올라 오자 더 빨리 가라앉았다.

"가속!"

전함이 포위를 떨쳐 내고 앞으로 나갔다.

돛대 위에 걸린 의회의 깃발이 펄럭였다. 교차하는 검과 저울, 그 위에 횃불이 수놓아진 의회의 깃발이다.

검은 의지를, 저울은 정의를, 횃불은 희망을 상징한다. 내전 시, 저 깃발을 내건 의회군과 왕관을 쓴 사자의 깃발을 내건 왕실군이 싸웠다.

내전에서는 누구도 승리하지 못했지만, 패배하지도 않았다. 대신, 세상이 바뀌었다. 앞으로 나간 세상은 다시는 뒤로 가지 않았다. 이들이 바로 그 증거다.

이어, 포연이 걷히며 흰 배가 보였다.

배에 무지한 길리온이 봐도 그 배는 특이했다. 다른 세상에서 온 것 같다. 매끈한 질감의 선체는 인간이 아닌 다른 존재가 만들어 낸 듯했다. 신이나 요정 같은.

그 배 갑판에는 제복 차림의 여자가 서 있었다.

붉은 제복이다. 뚜렷하다.

메즈가 함수로 달려가 두 팔을 번쩍 들어 흔들었다.

여자도 손을 들었다. 흑갈색 머리카락이 펄럭였다.

브릴이었다.

"……불바다네."

해전이 펼쳐지는 바다는 브릴이 상상했던 것 이상이다.

거대한 전함들에서 불길에 치솟고, 검푸른 바다 위로 불빛이 몇 번이나 반사되었다. 그 위로 거대한 배의 파편과 돛, 표류하는 해군들이 비쳤다. 포성이 계속 들리고 포연이 안개처럼 자욱하게 피어올라 바다 위를 덮었다.

하일드의 함대는 제국 함대를 포위하는 데 성공했지만, 카니발라의 유령 함대가 몰려와 남익을 집중 공격하여 그 포위를 뚫었다.

여유가 생긴 제국 함대는 하일드의 북익을 집중 공격하기 시작했다. 그렇게 전쟁이 진행되는 동안, 전함 한 척이 제국 함대의 전열을 뚫고 브릴이 탄 이라호로 다가왔다. 돛대 위에는 듀카르니아 의회의 깃발이 펄럭였다. 브릴은 뱃머리로 갔다. 상대편 배에서 덩치 큰 남자가 두 팔을 흔들었다. 메즈였다.

브릴은 그에게 손을 흔들어 준 뒤, 라바이를 불렀다.

"라바이."

옆에 웅크리고 있던 라바이가 고개를 들었다.

"라바이, 메즈가 왔어."

브릴은 맞은편 배를 가리켰다.

라바이는 벌떡 일어나 그 방향을 보았다.

"곧 여기로 올 테니, 그때 메즈에게 가."

"당신은요?"

"나는 여기 남아 있을 거야. 메즈는 다 알고 있으니, 이곳에서 무슨 일이 있었는지 다 말해도 괜찮아."

"네."

브릴은 마음이 일렁여 눈을 가늘게 떴다.

"엘리안을 구하는 것……. 저곳에서도 할 수 있지?"

"그렇긴 해요. 하지만 정말 같이 가지 않을 건가요? 카니발라는 위험해요."

브릴은 고개를 저었다.

"나는 엘리안 옆에 있어야 해. 네가 그 아이의 정신을 구하는 동안, 나는 그 아이의 몸을 구해야 하지 않겠어?"

"그래도요."

"라바이, 너는 내게 처음으로 희망적인 말을 했어. 그때 너를 얼싸안고 펄쩍펄쩍 뛰고 싶은 것을 참느라 꽤 자제력이 필요했지."

라바이는 겁먹은 표정이 되어 버리고 말았다.

물론, 브릴도 자신이 춤추자고 하면 싸우자는 표정으로 보인다는 건 알았다.

"어떻게 엘리안을 구할 수 있는 건지 이야기 좀 들어 보자."

"카니발라는 일종의 악령이에요. 제가 그의 지배를 받아 봤기에 알아요. 그 덕에 그가 들어왔다 나간 흔적이 제 안에 남아 있어서, 정신을 집중해 그 경로를 더듬어 가 봤어요. 엘리안이 아닌 카니발라일 때라 위험했지만, 다행히 성공하면서 엘리안이 깨어났어요. 카니발라도 깨어 있을 때였지요."

"무슨 말이지?"

"카니발라가 깨어 있을 때 엘리안도 깨어 있었어요."

"그게 언제였지?"

"카니발라가 저 함대를 끌고 올 때요. 카니발라는 몰라요. 안다면 가만히 있지 않았을 테니까요."

그때라면 브릴이 카니발라와 같이 있을 때다.

가만, 그때 엘리안이 브릴을 보고 있었다고?

"그리고 카니발라 안에 엘리안과 같은 처지인 영혼이 하나 더 있었어요. 엘리안처럼, 카니발라 안에서 살아 있는 영혼인 거죠. 그 영혼이 저를 도와줬어요."

"그 영혼은 어떻게 그 안에 있는 거지?"

"모르겠어요. 하지만 믿을 수 있어요. 그 영혼이 엘리안과 저를 도와주려 하는 건 진심이었어요."

"이유가 뭔데."

라바이는 고개를 저었다.

"이유는 몰라요. 하지만 좋은, 정말 좋은 느낌으로 도와줘요. 그러니 믿어도 돼요. 그가 도와주지 않았으면 엘리안을 깨우지 못했어요. 그가 저와 엘리안을 이어 줬거든요."

"선의라는 거구나."

오로지 선의만으로 타인에게 도움을 주는 사람이 있을까?

브릴은 아직 한 명도 만나지 못했다.

브릴이 받은 대부분의 도움은 믿음에 근거한 것이었다. 그래서 브릴도 그 믿음에 보답했다. 하지만 선량한 자의 선의라는, 보답하거나 대가를 치를 수 없는 도움에 모든 것을 걸어 본 적은 없다.

"셰어브릴, 저 배에 가면 다시 그 방법을 시도해 볼 거예요. 그리고……."

라바이는 브릴의 검에 손을 얹었다.

"이분이 도와주셨으면 해요."

"우르가나 말이야?"

라바이가 눈이 커졌다.

"왜 그래?"

"우르가나라고 했어요?"

"그래, 우르가나."

라바이는 손을 떼고 브릴을 올려다보았다.

"그, 그분은 오랫동안 제 고향에 머물면서 우리들을 지켜봤던 분이에요. 도와, 도와주실 거예요."

"그래."

"아니면 당신이 명령…… 하거나."

"무슨 말이야. 우르가나는 내 말 안 들어. 내 하인도, 노예도 아니니까."

"그럼 그분의 힘을 어떻게 쓴 건가요?"

"그냥 쓴 건데."

"그냥이요?"

"그래, 그냥. 내 뜻대로 움직였어. 그래서 쓴 거야."

라바이가 경악하며 브릴을 아래위로 보았다.

"왜 그렇게 보는 건데?"

"미, 믿어지지 않…… 아니, 정말 그게 가능해요? 당신, 당신은 외지인이잖아요? 정령사 교육도 받은 적도 없고! 그런데 그게 그냥 돼요?"

"우르가나가 알아서 해 준 게 아니었나?"

"아뇨, 불가능해요! 그리고, 그리고 이름— 이름이."

"가만, 가만."

브릴은 손을 저었다.

"너 가야겠다."

의회의 전함이 가까워졌다.

이라호가 전장 쪽으로 움직이기 시작했다. 의회의 전함이 그런 이라호를 따라 침로를 변경했고, 두 전함 모두 다시 전장과 가까워졌다.

이지프가 나와 그 광경을 둘러보더니, 몸을 휙 날려 의회의 전함으로 건너갔다.

기계 인간의 등장에 갑판 위에 있는 의회군의 총이 일제히 장전되었다.

이지프는 두 팔을 들어 흔들며 말했다.

[진정, 진정. 메즈 씨라는 분이 계십니까?]

메즈가 앞으로 나섰다. 이지프는 기잉— 하는 이상한 소리를 내더니, 메즈를 가리켰다.

[아, 당신! 우리, 서로 본 적이 있지요?]

"없다."

[있답니다. 모습이 변해서—]

"상관없다. 모습이 변하든 말든."

[아, 네. 너무하시네! 우리 주인님이 당신의 주인인 셰어브릴 님과 약속을 했어요. 라바이라는 소년을 당신에게 인도하겠다고. 자, 데리고 가십시오. 라바이 군, 가십시오.]

브릴은 라바이의 등을 밀었다.

"자, 가."

라바이가 급히 말했다.

"꼭 무사해요! 다시 만나요!"

"그래."

라바이는 난간으로 달려가, 그 난간을 박차며 도약했다. 날렵한 몸은 제비처럼 가볍게 날아올라 건너편 배에 착지했다. 메즈는 달려가 라바이의 몸을 받아, 품에 꽉 안았다.

"다행이다. 다행이다, 라바이!"

라바이도 메즈의 목을 안았다.

"나도 다시 만나서 너무 좋아, 메즈!"

"구하지 못해서 미안했다."

"아니야. 무슨 상관이야! 다시 만났는데."

그런 둘을 보며, 이지프가 두 손을 맞잡고 비볐다.

[그런데 말입니다, 메즈 씨……. 라바이를 당신에게 안전하게 인도하기는 했습니다만, 그다음에 대해서는 듣지 못했습니다. 즉, 안전하게 인계하라는

말은 들었지만, 인계 후까지 안전하게 하라는 말은 못 들었다는 거지요.]

메즈는 이지프를 노려보았다.

"무슨 말이냐. 속였다는 건가?"

[인간들 단어로 정의하자면 악의적이라 할 수 있겠군요. 저 빨간 꼬마와 당신을 만나게 하는 것으로, 주인님이 명령한 제 일은 다 끝났어요.]

그때 라바이가 메즈의 팔을 잡으며 말했다.

"깃발."

"깃발?"

"저분이 깃발을 달라고 했어. 왕국의 깃발 말이야."

메즈는 더 묻지 않고 로즈 맥빌 경에게 외쳤다.

"로즈 맥빌 경! 셰어브릴 님이 왕국 깃발을 달라고 합니다!"

로즈 맥빌 경이 명령하자, 장교 하나가 함교로 가서 깃발을 가지고 와 라바이에게 건넸다. 라바이는 건너편에 있는 브릴에게 외쳤다.

"이제 어떻게 해요!"

"이 위에 깃발을 걸어, 라바이! 어서!"

"네?"

"어서, 서둘러!"

브릴은 이라호의 중앙 돛대를 가리켰다. 꼭대기에는 아무 깃발도 없었다. 무슨 뜻인지 깨달은 라바이는 깃발을 던졌다. 깃발은 날개라도 단 듯 돛대 위로 날아가 깃대에 감겼다.

이지프가 당황했다.

[무슨…… 짓을 하는 겁니까? 깃발 하나 갈아 끼운다고 저 배가 듀카르니아의 배가 되는 건 아니에요……. 어라?]

브릴이 고함을 질렀다.

"로즈 맥빌 경!"

로즈 맥빌 경이 손을 들었다.

"이리로 접근해! 어서!"

의회 감시선이 이라호 옆으로 밀착했다.

그 순간, 제국 전함에서 발포한 포환(砲丸)이 이라호를 휘갈겼다.

쿵—

선측에 포환이 부딪혀 퉁겨 올랐다가 바다로 떨어졌다. 배는 부서지지 않았지만, 그 충격에 브릴은 넘어질 뻔했다.

이지프가 경악했다.

[무슨, 무슨! 무슨 짓이에요! 저러면……! 아, 이 미친 분! 미친 분]

이지프는 서둘러 이라호로 옮겨 갔다.

[뭘 한 거예요]

이라호에 펄럭이는 왕국의 깃발이 무슨 역할을 하고 있는지, 이지프는 배에 타고서야 깨달았다.

지금 이 근처는 난전이 벌어지는 전장이다. 아무 깃발이 없던 이라호가 갑자기 왕국의 깃발을 달았으니, 그들에게는 침투한 적함으로밖에는 안 보인다.

"공격하라!"

제국 전함에서 고함이 터졌다.

"왕국의 배가 여기에 있다!"

"집중 공격해!"

이지프가 비명을 질렀다.

[아아악, 이라]

포환이 날아와 무자비하게 이라호를 두들겼다. 선체 자체가 워낙 단단해 부서지지도 흠집이 나지도 않았지만, 주먹에 맞은 듯 흔들리고 뒤로 밀려나는 건 어쩔 수 없었다.

이라호가 고래가 몸을 뒤틀 듯 회전했다. 파도가 치솟아 갑판 위로 쏟아졌고, 브릴은 밧줄을 잡지 않았다면 밖으로 튕겨 나갈 뻔했다.

이지프가 외쳤다.

〖무슨 짓을 한 겁니까!〗

"그건 말이지……."

그때였다.

〖이런 짓을 하다니. 미쳤어?〗

우르가나 목소리다. 브릴은 웃음이 나왔다.

"미안, 우르가나."

〖말을 할 수 있게 되자마자 이런 말부터 하게 만들다니!〗

"미안하다니까."

이라호가 포문을 열고 대포를 끄집어내 제국 함대를 공격하기 시작했다.

쿵, 쿵, 쿵― 발길질이라도 하는 듯 엄청난 속도로 연사한 대포알에 맞은 제국 함대가 박살 나기 시작했다. 그러자 다른 제국 전함이 이라호를 더 강하게 공격하기 시작했다.

이지프가 핑핑 날아드는 대포알을 등진 채 고함을 질렀다.

〖미친 분! 이런 짓을 하다니요! 제국이 우리를 공격하고 있잖아요!〗

게다가 이제 전장 한복판으로 들어오고 말았다. 하늘은 포연에 덮여 보이지도 않았다. 거대한 고래들 사이로 들어온 물고기 신세다.

고함에 포연, 거기에다 쿵― 쿵― 하는 포성이 너무 가까웠다. 귀가 먹먹할 지경이다.

"애초에 속이려 한 쪽이 잘못이잖아."

〖주인님이 왜 당신에게 신경 쓰는지 모르겠습니다. 왜!〗

"너희들, 황제에게는……."

브릴이 웃으며 말했다.

"황제에게는 어떻게 했어? 황제 앞에서도 이렇게 제멋대로였나."

[황제와 당신이 같습니까!]

"뭐가 다른데?"

[황제는, 황제는— 아, 몰라요! 미친 분에게 설명하기 싫습니다!]

이지프가 으르렁거렸다.

[황제를 위해 싸우는 건 개인적인 일이, 감정적인 일이 아닙니다. 하지만 당신의 일은 아니지요. 어리석고, 근시안적이고, 아무것도 얻을 수 없는 일입니다! 감정적으로 벌이는 일이에요!]

"이지프, 인간이 하는 일은 모두 감정적이야. 그리고 감정이 없어 보이면, 감정이 없는 게 아니라 단순히 생각이 없는 일이야."

[듣기 싫어요!]

이지프는 몸을 부르르 떨었다.

브릴이 말했다.

"우르가나, 카니발라가 어디에 있는지 알아낼 수 있어?"

[알 수 있지만.]

"그가 탄 배를 찾아 공격해. 지금, 저 유령 함대는 카니발라 혼자서 움직이고 있어."

[무슨 생각 하는 거야?]

"카니발라를 죽여."

이지프의 눈이 붉어졌다.

[당신! 당신…….]

브릴은 두 손으로 검을 들어 올렸다. 붉은빛이 흘러나와, 두 팔 위에 얹힌 검은 물론이요 브릴의 몸도 휘감았다.

가슴이 두근거리면서도 벅찼다.

크고 위대한 존재가 된 것 같다.

"자. 우르가나. 가서 카니발라를 죽여!"

이라호가 피처럼 붉게 물들었다. 포연이 그 빛에 장밋빛으로 물들었다. 브릴을 뒤덮었던 붉은빛은 바다로 흘러내렸고, 검은 차갑고 하얀빛으로 돌아갔다.

[미친 분! 주인님의 몸이 엘리안의 몸이잖아요!]

"영혼은 불멸이잖아? 엘리안의 몸이 죽어도 불멸의 영혼은 남아."

[말이 됩니까, 미친 분!]

"가, 우르가나! 죽여 버리라고, 카니발라를! 어서!"

순간, 엄청난 소리가 터졌다.

분노의 고함이었다. 이지프가 아닌, 이 이라호가 지른 비명이었다.

그 안에 담긴 분노와 증오는 어마어마했다. 브릴조차도 등골이 오싹했다.

성난 이라호가 황소처럼 돌진했다. 이라호를 가로막았던 제국 전함이 이라호에 꿰뚫려 동강 났다. 찢겨지다시피 한 배가 어마어마한 단면을 드러내며 뒤집혔다. 돛대가 바다로 쓰러지고, 돛이 쏟아졌다. 함측이 부딪히고 긁혔다. 브릴의 이마와 등 위로 배의 파편이 쏟아졌다.

"완전 미쳐 버리네."

브릴은 멍하니 말했다.

제국 전함을 박살 낸 이라호는 똑바로 돌진했다. 그러나 우르가나의 황금빛 빛줄기는 이라호보다 빨리 카니발라가 있는 배를 향해 수면을 훑으며 날아가고 있었다.

이라호는 속도를 더 높였다. 포성이 들리고 포연이 피어올랐다. 교전하는 배에서 들려오는 함성과 고함, 비명에 귀가 얼얼했다.

곧 교전 중인 하일드의 전함이 보이기 시작했다. 그중 하나는 브릴도 기억하고 있는 아퀼라 나이젤호, 즉 레오닉스의 기함이었다.

바람이 밀려들어 연기를 쓸어 내니, 어마어마한 광경이 보이기 시작했다.

아퀼라 나이젤호 주변에 배 여러 척이 가라앉아 있었다. 대포에 맞아 침몰하는 게 아니었다. 베어 먹힌 듯 일부가 사라진 채, 죽은 고래들처럼 용골을 드러내고 가라앉고 있었다.

브릴은 밧줄을 잡고 북쪽을 보았다. 제국의 화력이 남익으로 집중되고 있다. 이곳에 레오닉스가 있기 때문이다.

제국답다. 북익이 정리되지도 않은데 남익으로 공격 방향을 틀다니. 북익이 정신 차리고 남하하면 포위될 텐데, 성급한 공격 전환이다.

지금, 저들에게 있어 전쟁은 엄청난 전리품이 오고 가는 곳이며, 자기 자신의 이익을 위한 집단 사냥에 가깝다. 그런 상황이니, 일단 큰 위기가 지나가자 눈앞에 있는 이익을 위해 움직이기 시작하면서 통제가 되지 않는 것이다.

이지프가 발을 구르고 주먹을 휘둘렀다.

[다 일러바칠 겁니다, 다! 지금 제가 당신 목을 따지 않는 건, 그러지 말라고 명령받았기 때문입니다!]

"뭐라고 명령을 받았지, 이지프?"

[지키라고! 이 배를 떠나지 못하게 하라고! 팔다리 다 붙여서! 머리카락 한 올 그을리지 않게!]

"너한테 명령하는 거라, 상세하게 했네."

[주인님의 명령에 빈틈이 있으면, 그 빈틈을 이용해 당신을 죽일 수 있기를 바랍니다만. 없네요. 젠장!]

"지난번에 경고했지? 만약 그럴 거라면, 네가 먼저 박살 나."

그때 허공에서 날아든 불덩이가 아르데나 배의 돛대를 부러뜨렸다. 돛대가 쓰러졌다. 돛과 돛대가 불이 붙어 불기둥이 되며 함선을 덮쳤다. 불붙은 파편이 튀어 올랐다. 그 파편에 붙은 불이 다른 전함에 옮겨 붙으며, 주변 몇 척이 불길에 뒤덮였다. 불타는 함선들 사이로 우르가나가 보였다.

잠시 멈추었던 이라호가 다시 움직였다.

드디어 카니발라가 있는 곳을 발견한 것이다. 우르가나도, 이라도.

브릴은 함수를 향해 달렸다. 그리고 난간을 밟고, 배가 기우뚱하는 순간 걷어차 몸을 날렸다. 여유 있게 닿을 거라 생각했는데, 목표로 했던 난간을 채 밟기 전에 미끄러졌다.

아찔한 높이로 바다가 보였다. 흰 거품 사이로 떠다니는 배의 잔해들이 하늘과 바다를 뒤집는 듯 눈앞에 닥쳤다.

세상이 뒤집힌다.

그때, 허리가 낚아채였다.

"……!"

몸이 내동댕이쳐질 뻔했지만, 그 힘은 브릴을 바닥에 내던지는 대신 더 세게 잡아 붙들었다. 그 억센 팔은 브릴의 몸을 꽉 잡아당겼다. 이어, 브릴을 덮치는 덮는 품에서 젖은 바다 냄새가 났다.

포연에 흐려진 하늘과 불타는 돛대, 엄청난 포성이 들리고 고함과 비명이 터진다. 그렇게 엄청난 곳에 있으면서도, 브릴은 자신의 심장 소리가 더 크게 들린다고 생각했다. 하늘의 대포 소리보다, 바다의 파도 소리보다, 그 소리가 더 크다.

이어 생각난다. 큰 손, 넓고 단단한 어깨, 넓은 가슴, 입술에 닿던 따스한 감촉이.

"어떻게……."

남자가 고함을 질렀다.

"그렇게 뛰면 어떻게 하려고!"

"운이 좀 나쁠 수 있긴 했지요."

"운에 너무 큰 걸 걸지 말란 말이다. 순간순간이 끝장이다, 전쟁판에
선!"

호통에 가까웠지만, 브릴은 안도했다.

바닥에 두 발이 닿은 듯, 긴 여행이 마침내 마무리를 한 듯, 그렇게 편
할 수가 없다.

분명 화가 나 있었는데, 그런데 다시 보니 편해진다. 이 남자가 아직
세상에 있고, 또 브릴과 같은 곳에 있다는 것 때문이다.

안다. 브릴은 이 남자를 처음 봤을 때부터, 두 발을 멈추고 쳐다볼 수
밖에 없었다.

아름다워서.

그래. 그 한 가지 외에 뭐가 더 중요하겠는가.

아름다운데.

낯설고 거칠고 적대적이건만, 아름다운데.

그 강철의 신처럼 강인한 아름다움이 피로 흘러들어 심장을 뒤흔드는
데, 그 하나의 이유 외에 뭐가 더 필요할까.

브릴은 이 전쟁터에서 죄책감과 함께 인정할 수밖에 없었다.

끌렸던 게 맞다.

이 낯설고 매혹적인 남자에게.

엘리안의 일을 알게 되었을 때, 그래서 더 화가 났다.

왜 하필 당신에게 난 끌렸던 건지.

속을 쓰라리게 하는 수치심과 죄책감 속에서도 브릴은 알고, 인정했
다.

당신에게 끌렸으니, 두 눈을 떼지 못하고 당신이 다가오는 것을 기다

렸지. 다가오자, 조심스럽지만 분명 내 의지와 욕망을 가지고 당신을 잡
았고.

브릴은 레오닉스의 옷을 잡고 몸을 기댔다. 안도의 한숨과 기쁨의 탄
식이 섞여 터지고, 몸은 더 깊이 기울어졌다.

그렇게 분노했으면서도, 다시는 만나지 못할까 봐 떨렸었구나.

전쟁터였지만, 잠시 레오닉스는 아무 말도 할 수 없었다.

숨조차 멈춘 듯 가만히 있었고, 세상에서 뚝 잘려 나온 듯 꿈쩍도 하지
못했다.

생각했다.

이곳이 전쟁터가 아니었으면, 이곳이 바다 위가 아니었으면, 이곳이
적들과 아군이 뒤엉키는 죽음의 장소가 아니었으면.

잠시 뒤, 그조차 의미 없어진다.

이제 세상이 박살 나도 상관없다.

눈을 감으니 뜨거운 숨이 터졌다.

반해 버리고, 그 감정이 담기자 상대가 너무 눈부셔서, 미소를 짓게 하
고 눈길을 끌어서 어느새 손을 대고 싶어지고 심장 소리를 찾는다. 그러
다 알게 된다.

그 자신이 아주 지독하고 지독한 것으로 바뀌었다는 것을.

현혹되고, 이끌리고, 하늘의 해를 보고 바다의 달을 보듯 끌리는 거라
생각했는데.

그보다 더 깊고 진하다.

그래, 아마도.

사랑이겠지.

심장을 통째로 내던지는 이게 너에 대한 사랑이 아니면, 무엇이겠나.

❖

카니발라는 정적에 휩싸였다.

비명, 폭음, 우지끈 부러지고 무너지는 소리와 대포 소리까지 이제는 들리지 않는다.

뭐야, 저거.

의문이 차가운 물방울처럼 뚝 떨어진다.

붙잡고 물어보고 싶다.

너, 왜 거기 가 있지?

어디에 있든 상관없는데, 거긴 아니야, 공주님.

용서가 안 되잖아.

너한테 용서가 안 되는 게 아니라, 네 주변이 용서가 안 된다고.

다 박살 내고 싶어. 분노하고 싶어. 네가 절대 가까이 가지 못하게 하고 싶어.

아주 너저분한 종류의 불쾌감이 든다.

네가 보는 곳이, 네가 원하는 것이, 네가 손대는 게, 다 싫다.

하지만 네가 괘념치 않을 거란 걸 알기에, 그 불쾌감은 가지면 가질수록 점점 더 비천해지는 것 같다.

불쾌감은 거기서부터 시작된다.

권력이 침해되었다.

그러자 어마어마하게, 폭발이라도 하는 듯 화가 난다. 숨 쉬는 시간조차 아까울 정도로.

이 순간만큼 레오닉스를 죽여 버리고 싶은 적도 없고, 이 순간만큼 증오스러운 적도 없다. 분노와 초조함이 눈앞을 시커멓게 삼켜 버린다.

단 하나였어야 한다. 내가 네게 줄 건 하나뿐이니, 네가 원하는 것도 하나여야 한다. 그 하나를 위해 너는 내게 복종했어야 하고, 네 운명을 내 뜻대로 하게 넘겨주었어야 했다.

그런데 왜 거기 가 있지?

왜!

카니발라는 후회가 밀려들었다.

이지프가 저 계집애를 죽여 버리게 놓아둘 것을.

속은 뒤집어져도, 심장이 찢겨 나간 듯 분노했을지라도, 그래도 언제고 잊혔을 것이다.

하지만 살려서 기어코 앞에 뒀다.

찾아오게 했고, 그의 앞에 뒀다.

저 여자가 카니발라가 원하는 대로 해 주자, 카니발라의 권력을 느끼게 해 주자……

빌어먹게도, 죽도록 좋았지.

그랬다. 그 외에는 생각도 안 나고, 하기도 싫었다.

저 여자를 다루고, 저 여자를 원하는 대로 해 보고 싶다는 생각만 했지. 제국 같은 건, 내일 망해도 상관없다. 저 계집애만 내 뜻대로 할 수 있다면, 저 계집애가 복종하게 만들 수 있다면, 내 마음대로 되도록 한다면. 그러면 되었다.

그 덕에 지금 이렇게 너무나도 비천해져 있는 거다.

아직 권력과 우위는 저 여자에게 있으니까.

『주인님! 조심하세요!』

이지프가 외치자마자 불덩어리가 쏟아졌다. 불길은 카니발라가 있는 배의 돛대를 후려쳐 부러뜨리고 갑판을 뒤덮었다. 주변이 순식간에 불길에 휩싸이며 어마어마한 열기가 얼굴에 닿았다.

카니발라는 다른 배를 불러들였다. 그 배가 가까워지자 카니발라는 갑판을 가로질러 달려 도약한 뒤, 난간을 밟고 뛰어넘었다. 이지프가 나는 듯 몸을 던져 카니발라의 몸을 받았다. 카니발라가 버리고 온 배는 불타 가라앉았다.

[그 미친 분이 명령했습니다! 저 불 요괴더러 주인님을 죽이라고 했어요!]

"아."

[이라에게 물어보십시오. 이라가 얼마나 화가 났는지! 얼마나 걱정했는지.]

"안다."

이지프는 부르르 떨었다. 두 눈이 붉은빛을 뿜어냈다.

[당장 죽이게 해 주세요! 정말로 죽이게 해 주세요. 그 미친 분은 정말 위험하단 말입니다. 주인님의 안전이고 뭐고, 아무 상관도 관심도 없어요. 아니, 제게 내린 명령 중 딱 한두 가지만 풀어 주세요. 주인님도 모르는 새 죽여 버릴게요.]

그때, 맞은편 배 위에 곰이 나타났다. 불에 휘감긴 숯처럼 검은 몸이 꿈틀댔다.

"안녕."

카니발라는 우르가나를 웃으며 노려보았다.

분노에 찬 우르가나의 눈동자도 카니발라를 향했다.

"너나 나나, 다른 세상에서 온 악령일 뿐. 깃들 곳이 없으면 바람이 하늘로 사라지고 강이 바다로 사라지듯 사라질 뿐이지! 그러니 그런 눈으로 보지 마."

[그렇다고 너처럼 수금하듯 나타나 동족들을 잡아가진 않아.]

"너를 잡으러 가기 전까지만 해도, 너는 내가 뭘 하든 내버려 뒀잖아! 그냥 그 숲에 있지 그랬어. 어린 소년 소녀들의 몸을 강탈해, 해가 뜨고 지는 것만 바라보며 가치 없게 살지, 왜! 왜 나온 거야? 왜 그랬냐고!"

카니발라는 크게 웃었다.

"왜 그랬어!"

[……]

저 멍청한 것, 왜 그런 선택을 한 거냐.

왜 몰라. 내가 너보다 강하다는 걸, 나에게 너를 지배할 힘이 있다는 것을, 내가 이름만 부르면 너는 내 노예가 될 수 있다는 걸, 왜 몰라.

나는 악령 중의 악령, 카니발의 왕인데.

카니발라가 외쳤다.

"왜 그랬을까, '우, 르, 가, 나.'!"

곰의 몸이 터지며 거대한 불덩어리로 변했다.

다른 배로 불이 옮겨붙으며 뜨겁게 타올랐다.

하늘도 바다도 온통 불바다다. 시뻘건 불이 그를 어떻게 하지 못해 으르렁대고 있다. 그를 중심으로 모든 것을 삼켜 버리고 있지만, 카니발라만은 삼키지 못한다.

아아, 이봐. 너는 이렇게 나를 삼킬 수 없어. 나를 이기지 못하는 게, 대체 왜 내 앞에 나타나 까불었던 건지. 결국 내 손에 들어올 것을, 내 노예가 되어 내 명령을 따르게 될 것을!

그런데 카니발라는 도무지 통쾌하지도 만족스럽지도 못했다.

머리 안에 들어 있는 생각이라곤 하나뿐이고, 그것이 속을 뒤집었다.

그거, 우연이지?

네가 엘리안 말고 다른 남자를 좋아할 리 없지.

게다가 하필이면 그놈일 리 없어.

아, 너를 좋아하는 남자가 있든 말든 그건 상관없어.

네가 쳐다보지 않으면, 귀찮고 성가시고 보기 싫은 놈들일 뿐이니 치워 버리면 끝이잖아.

너만, 너만 내 뜻대로 해 주면 되는 거야.

소중한 건, 지키고 싶은 건, 가지고 싶은 건, 바로 그 작은 사랑의 신 같은 소년이지 않니? 너는 그 아이만 가지면 되는 거잖아.

게다가 그 사랑스러운 꼬마가 나를 불러들인 건 그 남자 때문이잖아.

네 꼬마가 나를 부르지 않았으면 어떻게 되었을까? 그냥 죽었을 거야.

오히려 난, 네 소중한 꼬마의 몸을 보전해 줬다고.

너는 그놈을 증오해야 마땅하고, 경멸해야 마땅해.

하일드의 깃발을 보자 카니발라는 속이 뒤집혔다.

불타 버려. 파멸해 버려. 그놈 눈앞에서 다 잿더미가 되어 버려!

레오닉스가 항상 싫었지만, 지금만큼 싫은 적도 없었다.

우르가나의 몸이 녹아내리더니, 카니발라의 몸을 붉은 너울처럼 덮었다.

카니발라도 느꼈다. 불길은 그를 감싸고는 있었지만 그에게 그 어떤 해도 끼치지 않았다. 불덩어리는 분노한 심장의 고동 소리에 귀를 기울이듯 가만히 있었고, 그가 분노할 때마다 같이 이글거리는 것 같았다.

같이 출렁이고, 같이 뒤틀린다.

그래, 내 것이구나.

왜 왔니, 우르가나. 기껏 여기까지 힘겹게 기어 나와도 네가 할 수 있는 일이라곤 내 노예가 되어 주는 것뿐인데 왜 나왔니.

불덩어리가 허공에 둥글게 뭉쳤다. 실이 휘감기듯 빠르게 거대해진 그 불덩이는 울부짖는 듯한 소리를 내더니 하일드의 전함에 내리꽂혔다.

운석에라도 맞은 듯 전함이 박살 나고, 그 전함이 삽시간에 불타오르며 바다가 붉게 물들었다. 뒤이어 나타난 불덩이가 다른 전함을 강타하자, 전함이 폭발하며 불타올랐다.

카니발라는 웃었다.

아주 기쁘게 웃고, 아주 분노하며 웃었다.

우르가나. 바로, 화염의 정수(精髓).

서부의 숲으로 간 건, 바로 그 화염이 필요해서였다.

카니발라가 가진 그 어떤 능력도 레오닉스를 상대로는 무용했다. 돌은 돌이니 파괴당하고, 아무리 강력한 기계를 만들어 내 혼을 불어넣어 싸우게 한들 파괴하면 끝이었다.

그래서 화염, 그곳에 사는 가장 강력한 마령 중 하나인 우르가나를 데리러 간 것이다.

레오닉스가 가진 전몰의 이능은 불, 그 자체를 없앨 수는 없다.

그런데 빌어먹게도, 정말 빌어먹게도 그곳에 엘리안이 남긴 것과 만났다.

너, 너. 엘리안의 심장과 이어진 너! 기어코 엘리안의 심장을 되살린 너, 너를 만났지.

지옥의 하늘이 열린 듯 시뻘건 불덩이가 비처럼 내렸다. 배 위로 불기둥이 내리꽂히고, 그 강한 힘에 함선이 위로 튀어 올랐다가 삽시간에 불덩어리가 되며 바다로 떨어졌다.

세상이 불타오른다.

그의 의지로 파괴된다.

카니발라는 거듭거듭 확신했다.

다 무너질 거야. 다 끝장날 거라고. 나를 분노하게 만드는 모든 것을 잿더미로 만들어야, 그래야 나도 안도하며 잘 수 있을 거다.

미친.

제레미가 멍하니 중얼거렸다.

지옥의 하늘이라도 열린 것 같았다. 사방에서 불덩어리가 날아들어, 하일드 함대에 내리꽂혔다. 돛대가 부러지고 돛이 불타올랐다. 선수가 박살 나 위로 튀어 올랐다. 쾅, 쾅, 소리가 연달아 나며 배가 박살 나고 허공으로 붕 떠올랐다가 더 수면으로 강하게 떨어졌다. 바닷물이 허옇게 터졌다.

"북익에 있는 라다메스호에 전해라. 남으로 압박한다! 전선을 이동시킨다. 모두 침로를 변경해. 어서!"

레오닉스가 외쳤다.

곧이어 불덩어리가 허공에서 휘감기듯 더 많이 맺히더니 엄청난 속도로 쏟아졌다.

제레미가 비명을 질렀다.

"요, 용이라도 나타난 겁니까?"

더 큰 불덩어리가 아퀼라 나이젤호 바로 옆에 있는 전함을 강타했다. 전함은 돛대 끝에서 갑판 바닥까지 단숨에 불타올랐다. 엄청난 열기가 덮쳤다. 돛대가 쓰러지며 아퀼라 나이젤호 쪽으로 넘어왔지만, 닿기도 전에 레오닉스의 힘에 의해 사라졌다. 불태울 게 없어진 불꽃은 허공을 핥는 듯 휩쓸고는 사라졌다.

레오닉스가 말했다.

"내가 가겠다."

"네?"

"저 빌어먹을 마법사는 내가 상대하겠다. 지휘권은 라다메스호의 브룬델카 경에게 맡긴다. 이제부터 라다메스호가 기함이다. 아퀼라 나이젤호는 위치만 사수한다."

"하지만, 왕자님!"

"저놈은 내 몫이다."

그때 브릴의 팔이 레오닉스의 몸을 밀었다.

"브릴—?"

레오닉스가 돌아보자, 브릴과 눈이 마주쳤다.

"레오, 가만. 내가 먼저 가게 해 줘요."

레오닉스의 눈에 당혹스러움이 비쳤다.

"어디로."

"내가 할 일이 있는 곳."

레오닉스가 그리 보니, 브릴은 지금 자신이 하려는 일에 죄책감을 느꼈다.

"카니발라는 내가 먼저예요."

"뭐—"

머뭇거릴 수 없다. 해명할 틈도 없고.

브릴은 카니발라가 탄 배를 향해 달렸다.

"또—"

레오닉스가 외쳤다.

"또 이러나!"

브릴은 배의 난간을 잡고 몸을 날렸다. 몸은 가볍게 튀어 올라, 아퀼라 나이젤호와 붙어 있는 배의 갑판으로 착지했다. 이지프가 달려와 그런 브릴의 몸을 낚아챘다. 브릴의 몸은 그 팔에 가볍게 잡혔다.

"고마워."

[미, 미친 분! 제발 미친 듯이 날뛰지 말아요.]

이지프는 자신이 브릴을 도왔다는 사실을 알자마자 얼른 팔을 놓았다.

다치지 않은 것을 확인한 브릴은 두 발에 힘을 주고 맞은편에 있는 카니발라를 보았다.

카니발라가 말했다.

"오늘은 누가 이길 것 같아, 공주님?"

"네가 이길 것 같다고 답할 걸 기대한 것 같은데, 미안. 아직 안 끝났어."

브릴은 머리로 전세를 짚었다.

일단, 제국의 공격선이 남하했고, 레오닉스도 북익에 있는 전함들을 이동시켰다.

지금 전세를 제국에 유리하다고 판단한 제국 함대의 사령관이 누군지는 모르지만, 전선의 이동 속도를 보면 성급한 자다. 빠르게 남하하느라 전열이 흐트러지고 있으니.

제국의 문제점이다. 전세가 기울었다고 판단되면, 그다음부터는 전리품과 전공 싸움이 되어 버린다. 그 단점은 항상 전쟁 막판에 제국의 전열을 망가뜨렸고, 완승이 평범한 승리가 되고 평범한 승리가 신승(辛勝)이 되곤 했다.

지금 역시 그렇다. 이곳은 큰 타격을 입었지만, 하일드의 북익은 아직 건재하다. 그리고 저곳에 있는 거함이 침로를 바꾸고 있다. 라다메스호였던가? 이대로라면, 오히려 제국 함대가 포위되어 갇히게 된다. 이런 일을 벌인 함대는, 상식대로라면 바다 위에서 궤멸당한다.

그래, 상식대로라면.

그런데 지금은 상식이 통하지 않지.

지금 사방을 불태우고 있는 저 불, 분명 우르가나의 힘을 이용한 거다. 브릴이 우르가나의 힘을 이용하듯, 카니발라가 쓰고 있는 거다.

설마, 카니발라가 우르가나를 지배하거나 명령할 수 있는 권한을 얻은 건가.

브릴은 분노가 치밀었고, 슬프기도 했다.

누가 아니라고 말해 줬으면 좋겠어.

보이는 만큼 절망적인 건 아니라고.

"방법이 있어요."

브릴은 카니발라의 얼굴을 보았다.

여전히 초조한 표정이다. 지난번에 보았을 때도 저러지 않았던가.

라바이가 그랬다. 그날, 엘리안이 브릴을 보고 있었다고.

지금도 그랬으면 좋겠다. 브릴을 보고, 브릴이 무엇을 말하는지 들을 수 있었으면 좋겠다.

"공주님. 그렇게 간절한 눈으로 본다고, 내 안에 있는 엘리안이 깨어난다거나 하는 일은 없어."

은은한 금빛이 카니발라의 몸에 감돌았다.

"오늘 이기는 건 제국이야! 기적은 없어. 재앙뿐이지. 엘리안이 스스로 돌아올 일도 없고, 곧 엘리안은 이 몸에 대한 권한을 잃어버리고 망령이 될 거야! 지금 네가 버리지 못한 희망, 그 희망은 쓰레기야!"

카니발라의 눈은 이제 브릴을 향한 경멸로 차 있었다.

애정이 있든 집착을 하든, 카니발라는 기본적으로 브릴을 경멸하고 미워하고 있다.

아무리 브릴에게 잘해 줘도, 브릴이 조금만 자극해도 폭력적으로 변하는 이유가 그 감정 탓이다.

너무 미워하고 경멸해, 잔인하게 대하고 싶어 안달하고 있다.

그럼에도 원한다. 그의 것이 되길, 그의 명령을 듣고 그에게 복종하길 바란다. 그런데 브릴이 원하는 대로 해 주지 않으니, 위협하고 겁박하며 브릴에게 소중한 것을 망가뜨리려고 날뛴다.

이런 위험한 상대는 믿을 수 없다.

여왕으로 만들어 주든, 나라를 주든 간에, 이 남자는 브릴을 멋대로 굴리고 싶어서 그런 권력을 준다고 하는 것이다.

다만, 이 남자 안에는 엘리안이 있다. 결코 포기할 수 없는, 그녀의 엘리안이.

브릴은 두 손을 들어 카니발라의 볼에 얹었다.

카니발라가 경멸을 표할 거라 생각했는데, 닿는 순간에 카니발라의 눈은 마법에라도 걸린 듯 부드러워졌다. 서늘한 눈에 열기와 온기가 번진다.

마지막일지도 모르기에, 브릴은 두 팔을 벌려 엘리안의 목을 안았다. 목은 단단하고 차가웠지만, 저 안에 있을 엘리안을 생각하며 말했다.

"엘, 내게 와."

들을 수 있을지 없을지는 알 수 없지만 말을 했다는 것만으로도 안도가 된다.

브릴은 이를 악물었다 떼며 외쳤다.

"엘리안, 너는 나와 같이 있어야 해. 다시는…… 다시는 나를 버리지 마. 나를 따라와! 나를 잡아!"

브릴은 손을 놓았다.

각오했던 조롱은 없다. 차가운 손이 브릴의 목덜미에 얹혔다.

서늘함은 어찌할 수 없지만, 손길만은 조심스럽고 부드럽다. 그 손이 브릴의 살을 어루만지듯 문질렀다.

"역시."

카니발라가 웃었다.

분명 경멸과 조롱이 보이는데, 그것은 브릴이 아닌 다른 것을 향한 것이었다.

"나는 네가 원하는 단 하나이자, 네가 증오하는 단 하나군."

"그래, 바로 그래."

카니발라는 브릴의 몸을 밀었다.

"이지프! 이라호로 데리고 가! 싣고 떠나 버려! 멀리! 아주 멀리 가!"

브릴이 먼저 이지프를 향해 덤벼들어 목을 낚아챘다.

이지프는 싫은 기색을 온몸으로 표하며 난간으로 달려가 몸을 던졌다. 홀쩍 날아 이라호에 착지하자, 브릴은 팔을 놓고 갑판으로 몸을 날렸다. 나가떨어질 뻔했지만 밧줄을 잡아 몸을 고정했다.

이지프는 몸을 일으켰다. 즈컹, 컹, 하는 소리가 관절에서 들려왔다.

[이라, 당신이 이 미친 분을 아주 불쾌하게 여기는 건 알지만, 일단 주인님이 데리고 있으라니 어떻게 하겠어요. 자, 미친 분! 이제는 좀 고분고분해지시지요? 이 주변에 있는 배란 배는 다 타 버릴 테니까요! 오늘 주인님이 이길 거라고요!]

"과연."

[아직 희망이 있어요? 역시, 당신은 미친 분이군요.]

이제 브릴은 기다려야 했다.

네게 달려 있어, 엘.

브릴은 검을 뽑았다.

검을 타고 붉은빛이 번졌다. 검에 그려진, 날개 달린 뱀의 그림이 시뻘겋게 달아올랐다.

브릴의 입가로 미소가 번졌다.

조금 전, 불길을 보면서 품었던 의문에 대한 해답이 여기에 있다.

이지프의 눈이 번뜩였다.

[어라?]

"다시 말할까? '과연.'"

이지프는 급히 고개를 돌렸다.

[주인······.]

다급해진 이지프는 고함을 질렀다.

[주인님! 우르가나가! 주인님! 주인님!]

그러나 배는 이미 멀어졌다.

[안 돼! 주인님, 안 돼요!]

엘리안은 눈앞이 밝아지는 것을 느꼈다.

아주 밝고 따뜻한 것이 엘리안의 정신을 차리게 하고 눈을 뜨게 했다.

[어이.]

누군가가 부른다.

엘리안은 급히 그쪽을 돌아보았다.

"라바이?"

[아, 나는 라바이가 아니야. 자, 꼬마. 정신 차려. 어서, 어서.]

"누구세요?"

[정신 차렸어? 그러면 다음 목소리가 들릴 때까지 기다려. 어, 어, 도망치지 마. 여기 있어.]

"누구시냐고······."

[하나.]

"네?"

[······둘······.]

그때 맑은 목소리가 들렸다.

"엘리안."

엘리안의 눈이 커졌다.

"엘리안, 정신 차려 봐라."

엘리안은 고개를 휘휘 저었다.

눈앞의 남자가 걱정스럽게 엘리안을 보다, 엘리안이 올려다보자 안도했다.

"정신 차렸니?"

"펠릭스! 어떻게 된 거예요."

"내가 모르는 곳에 가 있었던 것 같구나. 다시 만나서 다행이야."

"어떻게?"

"미안하지만, 자세히 말할 시간이 없구나. 우선, 지금부터 내 말 잘 들어."

"마, 말하세요."

"예전에 말했던, 네 친구 있지? 네 친구가 너를 찾고 있다. 성공한 것 같구나."

"어떻게 하면 되나요."

"단, 그 전에 잠깐 이야기 좀 해야겠다."

펠릭스는 엘리안의 양팔을 잡았다.

"아무리 급해도 이 답은 들어야 할 것 같구나. 엘리안, 정말 돌아가고 싶니?"

"네?"

"중요한 거란다. 진심으로 돌아가고 싶니? 어서 답해 다오."

"저, 돌아간다는 건 무슨 의미예요? 제가 생각하는 것과 다른 의미인 건가요?"

"말 그대로 너 자신으로 돌아가는 거야. 카니발라에게 준 네 몸을 되찾는 거야. 하지만…… 좋은 것만은 아니다. 너는 한번 네 인생을 버렸단다.

간절한 소원이 있어서였지."

엘리안은 가슴이 욱신거렸다.

"엘리안, 그때 카니발라에게 빈 소원이 정말 간절했다면, 나중에 후회할 수 있어. 네 소원은 아무것도 이루어지지 않았기 때문이지. 그 일을 돌이킨 결과를 다 보게 될 거란다."

"하지만 당신도 마찬가지잖아요. 당신도…… 당신도 포기하고……!"

"내게는 기회가 없단다, 엘리안. 영원히."

"왜요."

"내 소원은 내가 살아서는 안 되는 소원이기 때문이지. 내 소원을 포기하면, 그건 내가 가장 소중히 여기는 것을 포기하는 거야. 그러니…… 나는 결코 포기할 수 없단다. 내 세 번의 소원 모두."

엘리안은 이해할 수 없었다.

"살면서…… 가질 수는 없는 건가요."

"없을 거다, 영원히. 또, 그것은 내 목숨보다 소중한 소원이었다. 죽더라도 지키고 싶어서 빈 소원이니, 끝까지 다 지켜야 해. 하지만…… 나는 네 소원이 그러지 않기를 바란다."

그렇게 말하는 펠릭스의 얼굴은 엘리안에게 누군가를 연상하게 했다.

닮은 듯도 한데, 그 사람이 생각나자 엘리안은 고개를 저었다.

그럴 리 없다. 너무 터무니없어. 이렇게 온화한 사람과 '그 사람'이 닮을 리 없다.

"엘리안, 너는 죽어도 이루고 싶은 소원이 있어서 카니발라의 독을 삼킨 거겠지? 하지만 돌아가면 그 소원은 고스란히 없어진다. 네가 바꾼 것도, 바꾸게 한 것도 없을 거야. 그건 네 생각보다 더 비참할 수도 있어."

펠릭스는 슬픈 눈으로 말했다.

"그러니 말해 다오. 그 소원을 포기할 수 있는지."

"그건……"

레오닉스를 죽이고 싶었다.

하지만 포기한다면, 다시 브릴을 만날 수 있다.

브릴의 옆에 있을 수 있고, 브릴의 손을 잡고 브릴의 팔에 안길 수 있다.

죽어도 이루고 싶은 일과 그냥 죽는 건 달라도 너무 달랐다.

이 모든 걸 중지하고 돌아간다면, 변한 건 하나도 없다. 레오닉스는 여전히 강력한 하일드의 왕자고, 엘리안은 노예 소년이니까.

그래도……

순간이었다.

들린다.

"엘."

눈앞이 갑자기 확 변했다.

지난번과 같다.

좁은 곳에 갇힌 듯 꿈쩍도 할 수 없는데, 갑자기 주변이 변한다.

연기에 덮인 하늘, 불타는 배들, 검푸른 바다, 비명—

눈앞에 브릴이 있었다. 얼굴은 연기에 그을리고, 머리도 엉망이었다.

그러나 두 눈, 청회색 두 눈에 담긴 뜨거운 감정과 의지는 맑으면서도 뚜렷했다.

"엘, 내게 와."

"엘리안, 너는 나와 같이 있어야 해. 다시는…… 다시는 나를 버리지 마. 나를 따라와! 나를 잡아!"

고통이, 깊고 쓰라린 고통이 밀려들었다.

나 때문에 브릴이 이런 표정을 짓다니.

미안, 브릴. 나는 널 버렸어. 너를 사랑한다고, 너를 지킨다고 생각했는데, 나는 사실 너를 버렸던 거야.

그 잘못을 용서해 주는 거지?

주변이 흐려지고 엘리안은 다시 돌아왔다.

펠릭스의 눈이 커져 있었다.

"이게……."

엘리안은 그의 팔을 잡았다.

"펠릭스, 가겠어요! 세 번의 소원보다 더 중요한 것이 있으니까."

펠릭스의 얼굴에 미소가 번졌다.

"후회하지 말거라."

"네."

"결코, 결코 후회하지 마. 알겠지?"

"알았어요."

"다행이구나."

"하지만 펠릭스, 당신은 정말 돌아갈 수 없나요?"

펠릭스는 고개를 저었다.

"말했잖니. 나는 내 소원을 돌이켜서는 안 된다고."

엘리안은 당신은 무슨 소원을 빌었느냐고 묻고 싶었다.

이렇게 선량한 사람의 소원이라면, 자기 자신을 위한 소원일 리 없다.

"자, 가자. 그리고…… 네 몸을 찾거든, 네 친구에게 감사해. 또, 아무리 힘든 일이 있다 하더라도 네 친구가 너를 도와줬다는 것을 잊지 말렴.
그리고……."

펠릭스의 두 눈에 슬픔이 어렸다. 너무도 깊은 슬픔이라, 엘리안마저
도 슬퍼졌다.

펠릭스는 애써 웃었다.

"아니다. 네 몫이 아니구나, 이건. 따라오렴."

바다는 일몰처럼 붉게 물들어 있었다.

레오닉스는 아르데나 국적의 배 위에 있었다.

돛대에 불덩어리가 내리꽂혔다. 돛대가 불길에 뒤덮이고, 돛은 종이처
럼 타올라 위로 말려 올라갔다. 독한 연기가 피어올랐다. 열기에 젖은 주
변이 이글거렸다.

그 속에 카니발라가 있다.

그야말로 불길 속에서 기어 나온 마귀였다.

분노와 증오에 찬 눈으로 지옥의 불길 속에서 기어 나와 울부짖는 마
귀.

"레오닉스!"

마법사가 외쳤다.

"그래, 나 맞다."

원수끼리 만나서 나누는 대화치곤 참 담담하다.

물론, 레오닉스만.

카니발라는 미쳐 날뛰고 있으니까.

카니발라가 말했다.

"드디어 나를 죽이려고 온 것……."

"일단 닥쳐라, 카니발라. 시끄럽다."

레오닉스는 말을 끊었다.

"잔소리 잡소리 다 집어치워라. 시간 내서 네 수다를 들어 줄 생각은 없고, 말 섞기보다는 네 턱부터 갈기고 싶다만—"

레오닉스는 카니발라의 굳은 얼굴을 보며 말했다.

"그게 네 얼굴이 아니라서 곤란하지. 그 아이에게 지은 죄가 있다 보니 더 죄를 짓는 건 사양이다."

"그—"

"그리고 너를 죽이러 왔느냐는 질문에 답하자면, 나는 너를 죽이고 싶은 게 아니라 죽여야만 한다. 선호의 문제가 아니라 필수의 문제지."

"뭐야, 그건!"

"기분 더럽고 고약하면서도 난해한 일이지만, 해야 한다는 말이다. 또 중간에 네가 마음을 바꿔 용서를 빌어도 소용없다는 거다."

"하지만 어쩌나. 나도 너를 죽이고 싶은데."

카니발라가 들고 있던 총의 총구가 레오닉스를 향했다. 카니발라는 방아쇠를 당겼다. 그러나 총알은 발사되는 순간 츠캇— 소리와 함께 총구에서 소멸했다.

레오닉스가 말했다.

"설마 이게 네가 궁리해 낸 유일한 방법이라는 건 아니겠지."

"뭐야?"

"궁극의 방법치고는 너무 시시해서."

카니발라는 이가 갈렸다.

정말 불 질러 버릴 듯 노려보며 고함을 질렀다.

"……레오닉스!"

레오닉스는 경멸하거나 비웃거나 심지어 우월감이나 승리감도 없었다.

너무나 담담하고, 또 차분했다. 사람 속 뒤집는 것을 아주 침착하게 하는 레오닉스다운 상황이었다.

"알아, 나도! 너에게 평범한 총알은 소용없지! 하지만 이 안에 든 여섯 개의 총알 중 두 개는 아주 색다른 거야!"

"꽃무늬라도 새겼나."

카니발라는 두 눈이 불타는 줄 알았다.

"조롱하지 마! 진지한 일이야."

"말 막힌다고 화내지 마라. 누구든 겪는 일이니."

레오닉스는 자신을 노려보는 카니발라를 보고, 그다음 덜덜 떨리는 손에 쥐어진 총을 보았다.

"네가 뭘 자랑하고 싶은지, 이미 예상하고 있다."

"그럴 리가!"

"엘리안의 검."

레오닉스는 카니발라가 쥐고 있는 총구에 손을 얹었다.

바로 지척인데도 카니발라는 쏘지 못했다.

"그 검은 내 이능으로 파괴할 수 없더군."

"어떻게 알아."

"몰래 시도해 봤으니 알지."

"이 미친놈아, 그걸 왜!"

"안 들켰고, 내 이능으로 파괴가 안 된다는 것을 분명히 확인했으니 된 것 아닌가."

물론 이능으로 파괴가 되었다면, 브릴은 이가 나간 검을 가지게 되었을 것이다.

"그렇다면 그 검이야말로 나를 찌를 수 있는 유일한 무기인데, 네가 훔쳐 가지 않는 걸 보고 비슷한 게 더 있을 거라 예상했다."

"뭐야?"

"너는 항상 사람을 멍청하다고 생각하지. 물론, 세상 사람은 어지간하면 너보다 멍청하긴 할 거다. 하지만 나는 네 적이다. 네 뒤통수에 대고 네 험담이나 하는 경쟁자가 아닌, 너를 박살 내고 싶어 하는 적. 나도 나 나름으로 최선을 다한다는 의미고, 내 최선이 너를 상대하는 데 모자람이 없을 거란 의미이기도 하다."

브릴은 검에 대해 알아내려고 몇 번 의회 정보부에 왔다 갔다.

레오닉스도 그 검에 대해 알아보았다. 정보부가 브릴에게 넘긴 정보도 포함해서.

검은 철이 아닌 운석을 갈아서 만든 것이었다. 다른 세상에서 온 물건인 셈이다. 그래서 브릴이 그 안에 화염의 정이 깃들게 할 수 있었던 것이다.

검에 대한 기록을 보면, 검은 나타날 때마다 다른 능력을 보여 주었다. 검 자체에 능력이 있는 게 아니라, 검에 정령이 깃들게 하며 능력을 발휘하게 하는 것이다.

원리는 무엇일까.

오로지 브릴만이 검의 능력을 끌어 낼 수 있었지만, 레오닉스가 보기에 브릴에게는 알려진 이능은 없었다.

즉, 완전히 새로운 이능이었다.

그 누구도 가져 보지 못한, 그 누구도 누려 보지 못한, 그 누구도 보지 못한 능력이다.

그것의 정체가 무엇이든, 브릴의 능력이 검에 화염의 정을 깃들게 하고 그 정이 힘을 발휘하게 하고 있다. 스스로도 모르는, 그러나 분명 엄청난 능력이다. 그리고 어쩌면, 정말 가설일 뿐이지만 필파니온 왕의 광기도 그와 관련 있을지도 모른다.

레오닉스는 주변의 열기가 더 강해지는 것을 느꼈다.

세상이 끓어오르는 것 같다. 배의 돛과 갑판으로 검게 그을음이 번지고 연기가 피어올랐다.

"이것만이 아니야, 레오닉스! 너는 전몰의 기사, 모든 것을 없애지만, 네가 없앨 수 없는 게 있지!"

카니발라의 얼굴에 희열 어린 분노가 차올랐다.

"너는 불은 파괴할 수 없다."

"……."

"불이야말로 파괴. 불은 삼키고 씹고 짓이기고 시커멓게 태워 잿더미로 만들지! 자, 그런데 파괴를 파괴할 수 있나? 전몰은 전몰시킬 수 있나? 할 수 없지? 넌 불을 없앨 수 없어!"

동시에 총성이 울렸다. 레오닉스는 피하지 않았다. 총알은 츳— 소리와 함께 사라졌지만, 그 근방에서 불길이 치솟아 레오닉스를 덮쳤다.

레오닉스는 뒤로 물러났다. 그의 뒤에서도 불길이 솟아올랐다. 레오닉스의 앞도 뒤덮었다. 이제 레오닉스는 불길에 휘말려 있었다. 뜨거운 열기가 그를 감싸며 조여들었다.

"그래, 나는 불은 어쩔 수 없지."

레오닉스가 말했다. 그리고 물러나지도, 머뭇대지도 않고 앞으로 나갔다.

한 걸음 디디자, 그 순간 그 부분의 불이 먹히기라도 한 듯 사라졌다. 레오닉스는 한 걸음 더 나아갔고, 불은 또 확 꺼졌다.

카니발라의 눈이 커졌다.

불벽이 되어 사방을 뒤덮고 있던 불이 꺼지고 있다. 레오닉스를 삼키려던 불길은 바닥으로 빨려 들어가듯 없어지고, 돛을 휘감고 으르렁거리며 솟구치던 불길도 잦아들었다.

"어떻게……."

"불은 파괴이자 전몰이지만 그 어떤 불도 스스로 존재할 수 없지."

숯이 된 선체가 드러나기 시작했다. 불길이 지워지듯 꺼지고 있었다.

"파괴할 것이 없으면 그 자체가 사라지는 것이 불이지."

이제, 레오닉스 주변의 불은 다 꺼져 버렸다. 검게 탄 바닥만 남았다. 그러나 우둑― 둑― 소리가 나며 배가 갈라지기 시작했다.

"파괴할 게 없는 파괴란 게 존재하나?"

"……."

"불은 기름을 붓고 장작을 넣어야 타오르고, 역시나 바람이 불어야 계속 타오른다. 바람이 멎으면 불길도 멎고, 태울 것이 없는 불도 사라지지……."

레오닉스가 팔을 들었다.

손짓 한 번에 불에 활활 타던 돛대가 사라졌다. 태울 것이 없어진 불길도 같이 지워졌다.

불을 없앨 수는 없다. 행위 그 자체니까.

그런데 불을 없앨 수 없지만, 불이 먹을 공기를 차단하는 것은 가능하다. 주변을 진공상태로 만들어 버리면 불은 번지지 못한다. 연료를 없애도 결과는 같다. 레오닉스는 불은 없앨 수 없어도, 불에 태울 장작은 없앨 수 있다.

"너는 이 전쟁판의 조커, 너는 내가 아는 작전, 이론, 상식을 모두 먼지처럼 소용없어지게 하지. 하지만…… 네가 어떤 악마이든, 너만 끝장내면 다 끝난다."

"레오닉스!"

"너로 인해 시작된 반칙은, 네가 사라지면 끝난다. 너만 죽으면 이 전쟁은 나의 승리란 말이지."

이제 모든 불길이 시간을 되감은 듯 사라졌다.

붉게 타오르던 세상은 연기와 검푸른 바다를 남기고 식어 갔다.

카니발라의 눈이 커졌다.

자신이 얼마나 멍청한 짓을 한 건지 드디어 깨달았다.

이놈이, 이 가증스러운 놈이 카니발라를 이라호와 이지프로부터 고립되도록 했다.

우르가나를 지배하며 얻게 된 화염의 힘이 카니발라에게 자신감을 불어넣었기 때문이다. 하일드의 전함 몇 척이 불벼락에 맞아 사라지면서, 레오닉스는 속수무책으로 보였다. 직접 카니발라를 만나러 온 것이 레오닉스가 마지막으로 택한 방법인 듯 보였었다.

그런데 빌어먹게도, 아니었다.

안심한 카니발라가 완전히 고립되도록 유도한 것이었다.

카니발라는 이길 수 있는 절묘한 수단이라 생각했던 것에 허점이 있음을, 그 허점을 너무 늦게 깨달았음을 인정했다.

그런데 허점이란 미리 알지 않으면 항상 늦는 법이었다.

카니발라는 총을 들었다. 그래도 아직 이것이 나에게 있지. 쏘려는 그 순간, 갑자기 배가 기울었다. 카니발라가 일으켰던 불길에 배가 상당 부분 파괴되었고, 불이 잦아들었다 하더라도 약해진 곳이 많았던 것이다. 배 안으로 바닷물이 밀려들었다. 배가 더 빠르게 기울어지며 가라앉았다.

"아! 젠장!"

카니발라는 미끄러졌다. 떨어질 뻔했지만, 급히 밧줄을 잡아 간신히 버텼다. 레오닉스는 이미 예상하고 있던 일이기에 밧줄을 잡고 두 발에 힘을 주었다.

그런데 그때, 갑자기 방향을 잃은 전함 한 척이 크게 회전하며 충돌해
왔다.

쿵—

큰 충격과 함께 배가 더 빠르게 가라앉기 시작했다. 물이 치솟아 갑판
을 뒤덮었다. 배가 더 깊이 기울었다.

레오닉스는 밧줄을 잡고 돛대에 발을 대 몸을 지탱했다. 다음, 밧줄을
더 세게 당긴 뒤 그 반동으로 몸을 날렸다.

카니발라가 미끄러졌다. 밧줄을 잡고 있던 손도 놓쳤다. 레오닉스는
몸을 날려, 바다로 떨어지려는 카니발라를 낚아채 잡았다.

"왜……!"

카니발라의 푸른 눈이 커졌다.

왜 네가 나를? 젠장, 나를 위해서는 아니겠지. 이 몸의 원주인인 엘리
안을 위한 것이지.

비웃고 싶었다.

이놈이 엘리안에게 책임감을 느끼고 있다.

제 형하고 비슷한 데가 있기는 하네.

뜨거운 감정이 치솟았다.

레오닉스가 쥐고 있는 팔이 미워졌다. 죽여 버리고 싶다, 정말.

거의 동시에 함수 근방에서 불길이 치솟으며 폭발했다. 배가 그 반동
으로 밀려났고, 이번 충돌의 충격은 아주 컸다. 레오닉스는 카니발라의
팔을 놓쳤고, 카니발라는 그대로 바다로 떨어졌다. 차갑고 무거운 바닷물
이 몸을 휘감았다. 바닷물이 단숨에 목까지 밀려들며, 카니발라는 수면
아래로 가라앉았다.

흐릿한 눈에 그와 함께 가라앉아 가는 전함이 보였다.

순간, 묵직한 몸이 풍덩— 하며 수면 아래로 뚫고 들어왔다. 가라앉아
가던 카니발라가 잡혔다. 몸이 떠밀리듯 위로 올라가고, 수면이 다가오더
니 파— 하며 내던져졌다.

"하아!"

카니발라는 숨을 몰아쉬었다. 눈이 커졌다.

놀란 카니발라의 몸을, 레오닉스가 잡아끌고 갔다. 젖은 머리카락이
이마를 뒤덮었다. 카니발라는 눈도 제대로 뜰 수 없었다.

레오닉스는 카니발라의 몸을 붙잡고 아퀼라 나이젤호 쪽으로 헤엄쳐
갔다.

"왕자님!"

장교들이 난간으로 몰려나왔다.

레오닉스가 외쳤다.

"사다리 내려!"

아퀼라 나이젤호에서 사다리를 던졌다. 긴 사다리는 해수면까지 내려
왔다. 레오닉스는 사다리를 잡고 몸에 힘을 주었다.

카니발라의 몸이 차갑고 무거운 바닷물에서 빠져나왔다. 물이 줄줄 쏟
아지며 옷이 몸에 달라붙었다. 오싹했다. 떨렸다. 이가 부딪힐 정도로 춥
다.

그때 맞은편 배가 밀려왔다. 갑판에서 고함이 들렸다.

"왕자님!"

"어서 올라와요! 부딪힙니다!"

배는 엄청난 속도로 아퀼라 나이젤을 덮쳤다. 배가 밀어낸 바닷물이
치솟았다. 레오닉스와 카니발라 위로 바닷물이 쏟아졌다.

카니발라는 레오닉스 팔에서 미끄러질 뻔했지만, 레오닉스가 이를 악
물고 버텼다. 그들을 향해 엄청난 속도로 밀려오던 배가 둥글게 함몰되

기 시작했다. 시커먼 구가 들어앉은 듯 배의 선측이 깊고 둥글게 파였
다.

레오닉스는 카니발라의 팔을 잡아당겨, 그가 사다리를 잡도록 했다.

카니발라는 사다리를 잡자, 갑자기 정신이 들었다. 이대로 갈 수 없다.

언제 어떻게 했는지도 모르겠다. 정신을 차리고 보니 카니발라는 레오
닉스의 이마에 총을 겨누고 있었다.

레오닉스는 숨을 몰아쉬며 자신의 이마에 닿아 있는 총을 보았다.

지친 표정이 얼굴에 드러났다. 절망 때문이 아니라, 피로와 체념 때문
이다.

카니발라는 레오닉스를 노려보았다. 가슴이 쿵쾅거렸다.

이놈을 죽여야 엘리안이 떠난다. 엘리안의 소원은 모두 완성되고, 그
러면 그 아이의 영혼은 이 육체에 대한 권한을 잃고 작고 귀여운 악령이
될 테지.

자, 네 마지막 소원은 레오닉스의 심장.

"……마지막."

"마지막도 내 동생 레오닉스의 목숨."

"빌어먹을!"

카니발라는 경악과 분노에 찬 고함을 질렀다.

가슴이 막혀 왔다.

손가락이 움직이지 않았다.

"너, 너 아직…… 아직 살아 있었어?"

펠릭스의 소원은 두 번밖에 이루어지지 못했으니, 한 번이 남았다.

그런데 그 몸은 죽었다.

펠릭스 아르칸젤로, 그 발카니아의 왕자는 레오닉스 손에 죽었다고!

몸이 죽었는데, 계약이 아직 남아 있을 리도 없고 영혼이 남아 있을 리도 없다.

그런데, 그런데—

왜 네놈의 마지막 소원이 남아 있지?

총구를 당길 수가 없었다.

계약이 완성되지 않았으니, 그는 들어줘야 한다.

"대체 어떻게 된 거야!"

멈칫하는 순간, 레오닉스의 손이 카니발라의 팔목을 낚아채 뒤로 당겼다. 손목이 벽에 쾅 부딪혔고, 총이 떨어져 바다로 가라앉았다.

동시에 눈앞이 컴컴해졌다.

누군가의 기억이 카니발라를 뒤덮었다.

엄청난 피바다였다. 톱날에 갈려 나간 살점이 피와 함께 여기저기 튀어 있었다. 고통에 몸부림치던 몸이 쓰러져 있다. 목의 절단면은 너덜너덜했다. 얼마나 고통스럽게 잘려 나갔는지 누구나 알 것이다. 썰려 나간 목은 피에 흠뻑 젖어 바닥에 뒹굴고 있었다.

그것을 지켜보던 청년은 핏기가 가실 정도로 울기 시작했다.

"애처럼 우는군."

하루아침에 나라를 잃고 포로가 된 왕자 펠릭스 아르칸젤로는 아버지를 왜 그렇게 끔찍하게 죽였느냐 묻지 않는다. 살려 달라고도 하지 않았다. 울기만 더럽게 크게 울었다.

카니발라는 펠릭스의 손에는 독병을 쥐어주었다.

소원은 세 개야.

어서 말해.

첫 소원은?

내 동생 레오닉스의 목숨.

예상한 바야. 그다음은?

……레오닉스의 목숨.

그다음은?

청년은 독을 삼키며 말했다.

……마지막은.

마지막도 내 동생 레오닉스의 목숨.

마지막까지 같았던 소원 세 번.

"빌어……먹을!"

절대의 명령이다, 세 번의 소원은.

무슨 수를 써서라도 지켜져야 하는 것이다.

그리고 펠릭스의 소원은 카니발라에게 그 어떤 악의적인 해석도 허락

하지 않는 소원이었다.

세 번, 카니발라는 정말 세 번까지 레오닉스를 죽일 수 있는 순간과 죽

여야 하는 순간에 죽일 수 없게 되고 말았다.

소원의 덫에 걸렸다.

고작 인간이 말한 소원에!

앞이 컴컴해진다.

아, 젠장. 맙소사.

레오닉스의 손이 멱살을 잡아 세게 뒤로 밀었다.

정신을 차리려 했지만, 등이 벽에 부딪혔다. 그 충격이 너무 크고 통증
도 커서 팔다리의 힘이 빠졌다. 레오닉스는 그런 카니발라의 몸을 힘껏
당겼다.

힘들게 난간 근처로 오자, 레오닉스는 두 발을 선체에 대고 한 팔로 사
다리를 잡았다.

하일드 해군이 몰려들어 레오닉스의 몸을 잡아당겼다. 레오닉스는 그
힘에 의지해 위로 올라갔다.

"하아!"

레오닉스는 온 힘을 다 해 카니발라의 몸을 난간 너머로 집어 던졌다.

나가떨어진 카니발라는 힘겹게 팔을 짚으며 몸을 일으켰다. 레오닉스
는 카니발라에게 다가가 엎드린 어깨를 잡아 거칠게 일으켜 세웠다.

흠뻑 젖은 금빛 머리카락 사이의 푸른 눈이 레오닉스를 향했다.

레오닉스는 멱살을 잡았다.

바로 목을 눌러 기절시킬 생각이었다. 그런데 눈이 커지며 떨린다.

영혼이 바닥까지 흔들리는 자의 눈이었다.

카니발라의 얼굴로 미소가 번진다.

감격에 찬 미소가.

"아……."

레오닉스는 누군가를 떠올릴 수밖에 없었다.

팔의 힘이 풀렸다. 현기증이 일어났다.

맙소사.

나라를 잃고 망명 왕자가 된 이래, 십여 년 만에 처음으로 레오닉스는 온몸이 무너지는 것을 느끼고 있었다.

미뤄 왔던 슬픔이, 고통에 찬 슬픔이 밀려든다.

"이게……!"

온몸이 끓어오르다 무너진다.

정말 온몸이 쏟아진다.

잔디밭에서, 발카니아의 비취 궁에서, 푸르고 아름다운 발카니아의 바닷가에서, 궁의 창가에서, 햇살 잘 드는 서재에서.

때론 이야기를 나누어 주고, 때론 책을 권해 주고, 때론 같이 뛰어놀고. 레오닉스가 책을 보거나 문서를 볼 때면 항상 안경을 챙겨 주던.

"자. 레오. 안경 챙겨야지. 귀찮다고 벗어 두면 안 된다. 또 놓고 갔잖아."

그는, 형은 항상 웃었다.

그 미소가 담긴 얼굴은 한결같았다.

너무나 한결같아, 단번에 알아볼 수 있다. 얼굴이 달라져도, 십여 년 만에 보는 것이라도, 레오닉스는 알아볼 수 있다.

레오닉스는 가슴이 막힌다는 게 무엇인지를 실감했다.

가슴이 막히면 숨도 쉴 수 없다는 게 무엇인지 알겠다.

"……형."

이를 악물었다가, 고함을 지르며 토해 냈다.

"형!"

십여 년을 견디며 간절히 바랐다.

한 번만, 정말 한 번만이라도 다시 볼 수 있다면.

더 바라지도 않아.

단 한 번만.

제발, 신이여, 한 번만이라도.

차가운 손이 레오닉스의 목덜미를 잡고 꾹 눌러 왔다.

"……잘……."

갈라진 목소리가 떨렸다.

형은 힘껏 웃었다.

"……잘…… 지내야 한다."

그 손에 더 힘이 들어갔다. 동생과 함께하는 마지막을 새기듯이.

"레오. 내가, 내가…… 그것밖에는 할 말이 없구나. 말이 많을…… 많을 것 같았는데……!"

레오닉스는 청년의 어깨를 잡았다. 형의 흐려지는 눈을, 사라지는 빛을 슬픔에 차서 바라보았다.

단 하나도 놓치고 싶지 않아, 목에 얹혔던 손의 힘이 빠지며 아래로 툭 떨어졌어도, 미소가 흐려져도, 그래도 바라보았다.

"잘 지내거라."

푸른 눈이 완전히 흐려졌다.

레오닉스는 눈이 뜨거웠다. 이를 너무 악물어 아프다.

청년이 고개를 숙이더니 신음을 흘렸다. 그리고 천천히 고개를 들었다. 바닷물에 젖은 속눈썹 아래의 푸른 눈이 눈부시다는 듯 떨리다 서서히 커졌다.

그 놀라움과 두려움에 찬 눈을, 레오닉스는 멍하니 바라보다 청년을 잡았던 손을 내렸다.

엘리안은 흠칫 놀라 몸을 움츠렸다.

"정신 차려라, 엘리안."

"……네, 네?"

"정신 차리라고 했다. 체스터 경, 당장 이 꼬마를 갑판 아래로 옮겨라. 철저하게 거동 불가 병자 취급 해라. 나오지도 말게 하고, 말도 걸지 마."

옆에 있던 체스터 경이 뛰어들었다.

"알겠습니다."

"저기요, 저기—"

엘리안이 해명하기도 전에 갑판장인 체스터 경이 엘리안을 잡아끌고 갔다.

레오닉스는 지친 어깨를 펴고 수평선을 보았다.

죽은 고래처럼 떠 있던 아르데나의 전함들이 움직이기 시작했다. 그 배들은 느리게 전장에서 빠져나가고 있었다.

•카니발라의 유령선 중 하나인 이라호가 그들의 기함이 되어 이끌고 있다. 레오닉스는 처음에는 저 배가 왜 저러나 싶어 바라보다, 잠시 뒤 웃었다.

왜 웃긴지 모르겠는데, 정말 웃겼다.

"제레미."

제레미가 그제야 정신을 차리고 고함을 질렀다.

"네, 왕자님! 젠장, 왕자님, 할 말이 많아요! 대체 무슨 생각으로!"

"그럼 나중에 해라."

"네?"

"나중에. 돌아가면 해라."

제레미가 화를 내려다, 놀라 멈추었다.

"왜 그러냐."

"지금 '돌아가면'이라고 하셨습니다."

레오닉스는 전장에 나오면 단 한 번도 '돌아가면'이라 말한 적이 없었다.

그런데 지금 그렇게 말하고 있다.

"제국 함대를 압박한다. 브룬델카 경에게 전해라. 곧 총공격을 시작한다."

"카니발라의 함대가 건재한데요. 쟤들 그냥 내버려 두고요?"

"내버려 둬라. 어차피 저들은 남쪽으로 내려갈 거다."

"어떻게 아십니까."

"하여간, 안다. 어서 시작해! 시간이 없다! 지금, 모든 화력을 집중해 제국의 함대를 궤멸시킨다. 그리고 오늘은 우리가 이긴다."

"네, 네?"

"일제 포격한다. 한순간에 다 쏟아야 한다! 놓치면 안 된다! 한 척도, 단 한 척도 남으로 가지 못하게 해! 어서!"

레오닉스는 젖은 제복 코트를 벗어 내던지고 함교로 갔다.

"시작해!"

바다의 전세가 바뀌기 시작했다.

불길을 잡고 망가진 대포를 교체한 아퀼라 나이젤호와 함께, 남익이 다시 전열을 가다듬었다.

카니발라의 함대가 빠져나가며 전세가 뒤집혀 버렸다. 레오닉스가 속한 남익을 공격하러 내려왔던 제국 함대는 앞은 남익의 공격에, 뒤는 북익의 공격에 노출되었다.

북익 공격진의 선두인 라다메스호가 그런 제국 함대를 공격하기 시작했다.

이제, 제국 함대는 완전히 포위되고 말았다. 이어지는 천둥 같은 폭음 속에 제국 함대가 무너지기 시작했다.

"우르가나."

답이 없자, 브릴은 다시 불러 보았다.

"우르가나?"

그때 뒤에서 밀기라도 하듯 이라호가 움직이기 시작했다.

돛이 펑펑— 부풀어 올랐다.

더운 바람이 일어나더니 검에서 불길이 치솟아 올랐다.

그 열기는 브릴 주변만이 아닌 갑판 전체에 감돌았다.

멈추어 있던 다른 배들도 움직이기 시작했다.

[어, 이봐요. 이봐요, 큰 귀신!]

이지프가 고함을 질렀다.

[이라의 몸을 훔치면 어떻게 해요!]

브릴은 배를 둘러보았다.

배에 은은한 붉은빛이 감돌고 있었다.

즉, 지금 이 배에 깃든 정령은 이라가 아닌 우르가나인 것이다.

우르가나가 말했다.

[네 주인이 한 짓을 생각해야지.]

[이라가 무슨 잘못이라고!]

작은 모형배가 허공에서 날아오더니 이지프의 손에 떨어졌다.

[너의 소중한 이라는 거기다 넣어 뒀다.]

[뭐, 뭐, 뭐라고요?]

이지프가 기가 막혀 눈을 번쩍였다. 모형 범선의 돛이 끼긱—끽 움직였다. 정말이다.

[무슨 짓을!! 오, 이라! 슬퍼하지 말아요! 이봐요, 우르가나!]

[자, 가자. 브릴.]

"어떻게 된 거야."

[카니발라가 나를 점령한 듯 착각하게 해 줬어. 일단 그의 영기와 닿아야 카니발라 몸 안으로 들어갈 수 있잖아. 그렇게 그의 명령을 듣는 척하면서 그의 영기와 접촉한 다음, 그 안으로 들어가 엘리안을 찾았어. 라바이라는 꼬마가 길을 가르쳐 줘서 시간도 절약했고. 나중에 그 꼬마에게 상이라도 줘. 나는 못 주지만.]

"그럼—"

[성공했어. 엘리안은 빠져나왔고, 카니발라는 뭐라고 해야 할까— 대신 잠들었다고 해야 하나? 그 상태야. 엘리안과 위치가 바뀌었지.]

"고마워."

[고마워할 거 없다니까. 아, 그리고 기왕 이렇게 몸에 들어간 김에 뭐든 부탁해 봐.]

"그럼, 이대로 메즈와 라바이가 있는 곳으로 가 줘."

[뭐 하려고?]

"도레항의 제국 함대가 출정하면, 그들이 하일드 함대의 후측을 노릴 수 있어. 이 상황에서 후측이 노출되면 위험하니까."

[무슨 말인지?]

"하일드 함대를 돕고, 이 바다를 지켜야 한다는 거야."

[아, 알았어.]

브릴은 뒤를 따라오는 전함들을 보았다.

많이 침몰해, 처음 출정했던 전함의 절반도 남지 않았다. 이것들을 다 가지고 간다 해도 얼마나 버틸 수 있을지 모르겠다.

[어이, 이지프.]

우르가나가 불렀다.

[네.]

[네 동족들을 담아 두는 병 있지? 그거 다 내놔. 저 배 안에 들어간 동족들을 모두 모아야 하니까.]

[어쩌려고요!]

[어쩌긴 뭘 어째. 모든 것의 우물로 데리고 가, 모두 돌려보내.]

의회의 전함이 보였다. 금방 따라잡을 수 있었다. 저 배로 어떻게 말을 전하나 생각하는데, 다행히 라바이가 작은 새처럼 날아와 가볍게 갑판에 착지했다.

"셰어브릴, 성공한 거…… 아, 저 녀석!"

라바이는 이지프를 보자마자 경계하며 노려보았으나, 이지프는 병을 꺼내며 힘없이 중얼거렸다.

[라바이 군, 이제 저는 당신을 해칠 의욕이 없습니다.]

"뭐?

[지금 몹시 우울한 상태입니다. 의욕 없습니다. 얼쩡대지 마세요.]

"왜!"

브릴이 말했다.

"엘리안이 성공했어."

라바이의 얼굴이 환해졌다.

"라바이, 내 말을 메즈에게 전해 줄 수 있어? 전하기만 하면 나머지는 메즈가 알아서 해 줄 거야."

"알았어요. 말해요."

"도레항에서 제국 함대가 출정해서 이곳으로 오면, 이 카나발라의 함대가 그들을 막을 거야."

"네? 아, 네."

라바이는 고개를 끄덕였다.

"의회의 함대는 그때 도레항 쪽으로 이동해. 단, 의회는 점령지에 대한 권한이 없으니, 내 이름으로 점령해."

"처, 천천히요."

브릴은 차근차근 설명했다.

일단, 제국 함대는 이 카니발라의 함대가 상대한다.

그동안 의회 해군이 도레항으로 들어가 점령한다. 의회의 해군은 진짜 군대가 아니니, 점령권도 주둔권도 없다. 이건 왕실이 의회의 군사 행동을 견제하기 위해 만든 법으로, 다른 나라의 땅을 점령해 거점을 마련하는 것을 막기 위해서였다.

그러니, 브릴이 이름을 빌려주어야 한다. 즉, 브릴이 의회에 군대를 빌려 저 도레항을 점령한 형식이 되면 된다.

라바이는 브릴의 말을 이해는 하지 못하면서도 차례차례 전했다.

잠시 뒤, 답이 왔다.

"셰어브릴 님. 로즈 맥빌 경이란 분이 그러는데…… 음, 알겠다고 해요. 최고 속도로 가서 도레항을 점령해 보자고 하네요."

"용감한 기사님답네."

"이리 말해도 될지 모르지만……. '신난다.' 라고도 하고요."

"아르노를 엿 먹일 기회니까."

"아르노?"

"아, 아르노 폐하인가."

꽤나 큰 즉위 선물이 되겠다.

자, 당신의 해군이 노는 동안 하일드의 해군과 의회가 손을 잡고 남군도를 손에 넣고 해상권을 가졌습니다.

수평선 너머로 제국 함대가 보이기 시작했다.

"우르가나."

[그래.]

"조금 전까지 너를 잃는 줄 알았어."

[내가 그 정도에 당할 줄 알았어?]

"나는 네가 어느 정도 강한지 모르니까."

[그게……]

"그게?"

[네가 강한 거지.]

"무슨 상관이 있는 건데."

[네가 강해서 나는 그의 것이 될 수 없다는 거야.]

무슨 말일까.

나는 마법사도 아닌데.

제국 함대가 점점 가까워져 온다.

이라호가 멈추고, 뒤에서 따라오던 아르데나의 텅 빈 배가 하나둘 앞질러 나가기 시작했다.

브릴은 감각이 넓어지는 느낌이 들었다.

마치 신이 된 듯.

아르데나의 배 위로 황금빛 실이 솟구쳐 오르더니 그 선체가 휘감겼다. 배들이 타오르기 시작했고, 그 불타는 배들이 제국의 전함을 향해 돌진했다. 배들이 충돌하며 폭발했다.

새벽같이 불탄다.

잿빛 바다 위로 화려하게.

하나가 죽은 곳에서 하나가 태어나는 불길이다.

지금 브릴은, 예전에 서부에서 처음으로 느꼈던 감각을 다시 느끼고 있었다.

불길이 온 피를 타고 흐르는 것 같고, 눈과 귀가 엄청나게 확장되는 느낌이었다.

이건 대체 무엇일까.

온 세상이 그녀의 것이 된 기분이다. 또한, 신이 된 기분이다.

아주 새롭고 젊은 신이.

브릴은 웃었다.

내가 승리할 것이다.

이곳에 있는 모두가, 나의 옆에 서 있는 모든 자들이 승리할 것이다.

남군도에서 제국과 왕국, 하일드가 '이후의 모든 것'을 걸고 전쟁을 벌였다.

제국은 바다를 건너와 듀카르니아를 치고 싶어 하고, 듀카르니아는 그런 제국을 막아야 했다. 그리고 벌어진 전쟁은, 전쟁 후의 모든 것을 결정할 것이다.

제국은 허를 찌를 만큼 빨리 함대를 소집해 출전했다. 하일드 역시 함대를 출정시켰으나, 아르노의 지배를 받는 듀카르니아 해군성을 설득할 시간이 없어 하일드 함대만 끌고 출정해야 했다.

반나절 가량의 처절한 전투 끝에 전쟁은 하일드의 승리로 끝났다.

제국 함대는 참담한 궤멸을 당했지만, 도레항의 총독 렘버 사령관의 노력으로 일부 함대를 보전해 퇴각할 수 있었다. 그러나 사령관이 등지고 온 도레항은 듀카르니아에게 점령당했다.

다음 날, 도레항에 듀카르니아의 깃발이 꽂혔다.

아르데나가 제국령이 된 지 십여 년 만에 왕국령이 된 것이다.

그렇게 듀카르니아가 전 해상권을 장악하게 되며, 제국은 바다의 길을 잃고 대륙에 갇혔다.

다만, 아르노는 기가 막혔다.

왕국이 점령한 것이라 하나, 그의 것이 아니기 때문이다.

어떻게 의회의 세무감시선들 따위가 점령을 할 수 있나.

불충한 짓이며, 또 반역이었다.

의회가 군대를 움직여 타국을 점령하는 것은 불법이니 물러나라는 아르노에게, 총리의 답신이 날아갔다.

—폐하.

도레항과 옛 아르데나 지역을 점령한 것은 의회도 하일드도 아닌, 듀카르니아 왕실의 셰어브릴 듀카르니아입니다.

듀카르니아의 왕실 소속인 셰어브릴 님이 도움을 요청, 의회는 왕실에 대한 충심과 국법에 따라 그분을 지원했습니다.

이제 그곳은 셰어브릴 님의 점령지이며, 왕족의 직할령입니다. '영토 외' 지역을 선포하며, 법에 따라 그곳의 행정권과 군 주둔권 및 징발권은 모두 그분에게 속할 것임을 미리 말씀드립니다.

왕족이 타국을 점령했을 시, 그곳의 소유권은 왕족에게 간다.

이것은 듀카르니아 왕실만이 아닌, 세계의 모든 왕족이 가지는 암묵적이지만 절대적인 권한이기도 했다. 과거 하일드의 왕족이 발카니아를 점령해 왕이 된 것도 그 법 덕이다.

연초만 해도 시골 변방 돌집에서 살던 아르노의 조카가, 아르데나 지역을 통째로 차지하고 의회의 지지와 하일드의 협조를 얻어 낸 왕족이 된 것이다.

　이제 브릴은 내전을 통해 연방 체제로 갈라졌던 두 세력의 지지를 받아 낸 최초의 왕족이 되었다.

『3권에 계속…』